한시의 세계

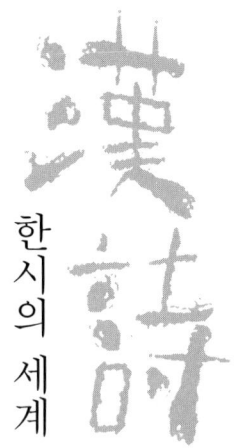

漢詩
한시의 세계

심경호 지음

문학동네

책을 엮으며

❖ ❖ ❖

서너 해 전, 청송감호소에서 수형생활을 하신다는 분으로부터 편지를 받은 일이 있다. "십 년의 징역을 하릴없이 눈물로 기다리는 아내를 생각다가 십대 후반 잠시 일별한 이 시구절이 오늘 저로 하여금 차가운 마룻바닥에서 회한의 눈물을 자아내게 합니다"라고 하시면서, "람거미 결대, 문미출전창, 라상역표표, 소개매춘풍"이라는 시를 한글로 적어 보내셨다. 원래의 시 제목을 알려달라고 하셨으나, 당시唐詩나 송시宋詩에서 본 기억이 없어서 난감하였다.

한참 지난 뒤, 그것도 우연한 기회에, 그 시가 남북조 때 진晉, 송宋, 제齊 나라에서 유행한 청상곡사淸商曲辭의 「자야가子夜歌」42수 가운데 제24수라는 것을 알았다. 원래의 시는 다음과 같은데, 몇몇 글자에 차이가 있었다.

擎裙未結帶　치맛자락 손에 쥔 채 허리띠 묶지 않고

約眉出前窓　눈썹 칠하고 창 앞으로 다가갔더니,

羅裳易飄飄　비단치마 홀홀 날리기 십상이라

小開罵春風　열린 창으로 새어드는 봄바람을 욕하노라.

무척 감미롭다. 춘정春情을 이기지 못하는 여인의 마음이 절절하다.

편지를 주셨던 그분은 차가운 마룻바닥에 앉아 이 시를 되뇌면서 젊은 시절 부인과의 사랑을 그리워하고, 그 그리움 끝에 고통을 느꼈으리라. 그분에게는 이 시가 그토록 절실한 느낌을 주었을 터이거늘, 나는 고작 시어를 하나하나 풀이하여보고서야 그 의미를 이해할 수 있었다. 그만큼 나의 감수성은 그분에게 미치지 못했다. 그 점이 부끄럽기도 하여 답장을 하지 못하고 몇 해가 흘렀다.

사실, 한시는 대개 얼른 이해하기 어렵다. 문학작품은 시든 산문이든, 현대문학이든 고전문학이든, 의미의 중층성과 유동성 때문에 주제조차 파악하기 곤란할 때가 있다. 그런데 한시는 기본적으로 고전의 표현을 압축하거나 비틀어 이용하고 과거의 작품을 발판으로 하면서 새로운 이미지를 만들어내는 예가 많기 때문에 더욱 그렇다.

평소에 나는 한시를 학문의 영역에서 다루어야 한다고 생각하여왔다. 하지만 한시의 자구를 해석하는 데 적지 않은 시간을 쏟아야 하였으므로 한시의 미학적 특성이나 주제사상을 제대로 연구해왔다고 할 수가 없다. 한밤에 유령처럼 서가의 이곳저곳을 훑으며 돌아다니고, 거질巨帙의 사전을 들추어보거나 컴퓨터를 켜고 검색집을 돌려보고 나서야 겨우 시어의 의미를 파악하는 경우도 있다. 그뿐인가, 서너 해가 지난 뒤 오역의 사실을 깨닫고 혼자 얼굴을 붉히기도 한다. 그렇기에 한국 한

6

시에 관한 연구서를 간행하면서 나는, 한시를 제대로 '이해' 하는 수준에 나마 이르고 싶다는 뜻에서 그 제목에 '이해' 라는 이름을 사용하였다.

하지만 한시를 온전히 이해하려면 자구 분석의 수준을 넘어서서 한시의 세계로 나아가 그 광활한 풍경에서 즐거움을 느껴야만 할 것이다.

❖ ❖ ❖

나는 한문학을 공부할 때 한시부터 익혔다. 다른 분들이 대개 경학으로부터 시작하시는 것과 조금 달랐다. 대학의 학부 졸업논문으로는 고려 말의 대학자이자 시인인 이제현李齊賢의 사詞에 대해 이백 자 원고지 오백 매 분량을 썼다. 석사논문으로는 조선 후기에 우리나라의 독특한 한시 양식으로 확립된 해동악부체海東樂府體에 대하여 고찰한 내용을 정리하였다. 두 논문 모두, 한시의 자구와 표현을 이해하는 데 급급하였지만, 나름대로는 한시의 세계에 친숙해지는 계기가 되기도 하였다. 학부 졸업논문은 보관처에서 분실되었다고 들었다. 굵은 만년필로 큼직큼직하게 글씨를 써내려갔던 그 원고가 매우 그립다. 글씨에 결벽증이 있던 때라 한 장을 다 채우고도 필체가 마음에 들지 않으면 찢어버리고 새로 썼기 때문에, 실제 원고의 분량은 몇 배나 더 된다.

한시는 참 매력적인 예술 장르이다. 나이가 들면서 더욱 그렇게 느끼게 되었다. 스스로의 경험에 비추어 말하면, 이황李滉의 매화시는 이황의 문학사상에 대해 글을 썼을 당시와는 다른 각도에서 되읽게 되고, 김시습金時習의 「동봉육가東峰六歌」도 『김시습 평전』을 집필하던 때와는 다른 느낌으로 다가온다. 나만 그렇지는 않을 것이다. 오십대의 분들은 이백李白의 「촉도난蜀道難」이나 두보杜甫의 「등고登高」를 이십대 때와는 전혀 다른 맛으로 읽을 것이다.

물론 다른 장르의 예술작품들도 시간이 지난 뒤에 작품의 의미나 미학을 재발견하는 일이 많다. 하지만 한시의 경우는 좀 특별한 데가 있다. 무엇보다도 한시는 감상을 할 때 시간과 장소의 제약을 받지 않는다.

대학 때는 필독해야 할 고전이라 하기에 도스토옙스키의 『죄와 벌』이나 『카라마조프의 형제들』을 읽었고, 학위논문을 제출한 뒤에는 일본어 번역의 그 책들을 정말 큰 결심을 하고 되읽었다. 하지만 지금은 그렇게 긴 소설을 읽어낼 틈이 없다. 이렇게 다른 일을 하면서 짬짬이 제임스 조이스의 『젊은 예술가의 초상』을 되읽으려면 금쪽같은 닷새가, 토마스 만의 『부덴브로크 가의 사람들』을 되읽으려면 여유로운 두 주일이 필요하리라. 바그너가 작곡한 〈트리스탄과 이졸데〉의 오페라 공연을 담은 DVD는 석 장으로 되어 있고, 한 장당 팔십여 분 이상이 녹음되어 있다. 지금 그 전곡을 다시 들으려고 하여도, 정신을 집중할 시간과 공간을 내기가 무척 어렵다. 2005년 세밑에 고작 1막을, 그것도 쫓기듯이 다시 보았을 따름이다. 스티븐 스필버그의 〈컬러 퍼플〉을 아주 감명 깊게 보았었지만, 이제는 그 영화를 다시 보려고 가족들을 두 시간이나 숨죽이고 있도록 강요할 자신이 없다. 루오Georges Rouault의 그림을 좋아하지만, 아우라를 느낄 수 있는 원작은 십 년 전 일본의 어느 지방 도시에서 작은 화첩 석 점을 보았을 따름이다.

한시는 다르다. 버스를 타고 가다가 웅얼거려볼 수 있고, 구절이 생각나지 않으면 가방이나 주머니에서 책을 꺼내어 펼치기만 하면 된다. 점심 뒤 녹차를 마시거나 꼴뚜기 집에 앉아 막걸리를 마실 때에도 이백의 시집을 탁자 위에 두고 시를 짚어가며 이야기할 수 있다. 목적 없이 떠난 여행길에서 문득 김시습의 시구를 읊을 수 있으며, 도산서원의 매화 앞에서 이황의 시구절을 떠올릴 수 있다.

이렇게 한시는 누구나 쉽게 친숙할 수 있는 매력적인 예술 장르이다. 언제부턴가 나는 한시를 더욱 '사랑스런 함정'으로 만들 책무가 있다고 여기게 되었다. 한시에 대한 논문을 발표하거나 한시와 관련된 책들을 번역하면서, 내 나름의 한시 감상법을 발견하였고 한시 감상에 필수적인 주요 개념과 관련 문제들을 정리하기 시작하였다.

그러던 2001년 봄, 현대문연에서 세계 여러 나라의 시 공부에 관한 글을 모아 특집으로 구성한다면서, 내게 한시에 관한 글을 써달라고 하였다. 한시를 지어보는 것이 한시를 이해하는 지름길이라고 생각하고 있었으므로, 스스로의 경험을 토대로 「나도 한시를 지을 수 있을까?」라는 글을 작성하였다. 그 글이 『현대시』에 실린 것은 2001년 4월의 일이다.

그렇지만 2001년에는 한문 산문에 관한 논문을 주로 발표하고, 또 『김시습 평전』을 집필하고 있었으므로, 한시 감상과 관련된 글을 꾸준히 쓸 여유가 없었다. 그런데 그 가을, 다시 현대문연으로부터 한시에 관한 글을 연재해줄 수 없겠느냐는 부탁을 받았다. 연재의 집필이 얼마나 힘든 일인지 몰랐으므로 흔쾌히 수락하였다. 그래서 한시 감상의 기초 개념과 한시 양식에 관한 내용을 매회 백 매 분량으로 작성해서, 2001년 11월부터 2003년 2월까지 13회에 걸쳐 『현대시』의 '한시의 세계' 난에 게재하였다. 독촉을 받아 급히 글을 쓰거나 기한을 넘겨 그 달에 싣지 못한 적도 있었다.

연재한 글들은 매우 거칠었다. 다만 그러한 주제들을 정리한 책이 아직 없었으므로, 그 글들을 책으로 묶어보자고 마음먹었다. 2003년 4월, 당시 성북구에 위치해 있던 문학동네 출판사로 찾아가 원고를 맡겼고, 교토 대학의 초빙교수로 나가 있는 동안 1차 교정쇄를 받았다. 그런데 각 장의 분량을 조절하고 예시한 한시 가운데 상당수를 대체할 필요를 느꼈다. 2004년 2월에 귀국한 뒤로는 악부와 부친을 여의는 불운을 당하였고, 다른 과제들에 매달려야 하였다.

　2005년 12월 초에 이르러 4차 교정지를 받았는데, 그간 수정을 바랐던 사항들이 잘 반영되어 있었다. 더 늦추는 것이 미안하여, 2006년 정월까지 교정 작업을 마치기로 결심하였다. 그리고 한시의 주요한 양태 가운데 하나인 영물詠物에 관한 글을 새로 집필하여 보충하였다.

　한시 감상에 필요한 주요 개념들을 주제로 글을 쓰기 시작한 지 네 해가 지났다. 출판에 필요한 교정을 시작한 것도 두 해 전의 일이다. 이렇게 늦어진 것은 모두 내 탓이다. 능력을 고려하지 않고 여러 일들을 한꺼번에 진행시키는 못된 버릇이 있기 때문이다. 게다가 그간 나에게 들이닥친 여러 일들이 나를 시의 세계로부터 소외시킨 것도 그 또다른 이유이다.

❖ ❖ ❖

　이 겨울, 우리집 작은 마당의 시든 풀 위에 흰 눈이 덮이고, 그 눈 위에 새들이 발자국을 남긴 것을 보았다. 문득 소동파(蘇東坡, 소식蘇軾)의 시가 떠오르면서, 가슴이 북받쳤다. 마음의 병을 앓고 있었기 때문이리라. 소동파는 「아우 자유의 '민지에서의 일을 추억하여' 시에 화운한 시和子由澠池懷舊」에서,

人生到處知何似	사람이란 대체 무엇과 같은 걸까
應似飛鴻踏雪泥	기러기가 눈 섞인 진흙을 밟은 것과 같으리.
泥上偶然留指爪	진흙 위에 기러기는 발톱 자국을 남기지만
鴻飛那復計東西	기러기 날아오르면 향방을 어찌 따지랴.

10

라고 하였다. 기러기가 진흙에 발자국을 남기고 어디론가 떠나버리고 말듯이 우리의 삶은 덧없기만 한 것일까. 어쩌면, 고인들이 삶을 환영幻影이나 포말泡沫에 비유한 것은 허무를 극복하고자 하는 일종의 수사적 행위가 아니었을까.

고통의 순간에 한시가 떠오른다는 것은 '먹물 먹은 사람'의 사치스런 행태일 것이다. 그렇지만 누군가에게 한시는 스스로를 되돌아보고 자신의 감정과 사상을 보편화할 수 있도록 촉구하는 계기를 마련해줄 수도 있다.

이 책에서 나는 한시에 관한 여러 주제들을 다루되, 논증적으로 서술하지 않았다. 오히려 내 스스로 터득하고 또 내가 경험한 사실들을 정연하게 소개함으로써, 한시의 드넓은 세계를 탐색하고자 하는 분들에게 필요한 도구들을 마련해드리기로 하였다. 그러기 위해서 기왕의 글에서 미흡했던 부분을 상당히 많이 바로잡았다. 이것이 더러운 진흙에다 진흙을 더 바르는 격이 되지 않았으면 좋겠다.

2006년 정월 초하루
마당의 눈 위에 찍힌 새발자국을 들여다보다가
저자 씀

차례

1. 나도 한시를 지을 수 있을까?

❖ ❖ ❖

『춘향전』에 보면, 이도령이 춘향과 이별하고 한양으로 가서 공부를 한 뒤 과거를 치르는 대목이 있다. 창경궁 춘당대春塘臺에 걸린 과거의 시제詩題가 무엇인지 아는 사람이 있는지? 그것은 "춘당춘색고금동春塘春色古今同"이었다. '춘당대의 봄빛이 예나 지금이나 다름없다'라는 뜻이다. 춘당대는 창경궁을 대유代喩하여 결국 궁궐 안, 온 나라 안을 가리킨다. 봄빛이 예나 지금이나 다름없다는 것은, 궁궐 안이 무사하고 나라가 태평하여 봄빛을 즐길 만하다는 말이다. 따라서 이 시제는 태평 성대를 예찬하라고 요구한 셈이다. 이도령이 일필휘지하여 장원급제하 였던 답안은 필시 태평성대를 찬미하는 미사여구로 가득하였을 법하 다. 농촌이 피폐하여 유랑민이 넘쳐나고 조정에 간신배들이 득실거린 다는 내용을 충직하게 적어내었다면 불합격이었을 게다. 물론 가상이지만.

그런데 이 시제의 한자들을 보면 소리의 배열에서 아주 중요한 특징이 있음을 알 수 있다. 한자는 소리의 높낮이와 변화에 따라 평平과 측仄의 소리, 즉 평성平聲과 측성仄聲으로 나뉜다. 이 시제의 평측은 다음과 같다.

春 塘 春 色 古 今 同
평 평 평 측 측 평 평

둘째 넷째 여섯째 글자의 소리를 보면 '평-측-평'이다. 이것은 실은 한시의 정형시인 근체시近體詩(혹은 금체시今體詩)의 규칙을 충실하게 지킨 것이다. 즉 근체시는 각 구에서 2-4-(6)번째 글자의 평과 측이 서로 엇갈린다. 한시를 공부하는 사람들은 그것을 '2-4-(6) 부동不同'이라고 한다.

또 이 시구의 마지막 글자인 '同'은 평성의 글자로, 한자의 발음 사전인 운서韻書에서는 평성 '東'의 운韻에 속한다. 근체시는 짝수번째의 구에 반드시 평성의 운자韻字를 사용하여야 한다. 단, 각 구가 일곱 글자로 되어 있는 7언시(칠언절구나 칠언율시)는 첫 구에도 운자를 놓을 수 있다.

이 시제는 한시를 지을 줄 알았던 사람이 '삽입' 해둔 것이다. 실제로 1768년(영조 44년) 가을 과거시험에서 '춘당추색고금동春塘秋色古今同'이 과부科賦의 제목으로 나온 일이 있다. 이도령은 조선시대 과거시험의 시 형식인 장편의 과시科詩를 지었을 것이기에, 그 시를 판소리나 소설에 끼워둘 필요는 없었다. 하지만 그 무명의 작가가 한시를 정말 잘 지었더라면 이 한 구의 뒤에 적어도 세 구를 더 이었을 것이다. 이도령이 근체시를 지었을 리는 만무하지만, 익명의 작가가 시재詩才를 과시하려고 그랬을 수는 있다. 굳이 근체시의 한 구절을 지어 시제로 삼은 것을 보면 더욱 그렇게 생각된다. 하지만 이 시제를 지었던 그 사람은 첫째 구를 잘 짓고도 다음 구들은 잇지 못하였던 것 같다. 옛 시인들의 일화에는 첫 구나 첫 연(두 구)를 기막히게 짓고도 그 뒤를 잇지 못해 붓을 내던졌다는 이야기가 여럿 있다. 고려 때 김황원金黃元도 평양의 부벽루에 올라 첫 연만 짓고 울면서 내려왔다지 않은가.

『춘향전』은 원래의 작품에 여러 작가들이 살을 덧붙여 '적층'의 형태로 이루어진 것이다. 이 시제를 제공한 사람은 롤랑 바르트 식으로 말하면 무상적無償的 글쓰기의 작가이리라.

자, 여러분이라면 이도령의 답안으로 한시를 어떻게 완성할 것인지. 이 글을 다 읽고 난 다음에 한번 지어봄이 어떨는지.

❖❖❖

한시는 한문학의 꽃이다. 사상과 감정을 절제된 언어로 담아내기에 참으로 매력적이다. 한시보다 짧은 형식으로 일본의 하이쿠俳句가 있다. 하지만 하이쿠는 분위기의 제시와 연상에 주력하므로 한시처럼 완결된 사상과 감정을 전달하지 못한다. 아니, 전달하려고 의도하지 않는다.

물론 한시에서도 당시唐詩와 송시宋詩는 사상과 감정을 전달하는 방식이 서로 다르다. 일본의 중국학 학자로서 저명한 고故 요시카와 고지로吉川幸次郎는 당시가 열정을 담아내어 화려하고 달콤한 데 비하여 송시는 평정 속에 열정을 숨겨두어 떨떠름하다고 하였다. 그의 말은 이렇다.

당인의 시는 활활 타오른다. 시가 태어나는 순간, 그것은 황망하게 죽음으로 향하는, 인생에서 가장 귀중한 순간이다. 그 순간을 응시하여 감정을 던져넣는다. 감정은 응집하고 끓어오르고 폭발한다. 응시하는 것은 대상의 정점만이다. 거기에서 당시의 격렬함이 태어난다. 집중적이다. 다만 시선의 폭은 좁다. 송시는 다르다. 인생을 긴 지속으로 본다. 기나긴 인생을 다각도로 고려한다. 시야가 거시적이다. 시선은 시가 태어나는 순간에만 고정되어 있지 않다. 대상의 정점만을 응시하지 않는다. 널리 주위를 조망한다. 그러므로 평정하다. 혹은 냉정하다. 적어도 그것을 바탕색으로 한다.(『송시개설宋詩概說』, 중국시인선집 2집, 이와나미쇼텐岩波書店, 1962)

당시는 생활의 세부나 사실을 그다지 시야에 넣지 않았다. 두보(杜甫, 712~770)와 백거이(白居易, 772~846)는 주변 일을 시로 옮기기도 하였으나 묘사는 미세하지 않다. 대범한 멋이 있다. 이에 비하여 송시는 주변을 관찰하고 철학을 담아 이지理智를 개발하였다.

당시는 인간 존재의 비극성을 응시하고 대체로 비애의 감정에 충실하거나 그것을 낭만적 방식으로 해소하고자 하였다. 이를테면 두보는 인간 삶의 비극성을 직시하였으되, 그것을 극복하려는 철학은 구축하지 않았다. 남송의 철학자인 주희(朱熹, 1130~1200) 즉 주자朱子는 두보를 존경하면서도 두보의 「동곡칠가同谷七歌」가 비애에 몰입한 것은 누추한 심리라고 비평하였다. 주희는 인간을 왜소하게 여기지 않는 철학을 구축하였으므로 두보 시에 흐르는 비애감을 불만스럽게 여긴 것이다.

사실, 당시만이 아니라 송시도 인생과 사회에 대한 우울한 응시를 담고 있다. 한시의 시인은 부조리한 사회 속에 홀로 던져져 있는 스스로를 되돌아보고, 고독을 이겨낼 유력한 가능성으로서 우정을 이상화하였다. 한시가 여성과의 사랑을 노래하기보다 우정을 열렬하게 노래한 것은 그 때문이다.

나는 소식(蘇軾, 1036~1101) 즉 동파東坡라는 호로 잘 알려져 있는 북송 때의 시인이 지은 「봄밤春夜」이라는 시를 참 좋아한다. 봄밤의 몽환적 분위기에 대비되어 시인의 고독한 심사가 더욱 짙게 배어나오기 때문이다.

春宵一刻值千金　봄날 밤은 한 시각이 곧 천금
花有清香月有陰　꽃은 맑은 향기 품고 달빛은 어스름하다.
歌管樓臺聲細細　누대에선 노래와 피리 소리 가늘게 들려오고
鞦韆院落夜沈沈　그네만 남은 정원에 밤은 점점 깊어간다.

술자리가 벌어졌던 누대에도 밤이 깊자 노랫소리와 피리 소리가 희미하다. 그래도 불빛이 여전히 휘황한 누대를 물끄러미 바라보면서, 시인은 정원에 홀로 서 있다. 낮에는 여인들이 화려한 옷을 입고 깔깔대는 웃음을 흘리며 그네를 뛰던 정원이다. 밤이 깊도록 시인은 홀로 깨어 서성인다. 독성獨醒, 이것이 한시의 영원한 주제이다. 세상 물결에 휩쓸려 잠길락 뜰락 하면서 흘러가면 그만인 인생을, 시인은 그렇게 살아가지 못한다. 이 절망을 어떻게 극복할 것인가, 한시에는 그 긴장이 있다.

다만, 송시는 그래도 당시보다는 인생을 낙관하는 편이다. 송시는 사회와 국가에 대하여 날카로운 감각을 담았고, 철학을 논하여 논리적인 언어를 늘어놓았다. 그래서 비평가들은 송시를 두고 '의론을 가지고 시를 지었다'라든가 '이理를 가지고 시를 지었다'고 하였다. 그만큼 송시는 어느 정도 비애를 지양할 수 있었다.

이렇게 간단히 말하였지만, 한시의 소재와 내용은 실로 무한하다. 한시는 우리 삶의 모든 것을 소재로 삼아 진지한 탐색을 하고 의미 있는 해석을 하여왔다. 자연물이나 생활 주변의 사물을 노래한 시詠物詩, 역사를 노래한 시詠史詩, 역사를 노래하되 무상감을 주로 드러낸 시懷古詩, 옛일을 서사적으로 재구성한 시故事詩, 개인의 회포를 표출한 시詠懷詩, 동식물이나 사물을 관찰하여 그 속성을 노래한 시詠物詩, 사물의 관찰에서 철학적 이치를 깨닫고 지은 시觀物詩, 사회의 문제를 다룬 시社會詩, 풍속을 노래한 시紀俗詩, 철학적 내용을 다룬 시道學詩, 불교적 깨달음을 다룬 시禪詩, 특정 인물을 그리워하여 지은 시懷人詩, 서한을 대신하거나 어떤 일을 기념하여 남에게 주는 시贈答詩, 여성의 정감을 담아 에로틱한 분위기를 살린 시艶詩 등등, 얼른 생각나는 것만 거론해도 이렇다.

❖ ❖ ❖

자, 그럼 옛 사람들이 한시를 익혔던 식으로 한시를 한번 지어보자.

시 선생은 아동에게 한 글자를 주어 대對가 되는 글자를 말하게 한다.

대對란 참으로 기묘하다. 플러스와 마이너스의 대립항만 대가 아니다. 반의어도, 동의어도, 유사어도 대가 되며 상위범주와 하위범주의 관계도 대가 된다.

山이란 글자에 대한 대는? 그렇다, 川, 江, 海뿐만 아니라 嶽, 峰도 대가 된다. 人, 馬, 木, 花, 林도 대가 될 수 있다. 대는 '관계'이다. 우주자연의 친화적인 관계를 전제로 하는 특이한 관념이라고 나는 생각한다. 강포한 형태로 나와 부딪치고 대립하는 것까지도 우주 전체의 운동에서는 친화적 관계 속으로 해소된다. 그렇기에 서로 관계를 가질 수 있는 사물들은 모두 대가 될 수 있다.

다시, 시 선생은 두 글자를 말한다. "靑山." 대는? 黃葉이어도 좋고 白 崙이어도 좋다. 제시된 한자어가 수식어(여기서는 색깔을 나타내는 형용 사)와 명사로 이루어져 있으니, 대가 되는 한자어도 그런 짜임일 필요 가 있다.

그런데 우리는 '靑山'이란 말을 들으면, 금방 '綠水'를 떠올린다. 왜 그럴까? 靑山과 綠水는 짜임이 같아 서로 짝을 이루기 때문이다. 그것 은 다 안다.

여기 한 가지 비밀이 있다. 靑과 綠, 山과 水를 보라. 靑은 평성, 綠은 측성이고 山은 평성, 水는 측성이다. 靑山은 평성 글자와 평성 글자가 만나 자연스레 발음되며, 綠水는 측성 글자와 측성 글자가 어우러져 그 나름대로 리듬감을 갖는다. 綠山-靑水라 말하지 않는 것은 발음 때문 이다. 자연 속의 산과 강을 보라. 실제로는 綠山-靑水라고 해야 하지 않 을까? 그런데도 그렇게 말하지 않는다. 靑과 綠은 Blue와 Green을 뜻 하는 것이 아니다. Blue와 Green을 포괄하는 푸른빛 일반을 가리킨다. 남방의 중국에 이끼나 녹조가 많아 綠水라 하는 것이 아니다.

우리가 무심코 사용하는 한자어 가운데는 이렇게 발음 때문에 굳어 진 표현들이 많다. 北南이 어색한 것은 정치적 이유가 아니라, 단지 발 음 때문이다. 北은 측성, 南은 평성이다. 측성을 먼저 발음하는 것이 껄 끄럽기 때문에 오랜 세월 南北이라는 표현을 관용해온 것이다.

그렇다면 평성과 측성이란 대체 무엇인가?

한자는 각 글자마다 성조聲調라고 하는 소리값이 있고, 그것이 시의 리듬에서 매우 중요한 역할을 한다. 우리말과 다르다.

근대 이전에는 한자음에서 평성과 측성을 구별하였다. 평성은 평평한 소리(높았을 것이라고도 하고 낮았을 것이라고도 한다)이고, 측성은 내려갔다가 올라가거나上聲, 뚝 떨어지거나, 폐쇄음으로 끝나거나入聲 하여, 변화 있는 소리이다. 한자에는 끝발음이 촉급하게 닫히는 폐쇄음이 있었는데, 현재의 북경어나 보통화에는 없다. 우리 한자음을 두고 말하면 〔-ㅂ〕〔-ㄹ〕〔-ㄱ〕으로 끝나는 소리들이다. 그것을 측성 가운데서도 입성이라고 한다. 한시는 바로 평성과 측성(상, 거, 입성)의 교차를 이용하여 리듬을 조절하였다.

현대 중국어의 4성과 과거의 평측을 대비하면 대개 다음과 같다. 평성을 제외한 상성, 거성, 입성이 곧 측성이다.

평성平聲   →1성 / 2성

측성仄聲 { 상성上聲 →3성
            거성去聲 →4성
            입성入聲 →1성 2성 3성 4성으로 변화

현대 중국어의 발음을 조금 안다면, 한자의 평측을 쉽게 유추할 수 있다.

우리 발음으로 〔-ㅂ〕〔-ㄹ〕〔-ㄱ〕으로 끝나는 한자   →입성
1성 가운데   〔-ㅂ〕〔-ㄹ〕〔-ㄱ〕으로 끝나지 않는 한자→평성
2성 가운데   〔-ㅂ〕〔-ㄹ〕〔-ㄱ〕으로 끝나지 않는 한자→평성
3성 가운데   〔-ㅂ〕〔-ㄹ〕〔-ㄱ〕으로 끝나지 않는 한자→대개 상성
4성 가운데   〔-ㅂ〕〔-ㄹ〕〔-ㄱ〕으로 끝나지 않는 한자→대개 거성

한자의 현대 중국어 발음을 모른다면, 자전을 찾아보거나 한시를 읽

어 경험적으로 체득하면 된다.

　이제 시 선생은 한 구를 짓게 한다. 그런데 처음에는 평측을 따지지 않고, 다섯 글자나 일곱 글자를 적당히 배열할 수 있으면 그만이다. 다시 두 구를 모은다. 우리나라에서는 그것을 연구聯句라고 불렀다. 다음과 같은 식이다.

青山秋更好
綠水月下明

　'청산은 가을 들어 더욱 아름답고, 녹수는 달 아래 밝아라.' 다섯 글자는 둘-셋으로 끊는 것이 보통이다. 연구를 잘 짓게 되면 이번에는 네 구를 모으는 연습을 한다. 처음에는 평측을 따지지 않고 글자 수만 맞춘다.

　조선 말 구례의 문화유씨文化柳氏가 남긴 일기를 보면, 양반 자제는 15세 무렵에 관례를 올리고 장가든 뒤, 한 해 동안 부인과 떨어져 지냈다. 이 한 해 동안 시를 공부하였는데, 한동안은 평측을 따지지 않고 글자 수만 맞추었다. 그런 식으로 네 구를 모으면, 오늘날 인터넷에서 심심풀이로 누군가 올려놓는 한자시와 같게 된다. 조선 후기에는 그것이 아예 한시의 한 형식으로 굳어져서, 고풍古風이라고 했다. 한시를 격식대로 짓는 것이 오죽 어려웠으면, 이렇게 글자 수만 맞춘 고풍이 유행하였을까.

　이 고풍은 아직 한시가 아니다. 예전에 일본의 수상 다나카 가쿠에이田中角榮가 덩샤오핑鄧小平을 만났을 때 이런 한자시를 건넸다고 해서 식자들의 비아냥을 샀다.

　한시의 형식 가운데 가장 짧다고 할 오언절구五言絶句의 형식을, 당

나라 때 왕지환(王之渙, 688~742)의 「관작루에 올라登鸛鵲樓」라는 시를
통해서 설명해보기로 한다.

白日依山盡　태양은 산(중조산)에 기대 마치 저무는 듯하고
黃河入海流　황하는 흘러 바다로 들어갈 기세.
欲窮千里目　천리 시선을 다하고자
更上一層樓　다시 오르노라 누 한 층을.

　　이 시는 『주역』에서 말하는 자강불식自彊不息의 자세를 드러내었다.
그래서인지 입성자가 많다. 白, 日, 入, 欲, 目, 一. 힘이 넘친다. 첫 구와
둘째 구는 경치를 묘사하고, 셋째 구와 넷째 구는 시인의 마음(의지)을
표출하였다. 곧 경景을 앞에, 정情을 뒤에 두었다. 관작루는 황하 중류
에 있으므로 황하가 바다로 흘러들어가는 것이 시인의 눈에 보이는 것
은 아니다. 하지만 시인은 황하의 기세가 바다로 흘러들어가듯 하다고
느꼈거나, 그런 광경을 상상하였다.
　　첫째 규칙 : 각 구는 '2-4 부동'이다. 앞에서 설명하였듯이 각 구의 둘
째 글자와 넷째 글자는 평측이 서로 달라야 한다는 규칙이다. 첫째, 셋
째 글자는 평측을 고려하지 않아도 된다. '1-3 불론不論'이라고 한다.
　　둘째 규칙 : 홀수번째 구와 다음의 짝수번째 구, 이것을 각각 출구出
句와 대구對句, 혹은 안짝과 바깥짝이라고 하는데, 그 두 구는 '둘째 글
자-넷째 글자'만 보면 평측이 서로 반대여야 한다. 이 시의 첫째 구는
'입성-입성-평성-평성-상성'이므로 '측-측-평-평-측'이다. 둘째
구는 '평성-평성-입성-상성-평성'이므로 '평-평-측-측-평'이다.
그 둘의 '둘째 글자-넷째 글자'를 비교해보면 어떠한가. 평측이 서로
반대이지 않은가. 셋째 구와 넷째 구의 관계도 마찬가지이다.

셋째 규칙 : 짝수번째 구의 마지막에는 반드시 평성자로 된 운자韻字가 와야 한다. 곧, 압운押韻을 한다.

한자는 끝발음이 같은 것끼리 같은 운목韻目에 배속된다. 각 글자를 운목에 배속시켜놓은 자전을 운서韻書라고 한다. 당나라 때 이후 대부분의 한시는 모든 한자를 106개 운목으로 정리한 체계를 따라 압운하였다. 이 사실은 남송 때 평수平水 사람 유연劉淵이 귀납적으로 밝혔다. 본래 그는 한자들을 107개 운목으로 나누었으나, 뒤에 다른 사람이 106개 운목으로 조정하였다. 이것이 당나라 때부터 청나라 말기까지의 중국, 삼국시대부터 현대에 이르기까지의 우리나라, 나라奈良 시대부터 현대에 이르기까지의 일본에서 한시를 지을 때 사용한 시운詩韻이다. 그것을 평수운平水韻 혹은 106운이라고도 부른다. 파격의 한시를 지은 김삿갓도 이 운목만은 대개 지켰다. 옛날 사람들은 여행을 떠날 때 운서를 꼭 챙겼다. 운서를 찾아보지 못해서 압운에서 벗어났을 때는 낙운落韻이라 하였다. 근체시에서 낙운은 금기였다.

이 시에서 운자는 둘째 구의 마지막 글자 流와 넷째 구의 마지막 글자 樓이다. 운서나 자전을 찾아보면 그 둘은 모두 평성 '尤' 운에 속한다. 이렇게 한시는 같은 운목에 속하는 글자가 일정한 위치에 와야 리듬감을 지닐 수 있다.

넷째 규칙 : 둘째 구와 셋째 구의 관계에서는 둘째 글자는 둘째 글자끼리, 넷째 글자는 넷째 글자끼리 평측이 같아야 한다. 이것을 점黏이라고 한다. 찰싹 들러붙는다는 뜻이다. 이렇게 하여야 비로소 처음 두 구와 다음 두 구가 연결된 느낌을 갖게 된다. 이 규칙을 어긴 것을 실점失黏이라고 한다. 역시 근체시에서는 금기였다.

다섯째 규칙 : 셋째 구의 마지막 글자는 반드시 측성이다. 곧, 둘째 구의 마지막은 반드시 평성 운자, 셋째 구의 마지막은 반드시 측성 글자

이어야 한다. 둘째 구와 셋째 구는 이 마지막 글자 하나 때문에 평측에서 미묘한 차이를 띠게 된다.

여섯째 규칙 : 각 구는 '앞 두 글자-뒤 세 글자' 사이에 휴지休止가 있는데, 아래 세 글자가 나란히 평성이거나 나란히 측성이면 밋밋해서 좋지 않다. 또 세 글자의 가운데 글자가 단독으로 평성孤平이거나 단독으로 측성孤仄이면 지나친 굴곡이 생겨서 좋지 않다. 역시 금기였다.

이 여섯 가지 규칙을 이해하면, 한시의 다른 여러 형식들도 쉽게 알 수 있다.

칠언절구七言絶句는 위의 오언절구에서 각 구마다 앞에 두 글자씩 더 붙은 형식이다. 첫째 규칙은 '2-4-6 부동'과 '1-3-5 불론'으로 수정된다. 단, 첫 구의 마지막에도 압운할 수 있다.

오언율시五言律詩는 위의 오언절구를 둘 겹친 형식이다. 실은 절구는 율시regulated poem의 앞이나 뒤, 혹은 중간을 잘라 만들었다고 한다. 그래서 끊을 '절絶'이라고 부른다는 것이다. 여기서는 설명을 쉽게 하려고 절구가 겹쳐 율시가 이루어진다고 하였다.

한시에서는 서로 인접하여 의미나 리듬 면에서 연결되는 두 구씩을 연聯이라 부른다. 율시는 대개 수련首聯(또는 두련頭聯), 함련頷聯, 경련頸聯, 미련尾聯의 네 연으로 이루어진다. 둘째 연(함련)과 셋째 연(경련)은 반드시 대對이어야 한다. 수련과 미련에도 대를 쓸 수 있다.

오언율시에서 각 구마다 앞에 두 글자씩 더 붙으면 칠언율시七言律詩이다. 함련과 경련이 반드시 대이어야 하는 것은 오언율시와 같다.

고체시는? 근체시가 나오기 이전에 나온 시이거나, 이러한 여러 규칙을 의도적으로 어긴 시이다.

그럼, 이도령의 시에 둘째 구를 붙여보자. 평측을 맞추고, 맨 마지막 글자는 압운을 해야 한다.

春塘春色古今同　　춘당대의 봄빛이 예나 지금이나 다름없고
聖世德音滿海東　　태평성세의 덕음이 해동(우리나라)에 가득하다.

❖ ❖ ❖

다시 정리하여보자. 한시에는 두 가지 형식이 있다. 하나는 구수句數
나 구의 운율에 구속이 없는 시형으로, 고시古詩 혹은 고체시古體詩라고
부른다. 다른 하나는 구수나 운율에 정형이 있는 시형으로, 금체시今體
詩 혹은 근체시近體詩라고 부른다. 근체시에는 대개 8행이면서 중간에
대구들을 꼭 배열하여야 하는 율시律詩와, 4행이면서 반드시 대구를 쓰
지 않아도 되는 절구絕句가 있다. 이 둘, 혹은 셋이 우리나라와 일본에
서 말하는 한시이며, 현대 중국에서 말하는 '고시'이다.

운율은 음절의 억양抑揚과 장단長短을 배열하는 방법이다. 한자는 반
드시 단음절이므로, 한 구의 자수는 음절수와 같다.

근체시는 매 구의 자수가 일정하다. 한 구가 다섯 글자로 이루어지면
5언시, 일곱 글자로 이루어지면 7언시이다. 따라서 율시에는 오언율시
와 칠언율시의 두 종류가 있고, 절구에도 오언절구와 칠언절구의 두 종
류가 있다. 그밖에 한 구가 여섯 글자로 이루어진 6언시가 있다.

율시는 8구(4개 운)가 원칙이되, 6구로 이루어진 것도 아주 간혹 있
다. 10구나 12구, 혹은 그 이상의 것도 있는데, 그것을 배율排律 혹은 장
율長律이라고 한다. 절구는 반드시 4구이다.

고체시도 5언과 7언이 대부분이다. 7언구 외에 5언구와 3언구를 섞
은 것은 삼오칠언三五七言이라고 이름을 붙인다. 잡언雜言 혹은 장단구

長短句라고도 한다.

이외에 악부樂府라는 것이 있다. 악부란 한나라 때 궁중음악을 관장한 관청인데, 거기서 연주되는 가곡과 노랫말도 악부라고 불렀다. 뒷날 시체詩體의 명칭으로 오랫동안 존속하였다.

한시를 공부하려면 당시 가운데 오언절구만 모아둔『오언당음五言唐音』과 칠언절구만 모아둔『칠언당음七言唐音』부터 시작하는 것이 좋다. 이 책은 구한말에 이미 목판으로 간행된 듯하며, 1913년과 1916년의 판본도 있다. 또 1961년에 세창서관世昌書館에서 증주주해增註註解의 책을 간행하였다. 단, 오자가 꽤 있다.

한시의 감상력을 높이려면 삼다三多가 필요하다. 많이 읽고, 많이 짓고, 많이 생각하는 것이다. 본래는 북송의 문인 구양수歐陽脩가 문장 짓는 일에 관해서 한 말이다.

좋은 시구를 많이 외워두는 것도 필요하다. 나 자신은 송재誦才가 없다보니, 17세기의 문인인 김득신(金得臣, 1604~1684)이란 분을 동정하게 된다. 그가 어느 한식날 동대문 바깥으로 봄 구경을 나가다가 문득 시구를 떠올렸다. "馬上에 逢寒食하니." 말 위에서 한식을 맞으니. 참으로 좋은 구였다. 그런데 한참을 말 위에서 흔들리며 가도 둘째 구가 도무지 떠오르지 않았다. 괴롭게 이 구절 저 구절 지어보는데, 말고삐를 쥐고 걸어가던 종자가 불쑥 시구를 읊었다. "途中에 屬暮春이라." 길 가는 도중에 늦봄이 되었구나. 절묘하게 첫 구와 대를 이루었다. 근체시는 꼭 대를 사용하지 않아도 되지만 우연히 대를 이루었으니 그것도 괜찮군. 이렇게 생각한 김득신은 종자에게 말하였다. 네가 나를 따라다니더니 시가 제법 늘었구나. 그러자 종자가 말하길, 웬걸요, 나리님이 늘 외시는 구절이라서 제가 말씀드린 겁니다요. 김득신은 화급히 돌아와 이 책 저 책 펼쳐보았다. 바로 당나라 시인 송지문(宋之問, 656?~712?)

28

의 「길 가는 도중에 한식을 만나途中寒食」라는 시가 아닌가. 당시를 하도 읽어서 그 시의 첫 구가 우연히 떠올랐던 것이다. 그런데도 그는 그것을 자기가 지은 명구라고 생각하였으니, 나 원 참.

이 일화는 송재가 부족한 사람의 일화로 널리 알려진 우스개 이야기이다. 뒤집어보면 한시 공부로는 명시를 암송하는 일이 가장 좋다는 사실을 우리에게 가르쳐주는 셈이다.

한시는 새롭게 해석할 여지가 얼마든지 있다. 두보의 오언율시 「반딧불螢火」의 "요행히 썩은 풀에서 나와, 감히 태양 가까이 날아가는가幸因腐草出, 敢近太陽飛"라는 첫 연을 나는 너무 좋아한다. 전통적인 해석을 따라 그런 것은 아니다. 옛날의 주석은 반딧불을 소인배, 태양을 천자로 보고, 이 시는 소인배(안녹산 등)의 난동을 우려한 주제라고 보았다. 그 해석이 옳을지도 모른다. 하지만 나는 이 시구에서, 인간 존재의 왜소성을 직시하고 높은 이상을 향하여 비상하고자 하는 시인의 열정을 읽는다. 이렇게 해석해보는 것도 한시의 풍부한 미학적 특성을 발굴하는 한 가지 독법일 수 있지 않을까, 나는 그렇게 생각하고 있다.

2. 한시와 산수 자연

❖ ❖ ❖

어느 해 가을, 동국대학교 대학원에 강의하러 갔다가 미국 시인이 자신의 시를 낭송하는 것을 들은 적이 있다. 시인의 낮은 음성은 마치 맑은 영혼이 분출해내는 숨소리와도 같았다. 「8월 중순 사워도 산 전망대에서Mid-august at Sourdough Mountain Lookout」라는 시. 강옥구 시인의 번역문이 함께 소개되었다.

Down valley a smoke haze

Three days heat, after five days rain

Pitch glows on the fir-cones

Across rocks and meadows

Swarms of new flies.

I cannot remember things I once read
A few friends, but they are in cities.
Drinking cold snow-water from a tin cup
Looking down for miles
Through high still air.

저 아래 골짜기 자욱한 연기
닷새 동안 장마 뒤, 무더위 사흘
전나무 솔방울 송진은 빛나고
바위와 초원 너머
파리 떼.

옛날에 읽었던 것들 생각나지 않고
몇 안 되는 친구들, 모두 도시에 있네.
양철 컵으로 차디찬 눈 마시며
높고 고요한 대기 안에서
저 아래를 굽어본다.

시인의 이름은 게리 스나이더Gary Snyder. 삼림 속에서 자랐고 벌목
과 노동의 낮이 끝나면 명상으로 밤을 보내온 시인이다. 일흔의 나이가
믿어지지 않을 만큼 건장했다. 뺨의 양쪽에 깊게 파인 골이, 바람과 햇
볕에 오랫동안 드러나 있었음을 말해주었다. 일본의 교토京都에서 십
년간 선禪 공부를 하였고 두보杜甫, 한산寒山과 일본 승려 잇큐一休를
좋아하는 이 시인은, 생명공학으로 유명한 UC Davis 대학의 교수이며,

환경운동의 실천가이자 록 음악의 옹호자이다.

시 낭송을 들으면서 문득 한산寒山의 시를 떠올렸다. 산간생활 속에서 자연의 생기生氣를 체득하였던 한산은, 당나라 때 승려일 것이라고 추측될 뿐, 일생 사적이 분명치 않다. 누군가의 손에 의해 시집(『한산시집寒山詩集』)이 엮였지만, 시마다 제목이라고는 없다. 형식도 근체시의 엄격함에서 벗어났다. 그러나 투박한 음성과 적막한 행간에 생명의 기운이 약동한다. 내가 떠올린 시는 '천운만수간千雲萬水間'이라는 구절로 시작되는 시이다.

千雲萬水間	자욱한 구름과 골짝 물
中有一閑士	그곳에서 나는 한가롭다.
白日遊靑山	낮에는 청산에 노닐고
夜歸巖下睡	밤들어 바위 아래 잠들면
倏爾過春秋	세월은 살같이 흘러가고
寂然無塵累	세상 먼지 들붙지 않는다.
快哉何所依	기댈 곳 없는 이 자유로움
靜若秋江水	가을 강물과도 같은 고요함.

생태 환경의 파괴가 우리들의 행복을 앗아가고 있다. 진작에 수없이 제기되던 문제였다. 누구의 잘못인가, '가을 강물과도 같은 고요함'을 지키지 못하게 된 것이.

게리 스나이더는 한산 같은 시인이다. 누군가, 서양에는 생태 환경을 소중히 여기는 사상이 없어서 선불교에 귀의했느냐고 물었다. 스나이더는, 어릴 적부터 삼림 속에서 자라나서 대자연을 사랑하는 마음을 지니게 되었다고 대답하였다. 선문답이었다. 어느 사상도 다른 사상보다

32

우위에 있다고 선언할 수 없다. 삶과 자연의 온 생명을 느끼는 일은 지식의 문제가 아니다. 하물며 자연을 사랑하는 마음이 동양에만 있고 서양에는 없다는 이분법은 애당초 타당하지 않다. 정도와 방식의 차이가 있을 뿐이다.

❖ ❖ ❖

한시는 자연과 친근하다. 시인은 산수 속에서 노닐며 불평을 털어버리고 새 생명을 얻는다. 산수 자연은 시인의 바깥에 사물화되어 있지 않다. 시인이 산수 자연의 생명력을 자신의 영혼으로 재구성하는 시를 산수시라고도 하고 자연시라고도 한다. 용어는 아무래도 좋다.

산천초목은 질서와 조화가 풍부하지만, 인간은 자연의 일부를 이루면서도 질서보다는 무질서를, 조화보다는 부조화를 경험하기 십상이다. 그렇기에 '참된 나'를 회복하고자 할 때 산수 자연의 본모습을 예상하고 그것과의 합일을 추구한다. 장자莊子는 '맑은 마음心齋'의 상태에서 천지의 정신과 왕래하는 경지를 말하였고, 유협劉勰은 '마음이 사물과 교유하는神與物遊' 미학적 경지를 논하였다.

바깥으로 사물에서 구함이 없고 안으로 자기에게 기댐이 없는 자유로운 경지를 '독화獨化'(『장자』 곽상郭象 주)라고 한다. 산수 자연과의 만남은 바로 그러한 경지를 구체적으로 실현할 수 있는 유력한 기회이다. 한시의 시인에게 산수 자연은 '사람의 정신'과 '사물의 정신'이 교감하여 일체감을 온전하게 드러내는 세계 그 자체이다.

한시의 가장 오래된 고전 『시경詩經』과 『초사楚辭』에서는 새 짐승과 풀 나무가 인간의 일을 언급하는 수단으로만 사용되었다. 그러다가 4세기의 동진시대에 이르러 사영운謝靈運과 도잠(陶潛, 자는 연명淵明, 365~427)은 산수 속에서 성스러운 것의 현성現成을 파악하였다. '종교적 파토스'가 시인의 영혼에서 울려나왔다. 도연명이 「음주飮酒」 제5수에서 말한 "산 기운은 해 저물 무렵 아름답고, 새들 함께 돌아오누나山氣日夕佳, 飛鳥相與還"라는 경지는 인생이 추구하는 궁극의 진리를 드러낸다.

당나라 왕유(王維, 699?~761)에 이르러 산수시는 선종과 결합하였다. 「종남산 별장終南別業」이라는 시에서 그는 "가다가 강물 다한 곳에 앉아, 구름 일어나는 것을 바라본다行到水窮處, 坐看雲起時"라고 하였다. 세상 먼지에 찌든 껍데기를 벗어던지고 만물의 바깥에서 노니는 마음 상태, 그렇게 깨끗한 마음淨心으로 바깥 경물外景을 대할 때 공空, 적寂, 한閑의 선취가 시로 나타났다. 왕유는 자연 속에 편재하는 법신法身을 깨닫고 그 경지를 직관, 연상, 비유, 상징의 수법으로 표현하였다. 다만 그는 자연이 지닌 정적靜寂의 아름다움을 사랑하고 인간을 다소 혐오하였다. 그렇기에 그의 시에서 인간은 자연의 아름다움을 부각시키는 점경點景으로 축소되었다.

왕유와 함께 맹호연(孟浩然, 689~740), 위응물(韋應物, 737?~792), 유종원(柳宗元, 773~819)도 주체가 경경과 하나가 되는 '심경일여心境一如'의 상태를 시 속에 담았다. 경경은 하나의 사물로 응축되기도 하고 광대한 자연 풍경으로 전개되기도 하였다. 맹호연은 특히 인간과 친근한 자연을 노래하였다. '툭 트인 맑은 경치晴景豁'(「일찍 어포담을 떠나다早發漁浦潭」)를 주로 묘사하여, 마음속에 찌끼를 남기지 않았다. 절강성 전당강 중류의 건덕강에 묵으며 지은 시 「건덕강에 묵다宿建德江」는 대표적인 예가 아닐까?

移舟泊烟渚　　안개 낀 물가에 배를 매는 때
日暮客愁新　　저물녘 나그네 시름이 새롭다.
野曠天低樹　　들판의 하늘은 나직하게 나무에 걸리고
江清月近人　　맑은 강물 위로 달은 사람에게 가깝다.

셋째 구轉句에서 시인은 광활한 풍경을 마주하여 더욱 쓸쓸해하지만, 넷째 구結句에서는 달을 친구 삼아 고독감을 이겨내었다.

이백(李白, 701~762)과 두보는 인간사를 더 많이 노래하였지만 그들도 자주 자연에 눈을 주었다. 특히 그들은 미세한 경치小景보다도 거대한 경치大景를 노래하여 호방한 풍정을 쏟았다. 이백은 「산중에서 은둔자와 대작하며山中與幽人對酌」에서 "두 사람이 대작할 때 산 꽃이 피어나나니, 한 잔 한 잔, 또 한 잔兩人對酌山花開, 一杯一杯復一杯"이라 하였다. 시인이 마음 맞는 벗과 술잔을 마주할 때, 산의 꽃도 거기 피어난다. 실은 산꽃이 만개하였을 때 꽃 아래서 술을 마시는 것이겠지만, 그렇게 풀어버리면 이 시는 맛이 없다. 두 사람이 술잔을 마주할 때 산의 꽃이 활짝 피어난다고 보아야 맛깔스럽다. 자연과 어우러져 우정을 나누는 호방한 맛이 이 시에는 있다.

북송의 소식蘇軾은 약동하는 자연을 발견하고 미친 듯 환희하였다. 산수 자연은 날아 움직이는 아름다움飛動美으로 다가왔다. 그는 44세 (1079년)에 호주(湖州, 절강성) 지사知事로 전임되어 가면서 「배에서 한밤에 일어나舟中夜起」 시를 지어, 자연의 생명력을 가슴 깊이 느끼고 세간에 대해 지녔던 실망감을 털어버렸다.

微風蕭蕭吹菰蒲　　미풍에 우수수 갈대가 울어
開門看雨月滿湖　　비인가 내다보니 달빛이 호수에 가득하다.

舟人水鳥兩同夢	뱃사람이나 물새나 모두 깊이 잠들었고
大魚驚竄如奔狐	큰 고기는 여우 튀듯 놀라 숨누나.
夜深人物不相管	깊은 밤 사람과 사물이 서로 무관심한 때
我獨形影相嬉娛	나 홀로 그림자와 즐긴다.
暗潮生渚弔寒蚓	조수는 소리없이 찾아들어 지렁이를 애도하고
落月挂柳看懸蛛	지는 달은 버드나무에 걸려 거미를 바라보네.
此生忽忽憂患裏	내 삶은 홀홀 우환 속에 지나거늘
淸境過眼能須臾	맑은 정경을 눈으로 얼마나 오래 볼 수 있으랴.
雞鳴鐘動百鳥散	닭 울고 종 흔들리자 온갖 새들 흩어지고
船頭擊鼓還相呼	뱃머리에선 북을 치며 서로 불러대네.

49세(1084년)의 소식은 남방 불교의 성지였던 여산십구봉廬山十九峰을 찾아갔다가 시 「서림사 벽에 쓰다題西林壁」를 남겼다. 장소와 각도에 따라 여산의 모습이 바뀌는 현상을 보고, 그는 인간의 어떠한 인식도 지각과 경험에 의존하는 한 사물의 본질을 제대로 파악할 수 없다는 철학적 주제를 간결한 언어로 논하였다.

橫看成嶺側成峰	가로로 보면 산맥, 가까이에선 솟은 봉우리
遠近高低各不同	높낮이와 원근이 위치 따라 다르네.
不識廬山眞面目	여산 진면목을 모르는 것은
只緣身在此山中	이 몸이 이 산 안에 있기 때문.

'이 몸이 이 산 안에 있다'는 것은 주관에 사로잡혀 있는 것을 뜻한다. 이후 선가禪家에서는 인식주관이 도달할 수 없는 참된 본질을 '여산의 진면목'이라고 부르게 되었다.

한편, 북송의 온화한 문인 구양수(歐陽脩, 1007~1072)는 산봉우리를 세세하게 묘사하지도 않고 이름을 확인하려고 지각을 곤두세우지도 않았다. 대관大官다운 넉넉함이 「먼 산遠山」이라는 오언절구에 드러난다.

山色無遠近　산빛은 멀든 가깝든 모두 푸른데
看山終日行　종일토록 산을 보며 가노라.
峰巒隨處改　뾰족 봉과 둥근 산이 곳 따라 바뀌어도
行客不知名　길 가는 손은 이름을 모른다네.

남송의 대유학자 주희朱熹, 즉 주자朱子는 장식(張栻, 호는 南軒)이란 학자와 함께 형산衡山의 최고봉인 축융봉에 올라 구름 솟는 것을 보며 탁주 삼배三杯를 들고 호쾌한 기분을 느꼈다. 그래서 나는 듯이 산을 내려오면서 「취하여 축융봉을 내려가다醉下祝融峰」라는 시를 지었다. 서른여덟의 나이, 그는 마음을 고요하게 하려는 공부를 그만두고 인간 정신의 역동적인 힘을 중시하게 되었다.

我來萬里駕長風　만리 먼 길을 바람 타고 오매
絶壑層雲許盪胸　깊은 골짝 솟는 구름이 가슴을 뒤흔든다.
濁酒三杯豪氣發　탁주 석 잔 들이켜자 호쾌한 기운 일어
朗吟飛下祝融峰　시 읊으며 날듯이 축융봉을 내려간다.

주자학을 공부한 시인들은 사람과 만물이 일미一味의 도리에 의하여 조화로운 세계를 구성한다고 믿었고, 산수 자연 속에서 천지 자연의 낳고 낳는生生 역동성을 찾았다. 조선 중기의 성혼(成渾, 1535~1598)은 「시냇가의 봄날溪上春日」에서, '자연의 이법이 저절로 나에게 이르러옴

理自到'을 체험하고 그 희열을 이렇게 노래하였다.

五十年來臥碧山   푸른 산에 누운 지 오십 년
是非何事到人間   무슨 일 따지려 세상에 나가랴.
小堂無限春風地   작은 집에 봄바람 무한하여
花笑柳眠閑又閑   꽃 웃고 버들 잠들어 너무도 한가롭다.

마지막 구절의 '화소유면花笑柳眠'은 시인이 '꽃 아래서 웃고 버드나
무 아래서 잠들다'인가? '꽃이 웃고 버들이 잠들다'인가?
구도자 이황(李滉, 1501~1570)의 시선은 더욱 허허롭다. 산수를 즐기
면서 도의道義만 따지는 것은 옛사람의 찌끼만 보는 것에 불과하고, 고
상하고 현허玄虛한 것만 좋아한다면 윤리적 세계를 벗어나게 된다. 그
둘을 부정하고 자연 속에 드러나는 이법을 마중하러 나가는 일, 그것을
그는 존중하였다. 거칠지 않고 부드러우며, 억세지 않고 유순한 정신태
도이다.
65세(1565년), 이황은 도산에 은거하는 즐거움을 사계절의 노래 16수
에 담았다. 「산 속 사계절의 노래山居四時」 가운데 「여름·밤夏四吟·夜」
이라는 시를 보자.

院靜山空月自明   뜰 고요하고 산 비어 달 밝은 때
倏然衾席夢魂淸   침상의 꿈이 절로 맑아라.
寤言弗告知何事   정겹게 말하면서도 알리지 않음은 무슨 일인가
臥聽皐禽半夜聲   한밤 내 누워 듣네 산새 소리를.

오언寤言은 마주하며 정겹게 말한다는 뜻이다. '晤言'으로도 적는다.

산새가 밤새 정겹게 말하되, 세간사를 이러저러 알리지 않는다고 했다.

마지막 구에는 도연명이 '궁극의 진리가 여기에 있다'고 말하였던 것과 같은 '깊은 뜻微意'이 담겨 있다. 70세에는 「도산의 늦봄에 즉흥으로 읊다陶山暮春偶吟」라는 시에서, 자연 속에 몰입한 안온한 심경을 노래하였다. 마음을 마른 장작 같은 상태로 두지 않도록 주의하였으되, 마음의 본체를 지키기 위해 일상의 번잡한 일들은 괄호 속에 넣어두었다.

浩蕩春風麗景華	호탕한 봄바람, 화사한 경치
葱瓏佳木滿山阿	파릇한 나무들이 산언덕에 가득하다.
一川綠水明心鏡	한 줄기 푸른 시내는 마음 밝히는 거울
萬樹紅桃絢眼霞	만 그루 붉은 복사는 눈부신 노을.
造化豈容私物物	조화옹이 어찌 특정 사물만 편애하리
群情自是競哇哇	그렇기에 뭇 생물이 저 잘났다 나불대네.
山禽不識幽人意	산새는 숨어 사는 이의 마음 모르고
款曲嚶鳴至日斜	정겹게 짹짹 우네, 해질녘까지.

생명 있는 것들은 저마다 잘났다고 나불대고 새는 은둔자의 마음을 모른 채 짹짹거린다. 서로가 서로를 모르는 것 같다. 하지만 실은 그것도 또한 서로가 서로를 배타하지 않고 조화옹의 이법을 드러내는 것이다. 『화엄경』에서 말하는 사사무애事事無碍의 세계가 자연 속에서 확실히 구현된다. 천리가 유동하는 자연, 이기심이나 허영심이 용납되지 않는 조화로운 세계, 그 속에서 시인은 심성을 기를 수 있었다.

❖ ❖ ❖

    산하의 장엄함은 때때로 그 산하에 뒤지지 않는 인간의 창조적 능력, 강인한 의지를 길러낸다. 앞 장에서 소개한 당나라 시인 왕지환王之渙의 「관작루에 올라登鸛鵲樓」에서는, "한낮의 태양은 산에 기대 저물고, 황하는 흘러 바다로 들어가는白日依山盡, 黃河入海流" 광활한 광경이 "천리 시선을 다하고자, 다시 누 한 층을 오르는欲窮千里目, 更上一層樓" 진취적 정신활동을 가능케 하였다. 같은 시기에 잠삼岑參과 고적高適은 중국 변경의 이국적 풍경을 묘사하였다. 그로테스크한 분위기를 즐긴 탓도 있겠지만, 시 정신의 기조는 왕지환의 이 시와 같았다.

    산하의 장엄함은 현실의 인간에게 본래성이 가려져 있다는 사실을 환기시키고 때때로 좌절감을 느끼게 만든다. 광대무변廣大無邊, 무구청정無垢淸淨의 자연세계는 인간으로 하여금 기사회생의 전신轉身을 이루도록 촉구하는 엄중한 스승이다.

    조선 세조, 성종 때의 자유인 김시습(金時習, 1435~1493)이 석주만石州慢 곡조에 맞추어 지은 「한송정寒松亭」을 보라. 왜소한 인간 존재의 모습을 돌아보면서 시인은 북받치는 감정을 추스르지 못하고 흐느꼈다.

十里寒聲	십 리에 차가운 소리
蕭颯高低	스르르 높았다 낮았다
吹我耳側	귓전에 불어온다.
疑聞帝居紅雲	하느님 거처하는 붉은 구름 너머에서
奏彼鈞天廣樂	균천광악(천상의 음악)이 들려오는 듯.
生平豪氣	평소 호기를
如今添却遨遊	이 유람에 부쳤나니

滄波萬頃何遼廓	창해의 파도가 얼마나 광활한가.
都是一胸襟	그 모두를 가슴에
儘敎伊吞吐舒縮	삼켰다간 뱉고 펼쳤다가 오므리노라.

窪尊斲石團圓	우묵한 술동이는 돌을 쪼은 것
都是舊時蹤跡	모두가 옛날의 자취.
萬古相傳	만고에 전하여
一任風磨苔剝	바람에 닳고 이끼에 찌들었다.
跳丸歲月蹉蹉	탄환마냥 세월은 흘러가 어그러지니
前人視我今猶昔	앞사람을 나와 비교하면 지금도 옛날 같으리.
慷慨發長歌	북받쳐서 긴 노래 뽑을 때
滿沙汀飛鴨	모래밭에 갈매기떼 날아오르네.

　명종, 선조 연간의 시인 정사룡(鄭士龍, 1491～1570)은 1528년에 여주에서 서울로 들어오는 길목에 있던 여울의 기세를 「대탄大灘」이라는 시에서 "해오라기(파도의 비유) 뒤흔들어 바위에 부딪쳐 일게 하고, 산을 퉁겨 자리맡에 들였다가 물리치네振鷺衝巖起, 跳山入座回"라고 표현하였다. 시인의 강렬한 정서가 날아 움직이는 경물의 묘사에 응축되어 있다.

　정철(鄭澈, 1536～1593)은 전라도 담양군 남면에 있는 별뫼 식영정息影亭 부근을 소재로 하여 많은 시가를 남겼다. 흰 물결이 한낮에 은빛으로 아른거리며 찰랑대는 소리, 바람 불 때 포효하는 소리, 한밤 고요할 때 빗방울이 튀는 소리, 물이 불어나 콸콸대는 소리. 그 원시적인 생명력을 정철은 국문시가보다 한시로 더 잘 표현하였다.

細熨長長練　곱게 다림질한 긴긴 비단 폭
平鋪漾漾銀　반지럽게 깔려선 은빛이 아른댄다.
遇風時吼峽　바람을 만나서는 골짝 울리고
得雨夜驚人　밤비에 사람을 놀라게 하네.

조선 후기에 이르러서는 북녘 산하의 웅장함을 노래한 시들이 많이 나왔다. 정조 때의 개명 관료 홍양호(洪良浩, 1724~1802)가 함경도 남북을 이어주는 마천령磨天嶺을 노래한 다음 시는, 가지런하지 않은 시구들로 험준한 산세를 상징하였다. 장편의 일부다.

磨天之巔何遼廓　마천령 툭 트인 산마루
日月倒景兮雲霓後先　해와 달은 밑에서 비추고 구름 무지개 앞뒤 다투며
奇峯削立雄且秀　기이한 봉우리는 깎아지른 듯 웅장하고 빼어나
萬丈瓊枝擢金蓮　천만 길 옥 가지에서 금 연꽃이 솟아난 듯해라.
飄然身在九霄上　몸이 아득한 하늘 위에 있어
兩腋風生自翩翩　겨드랑이에 바람 일어 날아갈 듯하여
倚劍一長嘯　칼 짚고 휘파람 소리 뿜나니
四顧何茫然　사방이 어이 이렇게 망망한가.
上蒼蒼兮四垂　올려보면 창창하여 사면이 다 끝이고
俯渺渺兮無邊　굽어보면 아득하여 가이없구나.

비로봉은 금강산을 하나하나 발밑에 두고 있는 절벽 산. 광해군 때의 시인 임숙영(任叔英, 1576~1623)이 그곳에 올라 광대한 세계를 보고는 「비로봉에 올라登毗盧峰」에서 이렇게 노래하였다.

皆骨山頭望八垠　　개골산 정상에서 온 세상을 바라보니
大千迢遞隔風塵　　광대무변의 대천세계가 풍진을 떠나 있군.
欲傾東海添春酒　　동해의 물 길어다가 봄 술을 담아내어
醉盡寰中億萬人　　이 세상 억만 사람을 취하게 하련다.

기묘사화의 희생자였던 김정(金淨, 1486~1520)은 1516년에 금강산 일대를 유람하다가 총석정에 이르러 연작시 「총석정에 쓰다題叢石亭」 (6수 가운데 4수만 남음)를 지어 낭만적 상상력을 유감없이 발휘하였다. 귀신도 그의 시를 애송하였다는 일화가 전한다.

八月十五叢石夜　　팔월 보름 총석정
碧空星漢淡悠悠　　푸른 하늘에 은하수 길게 드리운 때
飛騰桂影昇天滿　　계수나무 그림자(달빛)는 하늘에 가득하고
搖漾銀光溢海浮　　은색 물빛 일렁대어 바다에 넘실거리네.
六合孤生身一粒　　사방 천지에 이 몸은 쌀알 같은 존재
四仙遺躅鶴千秋　　네 신선은 자취 남기고 학은 천년을 날건만.
白雲迢遞萬山外　　첩첩 산 너머 흰 구름 솟는 걸 바라보며
獨立高丘杳遠愁　　홀로 산 위에 서서 시름이 깊어지네.

신라의 네 화랑도 신선 되어 떠나고 쓸쓸한 풍광만 남았다. 시인은 추이推移의 사실 앞에 슬픔을 느끼지만, 눈앞의 자연 풍광은 낭만적 비월飛越을 촉구한다.

雲滅秋晴淡碧層　　구름 사라지고 가을 하늘 맑고 높아라
淸晨起望太陽升　　새벽에 일어나 태양이 오르는 걸 바라본다.

光涵海宇初吞吐　빛이 바다에 잠겨 있다가 토해지더니
彩射天衢忽湧騰　햇살이 하늘을 쏘며 갑자기 뛰어오른다.
幽窟老龍驚火焰　으슥한 굴 늙은 용은 화염에 놀라고
深林陰鬼失依憑　깊은 숲 귀신은 의지할 곳을 잃으리.
人寰昏黑從今廓　세상 어두움이 완전히 사라지도록
欲向崦嵫爲繫繩　엄자(해 지는 산)에 해를 매어두고파라.

자연과 대비될 때 인간 존재는 미미하기만 하다. 하지만 자연의 생명
력은 인간의 정신을 굳세게 만들고 새로운 의지를 북돋워주기도 하는
것이다.

산문작가로 저명한 박지원(朴趾源, 1737~1805)도 장편시 「총석정에
서 해돋이를 보고叢石亭觀日出」를 지어, 밝음과 어둠이 이루어내는 신비
스런 분위기를 노래하였다. 붉은 해가 어둠을 이기고 솟아나는 것에서
원시적인 생명력을 느낄 수 있다. 다음 부분이 절묘하다.

天際黯慘忽顰蹙　하늘가가 암담하더니 홀연 찌푸렸다가
努力推轂氣欲增　힘껏 바퀴통을 밀어올리려고 기운을 더하니,
圓未如輪長如甕　바퀴처럼 둥글지 않고 항아리마냥 길쭉한 모양
出沒若聞聲砅砅　물 위로 솟아날 때 첨벙 소리 나는 듯.
萬物咸覩如昨日　만물이 서로 지켜보길 어제처럼 하니
有誰雙擎一躍騰　누가 두 손으로 받들어 단번에 튀어오르게 했을까.

'만물이 서로 지켜본다'는 말은 『주역』에서 이괘離卦를 두고 '만물이
서로 본다萬物皆相見'라고 한 말에서 따왔다. 성스러운 군주가 나라를
다스려 만물이 서로 번성해서 서로 즐긴다는 뜻이다.

해는 심연에서 누군가가 받들어올리기라도 하듯 돌연히 튀어오른다. 그 과정은 점진적인 것이 아니라 돌연하다. 그 돌연함 속에 창조의 비밀이 있다.

산수 자연은 인간에게 친근한 것만은 아니다. 때로 그것은 귀향의 의지를 꺾는 장벽과도 같다. 두보의 유명한 율시 「등고登高」는 전반의 네 구에서 "세찬 바람 높은 하늘에 원숭이 울음 서글퍼라, 맑은 강가 백사장에 새는 돌며 나는데. 가없는 숲의 낙엽은 우수수 떨어지고, 다함 없는 장강長江은 도도하게 흘러온다風急天高猿嘯哀, 渚淸沙白鳥飛廻. 無邊落木蕭蕭下, 不盡長江滾滾來"라고, 만추의 냉엄한 세계를 그려 보였다. 바람이 거친 산 위, 광대한 하늘을 배경으로 원숭이 울음소리가 들려온다. 청정하기는 하지만 매몰찬 풍경이다. 두보는 아무 공명功名도 이루지 못한 채 객지를 떠돌아다녔다. 병 때문에 술도 마시지 못했다. "타향 만리 슬픈 가을에 여태 길손 되어, 평생 병에 찌든 몸 이끌고 홀로 누에 올랐다萬里悲秋常作客, 百年多病獨登臺". 만추의 풍광은 비장한 심경을 부추겼다.

연산군 때 '미치광이狂奴'라고 불렸던 정희량(鄭希良, 1469~?)은 「압록강의 봄 풍경을 바라보며鴨江春望」에서 유배지 의주義州의 스산한 봄 풍경을 "어둑어둑 비는 새벽까지 내리고, 물가 여린 풀 위로 바람이 가득하다輕陰漠漠雨連曉, 細草萋萋風滿汀"라고 묘사하였다. 밤새 내리던 비가 새벽까지 이어져 어둑어둑하기만 한데, 봄바람이 불어와 여린 풀을 뒤집는다. 쓸쓸한 이 땅에도 봄이 온 것이다. 그렇기에 온기를 느끼지 못하는 시인은 더욱 비참한 느낌을 가지지 않을 수 없었다.

꽃꽃꽃

　굳이 철학적 이치를 논할 필요가 있으랴. 산수 자연은 그냥 영혼을 쉴
수 있는 곳이다. 산수 자연은 바람과 햇볕을 통하여 밝고 아름다운 공간
을 만들어낸다. 풍경이란 말은 바람風과 햇볕景으로 이루어져 있다. 맑
은 바람과 따스한 햇볕이 만들어내는 세상은 마음의 안식처이다.
　고려 때 시인 김극기金克己는 무신이 횡포를 부리자 산하 곳곳을 방
랑하였다. 그는 평양의 영명사永明寺에서 지은 칠언율시에서, 담박한
풍경 속에서 얻은 정신의 평화를 구가하였다. 그 함련과 경련.

叢叢秀嶺撑空起	첩첩한 산마루는 하늘을 받치며 솟았고
森森澄江入海流	넓디넓은 강물은 바다로 흘러든다.
萬壑泠風隨一磬	만 골짝 맑은 바람은 경쇠 소리를 따르고
千波皎月趁三舟	즈믄 물결에 잠긴 흰 달은 두어 척 배를 쫓는다.

　함련은 첩자(疊字, 같은 글자를 두 번 씀)의 표현과 '하늘을 받치고 일
어섬'과 '바다로 흘러듦'이라는 동적인 묘사를 대對로 하였다. 경련은
萬壑과 千波, 一磬과 三舟를 대로 하면서, 다시 萬壑은 一磬과, 千波는
三舟와 대가 되게 하였다. 한 구 안에서의 대를 구중대句中對라 하는데,
경련은 구중대를 썼다. 조금 기교적이라면 기교적이라고 하겠다. 그런
데 경련의 '맑은 바람'과 '흰 달'의 청량한 경계는 함련의 동적인 묘사
와 대비되어 그 청량함을 극대화한다.
　김시습은 산수 자연의 사심 없음을 사랑하였다. 그에게 산수 자연은
인간의 틈입을 거부하는 듯하지만, 애당초 인간을 거부하려는 의도가
있는 것이 아니다. 그는 외나무다리獨木橋를 보고 이런 시구를 남겼다.

46

"푸른 물결에 가로놓인 작은 다리, 푸른 산 기운 속을 누군가 건너간다. 양 기슭 이끼는 비 맞아 반짝이고, 봉우리 가을빛은 구름까지 뻗어 있다 小橋橫斷碧波心, 人渡浮嵐翠靄深. 兩岸蘚花經雨潤, 千峯秋色倚雲侵(후반 4구 생략)". 외나무다리는 자연의 조화로운 세계 속으로 사람을 인도하는 길이다. 그가 춘천 소양정昭陽亭에 올라 지은 시는 '세상 바깥에 노니는 마음世外之心'을 담은 시 가운데 압권이다.

鳥外天將盡　　새 나는 바깥에 하늘은 다하고
愁邊恨不休　　수심 끝에 나의 한恨은 그치지 않아라.
山多從北轉　　겹겹 산은 북쪽에서 꺾어들고
江自向西流　　강물은 서쪽으로 흘러가는데,
雁下沙汀遠　　기러기는 먼 모래톱에 내려앉고
舟廻古岸幽　　조각배는 옛 기슭을 돌아나간다.
何時抛世網　　어느 때 세상 그물 벗어나
乘興此重遊　　흥에 겨워 여기에 다시 노닐랴.

산 집의 겨울 풍경을 묘사할 때도 김시습은 질박하고 꾸밈이 없다. "나뭇잎 떨어져 즈믄 봉우리 여위었고, 이끼 얼룩진 외길은 멀리 뻗어 있다木脫千峯瘦, 苔斑一路賒"(「어느 곳이 가을 깊어 좋은가何處秋深好」). 올바른 도리를 추구하는 외줄기 길을 하나의 기호記號같이 제시하였다.

광해군 때 시인 권필(權韠, 1569~1612)은 은둔생활을 하면서 "맑은 새벽엔 걸어서 시냇가 바위에 나가보고, 해 질 무렵 앉아서 물에 비친 봉우릴 본다淸晨步到澗邊石, 落日坐看波底峯"(「그윽한 살이에 우줄우줄 흥이 나서幽居漫興」제1수)고 말하였다. 청정한 조화의 공간 속에 안주하는 은둔자의 전형이 거기 있다. 그의 시는 너무 맑아, 이제라도 잘그랑 소리를 내며 깨어질 것만 같다.

池岸纔容人往還　　못 언덕은 겨우 사람 다닐 만하고
兩池分蘸一邊山　　산 그림자는 두 못에 나뉘어 잠겼는데,
靑荷葉小不掩水　　푸른 연 잎사귀 작아서 물을 덮지 못하여
時見魚兒蒲葦間　　때때로 어린 물고기 갈대 사이로 보이네.

當日溪流深尺餘　　시냇물이 한 자 남짓 깊어지자
兩岸狹窄纔容車　　양 기슭 좁아서 수레 겨우 지날 정도.
今朝化作滄浪水　　오늘 아침 창랑의 물로 되매
已有水禽來捕魚　　물새 나타나 고기를 잡는군.

비로 불어나 흐렸던 물이 이제는 새가 물고기를 잡을 만큼 맑아졌다.
'창랑滄浪의 물'이란 푸르고 맑은 물이란 뜻이다. 또 굴원(屈原,
BC343?~BC277?)의 「어부가漁父歌」에 나오는 창랑의 물을 가리키기도
한다. 곧 은자가 사는 지극히 맑은 물이란 뜻이니, 시인 자신의 맑은 의
식을 상징하는 것이다.

숙종 때의 처사 김창흡(金昌翕, 1653~1722)은 1718년에 갈역(葛驛, 강
원도 인제)에 살며 자연과 인생에 대한 상념을 연작連作 잡영雜詠, 즉 즉
흥시에 담았다. 그 서시序詩는 의리냐 이익이냐를 변별하려고 매 순간
느껴야 할 긴장에서 벗어난 지극히 평화로운 마음 상태를 읊었다.

尋常飯後出荊扉　　늘 그렇듯 밥 먹고 사립문 나서니
輒有相隨粉蝶飛　　홀연 따라오는 나풀나풀 범나비.
穿過麻田迤麥壟　　삼밭 가로지르자 보리밭길 꼬불꼬불

草花芒刺易牽衣　　풀꽃이며 까끄라기가 옷에 들러붙는군.

　1801년 이후 강진에서 귀양 살던 정약용(丁若鏞, 1762～1836)은 배를
집으로 꾸며 강물 따라 다니며 세상과 거리를 두려던 옛 꿈을 그리워하
였다. 1806년에 그는 만강홍滿江紅 가락의 사詞 「어부漁父」를 지어 영욕
을 초월한 은둔자의 형상을 그려 보였다. 음조가 짧고 높아서 무척 애상
적이다.

一葉漁舟　　　　　　한 조각 고깃배여

我和你烟波出沒　　　나 너와 함께 안개 낀 물결 속을 출몰하리.

了不管西江駭浪　　　괘념 않으련다, 서강의 거친 물결이

催人白髮　　　　　　흰머리를 재촉하더라도.

擧手長辭靑玉佩　　　손 쳐들어 푸른 옥패(벼슬)를 사양하고

掉頭不入黃金闕　　　머리 저어 황금 대궐엔 들지 않으리.

聽楓梢　　　　　　　단풍가지 끝 서걱대는 소리를 듣고

曉露荻花　　　　　　갈대꽃에 아침 이슬 맺히면

風寒侵骨　　　　　　바람은 차서 뼛속까지 스며들리.

哀簫唈　　　　　　　슬픈 피리 곡조에

短歌發　　　　　　　빠르고 짧은 노래 부르면

暮潮薄　　　　　　　저녁 썰물은 솨르르

晨潮滑　　　　　　　새벽 밀물 번들번들.

取江豚　　　　　　　큰 고기 잡아다

穿過綠楊枝末　　　　버들가지 꺾어 꿰어

濁酒三杯酬至願　　　막걸리 석 잔으로 지극한 바람을 수작하면

蒲帆一幅留長物　　부들 돛 한 폭이 긴 그림자를 남기리.
只管騰熟睡到天明　단잠 끝 새벽에 부스스 깨어나면
江沈月　　　　　　강에는 달이 잠겨 있으리.

　'지극한 바람至願'이란 세상의 영욕을 초월하여 자유롭게 살고 싶다는 꿈이다.
　시인은 때로는 자연 풍광과 어우러진 고색창연古色蒼然한 절간을 묘사하여 자연의 청정미를 노래한다. 박은(朴誾, 1479~1504)이 1502년에 개성 숭악산 서쪽의 복령사福靈寺를 노래한 시의 경련, "스산한 봄 기운에 비 오려 하자 새가 울고, 늙은 나무 정이 없어 바람이 절로 슬프다春陰欲雨鳥相語, 老樹無情風自哀"는 절간의 음산한 봄 풍경을 그려내어, 깊고 아득한 느낌을 준다. 이행(李荇, 1478~1534)이 영통사靈通寺 벽에 쓴 시「중열(박은)이 영통사 벽에 쓴 시에 차운하여次仲說靈通寺壁上韻」도 그 두련이 그윽하다. "가랑비 맞으며 사찰을 찾아가니, 맑고 차가운 골짜기에 고목이 그늘졌다偶乘微雨問叢林, 洞府清寒古木陰".
　고려 중엽 이후로는 소상팔경도瀟湘八景圖와 무이구곡도武夷九曲圖가 유행하면서 산하의 승경을 4경, 8경, 9경, 심지어 10경, 12경으로 선정하여 시로 짓는 것이 유행하였다. 그렇게 경승을 손꼽아보면서 시인들은 소외되어 있던 풍경을 친숙한 공간으로 재인식하기도 하고, 너무 친숙해서 미처 아름다움을 의식할 수 없었던 주변 경관에서 아름다움을 재발견하였다. 조선 중기의 백광훈白光勳은 여주 강가에 있던 망포정(望浦亭, 노수신盧守愼의 정자) 주변의 경관을 여덟 수로 읊었는데, 그 가운데「삼차송월三叉松月」은 정취가 고고高古하다.

　手持一卷蘂珠篇　　한 권의 도가 서적 손에 들고

讀罷松壇伴鶴眠   제단에서 읽고선 학을 벗해 잠들었다가
驚起中宵滿身影   한밤중 놀라 깨니 온몸이 솔 그림자.
冷霞飛盡月流天   찬 노을 날아가고 하늘에는 달빛 흐르네.

산수 자연은 또한 낭만적 상상을 꿈틀거리게 한다. 송도삼절의 하나
인 박연에는 용왕 딸이 박진사가 부는 피리 소리에 반하여 그를 따라갔
다는 전설이 있다. 고려 중엽의 대문호 이규보(李奎報, 1168~1241)는
「박연에 쓰다題朴淵」라는 시에서 탁문군 이야기와 용녀 이야기를 비교
하면서 용녀의 로맨스를 더욱 농염하게 부각시켰다.

龍娘感笛嫁先生   용왕 딸이 피리에 홀려 박선생에게 시집가
百載同歡便適情   백년고락 같이했다는 말이 인정에 맞는군.
猶勝臨邛新寡婦   임공 과부(탁문군)보다야 낫고말고
失身都爲聽琴聲   거문고 소리에 몸을 버렸다니 원.

박연의 용녀는 본래 남편이 있었는데 박진사와 도망하려고 남편을
죽였다는 전설도 있다. 그러나 이규보는 용녀가 처녀로 있다가 박진사
를 사랑하게 되었다고 하였다. 어쨌든 이규보는 우리 산하에 얽힌 신화
와 전설의 세계를 사랑하였다. 그렇기에 「동명왕편」이라는 민족서사시
를 만들어낼 수 있었으리라.
조선 중기의 양사언(楊士彦, 1517~1584)은 선풍도골仙風道骨이 빼어
난 시인이었다. 관직에 있으면서도 대지팡이와 미투리로 산을 찾아다
녔던 인물이다. 그가 가을의 금강산을 노래한 「발연의 반석에 쓰다題鉢
淵磐石上」를 보라. 시간은 우리 삶을 동강내어 허무 속으로 내던지려 하
지만, 그는 그러한 시간의 흉포한 손길을 멀리 벗어나 있지 않은가.

白玉京	백옥경
蓬萊島	봉래도.
嵑嵑烟霞古	맑디맑은 안개와 노을이 예스럽고
熙熙風日好	부드러운 바람과 햇볕도 좋아라.
碧桃花下閑來往	벽도화 아래 한가롭게 오가나니
笙鶴一聲天地老	학 탄 신선의 젓대 소리에 천지가 늙누나.

❧ ❧ ❧

"Dunkel ist das Leben, ist der Tod." 삶은 어둡고, 죽음도 또한. 구스타프 말러Gustav Mahler의 교향곡 〈대지의 노래Das Lied von der Erde〉는 제1악장 '대지의 슬픔을 노래하는 술의 노래'에서 이 주제를 반복하여 노래하고 있다. 말러는 한스 베트게Hans Bethge의 『중국의 피리Die chinesische Flöte』(Leipzig, 1922)를 대본으로 삼아 중국의 시를 독일적 정서로 재해석하여 인간 내면의 고독을 노래하였다. 제1악장은 이백의 시를, 그 이하 여섯 개 악장은 이백, 전기(錢起, 710?~780?), 맹호연, 왕유 등의 시를 이용하였다. 마지막 장(6장) '결별der Abschied'은 맹호연의 시 「업 선사의 산방에 묵으면서 정공이 오기를 기다렸으나 오지 않다宿業師山房 待丁公 不至」와 왕유의 시 「송별送別」을 합성하고, 음악의 마지막에 여성의 노래로 ewig(영원히)라는 말을 길게 끌도록 하였다. 이것은 왕유의 '흰 구름은 다할 날 없다白雲無盡時'를 베트게가 'Und ewig, ewig sind die weißn Wollken……'이라고 번역한 것에 근거한다. 곡조가 아주 음울하다.

〈대지의 노래〉에 일관된 주조는 아름다운 것, 가치 있는 것은 청춘도, 아름다움도, 우정도 결별하지 않을 수 없다는 슬픔이다. 하지만 말러가 근거하였다는 한시의 세계에 어디 이토록 어두움이 짙게 드러나 있단 말인가.

다만 일본의 중국학자 요시카와 고지로에 따르면, 제1악장은 '영원한 창공das Firmament blaut ewig' '늘 푸른 대지und die Erde/wird lange fest steh'n und aufblühen im Lenz'라고 예찬되는 자연에 대비하여 인생의 허무함을 슬퍼한 것이며, 그것은 이백을 포함한 중국시의 공통된 정서라고 하였다. 확실히 한시가 자연을 노래하는 방식에는 그러한 대비가 들어 있다. 하지만 말러가 음악으로 나타낸 것과 달리, 한시는 실존에 대한 회의와 불안의 감정을 전면에 격하게 드러내는 일이 드물다. 아무래도 내게는 말러의 〈대지의 노래〉가 감정의 과잉처럼 여겨진다. 한시는 그렇게 물컹물컹하지 않다. 절제가 있다. 산수 자연을 노래하는 그 명랑한 어조를 보라. 독자들은 어떻게 생각하시는지.

3. 경景과 정情의 교직

❖ ❖ ❖

한시는 자연을 읊는 것이 많다. 인간과 사회를 읊는 경우에도 자연을 함께 읊는 일이 많다. 서구에도 고대 그리스 때부터 자연을 읊는 일이 없지 않았지만, 서구의 시는 자연과 맞서는 인간을 그려내고 인간의 일을 중심에 둔다. 그러나 한시의 자연은 인간 삶을 포근히 감싸준다. 물론 그렇다고 서양의 시에 자연과의 친화를 중시하는 사상이 없었다고 말하려는 것은 아니다. 경향성을 말할 따름이다.

한시는 정적인 자연만을 노래하는 것이 아니다. 역동적인 자연의 모습도 묘사한다. 하지만 그 경우에도 자연은 인간과 대치하는 일이 거의 없다. 이 점은 한시와 자연의 관계를 살펴보면서 어느 정도 개괄했다.

한시는 자연 속에서 느낀 시인의 정감 및 사상을 시 속에 담아낼 때 몇 가지 기본적인 방식을 구사하였다. 그것이 때로는 격식으로 굳어지기까지 하였다. 그것을 이름하여 '경景과 정情의 교직交織 방법'이라고 부를 수 있다. 과거에 선인들이 시를 논할 때 '선경후정先景後情'이라든가 '선정후경先情後景'이라든가 하는 식으로 말한 것은 이것과 관련이 있다.

이 장에서는 한시에서 경景과 정情을 교직하는 구체적인 방법을 살펴보기로 한다.

❖❖❖

한시에서 자연 경치의 묘사는 거의 필수적인 요건이다. 그래서 한시에서 자연 경치를 묘사하는 방식에 대해 설명한 책이 이미 남송 때 나왔다. 남송의 주필周弼이란 사람은 『삼체시三體詩』를 엮어서 '경과 정의 교직 방법'을 논하였다. 『삼체시』는 임진왜란 이전의 시기에 널리 유행하였다. 일본에서는 에도江戸 시대에 아주 널리 읽혔다. 연산군은 포악한 군주였지만, 문예적 취향이 강하여 여러 시를 남겼고 문신들에게도 문학 수업을 강요하였다. 그는 즉위 11년인 1505년 5월에 『시학대성詩學大成』『당시고취唐詩鼓吹』『속고취續鼓吹』『삼체시三體詩』『당음唐音』『시림광기詩林廣記』『당현시唐賢詩』『송현시宋賢詩』『영규율수瀛奎律髓』『원시체요元詩體要』 등을 간행하게 하였다. 이 시선집들이 바로 조선 전기에 널리 참고된 한시의 교재였다. 그 속에 『삼체시』가 들어 있는 것이다.

『삼체시』는 본래 제목이 '당현삼체시법唐賢三體詩法'이다. 당시唐詩의 칠언절구, 칠언율시, 오언율시의 세 양식을 중심으로 작시의 법을 해설하였다. 그런데 주필은 각각의 하위 부류를 설명할 때 '허虛'와 '실

實'의 개념을 사용하였다. 구체적인 형상을 지닌 '경물景物'을 묘사한 것은 '실'이고, 추상적인 '정사情思'를 서술한 것은 '허'이다. 주필은 '허'의 구와 '실'의 구가 시 전체에서 어떻게 배치되는지 따졌다. 이를테면 칠언절구에는 '실접實接'과 '허접虛接'의 두 부류, 칠언율시와 오언율시에는 '사실四實' '사허四虛' '전허후실前虛後實' '전실후허前實後虛' 따위의 부류를 설정하였다.

칠언절구의 '실접實接'이란, 셋째 구인 전구轉句에 '실實' 즉 경물의 묘사를 배치하는 것을 말한다. 절구는 네 개의 구로 이루어지며 각각의 구는 기起, 승承, 전轉, 결結이라 불린다. 셋째 구는 전구轉句라 하는 데서 알 수 있듯이 전체 시의 중핵이니, 시상의 전절轉折이 기대된다. 이 전절의 구에 경물을 묘사하는 것이 '실접'이다. 거꾸로 '허접虛接'이란 이 전절의 구에 경물을 묘사하지 않고 정사를 서술하는 것을 말한다.

한편 오언율시와 칠언율시에서 '사실四實'이란 중간 네 구에 모두 경물을 묘사한 '실'의 구를 두는 것을 말한다. 반대로 '사허四虛'는 율시의 중간 네 구에서 모두 정사를 서술한 것이다.

율시는 대개 8구 4연으로 이루어지는데, 네 개의 연은 두련頭聯, 함련頷聯, 경련頸聯, 미련尾聯이라고 부른다. 그 가운데 함련과 경련은 반드시 대장對仗 즉 대구법을 지켜야 한다. 거기에 '정'과 '경'을 어떻게 짜넣는가 하는 것이 전체 시의 골격에 중대한 영향을 미친다. 만일 함련은 경치를 묘사하고 경련은 정사를 서술한다면 '전실후허前實後虛'이고, 함련은 정사를 서술하고 경련은 경치를 묘사한다면 '전허후실前虛後實'이다.

『삼체시』를 엮은 주필은 칠언절구의 '실접'과 율시의 '사실'을 가장 정통의 형식이라고 보았다. 그가 실접의 대표작으로 꼽은 것은 중당 때 옹도(雍陶, 805~?)의 「성 서쪽으로 친구의 별장을 방문하다城西訪友人

別墅」이다.

澧水橋西小路斜　예수 다리 서쪽에 비스듬한 작은 길
日高猶未到君家　해 높도록 그대 집에 이르질 못했네.
村園門巷多相似　마을 골목이 모두 비슷비슷하구나
處處春風枳殼花　곳곳마다 봄바람에 탱자꽃 피어나.

예수澧水는 지금의 호남성 동정호洞庭湖에 흘러드는 지류이다. 이 시는 시인이 예주(澧州, 현재의 예현)에 체류할 때 서쪽 교외로 친구를 찾아가면서 지은 듯하다. 시인은 다리 건너 서쪽으로 이어진 작은 길을 따라 가는데, 해가 높이 뜨도록 여태 친구의 집에 이르지 못하였다. 그렇다고 서두르는 기색도 없다. 교외의 마을은 집집마다 비슷비슷한데다가, 울타리마다 탱자꽃이 봄바람에 흔들리고 있다. 시인이 묘사한 풍경은 아주 한적하고 안정감을 준다. 이 시에서 그러한 한적감과 안정감을 주는 시구는 역시 전구와 결구이다. 특히 전구 즉 제3구에 '실'의 구를 배치함으로써 그러한 시적 이미지를 두드러지게 하였다. '모두 비슷비슷하다多相似'라는 말은 참 교묘하다. 크고 작고 높고 낮은 가치의 분별을 떠나 있는, 평범하지만 별스러운 세상을 이 말로 표현해낸 것이다.

한편 주필은 율시의 '사실'의 예로 성당의 시인 왕유王維의 「산거즉사山居卽事」를 들었다.

寂寞掩柴扉　적막하게 사립문 닫아두고
蒼茫對落暉　물끄러미 석양을 대한다.
鶴巢松樹徧　학은 소나무에 둥지 틀어 여기저기 있고
人訪蓽門稀　사람은 초가집에 찾아오는 이 드문데,

嫩竹含新粉　눈죽은 새 꽃가루를 머금고
紅蓮落故衣　홍련은 낡은 옷(꽃잎)을 떨구누나.
渡頭燈火起　나루터에 등불 일더니
處處採菱歸　곳곳마다 마름 뜯어 돌아온다.

'산거山居'란 왕유가 장안 동남쪽 망천輞川에 얽었던 별장을 말하는 듯하다. 하지만 이 시에는 고유명사가 하나도 없다. 마치 소유도 집착도 없는 마음 상태를 드러내는 듯하다. 찾아오는 이 없는 초가에 앉아 시인은 석양을 바라보고 있다. 석양을 바라보면서 명상에 잠기는 것을 일상관日想觀이라고 한다. 평소 불교에 심취하였던 시인은 일상관이라도 하였던 것일까. 아니, 그러한 명상에 빠지지 않았다 하더라도 좋다. 시인은 적막한 산 속에서 지는 해를 바라보면서 마음의 평안을 얻고 있다. 고유명사를 잊어버린 공간과 시간이다. 문득 시인은 주위의 풍경에 눈을 준다. 학은 소나무숲 이곳저곳에 둥지를 틀었지만, 내 집에는 아무도 찾아오는 사람이 없다. 고즈넉하다. 푸르고 싱싱한 대는 새로운 꽃가루를 흩고, 붉은 연은 활짝 피었다가 시든 꽃잎을 떨군다. 모든 것이 저절로 그러하다. 눈죽嫩竹은 텍스트에 따라 녹죽綠竹으로 된 것도 있다. 문득 멀리 나루에서 사람들이 켜든 등불 빛이 환하게 눈에 들어온다. 어느새 시간이 꽤 흘러서 밤이 되었나보다. 마름을 따러 갔던 처녀들이 집으로 돌아오고 있다.

이 시는 산 집의 한적한 세계를 묘사하였다. 함련에서는 학이 둥지를 튼 소나무와 찾아오는 이 없는 산 집을 대비시켰고, 경련에서는 꽃가루를 흩날리는 녹죽과 시든 꽃잎을 떨구는 홍련을 대비시켰다. 그 대비의 정도가 매우 강렬하다. 미련에서도 나루의 광경을 묘사하여 '실'의 구를 연결하였지만, 전체적으로 보면 역시 함련과 경련의 '실'이 중심을 이룬다. 감정 토로를 배제한 철저한 '사경寫景'에서 자연에 동화된 시인의 평화로운 심경을 엿볼 수가 있다.

주필의 『삼체시』는 오언절구를 다루지 않았다. 오언절구는 보통 고시古詩와 가까우며, 경치의 묘사보다는 민가풍을 띠거나 사색적인 내용을 진술하는 데 더 용이해 '경과 정의 교직'이라는 공식에는 부합하지 않기 때문인 듯하다. 더구나 이 책은 이백李白이나 두보杜甫와 같은 대가의 작품을 한 수도 싣지 않는 등, 편파적이다. 게다가 한시는 이전의 뛰어난 전통을 이으면서도 창신創新을 이루어왔으므로 이 책에서 예시한 고정된 격식으로 모든 한시들을 설명할 수는 없다. 그러나 한시의 구조에서 가장 중요한 개념인 '경과 정의 교직'을 이해하기 위해서는 이와 같은 도식적 설명을 알아둘 필요가 있다. 기본 개념을 알아두고 거기서부터 각 시인이 어떠한 방식으로 독특하게 '교직'을 행하였는지 분석해간다면 각 시인의 시세계와 각 시의 수준을 더 잘 이해할 수 있을 것이기 때문이다.

❖ ❖ ❖

칠언절구 가운데 '실접'의 방식을 취한 예로 이백의 「동정에 노닐다 遊洞庭」를 보기로 하자. 전체 다섯 수 가운데 한 수만 든다. 이 시는 전구를 '실'로 이었지만, 그 '실접'은 공식으로 설명할 수 없는 묘경妙境이 있다.

洞庭西望楚江分　동정을 서쪽으로 보면 초강이 분명하지만
水盡南天不見雲　물 다한 남쪽 하늘에는 구름이 뵈지 않네.

日落長沙秋色遠　　장사長沙에 해 지자 가을빛 멀어라
不知何處弔湘君　　상군湘君을 조문했던 곳이 어딜는지.

　중국 호남성 악주岳州에는 중국에서 가장 큰 호수인 동정호가 펼쳐져 있다. 이백은 호수 북쪽을 가로질러 흐르는 초강楚江의 본류와 지류가 나뉘는 모양을 바라보고, 이어서 남쪽으로 시선을 옮겨 광대한 수면을 바라보았다. 그러다가 전구轉句에 이르러 불쑥, 슬그머니 찾아든 저녁 어스름에 수면의 빛깔이 미묘한 변화를 일으키는 것을 노래하였다. 원경에서부터 근경으로의 변화이다. 그것은 실은 경물로부터 내면의식으로의 변화를 담고 있다. 곧, 호수 멀리 남쪽 기슭에 있는 장사長沙라는 곳을 연상하고는 전설의 세계로 빨려들어갔다.

　장사는 한나라 때 가의賈誼라는 문인이 장사왕의 태부로 부임하였던 곳이다. 가의는 임지로 가다가 동정호로 흘러드는 상수湘水에서 여신을 조문하였다고 한다. 상수의 여신은 상고시대 요堯 임금의 두 딸이 죽어 신령으로 화한 존재다. 요 임금의 두 딸은 순舜에게 시집갔는데, 뒷날 순임금이 남방 지역을 시찰하다가 운명하자, 남방으로 가서 애도하다가 죽었다. 곧 상군湘君이다. 굴원屈原의 『초사楚辭』에도 나온다.

　이백이 전설을 회상한 것은 자신의 불우한 심사를 기탁하려 한 것은 아니다. 우의寓意라고 간주해버리면 시가 너무 밋밋하다. 이백, 그는 광활한 공간과 영원한 시간 속에 자신을 내맡긴 것이리라. 그렇기에 이 시는 앞서 『삼체시』가 모범으로 내걸었던 옹도의 시와는 분위기가 전혀 다르다. 상상력의 스케일이 크다.

　한편, 『삼체시』는 오언절구에 대하여 논하지 않았으나, 오언절구에서도 경과 정의 교직은 매우 중요한 문제이다. 우리나라 시인 가운데 기상이 웅혼하다고 평가받는 정두경(鄭斗卿, 1597～1673)의 시를 예로 보

자. 정두경은 함경도 평사評事로 부임하다가 「마천령에 올라登磨天嶺」라는 절구를 지었다.

驅馬磨天嶺　말을 몰아 마천령에 오르니
層峰上入雲　층층 봉우리가 구름 속에 들어 있다.
前臨有大澤　저 아래 펼쳐 있는 광대한 못을
蓋乃北海云　대개 북해라 하는군.

함경도와 평안도는 군사 요충지여서 절도사의 권한이 강해 중앙의 권력이 사실상 미치지 않았다. 문인이 평사로 나가는 것은 좌천 혹은 실지失志나 다름없었다. 그렇지만 정두경은 이 시의 기구와 승구에서 미지의 세계로 향하는 웅혼한 기상을 드러내었다. 그러한 기상을 아래의 구에서 잇기란 정말 어려운 일이다. 그런데 정두경은 전구에서 마치 산 아래 깔려 있는 광대한 못을 바라보기라도 하듯이 묘사하였다. 실은 전구와 결구는 사마천司馬遷의 『사기史記』 「대원전大宛傳」에서 "광대한 못을 굽어보매 끝이 없으니, 대개 이것을 북해라고 한다"라고 한 말을 따왔다. 마천령의 광활한 지세를 표현하기 위해 현재적 시공간을 넘어서서 상상의 세계를 끌어온 것이다. 전구에서 경물을 묘사한 사실로 보면 이 시는 '실접'이지만, 전구의 경물 묘사는 실재하는 경물이 아니라 웅혼한 정신에 의하여 상상된 경물이다.

칠언절구는 산뜻한 경물 묘사를 최고로 친다. 그래서 더욱 경과 정의 교직에 유의한다. 그런데 칠언절구 가운데는 시인 자신의 정사를 아예 배제한 채 기승전결의 네 구를 모두 경물 묘사, 즉 '실'의 구로 배치한 예가 있다. 「한시와 산수 자연」에서 언급하였듯이 광해군 때 시인 권필權韠은 청정한 조화의 공간 속에 안주하려는 경향이 있었다. 그가 지은

「그윽한 살이에 우줄우줄 흥이 나서幽居漫興」를 보면 기승전결의 네 구가 모두 경물 묘사로, 정사의 서술을 피하였다.

池岸纔容人往還　　못 언덕은 겨우 사람 다닐 만하고
兩池分蘸一邊山　　산 그림자는 두 못에 나뉘어 잠겼는데,
靑荷葉小不掩水　　푸른 연 잎사귀 작아서 물을 덮지 못하여
時見魚兒蒲葦間　　때때로 어린 물고기 갈대 사이로 보이네.

　시인은 인위적인 해석이 필요 없는 자연 공간 속에 몰입해 있다. 그렇기에 시의 전면에 모습을 나타내지 않는다. 이러한 경향은 은둔을 결행한 시인들의 시에 잘 나타난다.
　김창흡金昌翕은 숙종 연간에 노론의 지식인으로서 민감한 사안에 적극적으로 개입한 정치가였다. 하지만 만년에는 갈역(葛驛, 강원도 인제)에 살며 자연과 인생에 대한 상념을 연작의 잡영雜詠에 담기도 했다. 「한시와 산수 자연」에서 예로 들었던 그 서시序詩는 경물 묘사로 일관하는 속에 평안한 마음 상태를 담아내었다. 네 구 모두 '실'이다. 다음 시도 네 구 모두 '실'이다.

風中雨脚打窓深　　바람 속 빗발은 창 깊숙이 후둑거리는데
臥聽簷鈴尙擁衾　　이불 안은 채 누워 처마 끝 풍령 소릴 듣는다.
認得群鷄下塒早　　닭들은 벌써 홰대를 내려왔겠지
滿階蝸蚓産蒸陰　　섬돌 가득 나온 지렁이, 눅눅한 장맛날.

　시골집 창 안으로 들어오는 빗발에 잠이 깬 아침, 눅눅한 기분이 들어 잠자리에서 얼른 일어나지를 못한다. 그러한 때 듣는 처마 끝 풍령 소

리. 곰실대는 상념을 서술하지 않은 채 실경의 묘사 속에 그 상념을 가두어두었다.

칠언절구 가운데는 은둔의 평온한 심경을 반영해서가 아니라 경물 자체의 묘사에 역점을 두어 전체 네 구를 실경으로 처리한 예도 있다. 조선 후기의 저명한 화가인 조희룡(趙熙龍, 1789~1866)은 1854년(철종 5년)에 전남 신안군 임자도荏子島에 유배되어 그곳 풍광을 회화 같은 시로 묘사해내었다.

蕎麥花開夕照明　　메밀꽃 활짝 피어 저녁노을 아래 화사한데
斷橋衰柳獨蟬鳴　　끊긴 다리 옆 늙은 버들엔 외로운 매미 소리.
草人相對堠人立　　허수아비 나무장승 마주 서서는
似護平田萬斛情　　너른 들판 만곡 낟알 지켜보잔 마음이리.

저녁노을 아래 환한 빛을 발하는 흰 메밀꽃, 푸른 버들빛이 잠긴 맑은 시내와 끊어진 나무다리, 푸른 들판을 지켜보는 허수아비와 장승을 화폭에 옮기듯 시를 적었다. 그리고 적막한 한여름 저녁에 우는 매미 소리를 넣음으로서, 정靜 속에 동動적인 생동감을 불어넣었다. 허수아비마저도 생명 있는 것으로 그려낸 데서 미학적인 긴장이 느껴진다.

앞서 동정호를 노래한 이백의 시를 거론하였으니, 같은 동정호를 노래한 두보의 시를 예로 들어 오언율시에서 경과 정의 교직이 어떻게 이루어졌는지 살피기로 하자. 너무도 유명한 「악양루에 올라登岳陽樓」는 그가 57세 때 지은 것이다.

昔聞洞庭水　　지난날 동정호에 대하여 들었는데
今上岳陽樓　　오늘에야 악양루에 오르노라.

吳楚東南坼	오 땅과 초 땅은 동남쪽에 벌어져 있고
乾坤日夜浮	하늘과 땅은 밤낮없이 수면에 떠 있다.
親朋無一字	가족과 벗에게선 한 자 소식도 없고
老病有孤舟	늙고 병든 나에게 외론 배가 있을 뿐.
戎馬關山北	전장의 말이 관산 북쪽에 여전히 횡행하니
憑軒涕泗流	난간에 기대어 눈물을 줄줄 흘리노라.

이 시의 함련은 경물 묘사이므로 '실', 경련은 정사의 서술이므로 '허'이다. 따라서 '전실후허'인 셈이다. 그런데 이 시를 전체적으로 보면 두련과 함련은 경물 묘사, 경련과 미련은 정사의 서술이다. 두보의 율시는 이렇게 전반부(두련과 함련)에서 경물을 묘사하고, 후반부(경련과 미련)에서 급전하여 정사를 서술하는 예가 많다. 또한 전반부의 경물 묘사에서도 두련은 '지난날昔'과 '오늘에야今'를 대비하여 실경을 보게 된 감격을 극대화시켰다.

이어지는 함련의 경물 묘사는 스케일이 엄청나다. "오 땅과 초 땅은 동남쪽에 벌어져 있고"라는 표현은 공간의 광활함만 말한 것이 아니다. 오나라와 초나라가 양자강 남방에 위치하여 각축하였던 전국시대의 역사를 한꺼번에 끌어내왔다. "하늘과 땅은 밤낮없이 수면에 떠 있다"는 표현도 공간의 광활함을 묘사한 데 그친 것이 아니다. 시인의 상상력은 역사적 시간을 뛰어넘어 원시적인 시간 속으로 들어갔다. 미련의 마지막 구에서 "난간에 기대어 눈물을 줄줄 흘리노라"라고 말한 비애의 감정은 이 광활한 우주, 영원한 시간에 대비되는 인간의 왜소함을 자각한 데서 비롯된다. 단순히 전란이 계속되는 것을 안타까워하는 '현실적' 고뇌라고 설명한다면 이 시의 맛은 줄어들 것이다.

두보는 실제 경치를 묘사할 때 단순한 스케치로 끝내지 않고 사색思

素을 중시하였다. 그래서 경물의 묘사가 구상적이지 않다. 두보는 기주夔州의 유랑지에서 지은 「배로 기주로 내려가다가 성 외곽에 묵다. 비가 축축히 내려 기슭으로 올라가지 못하고, 왕십이 판관과 이별하다船下夔州 郭宿 雨濕不得上岸 別王十二判官」에서, "새벽 종소리 울릴 때 구름 바깥이 젖어 있고, 승지의 석당에선 안개가 피어난다晨鐘雲外濕, 勝地石堂煙"고 하였다. 그런데 '새벽 종소리 울릴 때 구름 바깥이 젖어 있다'는 구절은 '새벽 종소리가 구름 바깥에 젖어 있다'는 식으로도 읽힌다. 이렇게 읽는다면 그 상상은 마치 신들린 것 같다고 할 수 있다. 두보는 경물을 단순히 묘사하는 데 그치지 않았다. '오묘한 깨달음妙悟'을 통해 경물과 정신을 하나로 통일시켜 '자동기술自動記述'하였는지 모른다.

오언율시의 예로, 「한시와 산수 자연」에서 소개한 김시습의 「소양정에 올라登昭陽亭」를 다시 한번 읽어보자. 허균(許筠, 1569~1618)은 『성수시화惺叟詩話』에서 이 시를 두고 '화평하고 담박하면서도 아담한 경지'를 표현하였다고 평하였다.

鳥外天將盡	새 나는 바깥에 하늘은 다하고
愁邊恨不休	수심 끝에 나의 한恨은 그치지 않아라.
山多從北轉	겹겹 산은 북쪽에서 꺾어들고
江自向西流	강물은 서쪽으로 흘러가는데,
雁下沙汀遠	기러기는 먼 모래톱에 내려앉고
舟廻古岸幽	조각배는 옛 기슭을 돌아나간다.
何時抛世網	어느 때 세상 그물 벗어나
乘興此重遊	흥에 겨워 여기에 다시 노닐랴.

이 시는 함련과 경련이 모두 경치를 묘사하였으므로 『삼체시』의 분류

에 따르면 '사실四實'에 해당한다. 특히 소양정(현재는 봉의산 밑으로 이전되어 있음)에서 보면 함련의 "겹겹 산은 북쪽에서 꺾어들고, 강물은 서쪽으로 흘러가는데"라는 묘사가 완전히 실경實景임을 알 수가 있다. 그런데 경련의 '옛 기슭古岸'이라는 표현에 새삼 주목하지 않을 수 없다. 이것은 춘천이 맥국貊國이었다는 전설을 바탕으로, 이 지역의 역사적 유구성을 염두에 둔 표현이다. 유유히 흐르는 소양강은 역사적 풍상을 견뎌온 평온한 공간을 구획하고 있다. 그것은 영고성쇠로 번전飜轉하는 일상의 세계를 벗어나도록 유인한다. 그렇기에 미련에서 시인은 "어느 때 세상 그물 벗어나, 흥에 겨워 여기에 다시 노닐랴"라고, 장왕長往의 뜻을 피로하였다. 그러나 시인은 장왕의 뜻을 실현할 수 없다는 사실을 잘 알고 있다. '수심 가득한 창자를 묻을 곳 없다'는 우수가 평온한 세계와 자기와의 간극을 내내 좁혀주지 않는다.

한편 칠언고시는 한시 형식 가운데 가장 자유로운 시형이다. 물론 평측의 규칙과 압운의 원칙이 있지만 근체시만큼 엄격하지 않다. 더구나 시상의 전개가 매우 자유롭다. 따라서 주필의 『삼체시』가 칠언고시의 '경과 정의 교직'에 대하여 논하지 않은 것은 당연한지도 모른다.

그러면 칠언고시에서는 경물의 묘사와 정사의 서술을 어떻게 읽을까? 북송 때 문호 소식蘇軾이 평생 가장 만족해했던 시 한 수를 예로 들기로 한다. 소식은 45세 때 귀양지였던 황주黃州 정혜원 뒷산에서 해당화 한 그루를 발견하고 시를 지었다. 「정혜원 동쪽에 더부살이하는데 잡꽃이 산에 가득하였고, 해당 한 그루가 있으나 토착인들은 귀한 줄을 몰랐다寓居定惠院之東 雜花滿山 有海棠一株 土人不知貴也」라는 제목이다.

江城地瘴蕃草木　강 마을 온습한 땅에 초목이 무성한데
只有名花苦幽獨　아름다운 꽃 하나 외롭고 쓸쓸하네.

嫣然一笑竹籬間　대울타리 사이로 예쁘게 한번 웃자

桃李漫山總麤俗　산에 흐드러진 도리화가 도무지 속되구나.

也知造物有深意　이제야 알겠네 조물주께서 깊은 뜻 있어

故遣佳人在空谷　가인을 빈 골짜기로 보내셨음을.

自然富貴出天姿　저절로 부귀한 모습은 하늘이 낸 것

不待金盤薦華屋　금 소반에 담아 좋은 집에 올릴 필요 없도다.

朱脣得酒暈生臉　붉은 입술로 술을 마셔 볼에 훈기 돌고

翠袖卷紗紅映肉　푸른 소매 비단에 붉은 살이 어린다.

林深霧暗曉光遲　안개 낀 깊은 숲에는 아침 햇빛 더디고

日暖風輕春睡足　미풍 불고 볕이 따스해 봄 잠이 달구나.

雨中有淚亦悽愴　비에 젖어 눈물 머금은 모습도 애섧고

月下無人更清淑　달 아래 외로운 자태가 더욱 정숙하구나.

先生食飽無一事　동파 선생은 배부르고 한가하여

散步逍遙自捫腹　산보하며 한가하게 배 문지르며

不問人家與僧舍　민가인지 절인지 따질 것 없이

拄杖敲門看脩竹　지팡이 짚고 문 두드려 대를 구경하다가

忽逢絕艷照衰朽　문득 절색의 빛이 노쇠한 이 모습을 비추는 걸 만나

歎息無言揩病目　아무 말 못 하고 탄식하며 병든 눈 비벼댔지.

陋邦何處得此花　이런 누추한 곳에 어떻게 이런 꽃이 피었을까

無乃好事移西蜀　호사가가 서촉에서 옮겨온 것이 아닐까.

寸根千里不易到　한치 뿌리라 해도 천리 멀리 가져오기란 쉽지 않으니

銜子飛來定鴻鵠　꽃씨 물어온 것은 필시 기러기들이리.

天涯流落俱可念　하늘 끝에 유락하다니 너나 나나 서글프구나

爲飲一樽歌此曲　술 한 동이 기울이며 이 노래를 부르노라.

明朝酒醒還獨來　내일 아침 술 깬 뒤 다시 홀로 오리라.

雪落紛紛那忍觸   눈처럼 꽃잎 질 걸 생각하면 만지지 못하겠네.

이 시에서 소식은 하늘가에 유락流落하여 있는 자신을 정혜원 동쪽에 잡꽃과 함께 피어나 있는 해당화와 동일시하였다. 감정이입이라고 하겠다. 하지만 해당화를 바라보는 시인의 눈이 매우 맑고 투명하다는 사실에 주목하기 바란다. 그가 바라보는 해당화는 실재성을 넘어서서 시인의 영혼 속에 피어난 꽃이다. 곧 심화心花인 것이다.

이 시에서는 해당화가 피어 있는 정혜원 부근의 풍경을 묘사하는 부분과 시인이 자신의 정사를 서술하는 부분이 순서 없이 시상의 전개에 따라 뒤얽혀 있다. 주필이 『삼체시』에서 분류하였던 '경과 정의 교직' 도식은 전혀 쓸모없게 되었다.

❖ ❖ ❖

그런데 한시에서 경과 정의 문제는 실은 형식의 면에 그치는 것이 아니다. 그것은 한시를 성립시키는 근본에 놓인 미학과 연결되어 있다. 중국 문인들이 정과 경의 문제를 무수히 언급한 것도 그러한 이유에서였다. 곧, 중국의 문학서적에서는 '정경교융情景交融' '정경적회情景適會' '정경일합情景—合' 등등의 표현을 많이 찾아볼 수 있다.

한시의 창작에서 시인은 심경이 풍경과 상통하는 찰나를 포착하려고 한다. 그런데 '심경'이란 일상의 심경은 아니다. 중화민국 초기의 천재 왕국유(王國維, 1877~1927)는 『인간사화人間詞話』란 책에서 "시의 오묘한 세계는 사물의 징경만을 그리는 것이 아니다. 희로애락 또한 사람 마음속의 정경이다. 사물이건 마음이건 그 참된 정경을 그려낼 때 비로소

시의 경계가 열린다"고 하였다. 참된 마음의 정경만을 시인의 '심경'이라고 하였다. 그것은 바로 장자가 "내가 나를 잊는다吾喪我"라고 하였듯이 아집을 잊어버린 '참된 나'를 의미한다. 북송 때 소옹(邵雍, 1011~1077)은 「관물외편觀物外篇」에서, "사물의 법칙에 의거해 사물을 대하는 것이 본성이요, 나의 눈으로 사물을 대하는 것은 감정이다. 본성은 공평하고 밝으나 감정은 치우치고 어둡다"고 하였다. 이 '참된 나'야말로 사물의 참모습인 자연과 만나는 영혼이다.

소식은 문동(文同, 자는 與可, 1018~1079)이 대나무 그림을 그릴 때는 멍하니 자신을 잊어버리는 경지가 된다고 하면서, "자기 자신이 곧바로 대나무가 되어, 청신한 맛을 무궁하게 내도다其身與竹化, 無窮出清新" (「조보지가 소장한 문여가의 대 그림에 쓴 세 수書晁補之所藏與可畵竹三首」 제1수)라고 하였다. 육안으로 보는 경물을 넘어서서 영혼과 만나는 경물을 중시한 것이다.

조선 후기의 박지원은 문학의 임무가 진경眞景, 진황眞況을 사실적으로 묘사하는 데 있다고 보면서도, 외관만 비슷한 형사形似가 아니라 사물의 내적 본질을 주관이 올바르게 파악한 심사心似로 나아가야 한다고 주장했다. 이 심사란 것도 육안으로 보는 경물을 넘어서는 것을 뜻한다. 소식의 예술관과 일치한다고 할 수는 없어도, 인간의 주체적 인식을 중시했다는 점에서는 상당히 유사하다.

소식은 특히 '자연'이라는 말을 많이 사용하였다. 앞서 정혜원의 해당화를 노래한 시에서도 '자연'이란 말이 나왔다. 이 말은 현재 우리가 사용하는 산수 자연과 같은 의미는 아니다. 소식이 말한 자연은 『장자』에서 말한 '자연'이란 뜻과 일치한다. 그것은 '완전한 정신의 자유를 획득함으로써 자기가 자신의 주인이 됨과 동시에 자기 이외의 사물과도 완전한 조화를 이루는 것'이라고 정의할 수 있다. 근년의 철학자 서

복관徐復觀이 『중국인성론사中國人性論史』란 책에서 그렇게 말하였다. 이미 『장자』를 풀이하였던 서진西晉의 사상가 곽상郭象은 "밖으로 사물에 구함이 없고 안으로 자기에게 기대지 않는獨化" 완전한 경지를 '자연'이라고 한 바 있다.

소식은 도연명陶淵明의 시 정신을 논하여 "국화꽃을 따다가 우연히 남산을 보았으니 애초부터 아무 생각이 없었던 가운데 풍경과 심경이 일치했기 때문에 기뻤던 것이다"(「여러 책에서 함부로 글자를 고치는 일에 대하여 적다書諸集改字」)라고 말하였다. '자연' 곧 '자유'의 정신 경계가 '풍경과 심경의 일치境與意會'에서 나타난다고 본 것이다.

소식은 사물과 시인의 정신이 합치하는 경지를 「달밤에 손님과 함께 살구꽃 아래 술을 마시며月夜與客飲杏花下」라는 시에서 다음과 같이 노래하였다. 44세 때 서주徐州의 부임지에서 지은 시로, 『고문진보古文眞寶』에도 들어 있을 만큼 유명하다.

杏花飛簾散餘春	살구꽃이 휘장에 날아들어 봄날이 흩어지는 이 밤
明月入戶尋幽人	밝은 달이 창문으로 들어와 이 은둔자를 찾누나.
褰衣步月踏花影	옷자락 추어올리고 달 아래 꽃 그림자 밟으며 거닐매
炯如流水涵青蘋	반짝반짝 시냇물에 부평초가 넘실댄다.
花間置酒清香發	살구꽃 아래서 술 따르니 맑은 향기 감도나니
爭挽長條落香雪	어찌 긴 가지 잡아당겨 향설 꽃잎, 잔 속에 떨구랴.
山城酒薄不堪飲	산마을의 멀건 술이 떨떠름하긴 해도
勸君且吸杯中月	그대여 잔에 뜬 달까지 다 마시게나.
洞簫聲斷月明中	퉁소 소리 끊기고 달만 휘영청한데
惟憂月落酒杯空	오직 안타까운 것은 달 지고 술잔 비는 일.
明朝捲地春風惡	내일 아침 강포한 봄바람이 몰아치면

但見綠葉棲殘紅　　푸른 잎 사이에 붉은 꽃 몇 점만 붙어 있는 걸 보게 되리.

달은 시적 주체와 거리를 두고 동떨어져 있는 객체가 아니다. 달빛은 창문으로 들어와 시인의 맑은 흥취를 일으키고, 술잔에 떠서는 시인의 주흥을 돋운다. 달은 시인이 묘사하는 외부의 경물이 아니라 시인의 영혼이 투영된 것이다. 이것은 이백의 시풍과 통하는 면이 있다. 시인과 달과 달에 비친 그림자가 '세 사람三人'을 이룬다고 하였던 이백의 시 「달 아래 홀로 술잔을 따르며月下獨酌」를 상기하여보라.

이 글에서는 한시에서 '경'과 '정'이 얽히는 구체적인 양상을 살펴보았다. 한시는 '경'과 '정'의 확연한 구분을 거부한다는 사실을 짐작하였으리라.

한시의 시인들은 산수 자연 속에서 아집과 편견을 버리고 부드럽고 유순한 정신상태를 추구하였다. 시인의 맑은 영혼이 훼손되지 않은 경물과 조화하여 곳곳마다 아름다운 꽃을 피워내었다. 그것을 두고 만일 음풍농월이라고 폄하한다면, 그것은 서정의 가치를 이해하지 못하는 너무나 지독한 편견이다.

4. 기흥起興과 비유比喩

❖ ❖ ❖

고전을 읽거나 노랫가락을 듣다보면 절묘한 비유에 감탄하는 경우가 종종 있다. 판소리 〈춘향가〉에서 춘향이 부르는 이별가에 "해만큼 작아지고, 달만큼 작아지고, 별만큼 작아지고, 나비만큼 작아지네"라는 대목이 있다. 떠나가는 님의 모습이 해만큼 작게 보이다가 달과 별만큼 더욱 작아진다고 말한 것은 그리 놀라울 것이 없다. 하지만 '나비만큼 작아진다'는 비유에는 아연해하지 않을 수 없다. 의외의 비유이기에 그 함의가 무엇인지 여러 가지로 생각하게 된다. 전공 학자들과 논란 끝에, 초점이 흐려진 것을 나비의 흔들리는 모습에 비유한 것이라는 설이 가장 타당하다고 판정하였다. 그렇지만 왜 하필 나비인지, 여전히 수수께끼로 남아 있다.

가요 가운데 나는 하덕규가 부른 〈가시나무〉를 좋아한다. "내 속엔 내가 어쩔 수 없는 어둠, 당신의 쉴 자리를 뺏고 내 속엔 내가 이길 수 없는 슬픔, 무성한 가시나무숲 같네." 침울한 가락을 흥얼거려보면서, 상처받은 마음을 가시나무숲에 비유한 착상이 참으로 놀랍다고 생각하게 된다.

한시에도 절묘한 비유들이 많다. 그런데 한시의 비유에는 우리가 보통 비유라고 부르는 방식과 달리, 외부 자연이 시인의 정서와 사상을 촉발시키는 기능을 하는 기흥起興의 방식이 있다. 이른바 '흥을 일으키는' 이 외부 자연은 시인의 정서 및 사상과 직접 연관되어 있지 않다. 굳이 따지면 정서와 사상을 상징적으로 보여준다고 할 수 있다. 그렇지만 상징도 아니다. 유협(劉勰, 466?~520?)은 『문심조룡文心雕龍』「비흥比興」편에서, '흥'이란 일종의 계기적 연상이라고 보았다. 시의 표현 대상인 자연 현상이 흥을 낳고, 시인은 그 흥을 통하여 인간의 정취情趣를 연상하고 표현한다는 것이다.

앞서의 비유법, 즉 현대인들에게 익숙한 좁은 의미의 비유법에 대하여는 뒤에 다시 살펴보기로 하자. 여기서는 후자, 즉 기흥起興의 방식으로 이루어진 시를 우선 보기로 한다.

두보杜甫의 시 가운데 「수수愁」라는 칠언율시는 퇴계 이황李滉이 무척 좋아하였던 시이다. 두보가 만년의 기주夔州에서 지은 시로, 젊은 시절의 시와 달리 침울하고 쓸쓸한 심경을 드러내었다. 그런데 두보 율시의 통속적 해설서였던 『우주두율虞註杜律』에 따르면, 이 시의 앞 네 구는 흥興에 해당한다.

江草日日喚愁生　강가 풀은 날마다 수심을 일으키고
巫峽泠泠非世情　무협巫峽의 강물은 가늘게 흘러 세간 인정과 같지 않네.
盤渦鷺浴底心性　소용돌이에 백로가 멱감는 것은 무슨 마음일까

獨樹花發自分明   홀로 선 나무에 꽃 피어 그 빛이 절로 밝구나.

十年戎馬暗南國   십 년 전쟁으로 남쪽 나라도 암울한데

異域賓客老孤城   이역의 길손이 외론 성에서 늙어가네.

渭水秦山得見否   장안의 위수渭水와 진산秦山을 다시 볼 수 있을까

人今罷病虎縱橫   사람은 이제 지치고 병들었고 범은 횡행하거늘.

무협은 기주에 있는 삼협(三峽, 서릉협·구당협·무협) 가운데 하나이다. 지금 두보가 거처하는 타향을 말한다. 위수와 진산은 함곡관 안쪽 장안 부근에 있는 산천이다. 평화로운 시절 두보가 거주했던 곳이다.

『초사楚辭』에 "꽃다운 풀이 돋아나 무성한데, 왕손은 외유하여 돌아오지 않누나芳草生兮萋萋, 王孫遊兮不歸"라고 하였다. 두보는 그 시상을 가져와, 강가 풀은 무성하게 짙어가건만 고향으로 돌아갈 수 없어 '수심을 일으킨다'고 말하였다. 무협의 강물은 가늘게 흘러 냉랭하기 그지없다. 고향에 돌아가고 싶은 내 마음을 헤아려주지 않고 잠시도 멈추지 않는다. 이 때문에 '세간 인정과 같지 않네'라고 말한 것이다. 시의 '영령冷冷'은 가늘게 흐르는 모습인데, 무협의 강물과는 맞지 않는다. 그래서 '냉랭冷冷'으로 보아야 한다는 설이 있다. '저심성底心性'이란 '먹감는 물새는 무슨 마음으로 저처럼 즐겁게 노니는 것일까'라고 물은 것이고, '자분명自分明'이란 꽃이 사람의 일과는 아무 상관 없이 저처럼 화사하고 아름다우나 구경할 마음조차 없음을 말한 것이다.

풀은 수심을 불러일으키고 강물은 훈훈한 세상 인심이 아니며, 백로는 먹감고 꽃은 화사하게 피어 기쁨을 누리고 있다. 이 네 가지는 모두 시인의 수심을 불러일으킨다. 그러나 정작 두보의 수심은 전쟁이 십여 년이나 계속되어 객지에서 늙어간다는 사실에 원인이 있다. 더구나 지금 백성들은 피폐해 있건만 전쟁이 그칠 기약도 없다. 그렇기에 거듭 수

심을 일으킨 것이다.

따라서 앞의 네 구는 시인의 수심을 비유하는 것도 아니고 시인의 수심을 직접 일으킨 것도 아니다. 하지만 시인은 그 네 가지를 보고서 문득 수심을 일으켰다. 바로 이것이 한시에서 말하는 흥興의 체體이다. 이에 비해 뒤의 네 구는 시인의 수심을 그대로 읊었다. 곧 한시에서 말하는 부賦의 체이다.

실은 우리는 일상에서 이러한 기흥의 경험을 자주 하고 있다. 현대의 시인들도 그러한 기흥의 순간을 시에 담아내는 경우가 많다. 최근 들어 한시가 지닌 생태사상의 토양에 대한 관심이 높아지면서 현대적 의미의 비유법보다는 한시에 독특한 이 기흥의 창작과정을 특히 주목하게 되었다.

❖ ❖ ❖

한시의 고전이자 동아시아 문화권의 가장 오래된 고전인 『시경詩經』을 보면, 맨 첫머리에 「관저關雎」편이 있다. 『시경』은 각 지역의 민요를 모은 풍風, 궁중과 귀족사회의 연회에서 노래된 아雅, 종묘에서 연주된 송頌의 세 부분으로 나뉜다. 풍風 즉 국풍國風의 첫 부분인 주남周南의 노래 가운데 첫번째가 「관저」 3장이다. 첫 장은 주지하다시피 다음과 같다.

關關雎鳩　　관관 우는 징경이가
在河之洲　　하수河水 모래섬에 있네.
窈窕淑女　　곱고 착한 아가씨는

君子好逑 군자의 좋은 배필.

처음 두 구절에 나오는 '관관 우는 징경이'는 다음 두 구절의 '아가 씨'나 '군자'와 무슨 상관이 있는가? 과거의 많은 주석가들은 그 둘 사이에 관련이 있다고 보았다. 징경이는 암수 한 쌍만 함께 있지 다른 쌍과 섞여 있지 않는다든가 암수가 조화하지만 따로 자리하여 내외를 한다든가 하는 속성을 지적하여, 그것이 요조숙녀의 속성과 같다고 설명하였다. 하지만 어떤 주석가는, 그 두 구절이 아래의 구절과 직접 연관이 없으며 다만 즉흥의 광경을 노래한 것이라고 보았다. 그리고 그렇게 즉흥의 광경을 노래한 것을 흥興이라고 하였다.

본래 흥은 『시경』의 해석에서 제기된 수사修辭의 세 개념 가운데 하나였다. 즉 『시경』의 옛 텍스트 앞에 놓인 「모시대서毛詩大序」는 풍아송風雅頌의 세 양식 개념과 부비흥賦比興의 세 수사 개념을 합하여 육의六義라고 하였다. 후한 때의 정현(鄭玄, 127~200)이라는 학자 ─ 『삼국지연의』에 보면, 이 사람의 집에서는 여종들도 『시경』의 구절을 읊어서 할말을 대신했다고 나온다 ─ 는 부비흥의 개념을 정치적 효용과 관련해 설명하였다.

부賦는 포鋪라는 뜻이니, 지금 정치 및 교화의 선악을 곧바로 포진鋪陳하는 것이다. 비比는 지금의 실책을 보고 직접 가리켜 말할 수 없으므로 비류比類를 취하여 말하는 것이다. 흥興은 지금의 미덕을 보고, 아첨한다는 혐의를 피하려고 좋은 생각善思을 취하여 넌지시 권하는 것이다.

하지만 정현보다 먼서 『시경』에 주석을 달았던 모씨毛氏는 흥의 수사에 대하여 미학적으로 설명하였다. 그에 따르면 흥은 다음과 같다.

a. 감각적·인상적인 것에 의한 비유적 흥도 있고 내용적·의미적인 관련을 추구한 흥도 있다.

b. 기흥의 사辭는 반드시 실제로 본 것일 필요가 없고 가공으로 제시하여도 좋다.

c. 기흥의 어구는 뒤의 중심 구문과 형식적으로 꼭 대응할 필요가 없다.

d. 흥은 중심 구문에 대한 기흥의 어구로 그치지 않고 주제를 은유적으로 암시하기도 한다.

이에 비해 정현은 기흥의 어구와 중심 구문의 관계에서 정치적, 도덕적 의의를 천착하였다. 하지만 『시경』의 시편은 반드시 정치적으로 해석할 수 없는 것도 많다. 그래서 정현이 정의한 흥의 개념을 곧이곧대로 받아들일 수는 없는 것이다.

그러다가 남송 때 이르러 주희朱熹는 다음과 같은 독특한 설을 내세웠다.

a. 탁흥託興의 뜻을 아래 시구에서 설파한 것은 흥의 체이다.

b. 탁흥의 표현은 실사실경實事實景에 의해 흥을 발한다. 이에 비해 가공의 제시는 흥이 아니라 비比이다.

c. 실사실경의 묘사가 뜻을 지니든 지니지 않든 그 묘사 어구와 아래의 어구가 형식적으로 대응하면 흥이다.

나아가 주희는 흥의 범주에, 단지 흥인 경우와 함께 '흥이면서 비' '비이면서 흥' '부이면서 흥' '부이면서 흥이면서 비' 등도 포함시켰다.

여기에 이르러 흥의 방식을 한마디로 규정하기란 더욱 어렵게 되었다.

그러나 기왕의 논자들이 거의 공통적으로 지적한 사실은, 흥은 반드시 의미를 지니는 것이 아니라 즉흥적 속성을 지닌다는 것이다. 다른 예로 국풍 가운데 패풍邶風 「간혜簡兮」의 3장을 보기로 하자. 「간혜」편은 옛 주석에 따르면 위衛나라의 어진 이가 궁중 악사가 된 것을 보고 시인이 정치를 풍자한 것이라 한다. 주희는 악사가 된 어진 이가 자조自嘲한 내용이라고 보았다. 모두 3장인데, 다음이 그 마지막 장이다.

山有榛	산에는 개암나무
隰有苓	진펄에는 감초풀.
云誰之思	그 누구를 그리워하는가
西方美人	서방의 예쁜 사람.
彼美人兮	어여쁜 사람아
西方之人兮	서방의 예쁜 사람아.

산의 개암나무나 진펄의 감초풀이 무엇인가를 비유하거나 상징하는가 그렇지 않은가? 어떤 주석가는 "개암나무는 열매가 달고 맛있거늘 산에 있고, 감초풀은 줄기가 달고 맛있거늘 진펄에 있다는 사실을 가지고, 군주 가운데 아름답고 훌륭한 분이 서주西周 나라에 있다는 사실을 흥興한 것이다"라고 하였다. 그렇다면 앞의 두 구절은 비유어이다. 그런데 주희는 이 시에 대하여, "쇠미한 시대에 어진 이가 하급의 나라에 있으면서 성대한 시절의 어진 왕을 사모한 내용이다"라고 해석하되, 앞 두 구절의 뜻은 설명하지 않았다. 그는 그 두 구절이 즉흥의 실경과 실사를 노래한 것이라고 보았기 때문이다. 즉, 주희는 흥에 해당하는 어구의 뜻을 천착하지 않고, 시에는 "본 바에 인하여 흥을 일으키는 법因

所見而起興"이 있다고 확인하였다.

앞서 본 두보의 「수愁」에서 앞 네 구절은 바로 '본 바에 인하여 흥을 일으키는 법'을 구현한 것이다. 두보만이 아니라 다른 한시 작가들도 그러한 '기흥'의 방법을 즐겨 사용하였다.

여기서 다시 두보의 시 가운데 「광부狂夫」라는 칠언율시를 소개하기로 한다. 이 시는 두보가 성도成都의 초당草堂에 있을 때 지은 것으로, 시를 완성한 뒤 마지막 구절에서 '광부狂夫'라는 두 글자를 제목으로 삼았다. '광부'는 두보가 스스로를 자조적으로 부른 말이다. 세상사에 등한하고 제멋대로 살아가는 나를 두고 사람들은 필시 광부라고 부르리라. 하지만 가난하다고 해서 어떻게 평소의 생활태도를 바꿀 수 있겠는가. 그러니 더 미칠 지경이어서, 웃음이 나온다. 두보가 광인을 자처한 것은 실은 '뜻이 크면서 올곧음을 잃지 않았던' 옛날의 광인을 닮겠다는 뜻에서이다.

萬里橋西一草堂	만리교 서쪽에 초당 하나
百花潭水卽滄浪	백화담 물이 곧 창랑滄浪의 물이로군.
風含翠篠娟娟淨	바람 머금은 비취 대나무는 숙부드럽고
雨裛紅蕖冉冉香	비에 젖은 붉은 연꽃은 곱상하고 향기롭다.
厚祿故人書斷絶	잘사는 친구에게서는 서신이 끊어지고
恒飢稚子色凄涼	항상 주린 아이는 안색이 처참하다.
欲塡溝壑惟疎放	머잖아 구렁텅이에 뒹굴리니, 세간사에 굼뜨기에.
自笑狂夫老更狂	미친 이가 늙어 더욱 광기 부리다니 절로 우습군.

초당은 사천성 성도의 백화담 가까이에 있다. 두보는 그곳에서 자신의 갓끈과 발을 씻는다면 그곳이 곧 창랑의 물이 아니겠는가, 라고 말하

였다. 이 시의 앞 네 구는 초당의 주변을 읊었을 뿐이다. '광부'의 곤궁한 삶을 암시하지 않으며, '광부'의 처지를 비유하지도 않는다. 오히려이 묘사를 보면 초당은 꽤나 살기 좋은 듯하다. 그러나 뒤의 네 구에서두보는 돌연 자신의 처지를 말하였다. 예전엔 친구간에 재물을 나누어쓰는 의리가 있었지만, 후한 봉급을 받는 친구들로부터는 오랫동안 소식이 없다. 또 어린 자식들은 항상 먹을 것이 부족하여 주린 빛이 역력하다. 친구간에 우의를 두텁게 하지 못하고 어린 자식들에 사랑을 듬뿍베풀지 못하였으니, 이 몸도 머잖아 구렁텅이에 나뒹굴 처지가 될 것이다. 이 모든 것은 내 자신이 세간사에 굼뜨기 때문이라고 두보는 자조하였다.

이 시에서 앞의 네 구는 두보의 자조적 심경을 일으키는 경물을 묘사하였다. 비유적 묘사가 아니다.

두보가 성도의 초당에서 지은 「야로野老」라는 시도 기흥의 부분이 앞에 있다.

野老籬前江岸廻	야인 집 울타리 앞에 강 언덕이 둘러 있고
柴門不正逐江開	사립문은 비스듬하게 강을 따라 열려 있다.
漁人網集澄潭下	어부는 맑은 백화담에서 그물을 접고
估客船隨返照來	상인의 배는 석양을 따라 돌아온다.
長路關心悲劍閣	나그네길 마음은 검각劍閣에서 가장 슬펐지
片雲何事傍琴臺	조각구름 같은 처지로 어찌 금대琴臺로 향하랴.
王師未報收東郡	천자의 군대가 동쪽 고을을 수복했다는 소식 없고
城闕秋生畫角哀	남경(성도)에선 가을 들어 화각 소리 애달프네.

강 언덕을 마주하여 사립문이 나 있는 집에서 두보는, 어부가 고기 잡

는 모습이나 상선이 노을빛 받으며 포구로 들어오는 모습을 바라보았다. 하지만 마음은 평안하지 않았다. 그렇기에 제5구 이하에서 그는 문득, 자신이 장안을 떠나 검각의 험준한 길을 따라 성도로 들어오던 일이 생각났다. 마음이 뒤치었다. 더구나 한 조각 뜬구름과 같은 처지이니, 무슨 마음으로 한나라 때 풍류 문인 사마상여司馬相如가 노닐었다는 금대에 가까이 가랴? 아직 전쟁이 끝나지 않아 성도 성의 화각(군사용 뿔나팔) 소리가 애달프니, 언제나 북쪽으로 돌아갈지 난감하기만 하다.

이 시의 앞 네 구는 기흥의 구이다. 비유나 상징이 아니다.

앞서 말했듯이 만년에 기주로 들어간 뒤의 두보는 늘 침울해하였다. 그래서인지 기주에서 지은 시는 다른 시기의 시보다도 비애의 감정이 짙다. 그 가운데 미학적으로 가장 높은 성취를 이룬 것이 「추흥秋興」 여덟 수이다. 가을의 경치에서 감흥을 일으켜 비애를 노래한 걸작이다. 첫 수는 이러하다.

玉露凋傷楓樹林	옥이슬 내려 단풍나무숲 시들매
巫山巫峽氣蕭森	무산 무협巫峽엔 가을 기운 냉엄하다.
江間波浪兼天湧	협강峽江 사이 물결은 하늘을 치듯 매섭고
塞上風雲接地陰	변새의 풍운은 땅에 가라앉아 음산하다.
叢菊兩開他日淚	떨기 국화는 지난 생각에 눈물을 두 해나 흐르게 하고
孤舟一繫故園心	외론 배는 고향 돌아갈 마음을 줄곧 묶어두었네.
寒衣處處催刀尺	겨울옷을 이 집 저 집 서둘러 마름질하려고
白帝城高急暮砧	백제성 저녁에 다듬이질 소리 급하구나.

이슬 내리자 단풍 수풀이 온통 물들어, 무협의 날씨는 을씨년스럽기만 하다. 협강에는 하늘까지 물결이 차오르고 변방에는 바람과 구름만

가득 깔려 있다. 기주에 머문 지 벌써 두 해, 한 떨기 국화를 바라보고 눈물을 뿌린다. 협곡을 조각배로 내려오면서 생각해보니, 몸이 배에 얽매여 있기에 마음도 얽매여 고향으로 향하지 못한다. 백제성의 인가에서는 겨울옷을 준비하느라 다듬이 소리가 높은데.

앞 네 구의 쓸쓸한 가을 풍경이 뒷부분의 적막한 심경을 일으킨다. 다른 시들과는 달리 풍경의 묘사가 시인의 심경 토로와 곧바로 연결된다. 하지만 그 네 구도 비유가 아니라 기흥이다.

때로는 흥인지 비인지 모호한 것도 있다.

두보의 시 가운데 「거룻배를 나아가며進艇」라는 칠언율시를 보자.

南京久客耕南畝	남경(성도)으로 흘러와 남쪽 밭을 경작한 지 오래매
北望傷神臥北窓	북쪽을 바라보다 서글퍼져 북창 아래 누웠다가,
晝引老妻乘小艇	낮에 늙은 아내 손잡고 작은 배에 오르니
晴看稚子浴淸江	날 개어 아이들은 강물에 목욕하네.
俱飛蛺蝶元相逐	쌍쌍이 범나비는 꼭 붙어 따르고
幷蔕芙蓉本自雙	꼭지 붙은 부용은 본디 쌍을 이루었군.
茗飮蔗漿携所有	차와 사탕수수 즙을 담아
瓷罌無謝玉爲缸	오지그릇이 옥 술항아리에 손색없네.

두보는 촉(사천) 지방에 머물며 농사를 지었으나, 북쪽 장안을 바라보다가 문득 우울해졌다. 그 우울함을 이기려고 아내를 이끌고 배를 띄워, 음료 대신 차를, 미음 대신 사탕수수 즙을 배에 싣고 떠났다. 오지그릇에 차를 담았지만 정갈함은 옥항아리에 술 담는 것에 비하여 손색이 없다. 이제 마음이 상쾌해지신 것이다.

그런데 제3연(경련)의 서로 쫓는 나비나 나란히 피어 있는 연꽃은 두보가 배를 저어가며 본 것이되, 부부의 동행을 비유한 것이기도 하다. 이것은 이른바 '흥이면서 비興而比'에 속한다.

❖ ❖ ❖

한시는 기흥起興만이 아니라 비유比喩도 적절히 활용하여왔다. 비유 가운데는 현대시의 상징에 가까운 것도 많다. 이를테면 『시경』「석서碩鼠」에서 탐학한 관리를 큰 쥐에 비유한 것과 같은 것은 그 대표적 예이다. 또 『초사』의 9장 가운데 「귤송橘頌」은 굴원屈原이 자기 자신을 귤로 상징하여, 귤을 축복받은 초 땅에 뿌리내린 아름다운 나무라고 찬미한 시이다.

당시唐詩에 이르러 비유는 더욱 생동적으로 되었다. 그 점에서 이백李白의 시는 특히 대단하다. 「선주의 사조 누대에서 교서 숙운을 전별하다宣州謝朓樓餞別校書叔雲」는

棄我去者昨日之日不可留	나를 버리고 가는 어제, 머물게 할 수 없고
亂我心者今日之日多煩憂	내 마음 어지럽히는 오늘, 번뇌가 많도다.
長風萬里送秋雁	장풍 만리에 가을 기러길 보내나니
對此可以酣高樓	이날을 대하여 높은 누에서 취할 만하구나.

라는 구절로 시작하는 분방한 형식의 고시古詩이다. 이백은 이 시에서 옛 문학의 전통을 따라 일흥(逸興, inspiration)을 중시하였다. 그런데 그는 이 시에서

抽刀斷水水更流　칼 뽑아 물을 끊어도 물은 더욱 흐르고
擧杯消愁愁更愁　술잔 들어 수심을 없애도 수심은 더욱 짙구나.

라고 하였다. 칼로 물을 베어도 결코 흐름을 끊을 수 없듯이 끊지 못하
는 것이 인생의 근심이라고 한 비유, 매우 신선하다.
「월나라 여자의 노래越女詞」에서도 이백은

長干吳兒女　장간의 오 처녀
眉目艶星月　별과 달처럼 고운 미목.

이라고 비유의 언어를 사용하였다. 별은 반짝반짝 빛나는 눈동자를 비
유하고, 달은 초승달, 눈썹을 비유한다. 如, 若 등 비교의 뜻을 나타내는
개사介詞가 없지만 직유라고 할 수 있으리라.
　조선 중기에 인기가 높았던 당나라 시인 최국보(崔國輔, 687?~755?)
는 「장락소년행長樂少年行」에서 염정艶情을 일으키는 암유暗喩를 사용
하였다.

遺却珊瑚鞭　산호 채찍 잃어버린 뒤
白馬驕不行　흰 말이 뻗대며 나가려 하지 않네.
章臺折楊柳　장대의 버드나무 가지를 꺾나니.
春日路傍情　봄 거리의 애틋한 풍정.

　장락長樂은 장안의 방坊 이름, 장대章臺는 장안의 거리 이름인데, 기
방이 많은 곳이다. 청년은 여인의 집에 채찍을 두고 왔기에 버드나무를
채찍 대신 쓰려고 꺾는다. 그런데 이것은 동시에 또다른 여인에 대하여

바람기를 일으킨 것을 암유한다. 이 시는 그렇게 시적 이미지가 너글너
글하다.

비유의 미학을 갈고닦은 시인이 실은 두보이다. 그는 48세 되던 759년
에 가족을 이끌고 장안을 떠나 7월부터 10월까지 진주秦州, 곧 지금의
감숙성 천수현天水縣에 일시 몸을 맡겼다. 이 3개월간 두보는 무려 88수
의 5언시 장편과 단편을 지으면서 시인으로서의 위치를 뚜렷이 자각하
였다. 시로 현실의 문제를 언급하는 풍유諷諭의식도 버리고 인생 그 자
체를 정면으로 바라보면서, 침울한 불안감을 시 속에 담아내었다. 그러
면서 대구對句 즉 대장對仗의 방식을 연마하였고, 비유의 표현을 더욱
다듬었다. 특히 그는 미시의 세계와 거시의 세계를 대비시키는 방법을
개척하였다. 「진주잡시秦州雜詩」제2수에서

月明垂葉露　달빛 아래 나뭇잎에선 이슬이 떨어지고
雲逐度溪風　구름은 쫓는다, 계곡 건너는 바람을.

이라고 하였으며, 제4수에서는

抱葉寒蟬靜　잎을 끌어안은 가을 매미는 울음을 울지 않고
歸山獨鳥遲　산으로 돌아가는 외로운 새는 나는 것이 더디다.

라고 하였다. 두보는 대비적 실경을 선택하여 마음의 상태를 비유하였
다. 굳이 말하자면 '흥이비興而比'의 수법을 사용한 것인데, 실경의 대
비가 그저 놀라울 따름이다.

소식蘇軾은 호주湖州 지사知事로 전임되어 가면서 지은 「배에서 한밤
에 일어나舟中夜起」의 함련과 경련에서, 거대한 세계와 미세한 사물이

일체가 된 경지를 그려 보였다. 이 시는 「한시와 산수 자연」에서 이미 언급하였다.

夜深人物不相管　깊은 밤 사람과 사물이 서로 무관심한 때
我獨形影相嬉娛　나 홀로 그림자와 즐긴다.
暗潮生渚弔寒蚓　조수는 소리없이 찾아들어 지렁이를 애도하고
落月挂柳看懸蛛　지는 달은 버드나무에 걸려 거미를 바라보네.

어둠 속에 불어난 조수가 지렁이를 애도하고, 지는 달이 버드나무에 그물 엮는 거미를 바라본다고 하였다. 이 묘사는 사물과 사물이 갈등하지 않고 조화를 이루어 일체화된 세계를 비유한다.

당송의 시인 가운데 가장 선열한 비유를 사용한 시인이 이하(李賀, 791~817) 즉 이장길李長吉이다. 진사시험에도 급제하지 못하고 최하급의 관직인 종9품을 부여받았을 뿐이며, 단명으로 죽은 시인이다. 그는 시적 감각이 하도 기괴하여 귀재鬼才라고 불렸다. 서양인들은 그를 프랑스의 심벌리스트에 견준다. 이하는 특히 기존의 노랫가락에 맞춰 짓는 악부樂府의 시에서 선명한 비유를 많이 창안하였다. 대학 1학년 때 그의 「대제곡大堤曲」을 김학주 선생님의 번역본으로 읽고 섬뜩한 느낌을 받았던 기억이 지금도 생생하다. 그 시의 일부를 보면 이렇다.

蓮風起　　　연잎에 바람 일어
江畔春　　　강변에 봄이 왔군요.
大堤上　　　큰 둑 언저리에
留北人　　　북쪽 길손을 묵게 하였죠.
郎食鯉魚尾　"낭군은 잉어 꼬릴 드셔요

妾食猩猩脣   저는 성성이 입술을 먹죠."

잉어 꼬리라든가 성성이 입술이라든가 하는 비유는 에로스의 광기마
저 느끼게 한다.

그런데 이하는 비유되는 대상 곧 원관념을 아예 숨기고 비유하는 대
상 곧 보조관념만을 시의 전면에 내세우는 수법을 잘 사용하였다. 그러
한 보조관념의 어휘를 대사代詞라고 한다. 중국어 문법에서 주로 명사
를 대신하는 품사인 대명사를 대사라고 한다. 그러나 대명사(대사)는
문맥이나 발화 상황에서 대신하는 어휘가 드러나 있지만 한시에서의
대사는 그렇지 않다. 한시의 대사는 은유隱喩의 수사법과 관련이 있다.
다만 은유와 달리 오로지 명사를 대체하여 이미지를 증폭시킨다는 점
이 다르다.

이하의 시는 '기奇'라는 한마디로 평가되는데, 그 '기'의 요소 가운
데 하나가 대사를 많이 사용한다는 점이다. 중국 학자 전종서錢鍾書는
이하가 사물의 명칭을 말하려 하지 않고 새로운 어휘를 만들어내어 기
존의 명칭을 대체한 사실을 지적하였다. 곧, 이하는 검劍을 옥룡玉龍,
허공을 원창圓蒼, 가을꽃을 냉홍冷紅, 술을 호박琥珀, 봄꽃을 한록寒綠
이라고 표현하였으며, 태양을 홍경(紅鏡, 늦여름의 작열하는 태양)이라든
가 붉은 옥의 쟁반槙玉盤이라는 식으로 표현하였다. 이렇게 대사를 사
용하는 방식은 이하 이전의 시인들에게 없었던 것은 아니다. 하지만 이
하의 대사 사용은 매우 독특한 광경을 연출해내었다. 곧, 대사를 사용
함으로써 그는 실제의 정경을 있는 그대로 묘사하기보다 몽환적이거나
신화적인 광경을 전개시켰다. 그는 「남산 밭의 노래南山田中行」에서 자
신이 거처하던 하남성 의양현宜陽縣 창곡昌谷의 남산 밭에 가을이 저무
는 경치를 묘사하면서 바위를 운근雲根, 가을꽃을 냉홍冷紅이라고 표현

하였다.

秋野明　　　　　가을 들판 환하고
秋風白　　　　　가을바람 희어라.
塘水濛濛蟲喞喞　연못물은 맑고 벌레는 찌륵찌륵.
雲根苔蘚山上石　구름 뿌리(바위)에는 이끼, 산 위에는 바위.
冷紅泣露嬌啼色　차갑고 붉은 것(가을꽃)은 이슬 떨구며 우는 모습이 곱고
荒畦九月稻叉牙　구월의 거친 밭두둑은 베고 남은 벼가 들쑥날쑥한데,
蟄螢低飛隴逕斜　반딧불이는 숨어 낮게 날고 밭두둑은 비스듬히 뻗어 있다.
石脈水流泉滴沙　바위틈에 물이 흘러 샘이 되어 모래밭으로 똑똑 떨어지
　　　　　　　　는데
鬼燈如漆照松花　귀화鬼火가 칠처럼 빛나서 솔방울을 비춘다.

　마지막 구의 '송화松花'는 소나무 열매를 뜻하는 듯하다. 그런데 이
시에서는 '운근=바위' '냉홍=가을꽃'이란 대사가 참신성을 지녔지
만, 이후의 시들은 그것을 상투어로 사용하고 말았다. 비유어라는 것은
대개 그러한 운명을 겪기 마련이다.
　이제까지 너무 대가들의 시만 언급한 감이 없지 않다.
　조선 후기에 박지원朴趾源에게서 문학을 배운 아전 출신의 유한집兪
漢緝은 신분상의 질곡을 괴로워하여 「자소自笑」 「감흥感興」 「사회寫懷」
와 같은 자조적인 시를 남겼다. 연작시 「사회」 가운데 제4수에서는, 산
란한 마음을 연꽃 위의 물방울이 뒤흔들리는 모습에 비유하였다. 참신
하다.

窮陰悽慘想暄妍　궁음(窮陰, 연말) 풍경이 처량하여 봄날이 그립더니

臨對韶華更可憐	봄 경치를 대하고 보매 더더욱 가련하다.
投筆竟嫌飛食相	붓 내던지니 결국 넉넉히 먹고살 것 같지 않고
棄繻虛負弱冠年	약관의 뜻을 저버렸기에 비단옷은 포기한 지 오래.
愁拌桂樹招眞隱	근심은 계수나무에 얽혀 참된 은자를 부르고
夢趁桃花覓洞天	꿈은 복사꽃 따라 동천洞天을 찾아나선다.
政似荷盤珠不定	쟁반 같은 연잎에 구슬이 가만히 있질 않아
終須搖漾少團圓	끝내 뒤흔들려선 동글동글하지 못함과 같아라.

다만 한시에서 비유는 전고典故를 사용하거나 이미 노래된 소재와 표현 유형을 이용하는 경우가 많다. 한시에서 조수초목鳥獸草木과 사물의 이미지는 상징으로 되고 나아가 보편화되면서 상투적인 수준으로 전락하기도 하였다. 따라서 참신성을 추구하여 새로운 보조관념을 개발하는 것이 요구되었다. 아예 새로운 보조관념들만을 누적하여 시를 이루는 방식이 하나의 전통을 이루기도 하였다. 그 기원은 구양수歐陽脩의 「설雪」과 그 형식을 본받아 소식蘇軾이 지은 「취성당설聚星堂雪」 시에 있다. 구양수의 「설」 시는 그 시제 아래에 "이 시는 당시 영주穎州에 있을 때 지은 작품이다. 玉, 月, 梨, 梅, 練, 絮, 白, 舞, 鵝, 鶴, 銀 등의 글자는 모두 쓰지 말라고 요구하였다"라는 주註가 붙어 있다. 곧, 흰 눈을 나타내는 보조관념으로서 일반화된 시어들을 쓰지 말도록 제한함으로써 새로운 보조관념들을 찾아내도록 하여, 그 참신성만으로 시적 재능의 우열을 가렸던 것이다. 소식도 역시 영주穎州에 있으면서 구양수의 시를 계승하여 「취성당설聚星堂雪」을 짓고, 구양수의 용자用字 방식을 준수하였다. 명나라 말엽의 원굉도(袁宏道, 1568~1610)는 소식의 「취성당설聚星堂雪」에 화운하여 「소동파의 '취성당' 시에 화운하다和東坡聚星堂韻」라는 시를 지으면서 역시 구양수와 소식의 용자用字 방식을 따

랐다. 우리나라 시인들도 그 방식을 따라 시를 짓는 일이 많았다. '취성당' 시작은 일종의 유희요 여흥에 가까웠다.

한편 소식의 제자를 자처한 황정견(黃庭堅, 1045~1105)은 특히 전고를 많이 사용하여 강서시파江西詩派라는 독특한 유파를 낳았다. 그가 지은 「절구絶句」에 다음과 같은 것이 있다.

花氣薰人欲破禪　　꽃기운 엄습하여 참선을 그만두려고 한다만
心情其實過中年　　심정은 이미 중년을 지난 나이라(미칠 듯 꽃을 좋아할
　　　　　　　　　수는 없는 법).
春來詩思何所似　　이 봄에 시상은 무엇과 같나
八節灘頭上水船　　팔절탄을 거슬러오르는 배와 같군.

황정견은 봄 풍경을 앞에 두고도 시상을 쏟아내지 못하는 것을, 팔절탄 머리에서 힘겹게 물살을 거슬러오르는 배에 비유하였다. 시상이 전개되지 않아 괴로운 심경과 피라도 쏟을 정도로 고음苦吟하는 혼신의 노력을 비유한 것이다. 실은 이 구절은 배연유裴延裕란 사람이 시를 빨리 지어내어 '하수선下水船' 즉 물살 따라 쏜살같이 내려가는 배에 비유되었던 것을 뒤집은 것이다. 다시 말해 시상의 전개가 더딘 사람을 '급한 여울 머리에서 물살을 거슬러올라가는 배急灘頭上水船'에 비유하던 통념을 이용한 것이다.

이렇게 한시는 이미 알려진 비유나 표현 유형을 잘 사용하기 때문에, 실제로 그 비유가 독창적인지 아닌지 속단하기 어려운 경우가 많다. 더구나 한시의 작가들은 기왕의 비유나 표현을 빌려다 자신의 사상 감정을 표현하는 이른바 환골딜태換骨奪胎를 더 선호하고 높이 평가하는 경향이 있었다. 부채 하면 '버림받은 여인', 기러기 하면 '고향으로부터의

편지', 매화, 대나무나 국화 하면 '고결한 인사'라는 식으로.

그래서 한시의 특정한 표현이 어떤 의미를 지니는지 알아보려면, 당나라 때 구양순歐陽詢이 편찬한 『예문유취藝文類聚』에서부터 청나라 강희제康熙帝 때(1704년) 칙찬된 『패문운부佩文韻府』에 이르기까지, 어휘집을 먼저 조사해보아야 한다. 『패문운부』는 원래 정집正集 106권, 습유拾遺 106권, 모두 212권이었다가 이후 444권으로 분책한 거질巨帙의 어휘용례집이다. 숙어의 끝 글자가 속한 운韻에 따라 어휘들을 분류, 배열하고 출전을 밝혔다. 현재도 이 책은 시의 전고典故를 조사할 때 매우 유용하다.

다만, 좋은 시라면 종래의 전고에 구애되지 않고 새로운 비유의 수법을 사용하게 마련이다. 현대시나 마찬가지로.

한시의 작가들은 자신이 좋아하는 상징물을 선정하여 자신의 처지를 가탁하고는 하였다. 앞서 말했듯이 굴원이 초기에 귤나무를 자신의 상징물로 선택한 것은 그 좋은 예이다.

이황은 매화를 정신적 상징물로 삼았다. 그는 졸년인 1570년 10월에 매화가 한 그루만 남고 모두 죽어버리자 비통해하며 「도산의 매화가 겨울 추위에 상하여 탄식하다. 김언우에게 주면서 아울러 김신중(돈서)에게도 보여준다陶山梅爲冬寒所傷歎 贈金彦遇兼愼仲惇敍」라는 장편고시를 지었다. 단 한 그루 남은 매화는 타자를 만나지 못한 고독한 영혼을 상징한다.

조선 중기의 정두경鄭斗卿은 '문단의 항우項羽'라 불릴 정도로 기상이 웅혼하였다. 함경도 막부에 있을 때 「회포를 적다述懷」라는 시를 지어 자신을 '칼집 속에 있는 검'에 비유하였다.

男兒旅宦不須辭　　남아라면 타향 벼슬살이를 사양할 것 없지

幕府風流此一時	막부가 풍류롭기는 바로 이때로다.
却把淸樽常縱酒	청주 술동이 놓고 마음대로 마시다가
仍消蠟炬更題詩	밀랍 촛불 끄고는 다시 시를 짓는다네.
五更畵角庭梅落	오경의 화각 소리에 뜰 매화 떨어지고
九月凉秋塞草衰	구월의 가을 기운에 변방 풀이 시드네.
怊悵胡塵猶未靜	슬프게도 오랑캐 먼지가 여전히 일어나니
匣中雄劍只心知	칼집 속 웅검雄劍만이 내 마음을 알리.

문득 오랑캐를 제압해서 공을 세우고 싶다는 열망을 느낀 것일까. 정 두경은 스스로를 검에 비유하였다. 하지만 그 검은 '칼집' 속에 있을 뿐 이다.

❖ ❖ ❖

현대시에서는 이미지image를 매우 중시한다. 이미지란 '상상력에 의 하여 구체적인 정경情景을 마음속에 그리는 일' 또는 '이전에 감각으로 얻었던 것을 마음속에서 재생한 것'을 뜻한다. 이미지를 만들어내는 작 용이 바로 상상력이다. 문학에서는 언어를 이용하여 이미지 군群을 마 음속에 생산하게 되는데, 그것을 이미저리imagery라고 부른다. 하지만 이미지와 이미저리를 구분하지 않고 사용하기도 한다. 이미지를 심상心 象 또는 영상映像이라고 번역한다. 일반적으로 시는 이미지를 통하여 시의 주제나 시인의 정서를 표현하며, 이미지를 제대로 표현하지 않은 시는 비시적非詩的이라고 말한다. 단, 한시는 그런 의미에서의 '비시 적'인 것들도 용납한다. 시의 리듬만으로 시의 주제나 시인의 정서를 표현한 훌륭한 시가 있다. 설리적說理的인 시들이 그 예이다. 하지만 한시라고 하여도 대개는 이미지를 사용한다.

현대시에서는 객관적 대상이나 경치를 재현하기보다도 이미지 자체를 중시하여 상상력을 추구하는 경우가 있다. 그러한 시들을 흔히 절대 이미지(심상)의 시라고 한다. 그런 시의 이미지들은 실재 대상의 재현이 아닐 뿐 아니라 이미지와 장면의 연결에도 논리성이 없다.

한시에서도 이미지 중심의 시가 있다. 청나라 초기의 왕사진(王士禎, 왕사정王士禎)이 주장한 신운神韻의 시가 그 대표적인 예이다. 왕사진은 실재하는 경관을 묘사하는 것이 아니라 상상 속의 경관을 이미지 중심으로 중첩하는 방식을 택하였다.

그런데 그보다 앞서 다른 시인들도 이미지를 중시하는 시를 남겼다. 이를테면 김시습金時習은 경포대에서 동해를 바라보다가 불현듯 몽환의 세계를 보았다. 현실의 세계를 벗어나고 싶은 충동을 느낀 그는, 장편의 칠언고시를 연이어서 뽑어내었다. 「파랑새靑鳥」「고래의 희롱鯨戱」「해돋이日出」「미려尾閭」「교실鮫室」「신기루蜃樓」「천침天琛」「물귀신水怪」 등등. 그런데 이 시들에서는 비현실적인 이미지들이 중첩하여 나온다.

아침 해가 상상의 나무인 부상扶桑 위로 솟아나자 자색 기운이 허공에 흩어져 찬란하게 비단을 펼친 듯하더니, 구름이 걷히고 맑게 갠 하늘 아래 푸른 파도가 천리만리 한없이 펼쳐졌다. 큰 고래가 물결 타고 파도 따라 너울너울 춤추며 동해의 물을 한꺼번에 들이마실 듯이 하다가는 갑자기 갈기를 흔들어 놀란 물결이 흩어지자, 흰 무지개가 허공을 꿰뚫고 우레 소리가 났다. 무지개 낚싯대에 달月 갈고리를 달아 천 마리 소를 미끼로 삼아 저 고래를 잡아다가 사해 인민들의 아침저녁 찬으로 베푼다면 일생의 호탕한 가슴이 쾌할 것만 같았다. 아니, 긴 끈으로 해日

수레를 잡아매어 일만팔천 년을 하나의 봄으로 만들어서 온 천하 사람들로 하여금 『장자』에서 말하는 큰 참죽나무처럼 요절하는 일 없이 만들고도 싶었다. 대지는 끝도 없고 한계도 없이 퍼져 있되 여덟 기둥이 떠받들고 있으며, 하늘과 대지 사이에는 물이 아주 많이 차 있어서 미려尾閭로 끊임없이 흘러들어간다고 한다. 김시습은 그렇게 장대한 물을 이 얽히고 뒤틀린 간담肝膽에 쏟아부어 일만 섬 수심을 다 없앨 수는 없을 것인가, 반문하였다. 「미려尾閭」라는 시의 뒷부분이다.

浴日滔星涵大陰	해를 씻고 별 적시면서 대지를 담그고
包括奧區其器大	그윽한 구역을 감싸안아 그 그릇이 크구나,
不盈不竭泄尾閭	차지도 줄지도 않으며 미려로 새어들어서는
奔流潰洞聲磕磕	줄기차게 흘러들어 콸콸콸,
四萬里間沃焦塈	사만 리에 타는 골짝을 비옥하게 하고
赤縣神州浮一葉	거대한 천지를 잎사귀처럼 띄우네.
固知觀海難爲水	바다를 본 자에게 웬만한 물은 물이 아니라지
井蛙聞之已驚慴	우물 안 개구리는 북해약의 말을 듣고 움츠렸다더군.
安得置之輪囷膽	어찌하면 얽히고 뒤틀린 간담에 쏟아부어
消盡人間愁萬斛	인간세계 일만 섬 수심을 죄다 없애랴.

한시는 생활과 자연의 모든 것을 소재로 삼지만 바다와는 그리 친숙하지 않았다. 이백, 두보, 백거이, 소식은 모두 황하와 양자강은 노래하였지만 바다를 노래한 가작은 남기지 않았다. 중국의 시인들은 천하의 사방을 큰 바다가 에워싸고 있다고 믿었지만 바다를 체험하는 일은 드물었다. 우리나라의 시인들도 대부분 바다에 눈을 그리 주지 않았다. 그렇기에 우리는 바다의 위용을 발견한 최남선의 「해海에게서 소년에

게」를 근대시의 첫 작품으로 꼽는 것이다. 하지만 김시습은 이렇게 바다의 신비로움과 웅혼함을 체험하고, 고대 신화와 전설의 이미지들을 중첩하여 내면의 감흥을 토로하였다.

또한 박지원이 중국 사행을 따라 압록강을 건널 때 떠올린 유득공(柳得恭, 1749~?)의 시 「청천강을 건너면서 임은수의 시에 차운하다渡淸川江 次任恩叟韻」도 이미지 자체가 중요한 시라고 말할 수 있다.

紅粉樓中別莫愁　홍분루의 막수(莫愁, 당나라 석성石城 미인)를 이별하곤
秋風數騎出邊頭　가을바람에 서너 필 말이 변방을 달리네.
畵船簫鼓知何處　통소 장고 울려나던 그림배, 어디에 있나.
腸斷淸南第一州　청남(淸南, 관서) 첫째 고을에 애끓는 이 소리.

1755년 6월 24일(음력), 아침에 보슬비가 내리다가 온종일 비 뿌리다 말다 하는 날이었다. 압록강을 건너면서 박지원은 유득공이 일찍이 심양(瀋陽, 奉天)으로 들어갈 때 지은 이 시를 상기하였다. 그러면서 박지원은 "이건 국경을 넘은 이가 부질없이 무료無聊한 정서를 읊은 것이겠지. 제 이곳에서 무슨 그림배에 통소, 장고 따위를 얻어 놀이를 했단 말인가?"라고 홀로 크게 웃었다. 『열하일기熱河日記』의 「도강록渡江錄」에 나온다.

유득공의 시는 이미지를 철저히 절대화시키지는 않았다. 하지만 그 시에서 제시한 이미지는 대상의 재현은 아니며, 비논리적인데다가 돌연하다. 한시의 '모던' 풍이라고 하겠다.

❖❖❖

흔히 한시는 경景과 정情의 어울림 혹은 얽힘을 중시한다. 이 점에 대하여는 「경景과 정情의 교직」에서 말한 바 있다. 그런데 그 어울림 혹은 얽힘의 주요한 방법이 바로 흥을 일으킴과 비유에 의탁함이었다. 흥을 일으킴을 기흥起興이라 하고, 비유에 의탁하는 것을 탁유託喩라고 한다. 조선 숙종 때의 문인 김창협(金昌協, 1651~1708)은 '경물의 묘사'와 '정의 논설'이 별개의 것이 아니라고 하였다. 곧 경에서 흥을 일으키는 일과 비유에 의탁해서 감정을 발하는 일이 서로 떨어질 수 없다고 하였다. 산수의 근원적 생명력인 '원기元氣'를 표현할 수 있는 시만이 진정한 시이며, 경물은 기흥과 탁유를 통해 사람의 정을 발하게 하고, 내발內發의 감정과 외접外接의 경물이 융합하여야 이상적인 시가 이루어질 수 있다고 보았던 것이다.

기흥은 경물과 시인을 포함한 모든 존재자들이 서로 유기적으로 연결되어 있다는 사유체계 혹은 심정 상태에서만 가능하다. 어쩌면 그것은 현대의 생명시학에서 말하는 제유提喩와 통할 듯하다. 2002년도 '문학과 환경 학회'에서 구모룡 교수는 「생명시학과 제유의 수사학」이라는 논문을 발표한 일이 있다. 그 논문의 요지를 소개하면 이러하다.

제유는 유기화된 전체성의 사유형태이다. 이것은 중심적인 생명력의 관념, 혹은 순환적 질서의 전체성이 만상의 원리라고 보는 사고형식이다. 이는 소우주와 대우주, 개별성과 전일성의 상관관계라는 형이상학적 패러다임을 지니며, 존재의 모든 양식들이 유기적으로 연결되어 있다는 연속성을 자명한 원리로 삼는다. 이러한 제유시학의 기저에는 저절로 자기 발생하는 생명의 과정이라는 포괄적 자연과 연속적 창조성의 전개로서의 우주에 대한 관념이 놓여 있다. 그렇기 때문에 물질과 정신을 분리시키지 않는다.

실은 한시의 기흥뿐만 아니라 탁유도 소우주와 대우주, 개별성과 전일성의 상관관계라는 사유체계 혹은 심정 상태에서 이루어지는 것인지 모른다. 진주秦州 시기의 두보나 귀계鬼界의 시인 이하가 아무리 섬세한 비유어를 만들어내려고 궁리하였다고 하더라도, 그러한 비유 방식이 세상 만물의 혼연일체감을 파괴한 것 같지는 않다. 한시의 탁월한 비유는 억지로 쥐어짜낸 비유가 아니라 영혼의 울림에서 나온 비유였다. 한시는 사람의 정신과 사물의 정신이 교류하는 세계를 토대로 하여 성립하였던 것이 아닌가 한다. 근대 이후의 시와는 달리.

5. 언지言志와 연정緣情

❖❖❖

　이백李白의 시 가운데 「봄날 취했다가 일어나 뜻을 말하다春日醉起言志」라는 오언고시가 있다.

處世若大夢	세상에 처하기는 큰 꿈과 같거늘
胡爲勞其生	어째서 생명을 고달프게 하랴
所以終日醉	그래서 종일토록 취하여선
頹然臥前楹	무너지듯 기둥 밑에 누웠다가
覺來盼庭前	깨어나 뜨락을 흘끗 보니
一鳥花間鳴	한 마리 새가 꽃나무에서 울고 있다.
借問此何時	지금이 무슨 때요 묻나니
春風語流鶯	봄바람에 꾀꼬리는 날며 대답하누나.

感之欲歎息　이에 느껴 탄식하려다간

對酒還自傾　술병을 마주해 홀로 기울인다.

浩歌待明月　큰 소리로 노래하며 명월을 기다렸다만

曲盡已忘情　곡이 끝날 즈음엔 그 감정을 이미 잊었다.

인생이란 포말이요 그림자, 헛것이라고도 한다. 그렇다면 생명을 고달프게 만드는 세간의 가치를 벗어던지고 술이나 마시면서 유쾌하게 지내는 것이 낫지 않겠는가? 술에 취해 잠이 들었다가 꾀꼬리 울어대는 한낮에 눈을 뜬 이백은 문득 슬픔을 느꼈다. 삶의 불완전함이 새삼 뚜렷하게 느껴졌다. 그 슬픔이 탄식으로 되기 전에 이백은 술병을 기울이고, 달이 나오길 기다리며 큰 소리로 노래를 불렀다. 호가浩歌란 큰 소리로 노래 부르는 일. 길게 부른다고 해서 장가長歌라고도 한다. 애조를 띤 노래를 단가短歌라 하는 것과 대비된다. 하지만 시인은 노래 끝에 왜 노래를 불렀는지 그 이유조차 잊었다.

플로렌스 아시코프Florence Ayscough 여사와 애미 로웰Amy Lowell 여사가 함께 쓴 『Fir-flower Tablets』에는 이 시가 다음과 같이 영어로 번역되어 있다.

A STATEMENT OF RESOLUTIONS AFTER

BEING DRUNK ON A SPRING DAY

This time of ours

Is like a great, confused dream.

Why should one spend one's life in toil?

Thinking this, I have been drunk all day.

I fell down and lay prone by the pillars in front of the house;

When I woke up, gazed for a long time

At the country yard before me.

A bird sings among the flowers.

May I ask what season this is?

Spring wind,

The bright oriole of the water-flowing flight calls.

My feeling make me want to sigh.

The wine is still here, I will throw back my head and drink.

I sing splendidly,

I wait for the bright moon.

Already, by the end of the song, I have forgotten my feelings.

이백은 세속에 얽매이지 않는 자유를 추구하였다. 그 이유를 굳이 논
증하려고 하지도 않았다. 다만 그러한 뜻을 시로 토로하였다. 그래서
'뜻을 말하다' 라는 의미의 '언지言志' 를 이 시 제목에 사용하였다.

이백은 강인한 시풍을 회복시키려고 해서 그러한 뜻을 시에 담았다.
이백의 분방한 생활은 요시카와 고지로(졸역, 『당시 읽기』, 창작과비평사,
1998)가 멋지게 표현하였듯이, '올바른 시의 부활' 이란 의지와 관련이
있었다. 시에 대한 그의 포부는 「고풍古風」이라는 59수의 오언고시 가
운데 첫째 시편에 잘 나타나 있다.

大雅久不作　대아大雅가 지어지지 않은 지 오래

吾衰竟誰陳　내가 쇠하면 끝내 누가 펴랴.

王風委蔓草　왕풍王風은 덩굴풀에 버려지고

戰國多荊榛　전국시대에는 가시풀이 많아라.

龍虎相啖食　용과 범이 서로 집어삼키다가

兵戈逮狂秦　전란은 미친 진의 통일로 귀결되었다.

正聲何微茫　올바른 음악 소리는 어찌 그리 미미했나

哀怨起騷人　애조가 굴원 같은 시인에게서 일어나다니.

揚馬激頹波　양웅과 사마상여가 무너지는 파도를 격동시켰어도

開流蕩無垠　풀린 물 흐름은 콸콸콸 끝이 없었다.

廢興雖萬變　폐하고 흥하여 수만 번 바뀌어도

憲章亦已淪　법도는 이미 망가진 뒤.

自從建安來　건안建安 때부터 이제까지의 시는

綺麗不足珍　곱상하기만 해서 높이 칠 게 못 되다가

聖代復元古　이 성대에 이르러 태고로 돌아가

垂衣貴淸眞　무위無爲의 정치로 청진淸眞을 존중하시매

群才屬休明　뭇 재주들이 아름다운 세상 만나

乘運共躍鱗　기운機運을 타고 모두 비늘을 약동시켜

文質相炳煥　문채와 바탕이 함께 빛나니

衆星羅秋旻　가을 하늘에 널린 별들과 같아라.

我志在刪述　나는 산술(刪述, 시집 편찬)에 뜻 두어

垂輝映千春　천년의 봄에 찬란히 빛나리라.

希聖如有立　성인(공자)과 같기를 바라는 뜻이 이루어진다면

絶筆於獲麟　붓을 획린獲麟의 시점에 꺾으리라.

이백은 『시경詩經』의 대아大雅같이 올바른 시가 더이상 나오지 않게 된 것을 개탄하고, 자기 시대에 복고 정신이 발양되어 다시 건강한 시가 지어지길 기대하였다. 마치 공자가 『춘추春秋』를 산정刪定하면서 왕도 정치의 이상을 내걸었던 것처럼, 시에 대하여 확실한 표준을 세우고자 하였다. 그의 시의 명랑함은 그 의지를 실천한 결과였다.

❖ ❖ ❖

한시의 창작과 관련하여 서로 상대되는 두 과정으로 거론되는 것이 언지言志와 연정緣情이다. 이것은 본격적, 자각적 문학실천의 창작 방법을 두고 하는 말이다.

언지言志라는 말은 『시경』의 오래된 텍스트인 『모시毛詩』의 대서大序에서 "시란 뜻이 가는 것이다. 마음에 있으면 뜻이고, 언어로 표현하면 시이다詩者, 志之所之也. 在心爲志, 發言爲詩"라고 한 구절에서 나왔다. 연정緣情이라는 말은 『문선文選』에 수록된 육기(陸機, 261∼303)의 「문부文賦」에서 "시는 정을 따라 이루어져 곱고 섬약하다詩緣情而綺靡"라고 한 구절에서 처음 나왔다.

물론, 그 둘을 반드시 대립된다고 볼 수만은 없다. 이를테면 『서경書經』「순전舜典」에서는 "시는 뜻을 말하고, 노래는 말을 길게 하여 이루어진다詩言志, 歌永言"라 하여, 언지를 영언과 상대되는 것으로 거론하였다. 이때의 언지는 이 글에서 말하는 '언지'와 '연정'을 포괄하는 대표 개념이다.

한편, 육기의 「문부」에서는 "시는 정을 따라 이루어져 곱고 섬약하고, 부賦는 사물을 그대로 본떠 서술하여 명랑하다詩緣情而綺靡, 賦體物

而瀏亮"라든가, "시는 뜻을 말하므로 정을 따라 나온다고 말하고, 부는 사실을 진술하므로 사물을 그대로 본떠 서술한다고 말한다詩以言志, 故曰緣情, 賦以陳事, 故曰體物"라고 하였다. 이것은, 언지言志와 진사陳事를 시詩와 부賦의 구분 표지로 삼으면서, 연정을 언지의 구현 방식으로 본 셈이다. 시와 부를 엄격히 구별하기 위해서 연정을 언지 속에 포괄시킨 것이다.

또 당나라 초기 왕발(王勃, 648?~675?)은 『왕자안집王子安集』의 「평대비략론平臺秘略論」에서 연정緣情과 체물體物을 구별하되, 그것들은 다시 경국문장經國文章과는 비교가 되지 않는 조충소교雕蟲小巧라고 평가절하하였다. 비록 순수한 문학활동을 하찮은 기예라고 비판하기는 하였지만, '연정'과 '체물'로 대표되는 시와 부의 독립적 위상을 사실상 인정한 셈이기도 하다. 또 이때의 연정은 언지를 포괄한다.

물론 한시 창작은 언지와 연정의 어느 한쪽을 추구하는 철저한 작가정신에 의하여 이루어지기보다는 흔히 포괄적인 인문교양 활동의 하나로서 이루어지는 일이 많았다. 또 남에게 의례상 시를 주고 남의 운자를 사용해서 시를 짓는 증답차운贈答次韻, 조정 관료로서 정무의 여가에 같은 관료층이나 외교사절과 의례상 시를 주고받는 관각수창館閣酬唱의 경우는 강요적 형태를 띠기도 하였다. 따라서 언지와 연정의 두 가지가 한시 창작의 방법을 모두 포괄하는 것은 아니다. 다만 자각적 문학실천의 창작 방법을 개념적으로 분류할 때에는 크게 언지와 연정으로 나누어볼 수 있다.

언지言志의 지志는 논자에 따라 상이하게 규정할 수 있다. 시대에 따라 의미도 달랐다. 하지만 대체로 보아 그것은 풍자諷刺라는 정치적 효용을 목적으로 하는 의식, 예의禮義에 그치도록 도의적 철주掣肘를 가하려는 의식, 혹은 현실에서 느낀 좌절을 극복하려는 정신지향을 뜻한다. 첫째의 극단적 구현이 사회시社會詩이고 둘째의 극단적 구현이 이취시理趣詩 혹은 도학시道學詩이다. 셋째의 시 부류는 순수 서정시의 범주 가운데 개인의 의지와 정신세계를 담은 시들을 말한다. 이에 비하여 연정緣情의 정情은 개인의 섬세한 서정을 가리킨다. 개인의 고뇌나 정치적 분위기를 있는 그대로 드러내는 서정시가 이 부류에 속한다. 이 방법으로 이루어진 시 가운데 극단적 양식은 염정시艷情詩이다. 단, 한시는 내용 및 소재에 따라 여러 가지 양태로 세분되는데, 언지나 연정의 창작 방법은 그 모두에 관계할 수 있다.

한시에는 시인의 의지가 강하게 나타난 작품들이 많다. 중국의 경우 다음과 같은 시들이 대표적이다. 곧, 굴원屈原의『초사楚辭』가운데「귤송橘頌」, 완적阮籍의 「영회詠懷」, 좌사左思의 「영사詠史」, 도연명陶淵明의 「독산해경讀山海經」, 포조鮑照의 「매화락梅花落」, 낙빈왕駱賓王의 「감옥에서 매미를 노래하다在獄詠蟬」, 진자앙陳子昂의 「유주대에 올라 부르는 노래登幽州臺歌」, 왕한王翰의 「양주사涼州詞」, 이백의 「고풍古風」, 두보杜甫의「촉상蜀相」, 한유韓愈의「좌천되어 남관에 이르러 조카 손자 상에게 시를 지어 보인다左遷至藍關示姪孫湘」, 두목杜牧의 「오강묘烏江廟」, 소식蘇軾의 염노교조念奴橋調「적벽회고赤壁懷古」, 악비岳飛의 만강홍조滿江紅調 사, 육유陸游의 「아이에게 보인다示兒」, 문천상文天祥의「영정양을 지나며過零丁洋」, 왕부지王夫之의「수선水仙」, 고염무顧炎武의 「정위精衛」, 홍수전洪秀全의「칼을 읊은 시吟劍詩」등등. 한편, 우리나라의 시 가운데는 황현黃玹의 「절명사絶命詞」나 신채호의 시가 그 범주에 속한다.

한시에서 시인의 의지는 대개 세상을 구원하려는 의식으로 나타나며, 그 좌절에 따른 불평의 감정과 연결되어 있다. 곧 시인의 의지는 자신이 처한 생활세계가 결함투성이임을 인식하고 올바른 가치가 실현되지 못하는 현실을 우려하는 우환의식으로 나타난다.

시인의 의지를 토로하는 작품은 여러 가지 양태로 나타난다. 영회시, 영사시, 영물시 그 어느 양식도 모두 시인의 의지를 담는 데 이용된다. 동진시대 이른바 죽림칠현의 한 사람인 완적(210~263)의 「영회詠懷」 85수(5언시 82수, 4언시 3수)는 곧 의지를 담은 영회시의 대표적인 예이다. 그 연작의 첫째 수가 다음 시이다.

夜中不能寐	한밤에 잠을 이루지 못하여
起坐彈鳴琴	일어나 앉아 거문고를 튕긴다.
薄帷鑒明月	얇은 휘장은 밝은 달빛을 받아들이고
淸風吹我襟	맑은 바람은 나의 옷깃에 불어오는데,
孤鴻號外野	외로운 고니새는 먼 들판에서 울부짖고
翔鳥鳴北林	하늘 나는 새는 비원의 북쪽 숲에서 운다.
徘徊將何見	배회하며 장차 무엇을 보려 하는가
憂思獨傷心	수심의 생각에 홀로 슬퍼할 따름이로다.

이렇게 지독한 고독감이 또 있을까? 시인이 한밤에 잠을 이루지 못하는 것은 결함 세계에 대한 수심 때문이다. 위나라가 망하고 진晉으로 바뀌는 혼란기에 자신의 생명조차 지키지 못하리라는 위험을 느낀 그는, 세상사에 관심을 두지 않고 술을 즐겨 마시며 노자, 장자의 설에 심취함으로써 자신의 안전을 도모하였다. 전망을 상실한 그의 표류하는 정신 상태는, 수레를 타고 나갔다가 길이 막힌 데 이르면 통곡하고 돌아왔다는 일화로 전한다.

세상이 결함의 양상을 띠는 것은 현실에 안주하고 현실의 부조리를 비호하는 지식인 탓도 있다. 그렇기에 완적은 「대인선생전大人先生傳」

을 지어 세속에서 초탈한 자유인의 이상을 펼쳤으며, '잠방이 속의 이褌中之虱'라는 우언寓言을 이용하여 예법에 구애되어 있는 세속의 지식인을 풍자하였다. "너는 아직 '이'가 잠방이 속에 거처하는 것을 보지 못했는가? 깊은 곳의 재봉선으로 도망을 가서 해진 솜 사이에 숨어서는 안전한 길택이라 스스로 여긴다. 그래서 나다녀도 재봉선을 떠나지 못하고 아무리 움직여도 잠방이 속곳을 벗어나지 않으면서, 법도를 얻었다고 스스로 여긴다. 배고프면 사람을 깨물어서는, 무궁히 먹을 수 있다고 스스로 여긴다. 그러나 화염이 언덕처럼 일어나고 불길이 물처럼 흘러, 도읍을 바싹 태워 멸하면, '이'들은 잠방이 속에 거처하고 있어 나오지를 못한다. 너희 군자가 나라의 구역 내에 거처하는 것이, '이'가 잠방이 속에 거처하는 일과 무어 다를 게 있는가!"

나는 의지를 드러낸 한시 가운데 고염무의 「정위精衛」를 가장 좋아한다. 사실 고염무를 좋아하기 때문에 이 시를 좋아하는 것인지 모른다. 어느 쪽인지 잘 알 수 없다. 나의 한학 공부는 고염무를 사숙하면서 새로 시작되었다. 고염무(1613~1682)는 명말 청초의 혼란기에 현실의 문제를 학문의 영역에서 담론함으로써, 도를 밝히고 세상을 구하겠다는 의지를 피력한 인물이다. 실용적 학문을 실행한 경세치용학자이자, 경학이나 사학 등 다방면을 섭렵한 박학주의자요, 실사구시의 정신으로 객관적인 연구를 수행한 고증학자로서 추앙된다. 그가 살았던 시기는 『주역』의 괘로 말하면 밝음이 손상을 입은 '명이明夷'의 시대였다. 그러한 시기에 그는 민족의 독립을 염원하는 뜻에서 시문을 짓고 학문을 하였다. 강인한 의지가 시문과 논문집 『일지록日知錄』의 논조 속에 스며 있다.

「정위」시는 글자 수가 가지런한 구齊言를 늘어놓다가 한 구에서만 '군불견君不見'의 어휘를 넣어 길게 만든 이른바 '군불견체'의 고시이다. 정위는 옛날 염제炎帝의 막내딸 여왜女娃가 동해에 빠져 죽어 그 원혼이 새가 된 것이라고 하는데, 서산의 나무와 돌을 물어다가 바다에 넣어 동해를 몽땅 메우려고 하였다고 전한다. 『산해경山海經』에 나온다. 고염무는 그 새의 전설을 끌어와, 청나라 조정에 굴복하지 않겠다는 의지를 드러냈다.

萬事有不平	세상사란 모두 불평스러운 것이 있는 법
爾何空自苦	너는 어이하여 부질없이 스스로를 괴롭히나.
長將一寸身	길이 고작 한 치의 몸을 가지고
銜木到終古	나무를 물어 날라 영원토록 그러려느냐.
我願平東海	나는 동해를 평평하게 하려 하오
身沉心不改	몸은 잠겨도 마음은 바뀌지 않으리라.
大海無平期	대해가 평평해질 기약이 없듯이
我心無絶時	내 마음도 그칠 때가 없으리라.
嗚呼君不見	아아, 그대는 보지 못했나?
西山銜木衆鳥多	서산에 나무를 물어가는 새가 많아서
鵲來燕去自成窠	까치 오고 제비 떠나 각자 자기 둥지를 지을 뿐인 것을.

지금 남아 전하는 고염무의 시는 그의 나이 32세, 명나라의 실질적인 마지막 황제 숭정崇禎의 죽음을 애도하는 「애시哀詩」에서 시작한다. 그는 명나라 정치를 결코 긍정하지는 않았으며, 궁정의 환관들과 대립하는 결사에 참여하였다. 하지만 명 왕조가 멸망함으로써 중국이 만주족의 지배하에 들어가게 되자 비분을 느끼고, 멸망한 왕조에 충성을 다하는 유민遺民으로서 지조를 지켰다. 그는 본래 양모인 숙모의 손에 자랐는데, 청나라 군대가 육박해오자 양모는 단식하여 목숨을 끊었다. 「정

위」 시는 여막살이를 할 때 지은 것이다. 이후 그는 말 두 필과 노새 두 필에 책을 가득 싣고 각지를 두루 돌아다니면서 학문을 하였다.

고염무는 지식인의 덕목으로 염치廉恥를 가장 중시하여, 『일지록』에서 이렇게 말하였다.

요즈음 안지추顔之推가 지은 『안씨가훈顔氏家訓』을 읽어보니, 그 책에 이런 말이 있었다. "제나라(곧 북제北齊) 조정의 어떤 관리가 나에게 이렇게 말하였다. '나에게 아들이 하나 있습니다. 나이는 벌써 열일곱으로, 공문서나 사문서도 꽤 잘 씁니다. 선비족의 말과 비파 연주법을 가르쳐보니 대체로 다 잘하였습니다. 그러한 재능을 가지고 귀족에게 가 벼슬을 살자, 귀여워해주지 않는 사람이 없었습니다.' 나는 그때 고개를 숙인 채로 대답을 하지 않았다. 그 사람이 자식을 가르치는 방식은 참으로 기묘하였다. 만일 이러한 기술 덕택에 고급 관료가 될 수 있다 하더라도, 나는 너희들이 그렇게 하기를 바라지 않는다." 아아, 안지추는 난세에 어쩔 수 없이 이민족의 조정에서 벼슬을 살긴 했지만, 그래도 이러한 말을 기록하였으니, 여전히 『시경』 소아小雅의 「소완小宛」편을 지은 작자 같은 마음 자세를 지니고 있었다(「소완」편에 "너의 자식 가르칠 때 착한 모범을 보여 가르치면 도리에 가까우리라"라는 구절이 있다). 저 시치미나 떼고 세상에 아첨이나 하는 자들은 수치스럽지 않은가?

염치를 잃은 지식인들의 행태를 비판하는 어조가 맵다. 수년 전에 만리장성이 시작하는 부근의 큰 관문인 산해관에 갔다가 성벽 위에 명나라 유민들의 상像을 도열시켜둔 것을 보았는데, 거기에 고염무의 상도 있었다. 조잡한 상이었지만, 내게는 왠지 고염무의 서슬 진 눈매를 마주한 느낌이 들었다.

한시의 주요 담당층이었던 사대부계층은 기본적으로 우환의식을 버릴 수 없었다. 이것은 중국이나 한국이나 대개 마찬가지였다. 그 우환의식이 개인적, 인격적 자기 수양을 촉구하는 방향과 이상사회의 실현을 위한 책임윤리를 강조하는 방향을 낳았다. 이에 비해 문장의 공용公用 기능에 골몰하거나 보다 순수한 문예미를 추구하여 사장詞章을 숭상하는 일은 완물상지玩物喪志라고 폄하되었다. 원나라 말이나 명나라 말기, 그리고 조선 후기에는 현실정치에서 소외되었던 일부 사대부 문인들이 보다 자유로운 미의식을 추구하거나, 여항인이 '궁수窮愁' 곧 곤궁한 처지에서 느끼는 수심 속에서 형식미를 추구한 예가 많이 나왔다. 그러한 시에 대해서는 평가가 엇갈렸다. 실제로 조선 후기에 사대부든 중인층이든 한시 작가들은 대부분 경세의 의지나 현실대응의 논리를 시에 담았다. 언지의 창작 방법은 전근대 시기의 한시에서 어느 시기이든 늘 중요한 창작 방법이어왔다. 하지만 연정을 구현하였던 시인들도 구세적 열정을 배제하였던 것이 아니다.

1830년대까지 생존하여 영, 정조의 실학적 전통을 시문학에 담아낸 학자-시인으로는 남인의 정약용丁若鏞과 이학규(李學逵, 1770~1835)를 꼽을 수 있다. 또한 조선 양명학파의 주요한 인맥인 강화학파의 이면백(李勉伯, 1767~1830)은 가문이 완전히 몰락하여 식은 재寒灰같이 된 처지에서도 현실 구원의 의지를 잃지 않고 기층민의 궁핍상을 보고하는 시를 남겼다. 그들의 시는 「민중 삶의 반영」에서 자세히 소개하기로 한다. 여기서는 일제강점기의 독립운동가이자 아나키스트 사상가였던 단재丹齋 신채호(申采浩, 1880~1936)의 한시를 예로 든다.

신채호는 1905년부터 1910년까지 국내에서 애국계몽운동을 전개하였고, 1910년대에는 상해 등지에서 비타협적인 민족주의를 주창하였으며, 1920년 중반 이후에는 무정부주의 사상을 실천하였다.

신채호는 한시 「백두산도중白頭山途中」 제2수에서

南來北走動經年　　남으로 북으로 오가며 세월만 보내나니
來亦然然去亦然　　와도 그러려니 가도 그러려니.
縱知萬事須自斷　　세상 만사 스스로 결단해야 함을 알면서도
俯仰隨人最可憐　　남 따라 행동하니 가련키 짝이 없군.

라고 하여 '남 따라 다니는' 자신의 처지를 서글퍼하고, '스스로의 결단自斷'을 결심하였다.

한편 1922년 10월 2일에 지은 시 「계해년(1922년) 시월 초이틀癸亥十月初二日」에서는 생사와 명리의 문제를 벗어난 자유로운 경지를 노래하였다.

天空海濶儘悠悠　　하늘과 바다가 공활하여 유유하여라
放膽行時便自由　　내키는 대로 다니매 거칠 것 없도다.
忘却死生無復病　　생사 문제를 잊었더니 몸도 아프지 않네
淡於名利更何求　　명리에 담박하거늘 무얼 구하랴.
江湖滿地堪依棹　　곳곳이 강과 호수라 배 탈 수 있고
雪月邀人共上樓　　눈 온 밤 달은 나를 맞아 함께 누에 오르는걸.
莫笑撚髭吟獨苦　　수염 꼬며 괴롭게 시 읊음을 웃지 말아라
千秋應有伯牙酬　　천추 뒤에 응당 내 뜻 알아줄 이 있으리니.

"곳곳이 강과 호수라 배 탈 수 있고"란 도처에서 도진渡津을 만난다는 말이니, 행주좌와行住坐臥에 거슬림이 없음을 뜻한다. 밀하자면 '무소의 뿔처럼 혼자서 간다'는 것이다.

110

그의 시 「역사를 읽고讀史」는 전국시대 말기 자객이었던 형경(荊卿, 荊軻)의 거사를 소재로 하였다. 주희朱熹는 『자치통감강목資治通鑑綱目』에서 "연나라 태자 단이 도적을 시켜 진나라 왕을 겁주었으나 성공하지 못하였다燕太子丹, 使盜劫秦王, 不克"라고 단정지었다. 신채호는 주희가 이렇게 형경을 '도盜'라고 폄하하였지만, 결국 남송은 북방을 탈환하지 못하고 가까스로 숨만 붙어 있었지 않았느냐고 비판하였다. 서릿발 같은 기개다.

宋儒饒舌罵荊卿	송나라 유학자는 형경을 비방해서
千秋傷心盜刺名	암살자라 하였으니 서글프구나.
不識當年南渡後	그자들 남쪽으로 쫓겨간 뒤
誰將一矢向邊城	누가 변경으로 화살 하나 쏘았던가.

한편 「분함을 적음書憤」이란 시에서는 진시황의 분서焚書 이후 한나라 때 들어와서 금문경학을 발달시키는 계기가 되었던 복생伏生의 상서학을 거론하였다. 그로써 신채호는 유가적 관념을 고집하였던 일부 민족주의 노선의 인사들에 대해 그 미온적 태도를 비판한 듯하다.

浮虛之自六經開	허튼 소리 본시 유가 경전에서 시작되었거니
快付秦家一炬灰	진시황아 정말 불 한번 잘 질렀다.
却恨當時燒未盡	한스러운 건 그날 다 태우지 못하고
漢庭猶有伏生來	한나라 때 복생이 경전을 논하였다는 것.

신채호는 이 시에서 유가의 육경을 부허浮虛의 언사라고 비판하였다. 1924년 무렵에 지은 것으로 추정되는 「회포를 적다述懷」 두 수에서도

인의仁義를 관념적으로 논하는 것을 배격하고 진眞의 태도를 견지하여야 한다고 하였다. 그 첫 수를 보면 이러하다.

善惡贊愚摠戱論　선악이 모두 다 장난거리 이야기거늘
耶回孔佛謾相嗔　예수교 회교 불교 유교 부질없이 서로 욕질하다니.
辨看靑白之非眼　좋게 보고 밉게 보고 바른 눈이 아니요
散作塵埃倒是身　먼지로 흩어지는 것 그게 바로 이 몸이지.
妄念慈悲還地獄　망령되이 생각하면 자비도 지옥이요
任情屠殺便天人　천진하다면 사람을 죽여도 천사인 법.
吾人來去只如此　우리 인생 오고 감도 다만 이같은 것
捨假求眞更不眞　거짓 버리고 참을 억지로 구함도 참이 아니지.

"거짓 버리고 참을 억지로 구함도 참이 아니지"라고 하였다. 명나라 때 왕양명(王陽明, 이름은 守仁)은 성性을 논하여 "만약 한쪽에 집착하면 옳지 않다"고 하였고, 또 "성性의 본체는 원래 선도 없고 악도 없는 것이되, 발용發用에서는 선이 될 수도 있고 불선이 될 수도 있다"고 하였다. 신채호의 생각은 혼일적 생명을 무선무악으로 상징한 왕양명의 주장과 기식氣息이 통한다. 더욱이 "천진하다면 사람을 죽여도 천사인 법"이라는 말에서는 이탁오(李卓吾, 이름은 贄) 같은 자유주의의 냄새를 맡을 수 있다.

신채호는 차츰 민중의 역량에 대하여 확신하게 되었는데, 그 사상적 배경에는 양명학의 사유가 놓여 있는 듯하다. 왕양명은 양지良知가 상근上根만의 소유물이 아니라 하였고, 이탁오와 양명 좌파에 이르러서는 더욱 평등사상을 추구하였다. 신채호의 아나키스트 사상은 그 맥을 이은 면이 있지 않나 생각된다.

베트남의 민족해방운동가인 호치민(胡志明, 1890~1979)도 언지의 한 시를 남겼다. 호치민은 1920년에 프랑스 공산당 창당에 참가하였고, 1930년에는 인도차이나 공산당을 창설하였으며, 1941년에는 베트민 (베트남 독립동맹회)을 결성하였고, 1945년부터 1969년까지 베트남 민주공화국 대통령으로 재임하였다. 그는 1932년 8월에 상해 폭동의 배후 인물로 지목되어 영국 관헌에게 체포되었으며 광서廣西 지역의 열여덟 군데 감옥을 전전하다가 이듬해 9월에야 풀려나왔다. 그 기간 동안 그는 한시를 이용하여 『옥중일기獄中日記』를 지었다. 한시는 100수 가량이며, 시 형식은 고전시를 따르되 백화시白話詩의 표현을 도입하였다. 호치민도 신채호와 마찬가지로 강인한 시풍을 중시하여 「『천가시』를 보고 느낌이 있어看千家詩有感」에서 이렇게 말하였다.

古詩偏愛天然美　옛 시는 자연의 미를 편애하였으니
山水烟花雪月風　산수와 연화와 눈에 비치는 달빛과 바람을.
現代詩中應有鐵　현대시 속에는 응당 강철이 있어야 하리니
詩家也要會衝鋒　시인도 돌격할 줄 알아야 하는 법.

호치민은 「월남에 소동이 일어났다는 소식을 접하여越有騷動」의 첫 구에서 "차라리 죽을지언정 노예의 고통을 달가워 않겠다寧死不甘奴隷苦"라고 선언하였다. '충봉衝鋒' 즉 '적진을 향한 돌격'의 정신을 중시하였으니, 그의 한시도 '의지를 노래한 시'의 계보에 속하는 것이다.

❖ ❖ ❖

'언지'의 시가 판소리의 우조羽調에 해당한다면, '연정'의 시는 계면조界面調에 해당한다. 자신의 불우한 심사를 그대로 토로하거나 여성 정감을 노래한 시들이 후자의 계보에 속한다.

당나라 측천무후가 아직 황후였던 시대의 대표적인 시인들로 왕발王勃, 양형(楊炯, 650?~705?), 노조린(盧照鄰, 634?~683?), 낙빈왕(駱賓王, 640?~684?) 등 네 사람이 있는데, 이들을 사걸四傑이라 한다. 그 가운데 왕발은 오언절구에 뛰어났다. 그의 시「산중山中」은 시절의 어려움을 느끼고 고향으로 돌아가고픈 심사를 매우 간결한 언어로 표현하였다.

長江悲已滯　장강 가에 머물다니 서글퍼져
萬里念將歸　만리 길 고향으로 돌아가고파라.
況復高風晚　거친 바람 부는 저녁
山山黃葉飛　이 산 저 산에 황엽이 나는데.

유정지(劉廷芝, 자는 希夷, 651~680?)의「흰머리를 슬퍼하는 늙은이를 대신하여代悲白頭翁」(혹은 '代白頭吟'이란 제목으로도 되어 있다)는, 짧은 인생을 서글퍼하는 애상哀傷의 감정이 농후한 명편이다. 1장은 다음과 같다.

洛陽城東桃李花　낙양성 동쪽의 도리꽃
飛來飛去落誰家　날아오고 날아가 누구 집에 떨어지나.
洛陽女兒惜顏色　낙양 아가씨는 안색을 애석해하여

114

行逢落花長嘆息	낙화를 보고는 길게 탄식하누나.
今年花落顔色改	금년 꽃이 지면 안색이 시들 게고
明年花開復誰在	명년 꽃이 피면 또 누가 있으랴.
已見松柏摧爲薪	송백이 꺾여선 땔감 된 걸 보았고
更聞桑田變成海	뽕밭 변해 바다가 되었단 말 들었다오.
古人無復洛城東	옛사람은 낙성 동쪽에 다시 없고
今人還對落花風	지금 사람은 꽃 떨구는 바람을 대하였네.
年年歲歲花相似	연년세세 꽃은 같아도
歲歲年年人不同	세세연년 사람은 같지 않아라.
寄言全盛紅顔子	여보시오 홍안의 젊은이
應憐半死白頭翁	이 백발 늙은이를 동정해주오
此翁白頭眞可憐	이 흰머리는 정말 불쌍하다오.
伊昔紅顔美少年	지난날 홍안의 미소년일 때는
公子王孫芳樹下	공자 왕손을 꽃나무 아래 모시어
淸歌妙舞落花前	맑은 노래 묘한 춤이 낙화 앞에 벌어졌소.
光祿池臺開錦繡	광록지 누대에선 비단 소매 펼치고
將軍樓閣畵神仙	장군 누각에는 신선을 그려두었더니,
一朝臥病無相識	하루아침 몸져눕자 아는 사람 하나 없고
三春行樂在誰邊	삼춘행락은 어디에서 열리는지.
宛轉蛾眉能幾時	아리따운 자태와 고운 아미도 얼마나 가랴
須臾鶴髮亂如絲	잠깐 새 흰머리가 실처럼 흩어질 것을,
但看古來歌舞地	보구려, 예로부터 노래하고 춤추던 그곳이
惟有黃昏鳥雀悲	황혼녘에 까치 소리 서글픈 걸.

인생무상을 탄식한 이 시는, 정경情景의 추이가 꿈처럼 유려하다. 특

히 "연년세세 꽃은 같아도 세세연년 사람은 같지 않아라"라는 구는 너무도 유명하다. 일제 말, 학도병으로 끌려갔다가 죽었다는 어느 분이 남긴 유품 가운데 해서로 이 시구를 적은 것을 본 적이 있다. 고인의 잔혹한 운명을 생각하니 이 시구의 뜻이 더욱 애처로웠다.

이 시는 낙양의 젊은 여인과 병석에 누운 백두옹의 처지를 대비시켜 서글픔의 강도를 증폭시켰다. 한나라 양운楊惲의 글 「손회종에게 알리는 서신報孫會宗書」에 "사람이 살아가는 동안에는 놀면서 즐거움을 취할 따름이다. 부귀하다 해도 얼마나 가겠는가?人生行樂耳. 須富貴何時"라고 하였다. 행락 추구의 심경을 이해할 것도 같다.

명말의 시인 원굉도袁宏道는 1590년 2월 12일, 꽃들의 생일이라고 하는 '화조花朝'의 날에 지난해 북경 회시會試에서 낙방한 뒤의 심경을 「화조일에 즉흥적으로 짓다花朝即事」에서 토로하였다. 역시 애상의 감정이 짙다.

雨過庭花好	비 지난 정원에 꽃이 보기 좋아
開樽亦自幽	술동이 열어두매 또한 절로 한가하다.
不知今夕醉	모르겠군, 오늘 저녁 취하면
消得幾年愁	몇 년의 근심을 없앨 수 있을지.
一朵新紅甲	붉은 꽃 한 송이가 몽우리졌으나
四筵半白頭	잔치 자리에는 온통 흰머리들뿐.
久知行樂是	진작 알았도다, 행락이 옳음을
老矣復何求	늙어지면 또 어이 놀겠는가.

인생의 덧없음을 탄식하고 행락을 추구하려는 뜻은 옛 시에 빈번하게 나타난다. 그 주제를 카르페 디엠Carpe Diem 모티프라고 한다. 위나

라 문제文帝, 즉 조비(曹操, 187~226)의 「선재행善哉行」에 보면 "인생은 더부살이와 같기에, 아무리 근심한들 무슨 소용 있는가. 지금 즐거움을 누리지 않는다면 세월은 내달려가고 말리라人生如寄, 多憂何爲. 今我不樂, 歲月如馳"라는 구절이 있다. 또한 무명씨의 「고시古詩」에, "백 년도 못 살면서, 늘 천 년의 근심을 품다니. 낮은 짧고 밤은 길어 괴롭거늘, 촛불 붙잡고 나가 놀지 않으랴. 쾌락은 시절에 맞추어야 하리, 어찌 후일을 기다리랴. 어리석게도 돈을 아껴, 세상의 조롱거리 되다니. 신선 왕자교와는, 왕생불사를 같이하기 어려워라生年不滿百, 常懷千歲憂. 晝短苦夜長, 何不秉燭遊. 爲樂當及時, 何能待來玆. 愚者愛惜費, 俱爲塵世嗤. 仙人王子喬, 難可以等期"라고 하였다.

인생의 비애를 그대로 토로한다면 '연정'의 시라고 하겠다. 슬픔을 극복하고 강인한 의지를 담는다면 '언지'의 시가 될 것이다. 단, 그 경계는 애매하다.

만당 때의 이상은은(李商隱, 자는 義山, 812~858)은 애정 이야기를 담은 환상 가득한 시들을 남겼다. 「금슬錦瑟」이란 시에서는

滄海月明珠有淚　달 밝은 창해에 눈물은 옥구슬 되어 떨어지고
藍田日暖玉生煙　햇볕 따스한 남전 옥돌에는 아지랑이 피어나네.

라고 하여, 남해의 달 밝은 밤에 진주 눈물을 흘리는 교인鮫人, 즉 인어의 환상과 따스한 햇살에 아지랑이 피어오르는 남전 땅에서 나온 경옥硬玉에 대한 상상을 한데 얽어 이성에 대한 면면綿綿한 사모의 감정을 과거와 현재를 교착시켜 심각하게 담아내고는,

此情可待成追憶　이 감정도, 추억으로 되는 때가 있어

只是當時已惘然　　그때는 나도 꿈속처럼 어렴풋하리라.

라고 하였다. 지금 느끼는 서글픈 사랑의 감정이 언젠가 꿈속에선 듯 망연하게 될 날을 상상하여, 그 미래의 시점에서 지금을 돌아보는 수법을 사용한 것이다. 자신의 심리를 곱씹어볼 만큼 시인의 의식이 매우 세밀하다. 「무제無題」라는 시에서는

春蠶到死絲方盡　　봄 누에는 죽음에 임해서야 실이 다하고
蠟炬成灰淚始乾　　납촉은 재가 되어야 눈물이 마른다네.

라고 하여, 누에와 납촉을 이용해 면면한 사모의 감정을 비유적으로 드러내었다.

　　김시습金時習은 『금오신화金鰲新話』에서 시를 이용하여 등장인물의 심리, 사건 전개의 암시, 인물과 사건에 대한 작가의 심정적 평가를 섬세하게 드러내었다. 「남염부주지南炎浮洲志」는 예외이지만, 다른 네 작품은 모두 시(칠언절구, 칠언율시, 배율, 잡언장편고시, 칠언고시)나 사詞, 초사체楚辭體, 악장樂章을 이용하여 정경과 사건의 흐름을 묘사, 서술, 암시하고 극적 긴장을 고조시켰다. 특히 「만복사저포기萬福寺樗蒲記」에서 여러 여인들의 심리를 각기 다른 시풍 속에 담아낸 것은 문학적 수사의 극치라 할 만하다. 원귀의 여인이 양생을 만나 부르는 '만강홍滿江紅' 노래는 여인의 오랜 고독감과 해후의 기쁨을 절묘하게 드러내었다.

惻惻春寒羅衫薄　　쌀쌀한 봄 날씨, 명주 적삼 너무 얇구나
幾回腸斷金鴨冷　　몇 번이나 애끊었나 금압 향롯불 식어가서.
晚山凝黛　　　　　저문 산은 눈썹처럼 검푸르게 엉겨 있고

暮雲張纖	저녁 구름은 하늘에 고루 퍼졌는데
錦帳鴛衾無與伴	비단 장막 원앙 이불을 함께할 님이 없어
寶釵半倒吹龍管	금비녀 비스듬한 채로 퉁소를 분다오.
可惜許光陰易跳丸	애달파라 세월이 튀는 공과 같아
中情懣	속마음 답답하여라.
燈無焰銀屛短	사윈 등잔불 나직한 은 병풍 아래
徒收淚誰從款	홀로 눈물 훔치나니 누가 위로하랴.
喜今宵	기쁘구나 오늘밤
鄒律一吹回暖	추연鄒衍의 젓대 한 곡조가 봄기운을 되돌려
破我佳城千古恨	가성(佳城, 무덤) 속 천고千古 한을 깨뜨리매
細歌金縷傾銀椀	금루곡金縷曲 고운 가락에 은 술잔 기울인다.
悔昔時抱恨	후회되어요 지난날 한을 품고
蹙眉兒眠孤館	미간 찌푸린 채 외로이 잠들었던 일이.

이승에서의 만남은 잠시 잠깐의 것임을 알기에, 만남의 기쁨은 덧없고 죽음보다 더 슬픈 고독이 영구하게 남으리라는 것을 시적 화자도 알고 독자도 안다. 이렇게 지독한 슬픔이 또 있을까.

조선에서도 여성 정감의 시가 진작에 나왔지만, 여성이 스스로의 마음을 토로한 것은 허난설헌(許蘭雪軒, 1563~1589) 때에 이르러서가 아닌가 한다. 다만 그녀의 시 가운데 상당 부분은 그 아우 허균許筠이 대작代作한 것이라는 설이 있어, 구체적으로 어느 작품이 그녀의 작품인지 정하기 어렵다. 하지만 허난설헌이라는 이름으로 거론되는 여성 작가가 이 시기에 나와 여성 정감을 직접 한시로 노래하였다는 사실은 매우 주목할 만한 일이다. 나는 악부풍의 시 「강남곡江南曲」에서 느껴지는 담담한 슬픔의 미학을 좋아한다.

人言江南樂	남들은 강남의 환락을 말하지만
我見江南愁	나는 강남의 수심을 알아요.
年年沙浦口	해마다 포구에서
腸斷望歸舟	떠나는 배를 바라보는 애끊는 그 마음.

18세기 후반, 19세기 전반의 지식인들은 마음이 지닌 인식 기능과 상념의 작용을 중시하게 되었다. 이를테면 김려(金鑢, 1766~1822)는 1801년에 쓴 「사유악부思牖樂府」의 '자서自序'에서 '생각'의 번전飜轉에 대하여 이렇게 말하였다.

'사유思牖'는 내가 임시로 거처하는 집의 오른쪽 창문에 붙인 편액이다. 내가 북쪽에 있을 때에는 하루도 남쪽을 생각지 않은 적이 없었는데, 마침내 남쪽으로 이사오자 이제는 하루도 북쪽을 생각지 않는 날이 없게 되었다. 생각이란 이처럼 수시로 변하는 것이어서, 그 괴로움은 갈수록 더욱 심해진다. 창문에다 '사思'라는 이름을 붙인 것은 이 때문이다. (……) 대저 생각은 즐거움이 있어서 하는가 하면, 슬픔이 있어서 하기도 한다. 나의 생각은 어떠한가? 서서도 생각하고, 앉아서도 생각하며, 걷거나 누워 있을 때에도 생각한다. 잠시 생각하기도 하고, 한참 생각하기도 한다. 혹은 생각하면 할수록 더욱더 못 잊게 된다. 나의 생각을 어떻게 하랴. 생각으로 인해 마음에 느낌이 있으니 소리가 없을 수 없고, 소리를 좇아 운韻을 다니 곧 시가 되었다.

김려는 시의 소리와 압운이 모두 시적 자아의 마음에서 시시때때로

120

不有杜陵師宋玉　두보杜甫가 아니라면 송옥宋玉을 배워야지
悲懷搖落孰深知　낙목산천에 슬픈 심사, 그 누가 알랴.

　이봉환은 '비추悲秋'의 정서를 노래한 송옥이나 두보의 시 정신에 공감한다고 하였다. 송옥의 「구변九辯」이나 두보의 「추흥秋興」 8수는 가을날의 애상을 노래한 걸작으로 후대에까지 깊은 영향을 주었다.
　애상적 정조는 정치적으로 실각한 사람들의 시에서 자주 나타난다. 일본의 스가와라노 미치자네(菅原道眞, 845~903)는 헤이안平安 시대 제일의 시인, 실세의 정치가였으나 만년에 유배지에서 지은 시에는 비애의 감정이 물씬하다. 그는 일본에서 문학의 신, 교육의 시조로 일컬어져, 지금도 그를 제사지내는 덴만구天滿宮와 기타노진자北野神社가 전국에 2만 곳이나 될 정도다. 그가 귀양지에서 지은 「가을밤秋夜」이란 시를 하나 소개한다.

黃萎顏色白霜頭　누렇게 뜬 낯빛에 서리 같은 머리
況復千餘里外投　하물며 천리 바깥으로 쫓겨난 신세.
昔被榮華簪組縛　지난날엔 영화로워 비단끈과 동곳을 띠었더니
今爲貶謫艸萊囚　지금은 유배되어 거친 땅 죄수.
月光似鏡無明罪　거울 같은 달빛도 무죄를 밝혀주진 못하고
風氣如刀不破愁　칼날 같은 바람도 수심은 깨주지 못하누나.
隨見隨聞皆慘慄　보는 것 듣는 것이 모두 다 참혹하여
此秋獨作我身秋　이 가을은 유독 내 몸의 가을만 만들었군.

　"이 가을은 유독 내 몸의 가을만 만들었군"이란 구절은 고독감과 비애를 아주 절묘하게 드러내었다.

　　　　❖ ❖ ❖

　나는 우조羽調도 좋아하지만 계면조界面調도 좋아한다. 사실 전에는
우조를 듣기 좋아하였는데, 이제 비추의 의미를 조금은 알게 되어서 그
런지, 계면조를 더 좋아한다. 그 두 소리가 교묘하게 조화를 이루어야
판소리가 이루어지기 때문에, 판소리를 좋아하는 사람이라면 어느 한
쪽만 좋아한다고는 말하지 않을 것이다. 마찬가지로 나는 한시의 세계
에서 언지와 연정의 창작과정을 둘 다 중시한다. 과거의 시인들도 대개
는 그 둘의 창작과정을 모두 구사하되, 때에 따라 어느 한쪽에 중점을
두었다. 다산 정약용이 「전간기사田間紀事」를 지어 기층민의 참혹한 현
실을 보고하는 한편으로, 스스로의 처지를 사詞로 지어서 듣는 이로 하
여금 눈물을 뚝뚝 떨구게 하였다는 이야기는 앞서 이미 한 바 있다.
　나약한 자세를 고치고 삶을 응시하려 할 때 강인한 의지의 시가 나올
것이다. '꿈꾸어도 노래하지 않는' 시가 그것이다. 반면에, 고착된 논리
를 강요하는 세상에 대해서는 진실한 감정을 토로함으로써 그 무력無力
을 통해 맞설 수가 있다. 물컹거리는 애상만으로는 시가 될 수 없다는
사실을, 전자의 계보의 시가 나에게 가르쳐주었다. 반대로 난폭한 권력
에 대한 저항이 슬픈 눈물과 사랑의 형태로 나타날 수 있다는 사실을,
후자의 계보의 시는 나에게 알려주었다.

6. 영물詠物의 방법

❖ ❖ ❖

당나라 시인 유우석(劉禹錫, 772~842)의 시에 「백응白鷹」이 있다. 흰 매가 깃을 너울거리며 경쾌하게 구름 속으로 들어가 새를 낚아채는 모습을 묘사한 씩씩한 풍격의 시이다.

毛羽褊斕白紵裁   너풀거리는 털과 깃은 흰 모시를 갓 마름한 듯
馬前擘出不驚猜   말 앞에서 솟아나도 말이 놀라지를 않네.
輕抛一點入雲去   경쾌하게 한 점으로 내던지듯 구름 속으로 들어가서는
喝殺三聲掠地來   서너 번 소리치며 깨물어 죽여 땅을 스치듯 날아오네.
綠玉觜攢雞腦破   녹옥처럼 뿔처럼 머리를 모으매 닭의 뇌가 깨지고,
玄金爪擘兎心開   검은 쇠인 양 손톱으로 찢으매 토끼의 심장이 열리네.
都緣解搦生靈物   이 모두가 생물을 낚아챌 수 있는 영물이기 때문이니

所以人人道俊哉　　그래서 사람들은 날래다고 일컫는구나.

흰 매는 곧 유우석의 장대한 뜻을 상징하는 듯하다. 실제로 유우석은
정치적 야망이 있었다. 그는 유종원柳宗元과 함께 왕비王伾·왕숙문王叔
文의 집단에 속하여, 805년 정월에 순종이 즉위하였다가 8월에 헌종이
즉위하여 연호를 영정永貞으로 바꾸기까지 개혁 정치를 감행하였다. 하
지만 왕비·왕숙문이 실권하자 지방의 자사로 유배되었다. 815년에야
장안으로 소환되었지만, 도중에 다시 지방의 자사로 유배되어 825년까
지 모두 네 곳의 자사로 전전하였다. 57세 때 중앙으로 복귀하였으나,
그뒤 다시 지방으로 나갔으며, 65세 때에야 비로소 명예직에 불과한 태
자빈객 동도분사太子賓客 東都分司의 직을 부여받았다.

유우석의 이 시는 곧 사물이 지닌 이미지를 잘 활용한 것이라고 할
수 있다. 앞서 말했듯이, 시에서는 묘사 또는 감각적인 수식어를 구
사하여 사물의 영상을 직접 드러나게 하거나, 직유, 은유, 대유, 의인
등의 비유를 사용하여 이미지를 형성할 수 있다. 이미지를 만들어내
는 상상력은 기억과 같이 과거의 것을 재생하는 수준의 것도 있고,
이미지들을 선택하여 유사점을 결합하는 생산적, 연합적 수준의 것
도 있다. 또, 이미지들을 결합하여 모습과 의미를 바꾸어 새로운 이미지
를 만들어내는 창조적, 해석적 수준의 것도 있다. 더구나, 마술적 상상
력은 반대되거나 또는 불일치한 성질을 조화시키거나 타협시키기도
한다.

한시는 조수초목이나 무생물의 사물들, 생활 주변의 사물들을 소재
로 하여 노래하면서 이미지를 창출하여왔다. 그렇게 생물과 무생물의
사물들을 소재로 이미지를 창출해내는 시를 영물시詠物詩라고 한다. 영
물시는 사물을 다루는 층위에 따라 여러 가지 종류가 있다. 여기서는 주

로 새와 벌레, 꽃과 나무처럼 유생물을 소재로 한 작품들을 중심으로 영물의 층위를 알아보기로 한다.

❖ ❖ ❖

　한시에서 사물을 노래하는 것은 미학적 이유만 있는 것은 아니다. 때로는 사물을 사랑하는 풍조가 그 배경에 있는 경우도 있다. 본래 특이한 사물 자체에 호기심을 가져서 정신을 빼앗기는 것은 완물상지玩物喪志라 하여 도덕적으로 폄하되었다. 하지만 사물에 호기심을 갖는 일은 어쩌면 인간 본성에 관계된 것인지 모른다.

　영물시는 중국 남조시대 궁정문학에서 발달하였다. 영물시는 사물을 노래하되 그 사물의 이름을 본문 속에 노출시키지 않는 것이 원칙이다. 그런데 궁정의 영물시는 제재가 아주 좁았다. 왕후귀족의 저택 안팎에 놓인 화려한 작품, 실내를 장식하는 화려한 조각, 여성의 몸을 장식하는 복식, 나아가서는 여성 그 자체를 노래하였다. 자연물은 기껏해야 정원에서 볼 수 있는 것에 제한되었다.

　그러다가 차츰 문학층이 확대되면서 영물시는 궁정의 바깥에서 제재를 찾게 되었다. 특히 당나라에 들어오면 문화 및 문명의 발달과 더불어 기화요초琪花瑤草에 대한 사대부와 민간의 애호가 커지고, 그에 따라 기화요초를 노래하는 영물시도 많이 나왔다.

　이를테면 중국에서는 예로부터 모란牡丹을 '화중지왕花中之王'이라든가 '국색천향國色天香'이라고 일컬으며 행복과 번영의 상징으로 여겨왔다. 특히 당나라 대력大曆, 정원貞元 연간에는 모란을 심고 관상하고 시로 읊는 습속이 성하였다. 백거이白居易 시대의 이조李肇는 『당국사보唐國史補』에서, "경성의 귀족들이 모란을 숭상한 것이 삼십 년이 되었는데, 늦봄이 되면 거마를 미친 듯 몰아 구경 가지 않으면 부끄럽게 여겼다. 집금오執金吾, 포관위鋪官圍, 외사관外寺觀에 씨를 뿌려 이익을 구하는데, 봄 한 철에 수만 전 값을 올리기도 한다"라고 적었다. 백거이는 「매화買花」 시에서 "한 다발 짙붉은 꽃이 열 집 부세만큼 비싸다니— 束深色花, 十戶中人賦"라고 비판하였다. 모란은 부귀화富貴花, 백량금百兩金이라는 별명이 붙었다. 이 중국의 풍조가 신라 때에 이미 수입되었던 듯하며, 다시 고려 중엽에 그 풍조가 만연하였다.

고려 공민왕은 재위 2년 계사년(1353년) 4月에 신진사新進士들에게 모란을 소재로 4운의 시를 짓도록 명하였는데, 당시의 사대부들도 화운하여 시를 지었다. 공민왕은 충목왕이 죽은 뒤 왕저(王眂, 忠定王)와 대립하였다가, 충정왕이 즉위한 지 이 년 만에 타계하고서 등극하였으므로 희열의 느낌이 있었을 것이다. 그래서 모란시를 짓도록 한 듯하다. 이때 시들이 수백 편에 이르렀는데, 그 중에 민사평(閔思平, 1295~1359)의 「모란시牧丹」 19편도 있었다. 당시, 민사평의 외조카로 민사평에게서 문학을 배운 김구용(金九容, 1338~1384)이 지은 모란시가 으뜸으로 뽑혔다고 한다. 이제현李齊賢은 당시 사대부들이 지은 모란시와 잡제시들 수백 수를 가려 뽑아 『병거견민집屛居遣悶集』으로 편하였는데, 민사평의 모란시 19수도 그 속에 넣었다. 민사평의 「모란시」는 반드시 모란만을 노래한 것이 아니라, 당시의 실력자이자 학자였던 이제현에게 헌정한 시도 있고, 아예 모란이 아니라 매화를 노래한 시도 있다. 19수 가운데 모란을 직접 대상으로 삼은 시는 제13수, 제18수의 둘이다. 제13수는 이러하다.

梅早空先斗指東　　매화는 북두가 동쪽을 가리킬 때 괜히 먼저 피고

128

芙蓉晚趁鯉魚風	부용은 느지막이 구월의 잉어풍을 쫓는다.
葉疑半袖揎雲碧	잎은 하늘색 소매를 반쯤 걷은 듯하고
花倚深房淺海紅	꽃은 깊은 방에 기대 해홍(海紅, 해당화)보다 옅다.
婢膝群芳宜事後	비첩 앉음새의 뭇 방초는 사후에나 알맞고
奴顔小鴈尙趁紅	노복 낯짝 기러기는 붉은 꽃만 쫓을 뿐.
游蜂採蜜黏蛛網	노니는 벌은 꿀을 따려다 거미줄에 걸리고
毒蝥憐渠夙昔工	독거미는 지난날의 그 공을 어여삐 여기네.

두련頭聯은 매화나 부용과의 대비를 통하여 모란이 적절한 절기에 피어남을 부각시켰다. 함련頷聯은 모란의 잎과 꽃을 주로 색감의 면에서 세세하게 묘사하였다. 두·함련은 서경, 경·미련은 서정이다. 즉 모란을 통하여 특립독행特立獨行하는 처사의 전형을 제시한 것이다. 철모르는 방초나 기러기, 단물만 찾는 벌은 모두 모란 자체의 미와 덕을 훼손시킬 수 없다고 하였다.

한편, 한시에는 사물을 나열하고 그 각각의 특성에 대해 묘사하면서 이미지를 중첩하는 양식이 있다. 연아演雅라고 한다. 사물의 이름을 나열하고 정의한 고대의 사전인 『이아爾雅』를 부연한다는 뜻이다. 본래 이 명칭과 양식은 북송의 시인 황정견黃庭堅이 처음 사용하였다. 황정견의 「연아」 시는 정말 수수께끼 같으며, 7언 40구라서 길이 또한 만만치 않다. 그런데 이 시에서 새와 벌레를 묘사한 표현들은 앞 시대의 표현법을 계승하면서 동시에 뒷날의 시에 큰 영향을 끼쳤다. 우리나라 한시의 경우는 더욱 많은 영향을 받았다. 또 '연아'라는 제목을 사용하거나 '연아체'를 본뜬다고 표방해서 여러 생물들의 이름을 나열하고 그 생태들을 묘사한 시들도 많이 나왔다. 길지만 전문을 소개하기로 한다.

桑蠶作繭自纏裹　　누에는 고치 자아 스스로 칭칭 감고
蛛螯結網工遮邏　　거미는 그물 맺어 망보느라 정성이다.
燕無居舍經始忙　　제비는 거처 없어 집 짓기 바쁘고
蝶爲風光勾引破　　나비는 경치 좋아 먹이잡이 작파했다.
老鸛銜石宿水飮　　왜가리는 돌 물어다 알 옆에 두고 물기 빨아들이고
穉蜂趨衙供蜜課　　어린 벌은 관아에 나아가듯 부과된 꿀을 바치네.
鵲傳吉語安得閑　　까치는 기쁜 소식 전하느라 어찌 한가로우랴.
雞催晨興不敢臥　　닭은 새벽 기상 재촉하려고 누워 자지 못하네.
氣陵千里蠅附驥　　기운이 천리까지 뻗어 파리는 천리마 꼬리에 붙고
枉過一生蟻旋磨　　헛되이 일생을 보내누나 개미는 맷돌에 붙어 도네.
蝨聞湯沸尙血食　　이는 물 끓는 소리 듣고도 여전히 피를 빨고
雀喜宮成自相賀　　참새는 집 이루어졌다 기뻐하여 서로 축하하네.
晴天振羽樂蜉蝣　　갠 하늘에 날개 치느라 하루살이 즐겁고
空穴祝兒成蜾蠃　　빈 구멍에 자식 커간다 자축했더니 나나니벌로 자랐네.
蛣蜣轉丸賤蘇合　　쇠똥구리는 똥 굴리며 향나무를 천시하고
飛蛾赴燭甘死禍　　나방은 불로 달려가 데어 죽어도 좋단다.
井邊蠹李蠐苦肥　　우물가 오얏을 먹어대느라 굼벵이는 살쪄 있고
枝頭飮露蟬常餓　　나뭇가지에서 이슬 먹느라 매미는 늘 주려 있다.
天螻伏隙錄人語　　땅강아지는 틈새에 숨어 사람 말을 엿듣고
射工含沙須影過　　날도래벌레는 모래 물고 사람 그림자 지나가길 기다리네.
訓狐啄屋眞行怪　　수리부엉이는 지붕을 쪼다니 참으로 괴상하고
蠨蛸報喜太多可　　손님거미는 기쁜 소식 예보하니 많아도 좋고말고.
鸕鷥密伺魚鰕便　　가마우지는 몰래 고기와 새우의 소식을 엿보고
白鷺不禁塵土涴　　백로는 진토에 더럽히는 것을 참지 못하네.

絡緯何嘗省機織	베짱이는 어디 한 번이라도 베 짜기를 한 적 있었나
布穀未應勤種播	뻐꾸기는 부지런한 파종 일에 응한 적이 없었네.
五技鼫鼠笑鳩拙	못난 재주 날다람쥐가 비둘기 무능하다 비웃고
百足馬蚿憐鼈跛	발 많은 노래기는 자라의 절뚝거림을 동정하네.
老蚌胎中珠是賊	대합은 태 속의 진주가 바로 자신의 적이고
醯雞甕裏天幾大	초파리로서는 단지 속의 하늘이 얼마나 크랴.
螳蜋當轍恃長臂	사마귀는 수레에 맞서나니 긴 팔을 믿고서
熠燿宵行矜火照	반딧불이는 밤에 다니나니 밝은 빛을 자랑하면서.
提壺猶能勸沽酒	제호새는 그나마 술 사오라 권할 줄 안다만
黃口只知貪飯顆	황구(어린 참새)는 그저 곡식 낟알 쪼기 바쁘다.
伯勞饒舌世不問	때까치는 혀를 나불대지만 세상 누구도 문제 삼지 않고
鸚鵡纔言便關鎖	앵무새는 사람 말을 해대자마자 새장에 갇히네.
春蛙夏蜩更嘈雜	봄 개구리와 여름 매미는 갈수록 시끄럽고
土蚓壁蟬何碎瑣	흙 속 지렁이와 벽 틈 반대좀은 어이 그리 잘디잔가.
江南野水碧於天	장강의 남쪽 평야의 물은 하늘보다도 푸르고
中有白鷗閑似我	거기에 백구가 있어 나보다도 훨씬 한가하구나.

상잠桑蠶은 누에, 주모蛛蝥는 거미. 연燕은 제비, 접蝶은 나비. 노창老鶬은 왜가리, 치봉穉蜂은 어린 벌. 작鵲은 까치, 계雞는 닭. 승蠅은 파리, 의蟻는 개미. 슬蝨은 이, 작雀은 참새. 부유蜉蝣는 하루살이, 과나蜾蠃는 나나니벌. 길강蛣蜣은 쇠똥구리, 비아飛蛾는 나방. 조蠐는 굼벵이, 선蟬은 매미. 천루天螻는 땅강아지, 사공射工은 날도래벌레. 훈호訓狐는 수리부엉이, 소소蠨蛸는 손님거미. 노자鸕鶿는 가마우지, 백로白鷺는 해오라기. 낙위絡緯는 베짱이, 포곡布穀은 뻐꾸기. 오서鼫鼠는 날다람쥐, 마현馬蚿은 노래기. 노방老蚌은 대합, 혜계醯雞는 초파리. 당랑螳蜋은 사

마귀, 습요熠燿는 반딧불이. 제호提壺는 제호새, 황구黃口는 어린 참새. 백로伯勞는 때까치, 앵무鸚鵡는 앵무새. 와蛙는 개구리, 조蜩는 매미, 토인土蚓은 지렁이, 벽담壁蟫은 반대좀. 마지막 구의 백구白鷗까지 합하면 모두 41종의 생물 이름이 나온다.

황정견이 이처럼 사물에 대해 깊은 관심을 가졌던 것은 송대 유학인 정주학程朱學에서 격물치지格物致知를 중시한 것과 관련이 있으리라고 해석할 수 있다. 황정견은 정치적으로는 정이程頤의 적대자였던 소식蘇軾을 스승으로 삼았으므로 정주학의 정통에 선다고는 할 수 없다. 하지만 그는 주돈이周敦頤라는 학자를 깊이 존경해서, "이분의 흉회는 담박하고 솔직하여 광풍제월光風霽月과 같다"고 평하였다. 그만큼 황정견은 정주학을 포함한 도학道學 자체에 깊이 관심을 가졌음을 알 수 있다. 더구나 북송의 시기에는 소옹邵雍이 관물觀物의 설을 제창하여, 생명 있는 사물의 이치를 탐색하였다. 황정견의 이 영물詠物의 시는 바로 관물의 관점에서 나온 것이라고 보아도 무방하리라 본다.

조선 후기의 시인 이학규李學逵는 유배되어 있던 1812년 이후 여러 영물시들을 지었다. 사물의 속성을 탐구하여 그것을 주로 부賦의 수사 형식으로 기술하되, 자신의 처지를 가탁하는 방식을 택하였다. 그의 영물시는 내면의 심사를 가탁한 상징시이다. 사물과 교섭한 경험을 시적 언표로 구성하지 못하고 의식을 과도하게 싣거나 거꾸로 사물에 의해 압도당하고 있다. 칠언절구 「으름燕覆子」에서는 사물의 형상화를 포기하였다.

恬於崖蜜冽於霜	꿀보다 달고 서리보다 차가우니
林下津津氣味長	숲 아래서 그 맛은 너무노 좋아라.
堪與猴桃爲後殿	다래와 뒷줄에 있을 수 있다만

詎隨羊棗得聯行　　어찌 대추와 나란히 열 지으랴.

　제1, 2구는 으름의 맛을 묘사하였지만 제3, 4구는 대상의 속성을 언급하지 않고 비교를 통해 대상의 속성을 부각시키는 방식을 사용하였다. 으름 열매는 달고 맛있지만 대추만 못하며, 자기와 같이 일민(逸民, 정계에서 소외되어 있는 자)이 먹기에 알맞은 열매라고 말하였다. 으름이 대추(양조)와 동렬에 놓일 수 없다는 것은 대추보다 격이 떨어진다는 뜻이다. 이 말은 『맹자孟子』 「진심盡心·하」에 나오는 고사를 이용한 것이다. 증석曾晳이 대추를 좋아했는데, 그 아들 증자가 차마 대추를 먹지 못하는 것을 보고, 공손추가 '증자는 어찌 고기를 먹으면서 대추를 먹지 않았습니까?'라고 물었다. 맹자는 '고기는 여러 사람들이 같이 좋아하는 것이고, 대추는 독특하게 한 사람(부친)만 좋아한 것이다. 이름을 피휘避諱하고 성을 피휘하지 않는 것과 같다. 성은 여러 사람이 같이 쓰는 것이고 이름은 독특하게 한 사람(부친)만 쓰기 때문이다'라고 대답하였다. 여기서는 대추가 귀한 과실이란 것을 말하기 위해 그 고사를 환기시켰을 따름이다.

　한편 이학규는 「산새山鳥」 시에서 산새들이 군집하여 있는 모습을 보고서 인간들이 서로 적대적인 관계에 있는 모습을 비유하였다. 산새들은 하나하나 서로 고립되어 있기에, 자아는 그것들을 총괄하여 인간과 자연의 법칙에 대해 의미 있는 단일한 상징적 형상물을 만들어내지 못한다. 장편의 일부를 들어본다.

或如歡粥筵　　혹은 잔치 자리서 죽 마실 때
嘈嘈聚衆口　　왈왈 여러 입이 들이켜는 것 같고,
或如具饍朝　　혹은 아침 상 차릴 때

霍霍切菜手   확확 나물 써는 손 같다.

或惺惺如譚   혹은 성성 소리내어 부르는 듯하고

或切切如誘   혹은 절절 소리하여 꾀는 듯하며,

或徒遠如猜   혹은 멀리 가 시기하는 듯

或至近如狃   혹은 가까이 와 알랑대는 듯하다.

或儇巧如嘲   혹은 약빨라 놀리는 듯

或盛怒如詬   혹은 성내어 꾸짖는 듯,

或屢遷矜奇   혹은 자주 옮겨 으스대고

或支離株守   혹은 흩어져 붙박여 있다.

同或類一竅   같으면 혹 한통속 같고

異或判如剖   다르면 혹 쪼갠 듯 갈라선다.

이 시는 비유법을 사용하였지만 친숙한 사물을 낯설게 함으로써 미적 쾌감을 낳는 것이 아니라 혼란된 사물들을 친숙하여 스스로 장악하려는 의도를 담고 있다. 또한 이 시는 대구(대장) 형식을 사용하지만 구심력을 지닌 자족적이고 상징적인 경험세계를 만들어내지 않는다. 대구 연들의 연속은 각 연들을 서로 고립되게 한다. 더구나 이 시에서는 연과 연만 고립되어 있는 것이 아니라 구와 구도 서로 고립되어 있다. 그만큼 사물들의 고립성이 철저하다.

사물은 때때로 시인의 형상화에 저항하여 상징적 이미지로 화하는 것을 거부한다. 이학규가 지은 「등불 앞 국화 그림자를 서술하다賦得燈前菊花影」라는 시를 보면,

燈在菊南花影北   국화 남쪽 등불에 꽃 그림자는 북

燈在菊西花影東   국화 서쪽 등불에 꽃 그림자는 동.

一牀書帙兩壺酒　책상 하나 가득 책갑과 술병 둘

徧要看渠花影中　둘러보니 이 모두 꽃 그림자 속.

　등불과 국화가 만든 꽃 그림자가 동서남북을 채우고, 책상과 책갑 술병도 그 그림자 속에 가두어두고 있다. 그 고립된 사물들을 하나하나 둘러보는 시인 자신도 그 그림자 속에 갇힌다. 사물들이 거짓된 그림자 관계를 만들어 그림자가 세계를 채우고 있으며, 시인도 그 속에서 하나의 사물로 존재할 따름이다.

　이렇게 이학규의 영물시는 격물치지의 인식을 바탕으로 하는 영물시와는 확실히 다르다. 격물치지의 인식은 적어도 자아와 세계 사이에 아무런 틈이 없다고 확신하고, 사물 속에서 삶 전체를 드러내려고 한다. 하지만 이학규의 시에서 사물들은 자아의 통괄에 저항하고 혼란스러운 채로 남아 있으며, 시인의 자아를 사물화하기까지 한다.

❖ ❖ ❖

　사물 가운데서도 생물에 대한 묘사는 우언寓言의 수사법과 밀접한 관련이 있는 경우가 많다. 초당 시기의 이의부李義府가 지은 「까마귀를 노래함詠烏」이라는 우의시寓意詩에 보면,

日裏颺朝彩　태양 속에서는 아침 햇무늬를 받아 날아오르고

琴中伴夜啼　거문고 속에서는 오야제 노래에 반주되누나.

上林如許樹　상림원에 허다한 나무들이 있건만

不借一枝栖　깃들 가지 하나도 빌려주지 않네.

라고 하였는데, 까마귀가 가지를 빌린다는 것은 군주의 아래에서 벼슬
산다는 것을 비유한다. 『수당가화隋唐佳話』와 『당시기사唐詩紀事』에 일
화가 전한다. "이의부가 처음에 징소되었을 때 태종이 까마귀를 읊어보
라고 시험하였다. 그 마지막 구에 '상림원에 허다한 나무들이 있건만
깃들 가지 하나도 빌려주지 않네' 라고 하였다. 태종은, '내가 나무 전체
를 너에게 빌려주겠다. 어찌 가지 하나뿐이겠느냐?' 라고 하였다." 즉,
이의부가 조정에 자리를 갖지 못한 불만을 품었는데, 태종이 그것을 알
아차리고 '한 가지 정도가 아니라 나무 전체를 빌려주겠노라'고 답하였
다는 것이다. 조조曹操의 저 유명한 「단가행短歌行」 후반에, "달 밝고 별
성근데, 오작은 남쪽으로 날아가네. 나무를 빙빙 돌기를 세 번, 어느 가
지에 의지할 것인가. 산은 높기를 싫어하지 않고, 바다는 깊기를 싫어
하지 않네. 주공이 입에 머금은 밥을 뱉고 어진 이를 만나보매, 천하의
인심이 귀의하였도다月明星稀, 烏鵲南飛, 繞樹三匝, 何枝可依. 山不厭高, 海
不厭深, 周公吐哺, 天下歸心"라고 하였다. 까마귀가 가지에 의지한다는
것은 신하들이 군주인 자신에게 귀의하는 것을 비유하는 말이다.

영물시의 우언시 가운데는 새 울음을 인간의 유의미한 언어로 해석
하는 시 양식도 있다. 그것을 금언시禽言詩라고 한다. 북송의 매요신(梅
堯臣, 1002~1060)이란 시인이 두견새, 제호새, 산새, 알락대가리 등 네
종류의 새 울음을 소재로 네 수의 금언시四禽言詩를 창작한 이래, 소식
은 다섯 수의 금언시五禽言詩를 짓는 등 연작으로 짓는 전통이 형성되었
다. 매요신의 금언시 가운데 「알락대가리竹鷄」의 예를 들어본다. 이 새
의 울음소리는 니활활(泥滑滑, 진흙길이 미끄럽네), 고죽강(苦竹岡, 오르
기 괴로워라 참대 언덕아)라는 식으로 들린다고 한다. 이 새는 떠돌아다
니면서 비를 괴로워하는 의미를 담기도 하고, 농사를 걱정하여 비가 멎

기를 기다리는 의미를 담기도 한다.

泥滑滑	니활활(진흙길이 미끄럽네)
苦竹岡	고죽강(오르기 괴로워라 참대 언덕아)
雨蕭蕭	비는 쏴아쏴아
馬上郎	말 탄 사람아
馬蹄淩兢雨又急	말 밥굽 뒤뚱뒤뚱, 비는 또 세차나니
此鳥爲君應斷腸	이 새가 그대 때문에 애간장 끊어지겠네.

　새의 울음소리는 듣는 사람에 따라 여러 가지로 달리 의미 부여를 할 수 있다. 뻐꾸기 울음은 포곡(布穀, 씨를 뿌려라)이라고 옮길 수도 있지만, 바지를 벗으라는 뜻의 탈각포고脫却布袴로 옮길 수도 있다. 마치 소쩍새 울음소리를 내 고향 감곡면에서는 '뒷박 바꿔주'라고 옮기는 것과 같은 식이다.

　금언시를 이용하여 인간 존재의 문제와 철학적 이치를 논한 예로 김시습金時習의 시가 있다. 단종의 죽음 이후에 방랑길에 올랐던 김시습은 내금강에서 푸른 벼랑에 학이 깃들어 이슬 내린 달밤에 기이한 울음을 우는 소리에 마음이 끌렸다. 그리고 마치 사람에게 경계심을 갖게 하려고 말을 건네는 듯이 우는 산새들에게 호기심을 느꼈다. 그래서 '위수추리' '역막파공' '불여귀' '비비' 등 네 마리 새의 지저귐을 말소리로 풀었다. '위수추리爲誰趣利'는 "누굴 위해 명리로 내달려가느냐?"고 꾸짖고, '역막파공亦莫把空'은 "역시 공空을 파악하지 못하고선"이라고 엄하게 야단치며, '불여귀不如歸'는 "돌아감만 못하리"라고 충고하고, '비비悲悲'는 "슬프고 슬프다"라고 한탄하는 듯하였다. 세간 사람들은 누구를 위하여 명리를 좇아 내달려 도회지의 먼지 이는 길에 분주하단 말인가? 풍진이 사람 얼굴에 들러붙어 영예와 모욕 때문에 하늘을 원망하기 일쑤라니. 눈에 가득한 것은 슬픈 일뿐이고, 기로에서 갈 길이 막혀 울지 않을 수 없다. 침이나 탁 내뱉고 떠나서 계수나무숲 속에 누움만 못하리라(「위수추리」). 하지만 세속을 떠났노라 말하는 승려들은 치의緇衣를 걸치고 좌선을 하지만 공空이 무엇인지를 도무지 체득하지 못한다. 인간 세상의 도리를 업신여기고 세상의 군주와 어버이를 저버리고 저렇게 좌선을 하지만, 삼생三生의 일은 해결하지 못하고 가슴만 답답하며 머리에는 일백 자 먼지만 쌓인 꼴이다. 차라리 속세간으로 돌아가 궁민窮民이 됨만 못하지 않은가!(「역막파공」) 이렇게 김시습은 금언시 연작을 통해서 내면의 갈등을 드러내었다. 다만 그가 울음소리를 옮긴 새들에 대해서는 그 생태를 잘 알 수가 없다.

❖ ❖ ❖

「집아재매죽난국사보소인集雅齋梅竹蘭菊四譜 小引」에 보면, 매梅, 난蘭, 국菊, 죽竹을 '사군자四君子'라 하였다. 이 사군자는 곧 지절志節을 상징한다고 여기고 있다. 여기서 사군자의 상징 이미지에 대해 차례로 살펴보기로 한다.

한시에서 매화를 노래하기 시작한 것은 실은 후대의 일이다. 『시경』소남召南에는 「표유매摽有梅」편이 있는데, 이것은 매실이 떨어지는 것을 두고 청춘이 가는 것을 연상하여 시기를 놓치지 말고 결혼을 하게 되길 바란다는 내용이다. 매화를 노래한 것이 아니다. 매화가 한시의 중심 소재로 처음 나타난 것은 신나라 때인 듯하다. 남북조 시대이 육개陸凱라는 시인은 「범울종(즉 범엽范曄)에게 준 시贈范蔚宗」에서, "꽃 꺾어

역참 사람 만나서, 농두(장안) 친구에게 부치나니, 강남에는 아무것도 없기에, 짐짓 가지 하나의 봄소식을 올리오折花逢驛使, 寄與隴頭人, 江南無所有, 聊贈一枝春"라고 하였다. 꽃이 핀 매화가지 하나로 강남의 봄소식을 전한 것이다. 여기서 '강남 가지 하나의 봄소식江南一枝春'이라는 유명한 숙어가 나왔다.

하지만 한시를 살펴보면 매화가 상징하는 폭은 의외로 넓다.

첫째, 눈 속에 다른 꽃들보다 먼저 피어나는 매화는 봄소식을 전해주는 사신을 상징한다. 매화가 봄소식을 알려주는 사신을 상징하는 고사로서 유명한 것이 대유령大庾嶺의 매화 이야기이다. 이른바 '남쪽 가지에는 꽃이 피었는데도 북쪽 가지에는 꽃이 피지 않았다南枝開北枝未開'라는 성어로 유명한 이야기이다. 대유령은 중국 5대 준령의 하나로, 강서성 대유현大庾縣의 남쪽과 광동성 남웅현南雄縣의 북쪽에 있는 큰 고개이다. 이곳은 한나라 무제 때 유승庾勝 형제가 남월南越을 정벌하고 그 고개를 지켰기 때문에 붙은 이름이다. 이후 당나라 현종 때 장구령(張九齡, 678~740)은 이곳에 교통로를 열고 그곳에 매화를 심었다. 그리고는, 남북 기온의 차이를 설명하여, "대유령의 남쪽 가지의 꽃은 이미 떨어졌는데도 북쪽 가지의 꽃은 비로소 피기 시작한다"고 하였다. 이후 이곳에는 매화가 많이 자라게 되어, 그 고개를 매령梅嶺이라고도 불렀다.

둘째, 한겨울에서부터 초봄에 이르기까지 곱게 피어난 매화는 은자隱者나 처사處士의 사랑을 받았다. 송나라 때 임포(林逋, 967~1028)가 매화를 아내로 삼고 학을 자식으로 삼았다梅妻鶴子는 고사는 널리 알려져 있는 이야기이다. 임포는 「산 동산의 작은 매화山園小梅」 시에서 "성근 그림자는 맑은 물 옅은 곳에 비껴 있고, 그윽한 향기는 황혼녘 달 아래 풍겨난다疎影橫斜水淸淺, 暗香浮動月黃昏"라고 하였다. '성근 가지의 그

림자疏影'와 '은은한 향기暗香'는 곧 군자의 소박 단아하고 고졸 청신한
모습을 상징하는 것으로 이해된다. 남송 때 육유(陸游, 1125~1210)는
「매화 절구梅花絕句」에서 "어찌하면 몸을 천, 억으로 만들어서, 매화나
무 하나마다 방옹(육유 자신의 호) 하나씩 찾아가랴何方可化身千億, 一樹
梅花一放翁"라고 노래할 정도였다. 그에게서 매화는 그가 사랑하는 존
재를 의미하였다.

  셋째, 가지에 가득 피어난 매화는 그 흰빛이 강렬하게 사람의 눈을 찔
러 화사하기 이를 데 없다. 만개한 매화는 세상의 번화함을 상징한다.
당나라 시인 고적(高適, 702?~765)이 두보杜甫에게 준 시에 「인일(정월
칠일)에 두이 습유(두보)에게 부치다人日寄杜二拾遺」라는 시가 있다.

人日題詩寄草堂	인일에 시 지어 초당에 부치는 건
遙憐故人思故鄉	친구의 고향 생각을 멀리 동정하여서라네.
柳條弄色不忍見	버들가지는 한껏 미색을 자랑해 차마 못 보겠고
梅花滿枝空斷腸	매화는 가지에 가득 피어나 애간장을 끊게 하네.
身在南蕃無所預	몸은 남번에서 예탁할 곳 없고
心懷百憂復千慮	마음에는 근심 가득하고 또 걱정거리뿐.
今年人日空相憶	올해 인일에는 괜스레 그리워한다만
明年人日知何處	명년 인일에는 어디 있을지 몰라라.
一臥東山三十春	한번 동산에 누운 뒤로 서른 해 봄
豈知書劍老風塵	어찌 알랴 책과 검이 풍진에 늙을 줄을.
龍鐘還添二千石	무능한 내가 되레 이천 석 벼슬이고 보니
愧爾東西南北人	자유로이 떠도는 그대에게 부끄럽구먼.

당시 두보는 난리를 피하여 촉 땅의 성도 완화계浣花溪에 초당을 짓

고 거처하였다. 고적도 이때 남쪽 지방에 있으면서 버들가지가 푸른빛을 자랑하고 매화가 온 가지에 만개한 것을 보았다. 그런데 버들가지도 매화도 모두 제대로 된 세상이어야 보기에 좋은 법이다. 지금 고적은 그것을 보면서 애간장이 끊어졌다. 고적은 본래 진나라의 사안謝安처럼 은거하려 하였던 것인데, 풍진 사이에 떠돈 지 이십 년, 촉 땅의 지방관으로 좌천당하여 이천 석 봉급을 받고 있었다. 그렇기에 차라리 동서남북으로 떠돌아다니는 두보가 차라리 부럽다고 하였다.

넷째, 푸른 매실은 싱싱한 계절이나 싱싱한 추억을 환기시킨다. 당나라 시인 무원형武元衡의 「회수를 건너며渡淮」는 5월 하늘에 매실이 날리는 싱싱한 여름을 묘사하였다.

暮濤凝雪長淮水　　저녁에 파도 일어 회수 강물은 흰 눈 엉긴 듯하고
細雨飛梅五月天　　가랑비 내리는 오월 하늘에 매실이 날리누나.
行子不須愁夜泊　　나그네여 밤에 머물 곳을 근심 마시게
綠楊多處有人煙　　녹양 우거진 곳에 인가 연기 오르는 것을.

이 시는 여행의 쓸쓸함을 표현하였는데, 그 쓸쓸함은 바로 매실이 날리는 싱싱한 여름과 대비되어 증폭되었다.

이백이 노랫가락 형식으로 지은 「장간행長干行」에는, 행상인 아내가 소녀 시절, 지금의 낭군이 청매를 흔들며 자신을 놀리던 광경을 회상한 부분이 있다. 이 시는 앞서 소개한 바 있다.

다섯째, 매화가 겨울의 차가운 기운을 이기고凌寒氣 차갑도록 고운冷艶 그 자태는 세간의 불의를 돌아보지 않고 홀로 서서 절조節操를 지키는 '특립독행特立獨行'의 지사를 상징하기에 충분하다. 그래서 이미 당나라 때 정술성鄭述誠은 「화림원 조매華林園早梅」에서 "한기를 이기고

서 홀로 피어나지, 뭇 꽃을 쫓아 벌어지지 않누나獨凌寒氣發, 不逐衆花 開"라 하였고, 역시 당나라 때 육희성陸希聲은 "그대에게 한기를 이기려 는 의지가 있어, 뭇 꽃과 봄빛을 누리길 부끄러워함을 알겠네知君有意凌 寒色, 羞共千花一樣春"라 하였다. 주희朱熹 즉 주자朱子도 염노교念奴嬌 조의 사詞에서 매화를 이렇게 노래하였다. 전단前段만 든다.

臨風一笑	바람결에 한번 웃으며
問群芳誰是	뭇 꽃들아 너는 뭐냐 묻나니
眞香純白	참 향기에 순백의 자태로다.
獨立無朋	동무 없이 홀로 우뚝하니
算只有	아마도
姑射山頭仙客	고야산 신선만 네 벗이리.
絶艶誰憐	그 고움을 누가 어여삐 여기랴.
眞心自保	진심으로 스스로를 보존하여
邈與塵緣隔	아득히 먼지 세상과는 거리를 두나니,
天然殊勝	천연으로 빼어나
不關風露氷雪	바람과 이슬과 얼음과 눈에 개의치 않도다.

여섯째, 지매地梅와 분매盆梅가 대비되면, 지매는 활달자재한 정신세 계를 상징하고 분매는 인위와 가식, 심지어 억압을 상징한다. 원나라 때 방회方回란 사람이 엮은 율시집『영규율수瀛奎律髓』에 보면 송나라 시인 장도흡張道洽의 매화시 36편이 실려 있다. 그런데 장도흡은 오로 지 지매地梅를 읊었지, 분매盆梅를 노래하지 않았다. 전체적으로 격조 가 높다고는 할 수 없지만, 어떤 시구는 상당히 훌륭하다. 가령, "시리 내린 벼랑에서 나무와 함께 야위었고, 얼음 깔린 골짝에서 맑은 꽃을 키

우네霜崖和樹瘦, 氷壑養花淸"라는 시구는 자연 속에 절로 피어 있는 매화의 굳센 풍격을 잘 묘사해내었다.

한편 난蘭은 향기, 꽃, 잎의 세 가지 아름다움이 합하여 하나의 온전한 아름다움을 구성한다. 수선, 국화, 창포와 더불어 화초의 네 가지 우아한 존재로 꼽힌다. 난초 혹은 난화가 들어간 숙어는 미칭이 많다. 예를 들어 난손蘭孫이라고 하면 상대방의 손자에 대한 미칭이다. 또 지란芝蘭은 우수한 자제를 비유한다. 척란尺蘭이나 난신蘭訊은 남의 서신을 뜻한다.

난초(난화)는 고결함을 상징한다. 굴원屈原의 『이소離騷』에는 난을 밭에 심은 것을 묘사한 구절이 나온다. 곧, 굴원은 "나는 이미 이 구원의 난을 키우고, 백 무의 혜초를 심노라余旣兹九畹之蘭兮, 又樹蕙之百畝"라고 하였다. 이른바 구원난九畹蘭의 성어가 나온 구절이다. '원'은 밭 면적 단위로, 12무畝 혹은 30무를 가리킨다고 한다. 난초는 이토록 고결함을 상징하므로, 때때로 남이 알아주지 못하는 정신세계를 뜻하기도 한다. 굴원은 『이소』에서, "집집마다 쑥을 허리춤에 가득 차고 다니면서 유란幽蘭은 찰 것이 못 된다고 한다네戶服艾以盈腰兮, 謂幽蘭其不可佩"라 하였다. 당나라 때 대숙륜戴叔倫의 시 「주방의 죽음을 곡하다哭朱放」에도, "몇 년이나 남은 향기에 젖어왔던가. 그렇거늘 하룻밤 서리에 난초가 꺾일 줄 누가 알았으랴幾年湖海挹餘芳, 豈料蘭摧一夜霜"라는 구절이 있다. 상대방의 고결한 덕을 난초에 비긴 것이다. 한편 공자가 지었다고 전하는 금곡琴曲에 「의란조猗蘭操」가 있다. 이 곡은 공자가 위나라로부터 노나라에 돌아와 향란香蘭을 보고는 스스로 때를 만나지 못했음을 마음 아프게 여겨서 지었다고 한다. 이러한 예들은 모두, 난초가 속인이 범접할 수 없는 고결한 정신세계를 상징한다는 사실을 잘 말해준다.

음력 9월은 국화의 계절이다. 그래서 음력 9월을 구추九秋라고 부르는 이외에, 국화라는 말을 넣어 국월菊月, 국령菊令, 국추菊秋라고도 부른다. 한시에서 국화는 본래 난초와 더불어 아름다움을 상징하였다. 한나라 무제가 지은 「추풍사秋風辭」에 보면, "난초가 빼어나고 국화도 아름다워라, 가인을 사모하여 잊을 수가 없도다蘭有秀兮菊有芳, 懷佳人兮不能忘"라고 하였다. 가인은 여신을 상징한다고도 한다. 이 노래에서 국화는 여신을 연상시킬 정도로 아름다운 여인의 자태를 상징하는 셈이다.

국화는 처음에는 대개 식용으로 이용되었다. 굴원은 『이소』에서 "저녁에는 가을 국화의 떨어진 꽃잎을 먹노라夕餐秋菊之落英"라고 하여, 꽃을 먹었다고 하였다. 동진 때의 도연명陶淵明도 「중구일에 한가하게 있으면서九日閒居」 시에서 "술은 온갖 근심을 제거하고 국화는 나이 먹는 것을 억제한다酒能祛百慮, 菊爲制頹齡"라고 하였다. 하지만 이후 한시에서 국화는 세속에 얽매이지 않고 방일放逸한 문인들의 친구로 형상화되었다. 당나라 사공도司空圖는 『시품詩品』「전아典雅」에서, "사람이 담박하기가 국화와 같다人淡如菊"라는 표현을 사용하였다. 곧, 국화는 마치 공자의 제자 안연顏淵처럼 가난한 속에서도 자신만이 즐기는 즐거움을 고치지 않는 담박한 맛이 있다고 인식되어왔다. 도연명도 오두미五斗米의 봉급 때문에 굽실대는 것을 혐오하여 벼슬을 버리고 전원으로 돌아와서는 역시 삼경을 만들어 홀로 즐겼다고 한다. 그가 지은 「음주飲酒」 20수 가운데 제5수는 자연 속으로 돌아가 유유자적하는 심경을 읊은 시로서 유명한데, 그 시에는 '동쪽 울타리 아래서 국화꽃을 딴다'는 구절이 들어 있다. 그 시를 보면 이러하다.

結廬在人境　　초가집 얽어 사람 사는 데 있어도
而無車馬喧　　수레 말의 시끄러운 소리가 없구나.

問君何能爾	그대에게 묻나니, 어떻게 그러한 게요.
心遠地自偏	마음 멀면 땅도 저절로 외지다네.
采菊東籬下	동쪽 울타리 아래에서 국화를 따다가
悠然見南山	유연하게 남산을 바라보니,
山氣日夕佳	산 기운은 저물녘에 아름답고
飛鳥相與還	새는 서로 함께 돌아오누나.
此中有眞意	이 가운데 참뜻이 있나니
欲辨已忘言	그 뜻을 밝히려다가 말을 잊었도다.

　북송 때 철학자인 주돈이(周敦頤, 1017~1073)는 「애련설愛蓮說」이라는 글에서 도연명이 국화를 사랑한 사실을 언급하고, "내가 생각하기에, 국화는 꽃 가운데 은일자이다予謂菊, 花之隱逸者也"라고 하였다.

　국화는 시들더라도 땅으로 떨어지지 않고, 의연히 가지에 붙어 있으면서 향을 끌어안은 채 죽어간다. 그러한 품성이 곧 오상고절傲霜孤節의 이미지를 연상시키는 것이다. 남송 말의 지사이자 묵란墨蘭을 잘 친 정사초鄭思肖는 한국寒菊을 두고 쓴 시에서 "차라리 가지 머리에서 향을 끌어안고 죽어갈지언정, 어찌 북풍 속에 날려 떨어진 적이 있던가寧可枝頭抱香死, 何曾吹落北風中"라고 하였다. 원나라 조정에 나아가지 않겠다는 뜻을 분명히 한 것이다.

　국화는 국화주를 곧잘 연상시킨다. 9월 9일 중양절에 국화 아래서 술동이를 두고 술을 마시는 일을 국화준菊花樽이라고 한다. 중양절에 가족 및 친척이나 친구들이 함께 모여 국화주를 마셨기 때문인지, 국화주는 대체로 가을의 흥취를 고취시키는 이미지를 지니고 있다. 하지만 그 반대로 고향 상실을 환기시키기도 한다. 두보는 55세 때 사천성 기주夔州에서 칠언율시 형식으로 「추흥팔수秋興八首」를 지었는데, 나그네 생활의 괴로움과 지난날에 대한 추억으로 점철되어 있는 매우 서정적인 시이다. 그 첫째 수에도 보면 떨기 진 국화꽃을 바라보면서 눈물짓는 광경이 묘사되어 있다.

玉露凋傷楓樹林	옥 이슬은 단풍나무숲을 시들게 하고
巫山巫峽氣蕭森	무산 무협에는 가을 기운 스산하다.
江間波浪兼天湧	장강의 파랑은 하늘까지 닿을 듯 솟구치고
塞上風雲接地陰	변새를 덮은 풍운은 땅에 닿을 듯 어둡다.
叢菊兩開他日淚	국화 떨기를 보고 흘리던 눈물을 올해에도 또 흘리니
孤舟一繫故園心	외론 배를 기슭에 묶어두어 고향 그리는 마음도 거기 묶어두네.
寒衣處處催刀尺	겨울옷을 마련하느라 곳곳마다 재봉을 서두르매
白帝城高急暮砧	백제성 높은 곳에 다듬이질 소리 급하구나.

대나무는 소나무, 매화와 함께 세한삼우歲寒三友라고 불린다. 곧, 대나무는 굴하지 않는 절조節操와 속기俗氣를 벗어난 고결한 정신 경계를 상징한다. 그렇기에 동진東晉의 문인 왕휘지王徽之는 대를 일러 "어찌 하루인들 차군此君이 없이 지낼 수 있겠는가"라고 하였다고 한다. '차군此君'은 대나무의 별칭으로 되었다.

북송 때의 대문호 소식은 「오잠 승려 녹균헌於潛僧綠筠軒」 시에서, "고기 없이 밥은 먹을 수 있으나, 대나무가 없이는 지낼 수 없네. 고기를 못 먹으면 사람이 파리해지고, 대가 없으면 사람이 속되어지는데, 파리해진 건 살찌울 수 있으나, 속된 선비는 치유할 수 없다오可使食無肉, 不可使居無竹. 無肉令人瘦, 無竹令人俗, 人瘦尙可肥, 俗士不可醫"라고 하였다. 소식은 문여가文與可 곧 문동文同의 대나무 그림을 대단히 좋아하였다.

그는 「조보지가 소장한 문여가의 대나무 그림에 쓴 세 수書晁補之所藏與可畵竹三首」 가운데 한 수에서, 문여가가 '멍하니 자기 자신을 잊어嗒然遺其身' '그 자신이 대나무가 되었다其身與竹化'고 하였다. 소식도 또한 묵죽화를 잘 그렸는데, 공교롭게 먹이 떨어지자 자리맡에 있던 인주를 가지고 그림을 그렸다. 그런데 그 주죽朱竹을 받아 돌아간 손님은 길한 일이 계속 일어났다. 그 말을 들은 당시의 사람들은 소식에게 가서 붉은 대 그림을 그려받았다고 한다.

당나라 시인 가운데 대나무숲을 좋아한 사람으로는 시서화 삼절詩書畵三絶로 유명한 왕유王維가 있다. 그는 망천輞川의 별장에 거처하면서 지은 「죽리관竹里館」이란 시에서 자신의 은둔 공간을 다음과 같이 노래하였다.

獨坐幽篁里	홀로 그윽한 대숲 속에 앉아
彈琴復長嘯	현을 튕기다가 길게 휘파람도 불어본다.
深林人不知	깊은 숲을 사람은 알지 못하고
明月來相照	명월만 와서 비추누나.

별장의 아주 깊숙한 대숲 속에 있는 작은 별채의 풍경을 노래한 시이다. '유황幽篁'은 깊은 대숲이다. 달그림자는 곧게 솟아난 대나무 가지 끝에 올라와 친근한 듯 이쪽을 비추어준다. 자연과 인간의 어우러짐을 이렇게 표현하였다.

한시의 작가들은 같은 소재를 두고도 새로운 이미지로 창출하거나 새로운 각도에서 이미지화하기 위하여 부심하여야 하였다.

이를테면, 매화를 읊은 고금의 시 가운데 제일로는 대개 두보의 「배적의 '촉주의 동정에 올라 손님을 전송하다가 일찍 핀 매화를 보고는

그리워하여 보낸다' 라는 시에 화운한 시和裵迪 登蜀州東亭 送客 逢早梅
相憶見寄」를 꼽는다. 명나라 중엽의 대문학가 왕세정(王世貞, 1526~
1590)이 평가한 말이다. 그런데 이 시에서 매화는 진부한 상징의 의미
를 지니지 않고, 단지 감흥의 작용을 하는 데 불과하다.

東閣官梅動詩興	동각(숭경부) 관아의 매화에 시흥이 이셨다니
還如何遜在楊州	하손何遜이 양주(남경)에서 매화 읊었던 운치시구려.
此時對雪遙相憶	지금 눈을 대하여 멀리 친구를 그리워하고 있는데
送客逢春可自由	손님 보내고 봄 맞으시니 마음 어이 자유로우시겠소.
幸不折來傷歲暮	다행히 가지 꺾어 보내지 않아 세모의 이 심정이 상하지
	않게 해주셨군요.
若爲看去亂鄕愁	만약 가지를 보았다면 고향 생각에 마음이 산란했을 겁
	니다.
江邊一樹垂垂發	하지만 이곳 강변(완화계)에도 매화가 차츰 피어나선
朝夕催人自白頭	아침저녁으로 머리 세도록 재촉하는 걸 어쩌리오.

두보는 친구가 보내온 매화시를 보고 그 깊은 우정에 감동하고, 또 고향
의 매화꽃을 상상하면서 향수를 느꼈으며, 더 나아가 자신이 거처하는 완
화계浣花溪에도 매화가 차츰 피어나는 것을 보면서 세월이 홀홀 지나간다
는 사실에 비애를 느꼈다. 이 시는 매화 자체를 묘사한 것이 아니다. 하지
만 각 구에서 모두 매화를 읊고 시인 자신의 복잡한 심사를 드러내었다.
  어쩌면 시의 소재는 고정된 상징으로 바뀌는 순간 진부함을 띠게 되
는 것인지도 모른다. 때때로 시인들은 소재나 주제의 고정적 의미에 밀
착시켜 시어를 짜나간다. 그렇게 되면 시가 재미없게 된다. 송나라 이후
매화를 노래한 시 가운데 상당수는 지나치게 소재 및 주제에 밀착시키

려着題 했기 때문에 품격이 낮다. 이에 비하여 두보의 이 시는 너무도 격조가 높다. 상징은 영활靈活하지 않으면 안 된다. 시인은 진부하고 틀에 박힌 상징에 가탁假託하기보다도, 사물과 자신과의 관계를 늘 새로 모색하는 법이리라.

❖ ❖ ❖

영물의 시들은 미학적인 전통을 이룬다. 일본 학자 가와이 고조川合康三는 매미를 소재로 한 영물시의 미학적 전통을 추적하는 흥미로운 글을 발표한 바 있다(「매미 시에 나타난 전변」, 졸역, 『중국 고전시, 계보의 시학』, 이회문화사, 2005).

매미는 형체 자체가 시각적으로 흥미로운 이외에도, 아주 짧은 시간 밖에는 살지 않는다고 하는 덧없는 생애, 허물을 남기고 날아간다고 하는 신비적 생태 등, 문학적 모티프에 적합한 특징을 수없이 갖추고 있다. 그런데 중국문학에서는 매미가 이슬밖에 입에 대지 않는 맑은 생물로 간주되었고, 가을이라는 계절에 운다는 사실이 시적 이미지를 자극하여왔다. 시에 이용된 매미의 의미는 그 두 가지에 집중하되, 다만 시가 그것을 이용하는 방식은 시대에 따라 변화하였다. 이것이 가와이 고조의 주장이다.

후한부터 위진남북조에 이르기까지에는 매미를 주제로 한 부賦가 많이 나왔다. 조식(曹植, 192~232)의 「선부蟬賦」는 담박하고 무욕한 매미의 성격을 '정사貞士의 개심介心'에 비유하고, 매미가 고결한 자질을 지닌 까닭에 학대받는 약자라는 사실을 부각시켰다. 이후 남조의 궁정문학에서 매미는 영물시의 대상으로 등장하지만 특별히 고결하면서 불행

한 처지의 사대부를 형상화하지는 않았다. 이에 비해 같은 시기 북조의
시인들은 매미에 의해 촉발된 감개를 노래하는 시를 낳았다. 노사도(盧
思道, 531~582)가 지은 「매미 우는 것을 듣고 지은 시편聽鳴蟬篇」은 매
미의 울음소리에 촉발되어 향수를 일으키게 되는 심경을 노래하였다.
정복왕조에 납치된 유신(遺臣, 전 왕조의 신하)으로서의 불만스런 상념
을 가탁하였으리라 생각된다. 그런데 당나라로 들어와 초기의 궁정문
단을 대표하는 우세남(虞世南, 558~638)은 「매미蟬」 시에서,

垂緌飮淸露　　갓끈의 자락을 드리우고 맑은 이슬 마시며
流響出疏桐　　흐르는 음향을 성근 오동나무 사이에서 내네.
居高聲自遠　　높이 거처하기에 소리 절로 머나니
非是藉秋風　　가을바람 탓이 아니라오.

라고, 매미를 언급하지 않고 매미를 노래하였다. 유緌는 관冠을 묶는 끈
인데, 그것이 아래로 늘어진 모양으로 매미의 긴 주둥이를 비유한 것이
다. 이 시는 매미의 긴 주둥이, 이슬만 먹는다는 식성, 울음소리 등을 적
었다. 하지만 갓끈은 관위에 오른 자 혹은 맑은 정신을 은유하며, 매미
울음소리가 오동나무에서 울려난다는 것은 고매한 정신을 상징한다.
매미 울음이 가을바람 덕에 옮겨지는 것이 아니란 말은 풍문이나 외부
의 힘으로 명성이 전하는 것이 아님을 은유한다.
　　한편 당나라 고종 때의 문인 낙빈왕駱賓王은 측천무후의 비위에 거슬
려 수뢰 혐의로 체포된 뒤 「감옥에서 매미를 노래하다在獄詠蟬」를 지었
다. 이 시에는 긴 서문이 붙어 있는데, 낙빈왕은 서문에서 자신의 억울
함과 고독함을 자세히 서술한다. 시에서는 매미 울음소리에 가탁하여
원죄寃罪의 슬픔을 노래하였다.

西陸蟬聲唱　가을에 매미가 노래하여
南冠客思侵　남관 쓴 객의 상념에 침투하네.
那堪玄鬢影　어이 견디랴, 매미의 검은 머리 그림자가
來對白頭吟　와서 흰머리의 읊조림에 마주하는 것을.
露重飛難進　이슬이 무거워 날아가기 어렵고
風多響易沈　바람이 거세어 음향은 쉬이 가라앉누나.
無人信高潔　고결을 믿어줄 사람이 없으매
誰爲表予心　누가 내 마음을 밝혀주랴.

춘추시대 초나라 종의鍾儀는 진나라에 포로가 되어서도 계속하여 남
방 초나라의 관을 썼는데, 남국에서 와서 구금되어 있는 이 몸은 매미
소리를 들으니 타향에 있는 슬픔이 더하다. 검은 머리카락을 가진 매미
의 그림자가 다가와, 백발인 나의 노랫소리를 마주하다니! 이슬이 무겁
게 내려 날아가기도 어렵고, 바람이 강하게 불어 울음소리도 낮게 가라
앉는다. 대체 누가 나의 마음을 밝혀줄 것인가!

이 시는 매미와 옥중 시인을 대비시키면서 하나로 포개어갔다. 그 중
첩을 통해, 매미를 표면에 서술하면서 시인이 자신의 처지를 노래하고,
다시 시인을 표면으로 내어 자기 자신을 표현하는 일로 귀결하는 형태
를 취한 것이다.

한편 두보의 「진주잡시秦州雜詩」 제4수는 매미를 노래하지는 않았지
만 까마귀와 함께 매미를 변경 지방의 가을 풍물로 묘사하고, 타지에 몸
을 맡기게 된 불안한 심정을 노래하였다.

鼓角緣邊郡　뿔피리 소리 울리는 변경의 마을

川原欲夜時　강 언덕은 밤이 되려고 하는구나.

秋聽殷地發　가을에 들으면 땅을 울리면서 발하여

風散入雲悲　바람에 흩어지고 구름 속으로 들어가 서글퍼라.

抱葉寒蟬靜　잎을 감싼 채 한선은 고요하고

歸山獨鳥遲　산으로 돌아가려 하면서도 외론 새는 더디구나.

萬方聲一槪　만방이 소리가 똑같으니

吾道竟何之　우리 도는 장차 어디로 갈 것인가.

　'잎을 감싸는抱葉' 매미는 조식曹植 「추사부秋思賦」의 "들풀은 퇴색하고 줄기와 잎도 드물어졌고, 울음 우는 매미는 나무를 끌어안고 기러기는 남쪽으로 날아가네野草變色兮莖葉稀, 鳴蜩抱木兮雁南飛"에도 나왔다. 잎에 가만히 붙은 채로 죽음을 기다리는 모습을 묘사해낸 것이다. 본래는 쌍으로 혹은 무리를 지어 날아갈 터인 새가 외롭게 날고, 본디 활기차게 울어야 할 매미가 고요하기 짝이 없다. '한寒' '독獨'이란 형용사나 '정靜' '지遲'란 술어들은 새와 매미가 본래 그러하여야 할 상태에 있지 않음을 보여준다. 이 시는 유형적인 경관을 파괴하고, 어딘가 비현실적인 '또다른 세계'를 창출해내었다.

　한편, 만당의 시인 이상은李商隱은 오언율시 「매미蟬」에서, 매미를 고결한 삶의 존재로 파악하고 자기 자신과 중첩시켰다.

本以高難飽　본디 높은 곳에 거처하여 배부르기 어렵거니

徒勞恨費聲　쓸데없이 수고하여 목소리를 허비함이 한스럽네.

五更疎欲斷　오경에는 성글어져 끊어지려 하나니

一樹碧無情　한 그루 나무는 푸르기만 하고 아무 정이 없구나.

薄宦梗猶汎　미관말직의 나는 나무인형처럼 여전히 표류하고

故園蕪已平　옛 동산에는 잡초가 일대에 자라났으리.

煩君最相警　그대를 번거롭게 한다만 부디 내게 먼저 경고를 하여다오

我亦擧家淸　나도 그대와 마찬가지로 일족을 통틀어 맑은 사람이라오.

"본디 높은 곳에 거처하여 배부르기 어렵거니"라는 언술은 이슬밖에 입에 대지 않는 매미의 생태 내지는 매미의 주체적 선택에 초점을 맞춘 것이 아니라, 음식을 먹지 않기 때문에 늘 주리지 않을 수 없다는 결과 쪽에 중점을 두고 있다. 첫머리의 '본디本'도, 불만스러운 상태가 필연의 결과라는 것을 암시하여, 시 전체가 체관과 자조의 색채를 띠게 되는 것이다. 곧, 매미(=시인)는 '높기' 때문에 '배부르기 어려움'이 당연하다고 인식하는 존재인 동시에, 헛되이 울어대는 어리석은 존재이다. 매미는 아무것도 먹을 수 없음이 자명하거늘 계속하여 울고, 새벽에 가까워서는 그 울음조차 수그러들 정도로 비참한 존재이다. 마찬가지로 시인 자신도 아무리 고통스런 처지를 호소하여도 동정해줄 사람이 없는 처지다. 이 시에서는 대상과 주체가 분리되어 있으며, 그 분리를 통하여 그 둘의 일체감을 더욱 부각시키고 있다.

경물로서의 매미를 형상화하는 양식은 두보의 시에서 최고의 수준에 달하였고, 매미의 모습에 자기 자신을 투영하는 양식은 이상은의 시에서 최고의 수준에 달하였다고 말할 수 있다.

그렇다면 조선 후기 이학규의 「매미蟬」 시는 어떤 위치에 놓이는가?

蟬, 蟬.

秋日, 暮天.

古寺裏, 荒臺顚.

因風迅蛻, 仰露翩翾.

不逐貂金貴, 那須蟬首憐.

紅香穉秫催熟, 黃雀螳螂未前.

幾日斷雲殘雨後, 數聲踈柳古槐邊.

詩腸復値雙梅雅客, 嘯旨仍隨古木淸鳶.

此時厭聽淸霄鼓吹部, 何事初回白日希夷眠.

箏篴耳邊不待花奴解穢, 柴門杖外會從摩詰驚禪.

매미여, 매미여.

가을날, 저녁 하늘.

오래된 절의, 거친 대臺 꼭대기에서,

바람결에 신속하게 허물을 벗고, 이슬을 위로 받으려고 훌훌 날아가누나.

초선貂蟬과 황금당黃金璫의 귀인을 쫓아가지 않거늘, 매미 머리 모양 쪽 찐 여인의 사랑을 어이 기대하랴.

붉은 기장과 올벼를 빨리 익도록 재촉하매, 누런 참새와 버마재비도 앞으로 다가오지 않네.

며칠 내리던 비구름 끊기고 장맛비 잦아든 뒤, 서너 울음이 성근 가지의 버드나무와 고목이 된 홰나무 가에서 들리누나.

시인과 같은 마음은 다시 매화 한 쌍을 사랑하는 운치 있는 문인과 합치하고, 휘파람 소리 내는 뜻은 고목 위 맑은 지조의 솔개를 따르네.

이때가 되면 맑은 하늘에서 울려나는 고취鼓吹 악대의 소리를 질리도록 듣나니, 무슨 일로 이 태평 시절 대낮에 한가롭게 자던 잠을 깨게 한단 말인가.

거문고와 피리 소리처럼 귓가에 들려오니 화노花奴가 당 현종을 위해 갈고를 쳐서 번뇌를 풀어주었듯이 날 위해 누군가 갈고를 쳐주길 기다릴 것도 없고, 사립문 밖으로 지팡이 싶고 나기매 마치 왕마힐(왕유)이 참선에 들었다가 놀라 깨듯 하는구나.

이 시는 한 글자에서부터 열 글자에 이르기까지 각 구의 글자 수를 늘려 탑을 쌓듯이 하였다. 이른바 보탑시寶塔詩 형식의 잡체시雜體詩이다. 다분히 유희적인 형식이다.

이학규는 매미를 시인이나 은둔자에 견주었다. 매미가 울어 한낮의 단잠을 깼다고 투정을 부렸지만, 매미의 울음은 시詩요 휘파람 소리嘯로, 군주를 위한 음악이 아니라 은둔자를 위한 참신한 자극이라는 점을 높이 평가하였다. 마지막 구절은 왕유의 「망천에서 한가하게 거처하면서 배적 수재에게 준다輞川閑居 贈裴秀才迪」의 "지팡이에 기대어 사립문 밖에서, 바람결에 저녁 매미 소리를 듣노라倚杖柴門外, 臨風聽暮蟬"에서 따왔다.

비단 매미의 예만이 아니라 다른 모든 제제에 대하여 한시의 작가들이 그 제제를 어떻게 다루어왔는지 살펴본다면 한시의 발전적 흐름을 더 깊이 이해할 수 있을 것이다.

✣ ✣ ✣

한시의 영물詠物은 미학적 계보를 이루며, 그것이 또한 우리나라의 국문시가나 일본의 와카和歌에도 영향을 주어왔다.

이를테면 한시의 매미 이미지는 우리나라의 국문시가에서도 계보를 이루었고, 그것이 근대문학에까지 이어졌다. 여기서 신채호申采浩의 국문시가 「매암의 노래」를 그 한 예로 들어보겠다. 「매암의 노래」는 서사序詞 및 본사本詞 6장으로 이루어져 있는데, 서사를 보면 민족자존의 의식이 뚜렷하다.

　　진단震壇의 뼈 진단의 피로 된 우리니
　　살아도 진단 죽어도 진단 죽어도 진단 우리 터
　　광명은 그대로 반만년 진단 위에
　　둥그신 태양의 그 빛 변함없건만
　　구변진단九變震壇의 양구호겁陽九浩劫을 뵈인 날
　　님이여 결내결내를 한데 뭉쳐서
　　진단의 영원한 생명 품어주소서
　　단군 한배여, 임 잃고 우는 아기들
　　두 나래 아래 모아다가 젖 주소서
　　오월五月이면 방불문한선彷佛聞寒蟬이라더니
　　때를 찾아 울음 우는 매암을 들으면서
　　우리 진단을 쓰다가
　　시름없이 매암의 노래를 새기어들었다.
　　우리는 진단을 찾는
　　제 이름 제가 부르거니와 매암은 무엇을 찾노라고
　　제 이름 제가 부르는가
　　매암 노래에 미친 듯 취한 듯이
　　매암 노래를 듣는다.

　신채호는 '진단을 쓰는 일'이 '진단을 찾는' 행위이며, 그것은 곧 '제 이름 제가 부르는' 행위라고 생각해왔다. 하지만, 매암은 무엇을 찾기 위해 제 이름을 제가 부르는가? 이렇게 되물음으로써, '진단을 쓰는 일'이 과연 '진단을 찾는' 행위인가? 그것이 곧 '제 이름을 제가 부르

156

는' 행위인가? 하고 심각하게 반성하였다.

앞서 보았듯이 한선寒蟬을 노래하여 자기의 심리를 투영하는 방식은 한시의 전통으로, 이미 건안 시기부터 만당 시기에 이르기까지 두 가지 유형을 형성하였다. 곧, 한선과 시인이 별도로 등장하여 결국 하나로 융합하는 방식이 하나, 대상과 시인이 분리된 채로 있으면서 그 일체감을 첨예하게 부각시키는 방식이 또다른 하나였다. 신채호의 「매암의 노래」는 후자의 계보에 속한다.

그런데 한선을 노래하는 경우, '청淸'을 통하여 자신의 결백함을 주장하거나 '청淸'이기 때문에 불우한 자신을 자조적으로 바라보는 것이 주조를 이루어오다가, 북송 때 구양수歐陽脩의 「명선부鳴蟬賦」에 이르러 '명선鳴蟬'을 문인의 비유어로 사용하여 글쓰기의 의미에 대하여 묻게 되었다. 한국 한문학에서 이 계보의 주요 작품을 꼽는다면 이옥李鈺의 「가을의 벌레 소리蟲聲賦 : 效歐陽子秋聲賦」를 들 수 있다, 다만 이옥의 글은 '명선'이 아니라 가을 벌레인 귀뚜라미를 소재로 삼았다. 이옥은 인간 세상에서는 미물이 가을을 울고 하찮은 존재인 시인이 가을을 운다는 것, 그 울음이 하늘을 대신하여 하는 것인지 아닌지 모르며, 하늘은 인간사에 개입하지 않고 벙어리처럼 묵묵하다는 사실에 절망하였다(졸역, 『선생, 세상의 그물을 조심하시오』, 이옥 저, 태학사, 2001). 신채호의 「매암의 노래」는 '명선'의 계보를 잇되, 글쓰기의 문제를 넘어서서 주체의 각성을 주제로 삼은 것이다.

이러한 예에서 알 수 있듯이, 민족문학의 전개과정을 살피려면 한시의 갖가지 미학적 전통이 국문시가문학과 어떠한 관계에 있는지 알아볼 필요가 있을 듯하다.

7. 양식의 선택

❖❖❖

한시도 다른 문학 장르와 마찬가지로 여러 양식으로 나뉜다. 다만 어
떤 기준을 적용하느냐에 따라 분류하는 방식이 여러 가지일 수 있을 따
름이다. 소재나 내용별로 분류할 수도 있고, 시 형식을 가지고 분류할
수도 있다.

우선 소재나 내용별로 본다면, 개인의 정감이나 생각을 표출한 영회
시詠懷詩, 사물이나 시사를 보고 느낀 즉흥적인 감동이나 상념을 표현
한 관감시觀感詩(즉 촉물관감시觸物觀感詩, 영회시의 부류에 넣을 수 있다),
역사를 노래한 영사시詠史詩(이 가운데는 역사를 서사적으로 서술한 사시
史詩와 역사를 논평한 논사시論史詩 및 협의의 영사시詠史詩, 역사의 추이에
대하여 무상감을 표출한 회고시懷古詩 등이 포함된다), 사물을 노래한 영
물시詠物詩, 사물의 관찰에서 이법을 깨닫고 그 깨달음을 밝히는 관물

시觀物詩, 산수 자연을 노래한 산수시山水詩(혹은 자연시라고도 한다), 사회의 문제를 다룬 사회시社會詩(여기에는 협의의 사회시와 당시의 시사를 기록하고 감상을 적은 기사시紀事詩가 포함된다), 풍속을 기록한 기속시紀俗詩(협의의 기속시와 풍물시風物詩가 여기에 포함된다), 친구나 고인을 그리워하여 그 사람의 덕과 일생을 기리는 회인시懷人詩, 남의 죽음을 슬퍼하는 애도시哀悼詩(상여가 나갈 때 만장에 쓰는 만시輓詩와 아내의 죽음을 슬퍼한 도망시悼亡詩도 여기에 포함된다), 가공의 인물이나 사물에 빗대어서 생각과 감정을 우의적으로 전달하는 우언시寓言詩, 철학적 이치를 전하는 철리시哲理詩(유교적 도리의 수련과정을 노래한 도학시道學詩, 선적인 깨달음의 과정이나 깨달음 이후의 풍광을 노래한 선시禪詩, 도가적인 사유나 상상력을 표현한 도가풍시道家風詩도 여기에 포함된다), 그림의 뜻을 풀이하거나 감상을 적은 제화시題畫詩, 서적을 읽고 난 뒤의 독후감을 시로 적은 독후시讀後詩, 가족이나 친구, 지인과 서신을 겸하여 주고받는 증답시贈答詩, 여성의 정감을 노래하면서 염정을 담은 염체시艷體詩, 궁중의 여인을 소재로 삼아 그 애환을 노래한 궁사宮詞, 내면적인 창작 욕구 없이 소일거리로 뱉는 음풍농월시吟風弄月詩, 조정의 문서나 서적을 담당하는 문인들이 상호간에 혹은 외교사절과 교환하거나 군주의 명령으로 짓는 관각수창시館閣酬唱詩 등등, 생각나는 것만 열거하여도 참으로 많다.

또 한 개인이 한 편의 시를 완결하는 것이 아니라 두 사람 이상이 하나의 주제로 한 구나 두 구씩 지어서 연결해나가는 연구聯句의 방식으로 지을 수도 있다. 다시 말해, 시는 삶의 모든 것을 소재와 내용으로 삼을 수 있으며, 삶의 어떤 국면에서도 지을 수가 있는 것이다.

그런데 한시의 양식은 소재나 내용으로 분류하기보다 시 형식을 기준으로 분류하는 것이 더 이해하기 쉽다. 절대적으로 그렇다는 것이 아니라 '더' 설명하기 좋다는 말이다. 중국 학자 왕력王力이 『한어시율학漢語詩律學』에서 중국의 시가를 근체시近體詩, 고체시古體詩, 사詞, 곡曲의 네 부류로 나누었는데, 그 가운데 근체시와 고체시가 한시의 가장 중요한 두 양식이다. 중국의 곡曲은 원나라 때 유행한 것으로 우리나라에는 그리 영향을 주지 못하였다. 따라서, 한시의 갈래 속에서 운위할 것이 못 된다. 그러나 사詞는 우리나라에서 한시의 한 갈래로 인식되기도 하였고, 또 가편佳篇이 많이 나왔다. 이것은 한시의 한 양식으로 다루어도 무방할 듯하다.

한시의 주요한 두 양식인 근체시와 고체시는 다시 글자 수의 많고 적음과 각 구의 글자 수가 가지런함과 들쭉날쭉함, 그리고 압운과 평측에 따라서 하위 형식들로 나뉜다.

한시 작가들은 특수한 시 양식을 선호하였다. 때에 따라서는 시상과 시 정신의 차이에 대응하여 시 양식을 골라서 사용하였다. 한시의 대가라 하면 누구나 주저 없이 이백李白과 두보杜甫를 손꼽을 테지만, 그들은 각기 전문으로 하는 시 양식이 달랐다. 이를테면 이백은 오언고시, 칠언가행, 오언율시, 오언절구, 칠언절구에서 낭만주의적 수법으로 사물을 묘사하는 데 뛰어났다. 이에 비하여 두보는 오언고시, 칠언고시, 오언율시, 칠언율시에서 침통한 풍격을 이루었으며 돈좌(頓挫, 갑작스레 꺾음)의 기법이 뛰어났다.

❖ ❖ ❖

앞에서 『삼체시三體詩』라는 시 학습서를 언급하면서, 그 편찬자인 주필周弼이 근체시 가운데 오언절구는 산수 자연을 읊기에 썩 적합하지 않다고 보아 다루지 않았다고 하였다. 그렇다면 오언절구는 어떤 특징을 지니는 것일까? 오언절구는 불과 20자의 글자 속에 시상을 응축시켜둘 수 있다. 그런데 도리어 허자(虛字, 문법적으로 홀로 서지 못하고 다른 글자의 기능을 보조하는 글자들)를 많이 사용하여 질박한 풍격을 담기에 매우 효과적이다.

두보는 절구에서도 가작을 많이 남겼다. 48세 이후 방랑길에 지은 「절구絕句」 두 수 가운데 제2수는 추이推移하는 인간 생명의 슬픔을 자연의 완전성에 대비시켜 5언구의 간결한 언어로 토로하였다.

江碧鳥逾白　강물 파랗고 새 더욱 흰데
山靑花欲燃　산 푸르고 꽃은 타는 듯.
今春看又過　이 봄도 목전에 또 지나가니
何日是歸年　어느 날이 돌아갈 해이랴.

질서와 조화의 원천이자 그 전형인 자연과, 툭하면 질서와 조화를 잃어버리기 쉬운 인간, 그 둘의 격리에서 오는 슬픔이 이 시에는 담겨 있다.

오언절구로 시상을 응축시킨 우리나라 한시의 특이한 예로 조식(曺植, 1501~1572)의 도학적 내용의 시를 들 수 있다.

조식은 지리산 자락에 은거하면서 경상우도의 사림들을 지도하였다. 천리天理의 굳센 운행을 직관하였던 그는 그 직관의 순간을 단형의 시로 담아내었다. 「우연히 읊다偶吟」라는 시를 보면, 그 기상이 참 웅대하다.

高山如大柱　큰 기둥같이 높은 산이
撑却一邊天　하늘 한쪽을 떠받치고는

頃刻未嘗下　　한 시각도 내려놓지 않누나.

亦非不自然　　역시 저절로 그렇게.

이제라도 무너져내릴 하늘을 온몸으로 떠받치려는 기상을 엿볼 수
있다. 그러나 조식은 세상을 울릴 사업을 실행하기보다는 심성을 수양
하는 문제에 열중하였다. 현실의 복잡한 사실들이 본래성의 피막에 아
무 상처도 남기지 않도록 하였다.

한편 오언절구는 한나라 민가民歌의 풍격을 상당 부분 이었으므로 산
뜻하고 절실한 심경을 담는 데 매우 적합하다. 잔 수식을 떨어버리고 질
박하면서도 강렬한 인상을 전하는 데 유효한 것이다.

이를테면 송강 정철鄭澈이 젊어서 의주義州 통군정統軍亭에 올라 지
은 오언절구는 '대작은 아니지만 절로 기발하여 영구히 전할 만하다'.
신흠申欽의 평이다.

我欲過江去　　강을 건너서 나는

直登松鶻山　　곧바로 송골산에 올라

西招華表鶴　　서쪽 화표주 학을 불러다가

相與戱雲間　　구름 속에서 노닐리라.

'강을 건너가고 싶다'고 했다. 시작 자체가 이미 돌연하다. 게다가
'곧바로'라든가 '오른다'라든가 하는 표현이 역동적이며, '송골산松鶻
山'이라는 지명을 사용하여 그 힘찬 기상을 충분히 살렸다. 영원한 삶
을 살아가는 화표학(華表鶴, 화표주華表柱에 와서 앉았다는 정령위丁令威
의 화신化身)을 '불러서' 구름 사이에서 '노닐겠다'고 하였는데, 그 상
상이 지극히 활달하다.

정철은 장편시에도 뛰어났지만, 역시 절구를 특장으로 하였다. 현재 전하는 759수 가운데 절구가 547수나 된다(오언절구 275수, 칠언절구 272수). 그는 원시적 풍경으로의 회귀의식, 경물의 정태靜態를 뚫고 솟아나오는 동력動力을 단형의 시 속에 담아내는 데 성공하였다. 곧, 의식의 평판성과 상식성을 거부하는 일탈의 정신을 담아낸 것이다. 이를테면 널리 회자되는 「산사의 밤에 읊다山寺夜吟」라는 오언절구는 근체시의 통념에서 벗어나서 상성上聲 '우麌'운(雨, 樹)을 운자로 썼다. 내용도 해학적이다.

蕭蕭落木聲	사각사각 잎 지는 소리에
錯認爲疎雨	빗소리로 잘못 알아
呼僧出門看	스님에게 나가보라 하였더니
月掛溪南樹	시내 건너 나무에 달 걸렸다 하네.

칠언절구는 당시唐詩에서 가장 애호된 양식이다. 『삼체시』가 칠언절구의 실접實接(제3구인 전구轉句에 실경을 묘사하는 방법)을 근체시의 모범으로 꼽았던 것을 상기하면 좋을 것이다. 칠언절구는 경물의 산뜻한 묘사에 주로 이용된다.

칠언절구의 대가는 이백이다. 그는 대담하기 짝이 없는 언어를 칠언절구로 표현하였다. 앞서 소개한 「산중에서 은둔자와 대작하며山中與幽人對酌」를 환기하시라.

兩人對酌山花開	두 사람이 대작할 때 산 꽃이 피어나나니
一杯一杯復一杯	한 잔 한 잔, 또 한 잔.
我醉欲眠卿且去	나는 취해 자려 하니 그대는 가시구려

明朝有意抱琴來　　내일 뜻 있으면 거문고 안고 다시 오고.

나는 이제 취해서 잠을 자겠소, 그대는 기분 내키거든 내일 다시 거문고 가지고 오시구려. 거침없는 그 말투는 사물에 집착하지 않는 정신을 여실하게 보여준다. 구구한 설명이 필요 없다.

그런데 칠언절구는 사실의 개요를 간단히 제시하고 간결한 의론을 개입시키기에 적절한 길이와 호흡을 갖고 있다.

임진왜란이 일어난 뒤 정철은 독전督戰의 임무를 띠고 전라도로 내려갔다가 「전선을 타고 방답포로 내려가며乘戰船下防踏浦」라는 시를 지어 적개敵愾의 의지를 드러내었다. 방답포는 순천도호부 동쪽 170리에 있던 요새지이다.

戰舸張帆截大洋　　전선에 돛 활짝 펴고 바다를 끊어지르니
亂峯無數劍攢鋩　　무수한 봉우리들이 칼날을 모으고 선 듯.
東邊直擣扶桑穴　　동쪽으로 바로 부상(왜)의 소굴을 내려칠 일
不用金蕩禦犬羊　　금성탕지에서 오랑캐 막을 게 무어 있나.

'바다를 끊어지른다截'라든가 '무수한 봉우리들이 칼날을 모으고 선 듯하다'라는 표현은 적개심을 담고 있다. 구국의 열정을 역동적인 시어로 표현해낸 것이다.

칠언절구는 단형의 영사시詠史詩로 활용되는 일이 많다. '건곤일척乾坤一擲'이라는 성어를 낳은 한유韓愈의 「홍구에서過鴻溝」를 보라.

龍疲虎困割川原　　용과 범이 지쳐 강 언덕을 분할하니
億萬蒼生性命存　　억만 창생의 목숨이 겨우 붙어 있었네.

誰勸君王回馬首　　누가 군왕에게 말머리 돌리도록 권하였나

眞成一擲賭乾坤　　진정 천하를 걸고 한바탕 도박하였도다.

　항우는 유방에게 밀리게 되자 강화를 맺어 홍구 동쪽만 차지하고 서쪽은 유방이 관할하기로 했다. 그러나 유방의 군사軍師였던 장량張良과 진평陳平은 유방에게 "초가 굶주리고 있을 때 쳐부수어야 합니다. 그렇지 않으면 호랑이를 길러 후환을 남기는 것과 같습니다"라고 권하였다. 유방은 초나라 군사를 추격해 사면초가四面楚歌의 국면을 만들고, 항우를 죽음으로 내몰아서 마침내 초를 멸망시켰다. 한유는 이 시에서 당시 영웅들이 활동하던 시기를 회고하고, 인간사에는 '건곤일척'의 중요한 고비가 있음을 논하였다.

　한편, 칠언절구의 형태와 비슷한 노래 형식에 죽지사竹枝詞가 있다. 죽지사체의 칠언시는 풍속을 기사하는 데 이용되었다. 본래 죽지사체는 남녀의 애정을 읊은 민간가요였다. 그런데 당나라의 유우석劉禹錫이 유배지에서 죽지사를 수집하여 연작(聯作, 連作)의 신사(新詞, 새 가사)를 지은 뒤로 지방 풍물을 묘사하는 가운데 남녀 애정을 농염하게 표현하는 모방작이 연달아 나왔다. 당나라 백거이白居易와 명나라 말기 원굉도袁宏道의 죽지사는 우리나라 문학에도 일정한 영향을 주었다. 이를테면 신광수(申光洙, 1712~1775)의 「관서악부關西樂府」108장은 평양 지방의 풍물과 토속을 소재로 하면서 몇몇 시에서는 관기의 일을 소재로 삼아 농염한 정을 담아내었다.

　그런데 죽지사체 시 가운데는 여성의 농염한 정이나 이국풍을 추구하지 않고 인민들의 생활상을 객관적으로 제시하고 제 소임을 다하지 못하는 관료를 풍자하는 뜻을 담은 예도 있다. 이학규李學逵는 김해에 유배되어 있으면서 「금관죽지사金官竹枝詞」를 지어, 풍간諷諫의 주제사

상風人之旨을 담아내었다. 비슷한 시기의 정약용丁若鏞도 죽지사체 시로 농어촌의 현실을 스케치 풍으로 묘사하고, 시골 여성의 순박한 정을 시화하였다. 즉 1800년에 경상도 장기長鬐의 유배지에서 쓴 「기성잡시鬐城雜詩」 제8수에서는, 고기 잡으러 나갔다가 몇 달 만에 돌아온 남편을 마주해서는 만선의 사실을 더 기뻐하는 여인을 형상화하였다. 어촌민의 순박하고 건강한 부부애를 역설적으로 드러낸 것이다. "한 조각 돛배로 구름바다 떠다니다, 남편이 울릉도서 막 돌아왔거늘, 상봉하곤 고생했죠 인사도 하기 전, 배 그득한 대줄기(오징어)에 낯빛이 환해지네 一片孤帆雲海間, 藁砧新自鬱陵還, 相逢不問風濤險, 剖竹盈船便解顏." 정약용이 형상화한 여성은 기방 여성이나 음분(淫奔, 남정네와 눈이 맞아 달아남)한 여인이 아니라 농어촌의 생기발랄한 여성들이었다.

❖ ❖ ❖

율시는 네 연(두, 함, 경, 미련) 가운데 두 연(함련과 경련)을 각각 대장對仗으로 하여야 하기 때문에 운율미와 형식미가 뛰어나다. '율'이란 규율이란 뜻으로 정제整齊와 균칭均稱의 미를 뜻한다. 따라서 율시는 화려한 수식을 추구하거나 낭만적 심상을 함축적으로 담아내는 데 유리하다.

그래도 오언율시는 칠언율시보다 소박하고 예스러운 심경을 담아내는 데 주로 이용된다. 당나라 시인 맹호연孟浩然은 궁벽진 수향水鄉에서 생활하였지만, 도연명陶淵明의 정신 경계를 흠모하였다. 「친구의 별장에 들르다過故人莊」라는 오언율시를 읽어보면 자연을 사랑하는 평온한 마음을 느낄 수가 있다.

故人具雞黍　친구는 기장 닭을 갖춰

邀我至田家　나를 맞아 농가로 이끈다.

綠樹村邊合　녹수는 마을 가를 둘렀고

青山郭外斜　청산은 성곽 밖에 비긴 곳.

開筵面場圃　보리타작 장포에 자리 펴고

把酒話桑麻　술잔 잡아 뽕과 삼을 이야기한다.

待到重陽日　중양절 돌아오면

還來就菊花　다시 와 국화를 보리라.

　　중당의 시인 유장경(劉長卿, 725?~791?)은 칠언율시에 뛰어나, 청나라 때 옹방강翁方綱은 그의 칠언율시를 높이 평가하였다. 하지만 그는 역시 '오언의 장성五言之長城'이라고 일컬어질 만큼 오언율시에 더 뛰어났다. 지금의 강서성에 있는 여간이란 곳에서 지은 「여간객사餘干旅舍」는 객수客愁를 절절하게 드러내었다.

搖落暮天迥　나뭇잎 지고 저녁 하늘 아득한데

青楓霜葉稀　푸른 단풍나무에는 서릿잎(붉은 단풍잎) 듬성듬성.

孤城向水閉　외론 성은 강물을 마주해 닫혔고

獨鳥背人飛　한 마리 새는 사람을 등지고 날아간다.

渡口月初上　나루 어귀에 달이 솟건만

鄰家漁未歸　이웃은 고기잡이에서 돌아오지 않았구나.

鄉心正欲絶　고향 생각에 애간장 끊어지겠네

何處搗寒衣　어디선가 겨울옷 다듬이질하는 소리에.

어디선가 겨울을 준비하는 다듬이 소리가 들리는 여관의 밤, 시인은 문득 고향을 생각하는 마음에 애간장이 끊어질 듯한 기분이다. 고향으로부터 떠나 있다는 주제는 한시의 주요한 모티프이기도 하다. 하임케어Heimkehr, 즉 귀향은 곧 존재에의 회귀를 상징한다고, 하이데거 Heidegger의 존재철학에서는 말한다. 근현대의 인간 소외와는 다르겠지만, 한시에서 노래하는 객수도 참존재를 상실한 불안의 의식과 관계가 없지 않다.

선禪의 세계를 시에 담았던 왕유王維는 율시 양식을 이용하여 경물 묘사 속에 정신 경계를 가탁하여두는 방법을 잘 사용하였다. 「향적사에 들러過香積寺」라는 시가 그 대표적인 예이다.

不知香積寺	향적사를 모르고
數里入雲峰	구름 뫼 속을 서너 리 들어가니,
古木無人徑	고목 사이 오솔길 없거늘
深山何處鐘	깊은 산 어디선가 종소리.
泉聲咽危石	샘물은 뾰족한 바위에서 오열하고
日色冷青松	햇빛은 푸른 솔에 차갑다.
薄暮空潭曲	저녁 어스름 빈 연못 굽이에서
安禪制毒龍	참선하여 독룡을 제압한다.

이 시의 다섯째 구에 나오는 '열咽', 여섯째 구에 나오는 '냉冷'은 상황과 경관의 묘사에 생동성을 부여하는 시안詩眼이다. 처음 네 구는 산속에 절이 있는 줄 몰랐다가 종소리를 듣고 비로소 절이 있음을 깨닫게 되는 변화를 단숨에 적어내려갔다.

'독룡毒龍'은 마음속에 일어나는 탐욕, 분노, 욕망의 삼독三毒을 말한다. 그것을 참선으로 제압한다고 하였다. 샘물이 뾰족한 바위에서 오열하고 햇빛이 푸른 솔에 차가운 적정寂靜의 경지를 이 시인은 사랑하였던 것이다.

이러니저러니 해도 율시의 대작수(大作手, 최고 대가)로는 단연코 두보를 꼽지 않을 수 없다. 여기서는 앞서 소개한 바 있는 두보의 「수愁」라는 시를 소개하기로 한다. 성종 때 만들어져 조선 후기에 중간된 『두시언해杜詩諺解』 제3권에는 이 시가 다음과 같이 번역되어 있다.

江草日日喚愁生	ㄱ르맷 프리 날마다 시르믈 블러나ᄂ니
巫峽冷冷非世情	巫峽 ᄉ므리 굳굳히 흐르ᄂ니 人世옛ᄠ디 아니로다
盤渦鷺浴底心性	긼뉘누리예 하야로비 沐浴ᄒᄂ니 엇던 ᄆᅀᆷ고
獨樹花發自分明	외로왼 남기 고지 프니 제 分明ᄒ도다
十年戎馬暗南國	열ᄒ를 사호맷 ᄆ리 南國에 어도윗나니
異域賓客老孤城	다ᄅᆫ ㄱ애 내 외로왼 자새와 늙노라
渭水秦山得見否	渭水의 秦山ᄋᆯ 시러곰 볼가 몯홀가
人今罷病虎縱橫	사ᄅ미 이제 ᄀᆺ가 病ᄒ고 버미 하도다

강가 풀은 날마다 수심을 일으키고

무협巫峽의 강물은 가늘게 흘러 세간 인정과 같지 않네.

소용돌이에 백로가 멱감는 것은 무슨 마음일까

홀로 선 나무에 꽃 피어 그 빛이 절로 밝구나.

십 년 전쟁으로 남쪽 나라도 암울한데

이역의 길손이 외론 성에서 늙어가네.

장안의 위수渭水와 진산秦山을 다시 볼 수 있을까

사람은 이제 지치고 병들었고 범은 횡행하거늘.

『두시언해』는 함련에 대하여 실제 경치를 묘사한 것이라고 하였다. 이 시를 무척 좋아하였던 이황李滉은 두보의 시구를 단장취의(斷章取義, 시의 일부를 잘라와 자신의 주관이나 상황에 따라 의미를 취하는 일)하였다. 이황은 1561년(명종 16년) 3월 그믐에 이복홍李福弘과 이덕홍李德弘을 데리고 도산으로 가다가 언덕 꼭대기의 소나무 아래에서 쉬면서 산 꽃이 만발한 광경을 보다가, 이 시의 함련을 읊었다. 이덕홍이 "이 시의 뜻은 무엇입니까?" 여쭙자, 이황은 이렇게 대답하였다. "위기지학(爲己之學, 자기의 덕을 위하여 하는 학문)을 하는 군자가 아무런 작위를 하지 않아도 저절로 도리에 합하는 것이 이 뜻과 가만히 부합한다. 공부하는 사람은 마땅히 체험을 하여, 이익을 꾀하지 말고 의리를 바로잡고, 공적을 계산하지 말고 도리를 밝혀야 한다. 만약 조금이라도 그렇게 하려는 마음이 있다면 학문한다고 말할 수 없다."

❖ ❖ ❖

고체시를 고시 혹은 고풍이라고도 부른다. 단 고풍은 대개 특정 시나 시풍(이백의 「고풍古風」 59수의 별칭)을 가리킨다. 고체시는 근체시와 대비되는 한시의 한 갈래로, 태고의 가요에서부터 한위漢魏, 남북조의 악부가행시(樂府歌行詩, 음악에 올리지 않은 악곡풍의 시)까지와, 근체시 성립 이후 근체의 규격을 따르지 않고 지어진 시들을 모두 포괄한다.

고체시에는 자수별로 제언齊言 형태(4언, 5언, 7언고시)와 잡언雜言 형태(長短句, 樂府歌行體)가 있고, 구수별로 단편과 상편(10구 이상)이 있다. 고체시(이하 고시) 양식에서 4언시와 잡언 악부체는 5언, 7언의 단편, 장편과 구별된다. 또 압운법에는, 한 가지 운韻만 사용하는 일운독용(一韻獨用, 혹은 一韻到底라고도 함)과 여러 가지 운을 번갈아 사용하는 환운(換韻, 혹은 轉韻이라고도 함)의 방식이 있다. 고체시의 일운독용에는 운목표에서 서로 가까이 있는 운도 사용할 수 있다. 통운通韻 혹은 통압通押이라고 한다. 고시의 압운은 평성운만 아니라 4성에서 고루 취할 수 있다.

5언, 7언의 장편은 복잡한 심경의 흐름을 굴곡적으로 표출하거나, 모순된 현실을 서술하고 우언적으로 제시할 수 있다. 이에 비해 5언, 7언의 단편 고시는 작가의 심경을 솔직하게 드러내는 데 이용된다. 어떤 때는 연작으로 지어 복잡한 상념을 분절하여 표출한다. 오언고시 연작체는 완적(阮籍, 210~263)의 「영회시詠懷詩」82수, 진자앙(陳子昻, 661~702)의 「감우感遇」38수, 이백의 「고풍古風」59수로 이어져오면서 질박한 풍격 속에 서정자아의 강개한 뜻을 담는 시 형식으로 확립되었다.

한유韓愈는 당송팔대가의 한 사람으로 꼽히는 문장가이지만, 고시에서 독특한 시세계를 열었던 시인이기도 하다. 그는 자연에서 우미優美의 면보다 공포나 경이의 감정을 일으키는 그로테스크한 아름다움에 관심을 두었다. 예를 들어 「산석山石」이란 고시는 박쥐가 어지러이 날아다니는 황혼녘 산사山寺의 모습을 묘사하였다. 한유는 자연이 인간(혹은 자기)과 격리되어 있음을 자각하였고, 그 장대미壯大美에 경도傾倒하였다. 정약용이 한유의 이 시를 좋아한 것은 단순히 그 주제와 특정 어구를 좋아해서 그런 것 만은 아니다.

오언고시 장편은 일운독용이 보통이다. 그것에는 악부에서 기원한 서사시 전통과 건안 시기 이래 질박한 풍격을 담는 영회시의 전통이 있다. 서사적 장편은 육조시대에는 궁체, 영물시, 산수시에 밀려 자취를 감추었으나, 당나라에 들어와서 두보의 「북정北征」 등으로 부활하였다.

광해군 때의 시인 권필權韠은, 임숙영任叔英이 광해군의 외척을 비판하는 시를 지었다가 과거 급제를 취소당하자 「궁류宮柳」를 지어 풍자하였다. 그 때문에 체포되어 매를 맞고 귀양 가다 43세로 죽었다. 그는 오언고시에도 뛰어났다. 왜란 때 지은 「회포를 적다述懷」가 널리 전한다. 상성 '어語' 운으로 일운도저一韻到底하였으니, 기세가 대단하다.

朝日自何來	아침 해는 어디에서 왔으며,
夕日向何去	저녁 해는 어디로 가는가?
一朝復一夕	아침 지나고 다시 저녁 지나니
白髮遽如許	백발만 문득 이렇게 자랐구나.
少年志氣壯	소년 시절에는 뜻과 기운이 장하여
長嘯望伊呂	휘파람 불며 이윤伊尹과 여상呂尙 같길 바랐건만,
方圓豈相謀	모난 것이 어찌 둥근 것과 맞으랴
與世實鉏鋙	세상과 실제로 어긋나
始也多毁譽	처음에는 비난이 많더니
終焉寡儔侶	끝내 친구도 없어졌네.
況逢干戈際	하물며 전쟁의 시절을 만나
漂泊忍羈旅	나그네로 떠돌아다님에랴.
溝壑幸而免	구렁에 시체로 뒹구는 일은 면했으나
疾病固其所	고질병이 굳어졌네.
皎皎平生心	깨끗한 평소의 마음을
壹鬱誰與語	누구에게 말하랴 답답하구나.
手掇秋菊英	손으로 가을 국화를 따서
願貽高丘女	고당高塘 신녀神女에게 바치고 싶다만,
佳期未易得	좋은 기약을 얻기 어려워

歲暮徒延佇   세모에 그저 어정거릴 뿐.

율시의 제작에만 힘을 쏟다보면, '가늘고 뾰족하며 조각나고 부서져 있으며 가볍고 옅으며 빠르고 째진 듯한 音尖細破碎縹薄促切之音'을 내기 쉽다. 정약용은 그러한 풍조에 대해 비판적이었다. 그는 고시를 통하여 '억세고 뻣뻣하며 기이하고 굳세며 힘차고 크며 한가하고 깊으며 맑고 밝으며 일렁이는 듯 넘실대는 듯한 音蒼勁奇堀雄渾閒遠嘹亮動盪之音'을 만드는 것이 '성정을 도야하고 읊어내는 陶詠性情' 시의 효능에 부합한다고 보았다. 그래서 그는 칠언고시 형식에 대한 논문을 남기기까지 하였다.

칠언고시에는 환운식換韻式(연환식連環式)과 일운독용식, 각구압운의 백량체柏梁體가 있다. 환운식에는 또 각구전운各句轉韻, 2구1전운, 4구1전운, 수의전운隨意轉韻의 형태가 있다. 4구1전운의 환운식은 초당에서 중당의 시기에 걸쳐 발달하였다.

한편, 고시의 일운독용 방식에는 측성운을 사용하는 방법과 평성운을 사용하는 방법이 있다. 측성운의 칠언고시는 안짝出句 마지막 글자에 측성을 둠으로써 꿋꿋한 기격氣格을 살린다. 일운독용의 칠언고시는 한유에 이르러 비로소 확립되고 소식蘇軾에 의하여 적극 활용되었다. 이 시 형식은 직서直敍의 기세를 간직하는 것이 보통이다.

환운의 고시 장편은 의미단락을 나누어 화법을 전환시키고 대화를 삽입하며 작가의 생각을 효과적으로 개입시킬 수 있다. 따라서 서사시들은 환운의 형식을 취하는 일이 많다.

❖ ❖ ❖

잡언(장단구, 악부가행체)의 고체시는 본래 한위, 남북조 시대의 역사 장르인 악부樂府에 속한 것이었다. 하지만 그 이후 음악으로 연주되지 않게 되어, 고시로 분류된다. 고시 선집인 명나라 풍유눌馮惟訥의 『고시 기古詩紀』나 청나라 심덕잠沈德潛의 『고시원古詩源』이 그러한 분류법을 따랐다.

이백은 악부가행체樂府歌行體에 뛰어났다. 촉도의 험준함을 노래하면서 인생살이의 고단함을 토로한 「촉도난蜀道難」은 대표적인 작품이다. 그런데 우리나라 지식인들은 이백의 악부가행체 가운데 이별의 정한을 노래한 「원별리遠別離」를 특히 애송하였다. 이 시는 순舜임금이 남방에서 죽은 뒤 두 부인 아황娥皇과 여영女英이 소상 강가에서 애도하다가 죽어 원혼이 되었다는 고사를 소재로 하여, 이별의 원통함을 노래하였다. 그리고 요임금도 노망한 뒤에는 순임금에게 구금당하고, 순임금도 우임금에게 핍박당하여 창오의 벌판에서 죽었다는 전설(『죽서竹書』에 나온다)을 인용하여, 군주가 권력을 잃게 되면 말로가 비참하게 되리라는 것을 경계하였다. 정말로 용과 호랑이가 아무 얽매임 없이 자유자재한 듯한 풍격이다. 정쟁政爭으로 부침浮沈을 겪는 일이 많았던 조선의 시인들은 일생 이 시를 수천 번이나 외고는 하였다.

遠別離	아득한 이별이여
古有皇英之二女	아황과 여영 두 여인이
乃在洞庭之南	아직도 동정호 남쪽
瀟湘之浦	소상깅 물기에 있다네
海水直下萬里深	바닷물이 천만 길 쏟아지듯 하거늘

誰人不言此離苦	그 누가 이별을 괴롭다 않으리.
日慘慘兮雲冥冥	해는 빛을 잃고 구름은 어두운데
猩猩啼烟兮鬼嘯雨	안개 속에 성성이 울고 빗속에 귀신은 흐느끼네.
我縱言之將何補	말해본들 무슨 소용 있으랴.
皇穹竊恐不照余之忠誠	하늘은 내 충성을 밝히지 못할 것을.
雷憑憑兮欲吼怒	우레가 우르릉 포효하려 하매
堯舜當之亦禪禹	요순도 우에게 선양하나니,
君失臣兮龍爲魚	임금은 신하를 잃어 용이 물고기 되고
權歸臣兮鼠變虎	신하가 발호하여 쥐가 호랑이로 변했도다.
或云	누군가 말하길
堯幽囚	요임금도 노망해서는 옥에 갇혔고
舜野死	순임금은 유묘有苗를 정벌하다 들판에서 죽었다네.
九疑聯綿皆相似	구의산 봉우리들이 서로 비슷하니
重瞳孤墳竟何是	순임금 외론 무덤은 도대체 어느 것인가.
帝子泣兮綠雲間	요임금 따님들은 푸른 구름 사이에서 흐느껴
隨風波兮去無還	바람 따라 사라져 돌아오지 않누나.
慟哭兮遠望	통곡하며 멀리 시선을 주어
見蒼梧之深山	창오의 깊은 산을 보노라.
蒼梧山崩湘水絶	창오산 무너지고 상수 끊긴 후에나
竹上之淚乃可滅	댓잎 위 눈물이 사라지리라.

시인은 상강의 두 여신, 성성이, 귀신 등에 자신의 감정을 실었다. 먹구름, 안개, 비 등은 간신배들을 비유하는 듯하다. 하지만 이 시는 몽환적이고 신화적인 분위기가 더 중요하다. 안개 짙고 먹구름 낀 음울한 날씨와 같은 그 분위기! 그리고 시의 마지막에서 '~한 후에나 ~하리라'

고 하여 극한 부정을 통해 절실한 감정이나 지극한 바람을 표현하는 방식에도 주목할 필요가 있다. 고려가요 「오관산곡五冠山曲」에 보면, 나무 옹두리를 깎아 닭을 만들어두고 '그 닭이 꼬끼오 하고 울면서 때를 알린 뒤에나 어머니 얼굴이 비로소 늙으시리라'라고 기원하는 말이 있다. 그것과 같은 표현 방식인 것이다.

명나라 말기의 시인 원굉도는 1594년에, 양나라 무제가 지은 「백동제가白銅鞮歌」의 시상을 뒤집어 「백동아白銅兒」라는 악부체 시를 지었다. 백동은 은銀이다. 말하자면 이 시는 '돈 노래'인 셈이다. 이 곡은 본래 양양襄陽에서의 송별을 주제로 한 민가에서 비롯된 것인데, 외형상으로는 장편 오언고시의 선련체와 같다. 원굉도는 그 양식을 이용하여, 돈으로 관직을 사고 물질적 향락을 추구하는 졸부猝富의 행태를 비판하면서, 독서인의 초라한 모습을 대비시켰다.

白銅兒, 白銅兒	백동아, 백동아.
閉眼不觀書與詩	『시』『서』는 아예 보지 않고
積玉輦金遊帝里	옥을 쌓고 금을 수레로 날라 경사(서울)에 노닐어
買得烏紗繡補衣	오사모와 수보의(관복)를 사들여선
歸來白馬嚇兒童	백마 타고 돌아와 아이들을 위협하고,
黑絎滿堂金字紅	집 안 가득 흑색 모시며 금자 홍단紅緞을 두고
炙牛鎚馬邀鄕里	소와 말을 잡아 굽고 마을 사람들 초대하여
靑絲華館鬧春風	버들가지 늘어진 화려한 집이 봄바람에 시끄럽다.
越女吳娃嬌侍側	월 땅 여인과 오 땅 계집은 곁에서 아양 떨고
又欲凌空生羽翼	날개까지 돋아 허공으로 솟아날 듯하다만
房中素女術無成	방중의 소녀경素女經 술법을 못 익히고
汞裏金丹採不得	수은 속의 금단金丹도 채집하지 못하였네.

176

洪都老道術最奇	홍도洪都의 늙은 도인, 술법이 가장 기이하니
龍虎眞人張天師	용호진인 장천사(張天師, 張道陵)라나.
寶籙一箱金百兩	부적 한 상자가 금 일백 냥이요
牛頭可作門前廝	염라왕 옥졸도 문지기 삼을 정도.
擊大法鑼鳴大鼓	법라 치고 큰북 두드리면서
百餘道士揮白麈	수많은 도사들이 흰 떨이를 흔드나니,
門外旛幢引雷公	문 밖엔 번당 세워 우레 신을 부르고
江上芙蓉燈競吐	강가엔 등을 달아 부용꽃을 토해낸다.
後門逼借前門捨	뒷문에선 빚 독촉하고 앞문에선 희사하니
乞兒歌郎趍滿野	거지와 가랑歌郎이 들판에 가득하고,
方士行來眼欲穿	방사는 오가며 뚫어져라 쳐다보며
山僧醉後顔如赬	산승은 취해서 얼굴이 벌겋구나.
儒生讀書書總多	글 읽는 유생은 읽은 책이 많아도
白髮無官可奈何	백발에도 관직 없는 걸 어이할 건가!
生乏白金獻天子	살아서는 천자에게 올릴 백금(은)이 부족하고
死無黃紙賂閻羅	죽어선 염라왕에게 뇌물할 지전조차 없는걸.

악부가행체는 악곡을 연상시킨다. 풍격 면에서도 독특하다.

개성의 사족이었던 임창택(林昌澤, 1682~1723)은 압축적인 서사가요를 즐겨 지었다. 압축적 서사에 풍자의 뜻을 실은 것이 절묘하다. 「주열무자朱悅無子」는 고려 고종, 원종, 충렬왕 때 주열朱悅은 청백리였으나 그 아들 인원印遠이 충렬왕 때 탐관오리였던 사실을 풍자하였다.

天道無知	하늘이 야속하여
朱悅無子	주열에게 자식 없었네.

若道悅無子	주열에게 자식 없다 하면
嶺南按使竟誰是	영남안찰사(경상도안렴사)는 누구인가.
朱悅自言心如水	주열은 제 마음 물처럼 맑다 했지만
按使貪如縉雲氏	안찰사는 진운씨 자손처럼 탐욕스럽다니.
朱悅竟無子	주열에겐 끝내 자식이 없었던 셈
天道果無知	하늘이 정말 야속하구나.

『좌전左傳』 문공 18년에 보면, 요임금 때 관료였던 진운씨의 자손이
음식과 재화를 탐하고 인민으로부터 세금을 많이 걷었으므로, 사람들
이 그를 도철饕餮이라 불렀다고 한다. 이 시는 주인원을 도철에 비긴 것
이다.

두보의 가행체 시 가운데 「건원 연간에 동곡현에 부쳐 살면서 지은
노래 일곱 수乾元中寓居同谷縣作歌七首」는 두보가 전란을 피하여 서남방
을 떠돌 때 가장 어려운 처지에서 지은 시로, 비애의 감정이 절제 없이
드러나 있다. 줄여서 「동곡칠가同谷七歌」라고 한다. 이 연작시는 송나
라, 원나라뿐만 아니라 우리나라에서도 모방해 지은 시가 아주 많다.
송나라 말의 지사였던 문천상文天祥이 그것을 모방해 육가六歌를 지은
뒤로, 우리나라의 김시습이 「동봉육가東峰六歌」를 지었고, 이별李鼈도
육가를 지었다. 이별이 지은 노래는 세상을 경멸하는 완세불공玩世不恭
의 뜻이 강하였다. 그러자 이황은 국문으로 「도산육가陶山六歌」 전곡과
후곡을 지어서, 자연 속에서 우주의 이법을 깨우쳐 느끼는 온유돈후溫
柔敦厚의 심경을 노래하였다. 이황에 이르면 두보의 원래 시상과는 정
반대로 나간 셈이다. 「동곡칠가」 가운데 첫 수를 보면 두보는 굶주림에
허덕이는 자기 처지를 너무도 애처로워하였다.

178

有客有客字子美　　나그네, 나그네, 이름은 자미
白頭亂髮垂過耳　　흰머리 헝클어져 귀를 덮고.
歲拾橡栗隨狙公　　해마다 도토리 줍느라 원숭이를 따르누나
天寒日暮山谷裏　　추운 날 저물도록 산골 속에서.
中原無書歸不得　　중원에선 소식 없어 돌아가지 못하고
手脚凍皴皮肉死　　손발 얼어 터져 살가죽이 죽었네.
嗚呼一歌兮歌已哀　　아아 첫번째 노래여 애처로워라
悲風爲我從天來　　슬픈 바람은 날 위해 하늘에서 불어오고.

「동곡칠가」의 제7수에서 두보는 포부를 이루지 못한 자신의 처지를 비참해하였다. '마음과 현실의 괴리心與事乖'라는, 한시 일반의 대표적 주제 가운데 하나를 담고 있는 것이다.

男兒生不成名身已老　　남아로서 공명을 못 이루고 몸만 늙은 채
三年飢走荒山道　　삼 년을 거친 길에 굶주려 다니다니.
長安卿相多少年　　장안 재상들은 젊은이가 대부분
富貴應須致身早　　부귀는 일찌감치 이루어야 하리라만,
山中儒生舊相識　　내가 아는 산속 유생은
但話宿昔傷懷抱　　옛 포부를 이야기하며 서러워할 뿐이네.
嗚呼七歌兮悄終曲　　아아, 일곱번째 노래를 서글프게 마치고
仰視皇天白日速　　하늘을 바라보매 해는 벌써 기울었다.

남송의 사상가 주희朱熹는 이 노래가 늙고 지위 낮음을 탄식하여 비루하다고 하였다. 「동곡칠가」 전체에 대해서는 시풍이 '호탕하고 기굴하다豪宕奇崛'고 평하면서도 그렇게 말한 것이다. 주희는 인간 이상의

실현에 매진할 것을 주장한 철학가였기에, 두보가 '부귀는 모름지기 일찌감치 이루어야 한다'고 말한 것에 공감하지 않았다. 하지만 두보의 이 시는 부귀를 부러워한 것이 아니라, 스스로의 불완전한 처지를 더 절실하게 말한 것이다. 그렇기에 뒷날, 마음과 현실의 괴리를 겪은 많은 시인들이 「동곡칠가」의 시상에 공감하였던 것이 아니겠는가. 현실 공간에 살아가는 불완전한 인간 존재가, 이황이 노래하였듯 마음의 평화를 얻기가 어디 그리 쉬우랴!

악곡을 연상시키는 악부가행체는 환운換韻을 하고 구수와 장단을 자유롭게 해서, 서사敍事를 하기도 하고 작가의 의론을 개입시키거나 시적 화자를 등장시킬 수가 있다. 조선 후기의 정약용도 공납의 폐해를 풍자한 「단인행鍛人行 奉示都監諸公」과 벌열층의 발호를 우언으로 고발한 「해랑행海狼行」「오즉어행烏鰂魚行」 등 초기 시와, 유배기에 지은 사회시들인 「충식송蟲食松」「황칠黃漆」「증민憎蚊」「승발송행僧拔松行」「엽호행獵虎行」「이노행貍奴行」 등에서 모두 악부가행체를 활용하였다.

조선 후기 이학규는 연작 영사악부(詠史樂府, 시적 화자를 별도로 설정하여 역사적 사실을 간략히 제시하면서 시인이 논평을 첨가하는 노랫말 투의 시)인 「영남악부嶺南樂府」(1808년, 68편)와 「해동악부海東樂府」(1821년, 56편)를 지으면서 환운(전운)을 많이 이용하였다. 이를테면 「해동악부」의 「영호루映湖樓」에서는 고려 공민왕의 폭정을 비판하느라 사화史話 두 가지를 인용하면서, 시 전체를 두 단락으로 나누어 환운하였다. 곧 '작일昨日'부터는 거성 '소嘯'운을, '금일今日'부터는 평성 '우尤'운을 사용하였다.

昨日臨津江   어제 임진강은
風景絶佳妙   풍경이 아름답고 오묘했네.

宮婢司圍譓悽悲	"궁비宮婢와 어자御子는 슬퍼 말아라
路修馬弱眞詩料	먼 길에 쇠약한 말은 정말 시의 소재란다."
惜哉元奏事李承宣	애석하다, 원주사元奏事와 이승선李承宣은
悤悤不暇爲吟嘯	황급하여 읊조릴 겨를 없었다니.
今日福州堰	오늘은 복주 방죽
樂哉淸波舟	즐거워라! 맑은 파도에 배를 띄워서.
神龍離海牛大吼	신룡이 바다를 떠나고 소가 크게 운다고
觀者反袂莫嗟憂	소매 훔치며 지켜보는 이여, 탄식을 말아라.
多謝破頭潘朱元帥	"고맙구나! 파두반과 주원수여,
若非卿輩至此不	그대들 아니라면 어이 여기에 이르렀겠나."

첫 단락은 공민왕이 재위 10년 10월에 홍건적을 피하여 임진강을 건너 도솔원兜率院에 머물렀을 때의 일을 다루었다. 그때 왕은 언덕에서 강산을 돌아보며 원송수元松壽와 이색李穡에게, "이런 경치에는 경들이 마땅히 연구聯句를 지어야 하겠군"이라고 하였다. 피난길에 노국공주가 연輦을 버리고 말을 탔는데, 차비次妃 이씨가 탄 말은 매우 파리하여 보는 이가 모두 울었다고 한다. 공민왕은 상황도 생각하지 않고 풍월이나 찾았으므로 비난할 만하다는 뜻이다. 둘째 단락은 그해 12월에 공민왕이 복주福州에 이르러 영호루에 행차했을 때의 일이다. 왕의 모습을 보려고 나온 사람들이 둑을 이룰 정도였다. 어떤 이는 탄식하며, "'소가 크게 울어 용이 바다를 떠나 얕은 물에서 맑은 파도를 희롱한다'는 말이 있더니, 지금 그것을 징험하는구나"라고 하였다. 그런데도 공민왕은 경치나 구경하였으니, 홍건적의 파두번破頭潘, 주원수朱元帥에게 좋은 기회를 주어 고맙다고 해야 할 만하다고 비꼬았다.

「영남악부」「철문어鐵文魚」에서는 협운叶韻과 통운을 이용하여 환운하듯이 하였다. 이 시는 민중의 절규를 옮긴 듯한 화법으로 고려말 계림 부윤府尹 원룡元龍의 학정을 풍자하였다.

鐵文魚	철문어야!
何不杷人畬	어찌 사람의 밭은 파지 않고
而反爲人漁	도리어 사람 것을 그러모으나.
三叉屈折如指爪	세 갈래 굽은 손톱 같은 것으로
爬民之肉吮民腴	백성의 살을 긁고 기름을 빨아서는,
而輸爾田廬	네 농장으로 실어나르느라
又敝我牛車	우리 소 수레도 못 쓰게 하네.
鷄林自此鐵無餘	계림엔 이때부터 철이 안 남아
抨弓去射水文魚	활을 당겨 문어나 맞추었다네.

이 시는 각구 압운을 하였다. 그런데 손톱 조爪는 상성의 글자이고 기름 유腴는 평성의 글자인데, 그 둘을 압운했다. 그리고 유腴는 평성 '우 虞' 운에 속하는데, 다른 우의 '어魚' 운과 협운하였다. 조금 복잡하다. 그래서 대가가 아니고는 악부체 시를 짓기 어렵다.

원용은 탐학하여 백성들이 농사짓는 데 쓰는 철파(鐵杷, 쇠스랑)까지 도 걷어갔다. 고을 백성들은 그를 철문어부윤鐵文魚府尹이라 불렀다고 한다.

이상에서 보았듯이, 환운(전운)은 화법이나 서술 방식의 변화에도 효 과적일 뿐만 아니라, 장면 전환이나 시 흐름의 변환, 일화의 중첩 등에 도 유효함을 알 수 있다. 또한 구법의 변화를 겸하면 더욱 악곡을 환기 시키는 측면이 있기도 하다.

　　4언시는『시경』의 시편에서 구법句法과 주제 선정 방식을 모방하되, 작가 개인의 감회를 표현하는 데 이용하거나, 문제적 현실을 제시하고 변혁 의지를 드러내는 데 이용하기도 하였다. 본래『시경』의 풍風은 반복영탄을 위해 첩영疊詠의 형태를 취하였고, 제례가祭禮歌인 주송周頌 31편과 상송商頌의 3편(「나那」「열조烈祖」「현조玄鳥」) 등 34편은 단장單章으로 되어 있다. 그러나『시경』이후에 나온 4언시들은 제례가요가 아닌데도 반복영탄의 첩장체를 사용하지 않고 장편시의 형식을 취한 경우가 많다.

　　정약용은 1809년의 가뭄으로 그해 겨울부터 다음해 입추에 이르기까지 붉은 땅이 천리에 이어지고 6월 초에는 유랑민이 길을 메우는 참상을 눈으로 보고, 1810년 가을부터 4언시체를 이용하여 그 실상을 형상화하고 목민관의 잘못을 풍자하였다. 모두 여섯 수가 이루어지자 그것을 모아「전간기사田間紀事」라고 이름하였다. 그 여섯 수는 국풍의 풍격을 지니되, 국풍에 공통된 반복영탄의 수사법을 배제하였다.

　　특이한 시 형식으로는 한나라 때 민요나 악부에서 유래한 3언시가 있다. 3언시는 한나라 때 나왔는데, 동요 등 잡가요雜歌謠, 군악인 고취곡鼓吹曲, 제례가요인 교묘가郊廟歌에 사용하였다. 후대에는 민요적 취향을 담는 한시에서 3언시를 주로 사용하였다.

　　조선 후기 이학규는 우리나라 역사를 노래한 영사악부인「해동악부」가운데「아야마阿也麻」에서 3언시를 사용하였다.「아야마」의 배경은 이러하다.

　　고려 충혜왕忠惠王이 충숙왕 비인 원나라 경화공주慶華公主를 겁탈하였다. 공주가 그 사실을 원나라에 알리자 원나라에서는 사신을 보내 왕을 결박하고 말에 실어 데려갔다. 충혜왕이 총신寵臣이던 고용보高龍普를 불렀으나 고용보는 도리어 왕을 꾸짖었다. 충혜왕은 수레에 묶여 연경에서 2만여 리 떨어진 게양현揭陽縣으로 유배되었는데 유배 도중 악양현岳陽縣에서 죽었다. 이 일을 들은 고려 백성은 기뻐 뛰면서, "이제 다시 살 수 있겠구나"라고 하였다. 거리에서는 '阿也麻, 古之那. 今日去, 何時來'라는 노래가 유행하였다. 본래 '악양에서 죽었으니 고난도 옛말이라. 지금 가면 언제 오나岳陽亡, 故之難. 今日去, 何時來'라는 뜻인데, 처음 두 구에서 받침을 생략하고 노래로 부른 것이라고 한다. 이학규는 그 사실을 소재로 다음과 같은 노래를 지었다.

阿也麻	아야마(악양岳陽에서 죽었네)
古之那	고지나(고난도 옛일).
慶華主	경화공주
顔如酡	얼굴이 벌게졌으니,
畏兀兒	외올아畏兀兒(회회)
書奈何	편지를 어찌하나?
沙箇里	어리석은 놈아
莫亂譁	시끄럽게 굴지 마라.
撥皮子	무뢰한 놈이
威勢多	위세 떨다니.
阿也麻	아야마(악양에서 죽었네)
古之那	고지나(고난도 옛일).
高院使	고원사高院使(고용보)는
瞋且訶	눈 부릅뜨고 꾸짖었네.
兩耳風	두 귀가 바람에 쫑긋

一匹驢	한 필 노새로,
從今去	지금 가면
莫思家	집 생각 말거라.

충혜왕이 음란해서 원나라의 견책을 받고 심지어 총신으로부터도 욕을 당했다는 것이다. 그렇더라도 일국의 국왕을 한 필 노새에 실어 끌어갔다니, 고려를 지배한 원나라의 횡포도 심하기는 심하였다.

앞서 말했듯이 당나라 때 이하李賀는 음산한 세계를 시로 그려낸 귀계鬼界의 시인이었다. 그는 또 이미지가 선명한 악부체 시들을 남긴 것으로도 유명하다. 그 가운데 「소소소가蘇小小歌」는 중간에 5언구를 둘 사용하기는 하였으나, 시 전체가 3언구로 이루어져 있다. 소소소는 5세기 말 전당錢塘(지금의 절강성 항주杭州)에 있었다고 하는 가희歌姬이다. 후대의 시문에서 그녀의 일화가 많이 환기된다.

幽蘭露	그윽한 난초의 이슬은
如啼眼	눈물 글썽이는 그녀의 눈.
無物結同心	동심 맺어줄 것이라곤 없고
煙花不堪翦	저녁 안개에 잠긴 꽃은 잘라 보내질 못하겠네.
草如茵	풀은 방석 같고
松如蓋	솔은 덮개 같은데,
風爲裳	바람 소리는 비단치마 끄는 소리요
水爲珮	물소리는 옥패 울리는 소리.
油壁車	푸른 덮개 화려한 수레로
久相待	언제까지고 기다리느라.
冷翠燭	차가운 푸른빛의 등잔불도

勞光彩	광채가 지쳤구나.
西陵下	서릉교 부근은
風雨晦	비바람에 어둠침침하고.

　서릉교에 화려한 수레를 세워두고 소소소가 정인을 기다리며 눈물을 글썽이는 모습이 또렷하게 연상되는 시이다. '바람 소리는 비단치마 끄는 소리요, 물소리는 옥패 울리는 소리'라는 표현은 정말 생동적이다. 3언구에 은유법을 절묘하게 사용한 예이다.

　한편 사詞는 평측과 압운이 미리 정해진 사패詞牌에다 글자를 맞추어 넣는 전사填詞라는 과정을 거쳐 이루어진다. 따라서 일반적인 한시와는 다르다. 하지만 구법과 편법에서 굴곡과 리듬이 있어, 추억과 애증과 비감을 격정적으로 드러내기에 아주 좋다. 다만 사패에 맞춰 평측을 따지고 압운하는 일은 그리 쉬운 일이 아니다. 우리나라에서는 고려 말의 이제현李齊賢, 조선조의 김시습金時習, 정약용丁若鏞, 조면호趙冕鎬 등 등 몇몇 사람들만 작품을 남겼다.

　정약용은 45세 되던 1806년, 강진에 귀양 와 오 년째 되던 해 봄에 사詞를 아홉 수나 지었다. 그는 특히 영욕을 초월한 완세지인玩世之人의 형상을, 물결 따라 노닐며 자연에서 안식을 찾는 어부에 가탁하여 만강홍조滿江紅調의 「어부漁父」를 지었다. 만강홍조는 아마 조선 나름의 독특한 곡조가 있어서 문인과 기생들이 노래로도 불렀던 듯하다. 그렇기에 정약용은 사패를 보지 않고도 평측과 구법에 맞추어 가사를 지었던 것이 아닌가 한다. 여기서는 수조가두조水調歌頭調「고향 생각思鄕」을 소개한다. 귀향을 바라는 마음과 함께, 「어부」에서와 같이 완세玩世의 뜻을 담았다.

瀟灑粤溪水　　　조촐한 월계수

澹蕩白屛山　　　해맑은 백병산.

我家茅屋　　　　내 초가를

寄在煙靄杳茫間　안개와 노을 망망한 속에 두었지.

欲與雲鴻高擧　　기러기와 함께 높이 날아가려 해도

怪有重巒疊嶂　　어쩌거나 산봉우리 첩첩하여

不許爾同還　　　너와 함께 돌아가질 못하니.

一醉落花底　　　지는 꽃 아래 크게 취하여

歸夢繞沙灣　　　귀향의 꿈만 모래톱에 감기누나.

釣魚子　　　　　고기를 낚노라

塵網外　　　　　티끌 세상 떠나

十分閒　　　　　너무도 한가해라.

昔年何事　　　　지난날 무슨 일로

狂走漂泊抵衰顏　미친 듯 떠돌아 얼굴만 쇠했던가.

風裏一團黃帽　　바람 속에 둥그런 누른 모자

雨外一尖靑篛　　빗속에 뾰족한 대 삿갓

此個勝簪綸　　　이것이 관복보다 나은 것을.

幾日湖亭上　　　어느 날에나 석호정에서

高枕看波瀾　　　편히 누워 물결을 다시 볼까.

　'고기를 낚노라釣魚子'라는 말은 당나라 때 장지화張志和가 '안개 낀
물결에서 고기를 낚은煙波釣魚' 고사에서 나왔다. 장지화는 「어부사漁
夫詞」를 지어 완세의 뜻을 어부의 형상에 담았는데, 그것이 문학적 전통
을 이루었다.

❖ ❖ ❖

한시의 작가들은 전통 형식과 표현 기법을 이용하되, 자기의 실제 경험과 미적 흥취를 최대한 살리기 위하여 여러 가지 시 양식을 활용하였다. 즉, 서정을 심화시키고 가치 지향을 보편화해나가는 각 단계마다 한시의 여러 양식을 이용하여 독특한 시세계를 구축한 것이다. 그것은 현대의 시인들이 형상화 방법을 개발하고 주제사상을 심화시키기 위하여 갖가지 시 양식을 의도적으로 선택하거나 새로운 양식을 개발하는 것과 같다. 따라서 한시를 감상하려면 한 시인이 시기별로 어떤 시 양식을 선택하였는지 추적해보는 것도 좋다. 그렇게 하면 시인의 시세계를 더욱 잘 이해할 수 있기 때문이다.

8. 역사의 해석

❖❖❖

'역사'라는 말을 들을 때, 나와 비슷한 연배의 사람들은 대부분 복잡한 생각을 하게 될 것이다.

계단 교실에서 파이프 담배를 피우면서 서양사를 강의하시던 노교수님께서 로마의 '서커스와 빵' 정책에 대하여 유난히 상세하게 설명하셨던 그날도, 학교 안으로 최루탄을 쏘며 들어오는 차량을 향해 우리들은 돌멩이를 날렸다. 『역사와 계급의식』이라든가 『억압받는 자의 교육』이라든가 하는 책들을 몰래 복사하여 읽고는, 헝가리나 남아메리카의 현실과 우리 현실이 어떻게 다른 줄도 모른 채, 탁주잔을 들이켜며 들뜬 목소리를 내던 날도 있었다. 『아무도 미워하지 않는 자의 죽음Die Weiße Rose』을 읽고는 '살아남아라!Überleben'라는 한마디에 깊은 감동을 받기도 하였다.

'역사란 무엇인가?' 이 말은 우리의 삶을 뒤바꿀 만한 질문이었다. 공부도 역사를 위해서였고, 연애도 역사를 위해서였다. 그러나 지금, '역사란 무엇인가?' 하는 물음을 되뇌는 나의 입술에는 알 듯 모를 듯 엷은 미소가 실리고, 그 미소는 냉소로 변하지 않는가!

한시 가운데 역사를 소재로 한 많은 작품들은 그러한 냉소를 사라지게 만들기도 하고, 거꾸로 냉소를 부추기기도 한다. 사실, 한시는 역사와 너무도 깊이 관계되어 있다. 그렇기에 한시를 읽다보면 역사의 문제를 중심에 두었던 젊은 시절로 되돌아갈 때가 많다.

모든 문학 갈래의 작품들이 다 그러하듯, 크게 보면 한시도 역사의 산물이다. 순간적인 감흥을 표출한 서정시라 하더라도, 역사적 사실을 이야기 구조로 엮어 서술하는 역사소설만큼이나 사회적 삶과 역사적 사실을 일정하게 반영한다. 한시도 예외가 아니다. 앞에서 다루었던 산수자연을 노래한 시들도, 현실의 모순을 비판한 이른바 사회시만큼이나 역사적 산물인 것이다.

하지만 여기서는 관점을 좁혀서, 한시에서 역사적 사실을 시적 계기로 삼는 창작 방법이 어떻게 발전하였는지 살펴보기로 한다.

❖❖❖

현대를 사는 우리들은 욕망의 종류와 양이 전근대 시기와는 비교가 안 될 정도로 많아지고 커져서 더욱 현실에 불만족하기 쉽다. 그렇기에 현대인은 타임머신이라든가 시공의 뒤틀림 같은 것을 상상해내고, 과거로 돌아가 현실의 상황을 바꿀 수 있기를 기대한다. 역사의 흐름을 거스를 수 없다는 것을 잘 알면서도, '그때 만일 ~하였더라면 ~하였을 텐데'라는 식의 꿈을 꾸어보는 것이다. 영화 〈백 투 더 퓨처〉를 보면서 입을 헤벌리거나 〈나비효과〉를 본 뒤 기분이 우울해지는 것은 반드시 속물근성 때문만은 아니리라.

그런데 한시에서도 그러한 '가설법'을 사용하여 역사를 뒤틀어보려고 한 시인이 있었다. 만당晚唐의 시인인 두목杜牧이 그 사람이다.

두목은 23세에 「아방궁의 부阿房宮賦」를 지어, 진시황의 고사에 가탁해서 경종敬宗이 거대한 궁전을 축조하고 수많은 미녀를 후궁으로 두었던 일을 풍자할 만큼 시적 재능이 뛰어나고 현실에 대한 문제의식이 강렬하였다. 하지만 세상이 자기 재능을 알아주지 않자 상심하였다. 죽기 전에는 원고의 대부분을 태워버렸다. 그는 늘 죽음과 귀신의 문제로 고뇌하였다. 미래에 대한 불안이 커서 그랬는지, 그는 '만일 ~하였더라면 ~하였을 텐데'라는 식으로 과거 역사를 뒤틀어보기를 잘 하였다. 「적벽赤壁」은 그 대표적인 예이다.

折戟沈沙鐵未銷　　모래에 묻힌 부러진 창, 쇠 끝이 삭지도 않았구나
自將磨洗認前朝　　나는 진흙을 씻고 갈아서 앞 시대의 것임을 확인한다.
東風不與周郎便　　만일 그때 동풍이 주랑周郎을 편들지 않았더라면
銅雀春深鎖二喬　　봄 깊은 동작대에 두 교씨를 가두었을 것을.

가오유궁高友工과 메이쭈린梅祖麟의 영역은 제목을 'Red cliff'라고 하였다.

A broken halberd, sunk in the sand, its iron unrotted still,

I polished it, and made it out to be the remains of an earlier dynasty.

Had the east wind not come to the General Chou's aid,

Spring advanced in Bronze-Sparrow Palace, both Ch'iao girls incarcerated.

적벽은 양자강에 임한 산으로, 후한 말 208년에 손권과 유비의 연합군이 조조의 대군을 분쇄한 곳이다. 주랑은 주유周瑜, 손권 군대의 사령관이었다. 조조의 군대는 양자강, 서쪽 손권의 군대는 동쪽에 있었는데, 마침 강한 동풍이 불자 주유는 화공火攻을 하였다. 제갈공명이 신술을 부려 동풍을 불게 하였다는 것은 사실과 다르지만, 이 전쟁은『삼국지연의』의 명장면으로 널리 알려져 있다. 동작銅雀은 조조가 근거지 업鄴에 쌓았던 누대. 거기에 많은 궁녀와 기녀를 모아두고 죽은 뒤에도 자기 묘를 향하여 음악을 연주하게 하였다고 한다. 이교二喬는 오吳 지방의 두 미녀. 언니 대교는 손권의 형 손책의 아내, 동생 소교는 주유의 아내였다.

이 시는 역사적 사실을 소재로 하되, 실제로는 일어나지 않았던 사건을 만일 그런 일이 있었더라면, 이라고 상상해서 지었다.

꼭 이렇게 특수한 수법을 사용하지 않더라도, 한시의 작가들은 역사에 대한 관심을 시 속에 즐겨 표현하였다. 때로는 세상을 커다란 틀로 파악하고자 하는 욕구가 꿈틀거려 소리를 질렀다. 때로는 자신이 처한 세계를 해석할 방도가 없어서 불안해하였다. 어느 누가 자신이 처한 그 순간, 자신이 마주 보는 대상, 자신이 행하는 몸짓의 '역사적' 의미를 온전히 알 수 있을까? 역사의 의미가 나에게 완전히 개시開示되어 있다면 그것을 해석하려 들 필요가 없을 것이다.

한시의 작가는 자기 자신을 이해하기 위해서라도 역사사실을 해석해야 하였다. 그 역사사실은 과거의 사실일 수도 있고 자기 시대의 사건일 수도 있다. 한시가 역사사실을 소재로 선택하여 형상화하는 방법은 대체로 네 가지였다.

첫째는 역사적 사건이나 유적, 유물에서 시상을 떠올려 과거 사실을 사상적, 정서적으로 평가하는 경우. 전통적으로 영사시詠史詩나 회고시懷古詩로 분류되는 작품들이 여기에 속한다.

둘째는 전설이나 신화로 된 역사적 사건을 이야기 구조로 재편성하는 경우. 사시史詩 곧 서사시敍事詩가 이에 속한다.

셋째는 역사사실을 논증하고 재분석하는 경우. 논사시論史詩가 여기에 속한다.

넷째는 당대 현실이나 사건을 시화해내는 경우. 이른바 시사詩史를 표방하거나 시사라고 평가받는 작품들이 이 부류에 속한다.

여기서 넷째 유형은 뒤에 '민중 삶의 반영'이라는 주제를 다룰 때 함께 이야기하기로 한다.

한시가 역사를 다루는 가장 일반적인 양식은 첫째의 영사시와 회고시이다. 그 둘은 중국 시가사에서나 우리 한시사에서 매우 오랜 전통을 이루어왔다.

영사시라는 이름은 동한 때 반고班固가 처음 사용하였다. 오래된 문학 앤솔러지인 『문선文選』에는 9명 21수의 작품이 실려 있다. 이에 비하여 회고시라는 명칭은 당나라 때 진자앙陳子昻이 처음 사용하였다. 영사시는 역사 자체를 시적 계기로 삼는 데 비하여, 회고시는 역사 유적을 보고 느낀 무상감을 토로한다. 영사시는 역사사실을 이용하여 작가 자신의 문제를 빗대거나 당대의 현실을 풍자하지만, 회고시는 사실 자체를 그리 분석하지 않는다. 다만 제목은 회고시인데 영사시이거나 그 반대인 예도 많다.

이미 『시경』에는 과거의 군주를 풍자한다든가 찬미한다든가 하는 내용이 있다. 옛사람들은 그것이 공자가 『춘추春秋』를 정리하여 세상의

교화를 의도하였던 것과 같은 의미를 지닌다고 보았다. 시인들 가운데
는 그 정신을 본받아 아예 시로 역사를 읊는 일이 성하였다. 당나라 말
의 호증胡曾은『영사시詠史詩』2권을 편하여, 상고시대부터 남조南朝에
이르기까지의 시 가운데 역사를 노래한 작품들을 뽑았다. 그뒤로도 시
인들은 역사를 소재로 삼아, 어떤 때는 완곡한 언어婉辭에 주제사상을
실었고, 어떤 때는 직설적인 언어正言로 훈계를 하였다.

만당의 시인 이상은李商隱이 지은「요지瑤池」는 주목왕周穆王과 신녀
서왕모西王母의 로맨스를 소재로 삼았다. 역사는 신화와 구별되지 않
았다.

瑤池阿母綺窓開　　요지의 여인은 꽃무늬 창을 열었으나
黃竹歌聲動地哀　　황죽 노랫소리만 땅을 울려 구슬프다.
八駿日行三萬里　　"팔준마는 하루에 삼만 리를 간다더니
穆王何事不重來　　주목왕은 무슨 일로 다시 오지 않나."

서왕모는 현도玄都라는 별세계의 여인이라고도 하고, 곤륜산의 연못
인 요지瑤池에 거처하는 여신이라고도 한다. 주나라 목왕은 여덟 필의
준마를 타고 요지로 와서 불로장생의 복숭아를 청하였으나 얻지 못하
였다. 그리고 황대黃臺의 언덕에 노닐다가, 눈 속에 백성들이 얼어죽는
고통을 보고「황죽黃竹」이라는 노래를 지어 동정하였다고 한다. 위의
시에서 셋째, 넷째 구는 서왕모를 화자로 삼았다. 서왕모는 신선이지만
주목왕을 불사의 몸으로 만들어주지는 못하고 탄식을 한다. 이로써 시
는 군주들이 장생술에 탐닉하였던 풍조를 간접적으로 비판하였다.

우리 한시사에서 영사시는 빈침략전쟁을 소재로 하여 웅혼한 기상을
담아내기도 하였다. 고려시대 김구(金坵, 1211~1278)의「철주를 지나

며 過鐵州」는 그 한 예이다. 1231년(고려 고종 18년) 몽고의 살례탑이 함 신진咸新鎭을 빼앗으려고 철주(鐵州, 오늘날의 영변)를 공격하였을 때 수 령 이원정李元禎은 성을 고수하다가 창고에 불 지르고 처자도 불 속에 들게 한 다음 자결하였다. 이 시는 그 사적을 노래하며서, 민족영웅이 출현하길 갈망하는 뜻을 담았다.

當年怒寇闌塞門   지난날 모진 외적이 국경을 침략하여
四十餘城如燎原   사십여 고을이 들불 붙듯 무너질 때,
依山孤堞當虜踈   산 등진 외론 성이 적의 길을 막았나니
萬軍鼓吻期一呑   무수한 적군이 입맛 다셔 삼킬 듯 덤볐어도
白面書生守此城   얼굴 맑은 선비가 이 성을 지켜
許國身比鴻毛輕   나라에 몸 바치길 터럭보다 가벼이 했었네.
早推仁信結人心   진작부터 어질고 신망 있어 민심을 다잡아서
壯士懽呼天地傾   장사들 환호하길 천리라도 뒤집을 기세,
相持半月折骸炊   맞싸운 보름 동안 해골 부수어 밥 짓고
晝戰夜守龍虎疲   밤낮으로 싸워서 용사들도 지치고 말았다.
勢窮力屈猶示閑   힘이 부쳤지만 여유를 보이자고
樓上管絃聲更悲   누대에서 관현 울려 그 소리 구슬프더니,
官倉一夕紅焰發   돌연 창고에서 불길이 일어나
甘與妻孥就火滅   처자와 더불어 선뜻 제 몸 태웠도다.
忠魂壯魄向何之   의롭고 장한 혼백은 어디로 간 것일까
千古州名空記鐵   고을 이름만 부질없이 철鐵이라 하다니.

'부질없이空'라는 허사虛詞는 참으로 묘하다. 영웅의 투쟁에도 불구 하고 여전히 몽고의 간섭을 받고 있던 현실을 통분해하는 작가의 심경

이 드러나 있지 않은가?

❖ ❖ ❖

　한시의 시인이 역사에서 읽어내려고 한 것은 바로 자기 자신이 처한 현실의 문제를 해결할 방안이었다. 아니, 곤욕을 당하고 있는 자기 자신을 위로해줄 내용이었다. 대부분의 시인들은 지식인으로서 정치를 담당할 위치에 있었기에, 역사사실에서 군주와 신하의 관계를 매우 중시하였다.

　당나라 육귀몽(陸龜蒙, ?~881?)은 「범려范蠡」라는 영사시를 남겼다. 춘추시대 오나라와 월나라가 전쟁할 때 범려는 월왕 구천句踐을 도와 오나라를 멸망시켰다. 월왕 구천은 범려의 동상을 만들어 신하들에게 절하게 할 만큼 그를 우대하였다. 하지만 범려는 '구천은 새 부리의 형상이라서, 어려울 때 함께 일할 수는 있어도 평화스런 시기에 같이 지낼 수는 없는 자다'라고 판단하고, '공을 이루면 떠난다'는 『노자』의 가르침에 따라 은둔하였다. 뒤에는 큰 부자가 되어 도주공陶朱公이라 칭하였다. 사마천司馬遷은 『사기史記』의 「월왕구천세가越王句踐世家」에서 범려의 사적을 상당히 자세하게 적었다. 육귀몽은 범려가 숨은 것은 공과 지위가 높아져 화태禍胎가 얽어졌음을 깨닫고 용퇴勇退한 것이라고 해석하였다.

平吳專越禍胎深　오나라 정복 뒤 권세 누려 화태禍胎가 깊어지지
豈是功成有去心　어찌 공 이룬 뒤 떠나려는 마음이었으랴.
句踐不知嫌鳥喙　구천은 범려가 새 부리 형상을 싫어하는 줄 몰랐구나

歸來猶自鑄良金   범려의 귀거래는 동상 주조에서 비롯되었네.

이 시는 범려 은둔의 사실을 재해석함으로써, 신하의 심경을 제대로
알지 못하는 군주의 어리석음을 비판하였다.

남송 때 화악華岳은 한고조 유방劉邦을 위하여 목숨을 바쳤던 기신紀
信과 제나라 왕에 봉해졌지만 죽임을 당했던 한신韓信을 비교하여, 군
주와 신하 사이의 '신信'의 문제를 거론하였다.「한나라 역사를 읽다가
기신과 한신의 열전을 펴보고讀漢史閱紀信韓信傳」라는 시이다.

漢將假帝爲眞帝   한나라 장수는 황제로 변장해서 참 황제를 위하였고
齊乞眞王作假王   제나라에선 참 왕 칭호를 청하여 가짜 왕이 되었지.
大抵紀韓皆是信   기紀나 한韓이나 모두 이름이 신信이지만
不知誰短又誰長   누가 못나고 누가 나은지 정말 모르겠네.

『사기』「항우본기項羽本紀」와『한서漢書』「고제기高帝紀」에 보면, 유
방이 형양滎陽에서 항우에게 포위되었을 때 기신紀信이 유방처럼 변복
하고 항복하여 유방을 탈출시켰다고 한다. 항우는 속은 것을 알고 기신
을 불태워 죽였다. 한편『사기』「회음후열전淮陰侯列傳」에 보면, 한신은
제나라 지역을 평정한 뒤에, 마침 형양에서 곤욕을 치르고 있던 유방에
게 제나라의 가짜(임시) 왕에 봉해줄 것을 청하였는데, 사실은 진짜 왕
이 되려는 욕심 때문이었다. 유방은 부득이 한신의 요구에 응하였다.
기신과 한신을 비교하면 전자는 '믿음을 충실하게 지킨 것忠信'이고 후
자는 '믿음을 잃은 것失信'이다. 그러나 유방은 등극한 뒤 기신의 공적
을 포상하지 않았고, 한신에 대하여도 왕에 봉해달라고 한 사실을 마음
속에 묵혀두었다가 결국 그를 살해하였다. 유방이야말로 '믿을 수 없는

無信' 군주였다. 따라서 이 시의 마지막에서 "누가 못나고 누가 나은지 정말 모르겠네"라고 한 말은 묘한 여운을 남긴다.

다음으로, 한나라 문제文帝 때 가의賈誼의 사적을 이상은이 「가생賈生」이라는 절구에서 다룬 것을 보자. 가의는 벼슬길에 들어서자마자 여러 가지 건의를 하여 문제의 사랑을 받았으나, 주발周勃과 관영灌嬰 같은 훈구파의 미움을 사서 장사왕長沙王의 태부太傅로 배척되었다. 그뒤 소환되었으나, 몇 년 뒤 쫓겨나 33세에 병으로 죽었다. 그후 문제는 가의가 주장하였던 정책을 실행에 옮겼으므로, 그의 건언(건책)은 결코 헛되었다고 할 수 없다. 그래서 『한서』를 지은 반고는 그 「가의전賈誼傳」의 찬贊에서 "가의가 진언한 것이 대개 시행되었다"고 하였다. 하지만 많은 지식인들은 가의의 건언이 헛되었다고 보았고, 군주가 어진 이를 제대로 쓰지 못하였다고 비통해하였다. 이상은도 같은 관점이다.

宣室求賢訪逐臣　　선실에서 어진 이 구하여, 내쫓겼던 신하를 불러들였지
賈生才調更無倫　　가의의 정치적 재능은 비길 자 없었기에.
可憐夜半虛前席　　가련타 한밤에 문제는 부질없이 앞으로 다가앉았군
不知蒼生問鬼神　　백성의 일 제쳐두고 귀신 일을 물었다니.

『사기』「굴원가생열전屈原賈生列傳」에 따르면, 가의가 장사 태부에서 소환되어 돌아왔을 때 문제는 마침 선실宣室에서 제사를 거행하고 있었다. 문제는 가의와 담론하다가 체모도 잊고 앉은 자리에서 무릎걸음으로 가의에게 바짝 다가갔다. 이때 문제가 가의에게 자문한 것은 귀신의 일이었다. 결국 한문제가 어진 이를 존중한 것은 백성의 삶을 구원하려는 뜻에서 나온 것이 아니었다고 시인 이상은은 통탄한 것이다.

조선 명종 때의 신광한申光漢은 「영사詠史」라는 칠언절구를 무려

65수나 남겼다. 역사적 인물을 도상圖像으로 그린 병풍이나 화첩을 보고 연작한 것이다. 그 가운데 「항우項羽」에서는 '규모가 큰 논리'를 펼쳤다.

堂堂氣力竟何如　당당하던 그 기력이 결국 어떠하였나
學劍無成恥學書　검술도 못 이루고 글 배우기 부끄러워한 그
密擊詐坑皆戰罪　몰래 치고 적을 속여 생매장함은 잘못 싸운 죄인걸
八年空爲漢驅除　팔 년 동안 그저 한나라 위한 몰이꾼 노릇 했네.

항우는 진秦나라 장수 장한章邯을 꾀어 진나라 병사들을 항복케 하고는, 함곡관에 들어가자 경포黥布에게 장한을 데리고 관중으로 들어가게 하고 군사를 풀어 진나라 군사 20여만을 생매장하였다. 그는 결국 유방에게 패하고 말았으나, 자신이 진 것은 전쟁을 잘못해서가 아니라 하늘이 망하게 한 것이라고 하였다. 곧, 항우는 해하垓下에서 달아나다가 동성東城에서 더이상 탈출하지 못하게 되자 "내가 군사를 일으킨 지 여덟 해 동안에 한 번도 패한 적이 없거늘, 여기서 곤욕을 당하는 것은 하늘이 나를 망하게 하는 것이지 전쟁을 잘못한 죄는 아니다"라고 말하였다. 사실 『사기』의 「항우본기」를 보면 그 장면에서 항우는 참으로 사나이답다. 하지만 신광한은 항우의 말을 뒤집어, 항우가 패한 것은 적을 기만해서 생매장시키는 등 가혹한 짓을 한 때문이며, 결국 전쟁을 잘못한 죄戰罪라고 논하였다.

불의의 현실을 질타하였던 김시습金時習은 하·은·주 삼대三代 이후로 각 왕조는 모두 도적으로부터 시작되었다고 단언하였다. 그가 보기에 역사는 의리의 이념에 배치되는 부당한 정변이나 반란에 의해서 전개되었다. 그는 이익을 도모하는 마음이 역사를 움직여왔다는 사실을

궤뚫어보았고, 역대 왕조가 그 사실을 은폐하기 위해 탕湯, 무武의 혁명을 구실로 삼아왔다고 논하였다. 곧 「역사를 보고 느낌이 있어觀史有感」라는 시에서 이렇게 지적하였다. "사람마다 마음 있어 자기 이익 도모하니, 뉘라고 자신의 이익을 추구하지 않으랴. 아, 탕 왕과 무왕이 그들의 주둥이를 열어주어, 간웅이 나라 빼앗는 자료로 삼는 것을 막지 못했구나"라고.

이러한 역사 인식은 바로 수양대군(세조)의 정변을 비판하는 태도에 연결되어 있다. 그는 「옛일을 서술한다述古」 10수 가운데 제9수에서, 후한 말에 동탁董卓이 왕실을 강화한다는 명분으로 어린 임금 유변劉辯을 폐위시키고 헌제獻帝를 옹립했던 중국의 역사를 환기시켰다. 세조의 왕위 찬탈이 부당하다는 사실을 가만히 비판한 것이다.

毋投與狗骨　개에게 뼈다귀를 주지 말아라

集類亂喋唭　떼로 모여 어지러이 다툴 것이니.

不獨其群戾　그 무리와 어긋날 뿐만 아니라

終應與主乖　종당에는 주인과도 어긋나리라.

尊周專戰代　주나라를 높여 마음대로 정벌하고

安漢弑嬰孩　한나라를 편안히 하려 어린아이 죽이다니.

莫若嚴名分　명분을 엄하게 함만 같지 못하니

勤王作止偕　근왕하여 행동을 같이하여라.

김시습은 무왕이 '포학한 정치를 바꾸려고 포학한 무력을 사용한以暴易暴' 문제를 심각하게 논하고, 그 부당함을 간하다가 굶어 죽은 백이를 진정한 지식인이라고 예찬하였다. 일찍이 사마천은 『사기』의 열전 첫머리에 「백이열전伯夷列傳」을 두고, 천도天道가 과연 존재하는가 깊이

200

회의한 바 있다. 설령 도탄에 빠진 백성을 구할 수 있다 할지라도 과연 탕왕, 무왕과 같이 폭력을 사용하는 행위를 정당하다고 할 수 있을까? 김시습은 「백이 숙제夷齊」에서 반문하였다. 그 첫째 수를 보라.

紛紛湯武後來多　　후세에 분분하게 탕왕 무왕 찾는다만
想得夷齊先見何　　백이 숙제의 선견이 어떠하였던가.
縱救生民塗炭裏　　무왕이 비록 백성을 도탄에서 구할 수 있었지만
細論功過已相差　　따져보면 공적이 죄과를 덮어주지 못하네.

무왕의 구민救民은 의리의 면에서 결코 정당하지 못하다. 물론 김시습은 뚜렷이 알고 있었다. 천운과 천명 앞에 개인의 능력과 의지는 무의미하다는 것을. 의리와 이념을 지키는 자에게는 '굶어 죽는 일' 즉 순절殉節이 남아 있을 뿐이다.

김시습은 「문산을 애도한다哀文山」 3수에서 남송 말기의 충신 문천상文天祥의 일을 논하였다. 문천상은 남송의 마지막 황제가 광동성 신회현新會縣 남쪽 애산崖山 앞 섬으로 들어갔을 때 따라가 원나라 군대에 맞서 항전하였다. 결국 포로가 되어 북경으로 끌려갔는데, 끝까지 항복하지 않고 순절하였다. 남송도 멸망하였다. 그 사실을 회상하면서 김시습은 개인의 절의나 영웅적 행위가 역사에서 과연 무슨 의미를 지니는가 서글퍼하였다. 그러나 결과가 무슨 상관 있으랴, 오로지 순수한 동기가 중요할 따름이다. 사후의 평가라는 것은 괘념할 바가 아니라고 김시습은 그 둘째 시에서 강개한 어조로 말하였다.

素患堅貞志不移　　평소 강직함을 지녀 뜻 변치 않았으니
可忘平昔讀書時　　지난날 글 읽던 처음 뜻을 어이 잊으랴.

從容就義寧終斃	조용히 의義에 나가 죽을지언정
苟活偸生豈敢爲	구차히 살려고 목숨 빌 수야 있나.
犬豕一朝生朔漠	개 돼지 무리가 고비사막에서 일어나더니
風濤千丈起南陲	천길 거센 풍파가 남방에 일어났네.
孤臣何必多言語	외로운 신하가 구구한 말 필요 없네
死耳寧論死後知	죽음을 취할 뿐, 죽은 뒤 평가를 무어 따지랴.

❖ ❖ ❖

조선 후기의 시인들은 삼전도비三田渡碑를 소재로 치욕의 과거를 분
개하기도 하고, 저항운동에 뛰어든 의사義士들의 영웅적 행위를 칭송
하기도 하였다. 후자의 예로, 임진왜란 때 정문부鄭文孚와 이붕수李鵬壽
등 함경도 의병을 노래한 홍양호洪良浩의 「임명대첩가臨溟大捷歌」가 있
다. 정문부 등은 길주에서 왜병을 물리치고, 두 왕자를 왜적에게 넘겼
던 국경인鞠敬仁을 처형하였다. 이 시는 47개의 운자를 사용한 장편 가
행체歌行體로, 사적을 서사적으로 제시한 뒤 사후의 포상 경위를 서술
하였다. 그 끝에, 정문부 등이 결국 청나라의 국토 잠식을 막아낸 공적
이 대단히 크다고 논하였다.

昔日金尹拓疆土	김종서와 윤관의 강토 개척은
國威兵力是憑倚	나라에 위엄 있고 군대가 강해서였지만,
公遭板蕩奮空拳	공은 나라가 어지러울 때 빈주먹 휘둘러
屹若狂瀾障一砥	미친 물결 버티고 선 지주산砥柱山 같았지.
不然不惟豆江以內非吾有	안 그랬다면, 두만강 안을 잃을 뿐 아니라

蠶食上國從此始   중국에게 거듭 잠식당하였으리.

조선 후기에는 역사학적인 관심을 시로 서술한 논사시論史詩도 나왔다. 정약용丁若鏞은 1819년에 춘천을 답사하고는 춘천 지역이 낙랑의 남부도위가 있었던 곳이라고 주장하였다. 여행길에서 지은 「두시에 화운한 시」 12수 가운데, 두보의 「성도부成都府」에 화운한 「우수주牛首州」는 마치 한 편의 논문과 같다.

命僕理歸楫	종복에게 갈 배를 손보라 하니
水風吹衣裳	강바람에 옷이 펄럭인다.
暮宿牛首村	우수촌에 투숙하여
願瞻詳四方	사방을 자세히 살피고 싶도다.
嗟玆樂浪城	아아, 이곳 낙랑성이
冒名云貊鄉	맥 땅이란 이름을 뒤집어쓰다니.
木皮不能寸	나무껍질은 한 치도 안 되고
五穀連阡長	오곡 심은 논밭이 뻗어 있거늘.
地暄發生早	기후 따뜻해 발생이 빨라
首夏葉已蒼	초하에 벌써 나뭇잎 무성하며,
鳲鳩樹樹喧	나무마다 산비둘기 재잘거리고
黃鳥弄柔簧	꾀꼬리는 고운 노래를 부른다.
南韓昔巡撫	한나라 팽오彭吳가 순무할 때
漢使川無梁	강에 다리 없었는데,
勒石久埋沒	길 통하고 세운 비석이 묻혀버려
薰聲竟微茫	그 공덕을 끝내 상고할 길 없구나.
小水良若瀗	작은 개울은 정말 구정물 같지만

其名本無光　예濊란 이름은 도무지 빛깔 없어라.

國史有誰讀　국사를 읽는 사람 누가 있는가

登覽深悲傷　올라와 바라보니 슬픔만 더한다.

『신증동국여지승람』에 의하면 춘천 일대는 본래 맥국貊國이었다고 한
다. 그러나 나무껍질이 얇고 오곡이 자라는 사실을 보면, 『한서』나 『맹
자』에서 맥국의 기후를 설명한 내용과 맞지 않는다. 『삼국사기』와 그것
을 계승한 『동국통감』의 기록에 보면 기림니사금基臨尼師今이 300년에
우두주에 이르러 태백산을 바라보면서 제사 지낸 뒤 낙랑과 대방을 귀
속시켰다고 한다. 정약용은 그러한 기록을 토대로, 우두주는 본래 낙랑
의 지역이었다가 우리 민족이 탈환하여 민족사의 활동 무대로 삼았다
고 논하였다.

　김정희(金正喜, 1786~1856)의 「숙신노가肅愼弩歌」는 청해靑海 토성
에서 발굴되는 돌도끼, 돌화살촉에 대해 고증하였다. 시의 끝부분에서
는 단 하나의 증거, 즉 '고증孤證'을 가지고 억지로 꿰어맞추어서는 안
된다고 하는 학문 방법론까지 제시하였다.

此斧此鏃斷爲肅愼物　이 돌도끼와 돌촉이 단연코 숙신 것이라면

更想東夷能大弓　동이가 큰 활에 능하였단 사실이 더욱 상상되네.

土城舊蹟殊未定　토성이 어느 때 것인지는 비정比定하기 어렵지만

得此孤訂猶强通　이 한 가지 증거면 억지로 통해볼 수는 있지.

石不自言又不款　돌은 스스로 말을 않고 또 관지마저 없는데

耶賴山色空濛濛　야뢰산 산빛만 부질없이 부옇구나.

長爪疾書亦不錯　도끼 끝에 무어라 쓴 글씨 보기 괜찮고

長平箭頭古血紅　긴 화살촉 끝은 홍혈색을 띠고 있다.

| 勝似朝天麒麟石 | 그래도 낫군, 조천했다는 기린석보다는 |
| 江光如練詑朱蒙 | 강물빛이 비단 같다고 주몽과 연관짓다니. |

돌도끼나 돌화살촉은 작은 증거이기는 하지만 그래도 그곳이 숙신 토성이 있었던 지역이라고 강통強通할 수 있게 한다. 이에 비해 평양 대동강에는 주몽朱蒙이 기린마를 타고 하늘로 올라갔다는 기린석이 있지만, 그것은 증거가 없기에 오류라고 김정희는 단정하였다. 기린석 부근에 햇빛이 비치면 강빛이 비단 같다고 해서 기린석을 주몽 고사와 연결시켰을 따름이라는 것이다. 김정희는 실제 증거를 너무도 중시하여, 민족의 전설이나 신화 세계를 역사적 사실로 적극 해석하지도 않았고, 그 사유세계의 가치도 인정하지 않았다.

❖❖❖

역사시를 노래하는 독특한 양태에 영사악부詠史樂府가 있다. 악부는 한나라 때는 악곡이었으나 후대에는 악곡을 연상시키는 시 양식으로 계승되었다. 간혹 시 속의 화자가 마치 코러스가 노래하듯 제삼자의 관점으로 사건과 정황을 노래하는 방식을 취하기도 한다. 영사악부는 곧 역사적 사실과 그것에 대한 논평을 악곡풍으로 제시하는 시 양식이다.

조선에서는 17세기 중엽 이후 우리 역사를 소재로 한 악부체의 연작 영사시가 출현하여 '해동악부체海東樂府體' 양식이 성립하였다. 이 양식은 작품들 상호간에 계승관계가 있었다. 성호 이익李瀷의 「해동악부」는 아예 역사서를 대신하기도 했다.

광해군 때 경상도 남단의 고성에 유배 갔던 심광세(沈光世, 1577~1624)

는 조선에서는 처음으로 연작의 영사악부를 시도하였다. 그는 「해동악부」에서 여러 역사 인물의 행적을 조망하면서 인간의 탐욕을 경계하는 한편, 지절志節을 찬양하였다. 그 가운데 「수진방壽盡坊」은 정도전鄭道傳의 탐욕을 비판하였다. 『서경書經』에서 제시된 교훈, '가득 차면 손실을 입게 되고 겸손하면 이익을 얻는다'는 주제를 담은 것이다. 정도전은 부귀현달을 이룬 뒤 수명마저 극진하기 바란다는 뜻에서 거처하는 곳을 수진방이라고 개명하였다. 하지만 결국 방석芳碩의 난 때 죽임을 당하고 말았다.

壽盡坊	수진방에
開甲第	대저택 열어
相公一時官濟濟	어르신 관직이 당대에 가장 높았네.
當貴功名稱吾意	"부귀공명은 내 뜻에 맞다만
但願百年長保此	다만 바라는 건 백년 오래 보존할 일."
壽盡名坊良有以	수진이라 이름 지은 건 정말 이유 있구나.
壽盡坊	수진방이여
連北闕	북궐(궁궐)에 연하였기에
街前甲騎紛如雪	거리맡에 기마가 먼지 풀풀 일구어
禍機之來眞一髮	재앙의 기미가 정말 위기일발이었네.
小臣指使定可知	"제가 한 짓 정말 알겠나이다."
誰便從前爾反覆	누가 널 예전처럼 돌려줄 것인가.
勿多言	"잔말 마라
口亦肉	입도 더럽구나."
言猶未已頸血注	말도 못 끝내고 목엣피를 쏟았나네.
壽盡坊	수진방이여

屍橫路　　　　　시체가 길에 널브러졌도다.

숙종 때 개성에 은둔하여 살았던 문인 임창택林昌澤은 아주 짧은 시로 역사사실을 민가풍으로 노래하는 데 뛰어났다. 그의 「해동악부」 가운데 「곽처사郭處士」는 간결한 민요풍의 서사 속에 냉소를 붙였다. 고려 예종睿宗 때 도인을 자처하였던 곽여郭輿가 실은 궁궐을 드나들어 금문우객金門羽客이라고 불렸던 일을 소재로 삼은 시다.

郭處士　　　　　곽처사
不宜處丘園　　　동산에 있는 건 마땅치 않아
但愛金馬門　　　대궐문만 사랑한다오.

악부체 5장을 지은 안정복(安鼎福, 1712~1791)은 역사발전이 세력들 사이의 대립과 투쟁으로 이루어진다는 사실에 주목하였다. 그는 국난의 시기에 절의의 인물이나 영웅적 인물이 출현한다는 사실에 깊은 관심을 보였다. 「천성행泉城行」에서는 나당羅唐 전쟁 때 당나라 설인귀와 싸워 이긴 문훈文訓의 일을 다루었다.

薛仁貴　　　　　설인귀
唐名將　　　　　당나라 명장
一戰取遼東　　　한 번 싸워 요동을 취하고
再戰擊平壤　　　두 번 싸워 평양을 공격하니
戰勝攻取勢莫當　승전하는 형세를 당할 수 없을 정도.
遼河以東無堅壘　요하 동쪽에는 견고한 성루 없거늘
如何泉城一戰走　어찌 천성泉城 싸움에 패하여 도망했나.

如鼠文訓之才無與比	쥐 같은 문훈의 재주를 비할 바 없었으니
不特文訓之才無與比	문훈의 재주만 비할 바 없었던 게 아냐
此時新羅應運起	이 시기에 신라의 기운이 일어날 참이었네.
主賢臣良無可乘	군주 현명하고 신하 어질어 이길 수 없었거늘
唐皇忿兵胡乃興	당 황제는 어째서 분노하여 군대를 내었던가.
自古亡國必有釁	자고로 망국에는 반드시 틈새가 있고
然後敵人奮才能	그런 뒤에 남 대적할 재능을 떨치는 법.
胡亥失德項籍勇	진나라 호해가 실덕하자 항적이 용맹을 부렸고
夫差怠荒范蠡智	오나라 부차가 황음하자 범려가 지혜를 발휘했다.
我言非耄信如此	내 말이 노망 아니라 정말로 이러하니
嗚呼後辟當念記	아아 후세의 군주는 이 말을 명심하시라.

문훈의 재능은 신라의 국운을 배경으로 발휘되어 당나라 군대가 당할 수 없었다. 하지만 군주가 덕을 잃고 방탕하면 나라를 전복시킬 지용智勇의 인물이 나온다. 그러니 경계하라고 덧붙였다.

순조 때 김해에서 귀양살이를 한 이학규李學逵는 「해동악부」 56편에서 역사의 흐름을 중시하고 각 사실을 객관적으로 해부하였다. 「양수척楊水尺」에서는 천민의 처지에 동정하였다.

楊水尺	양수척이여
汝亦人之子	너도 역시 사람의 자식이거늘
胡爲乎生男爲人奴	어째서 남자로 나서 노예 되고
生女爲人婢	여자로 나서 노비 되나.
楊水尺	양수척이여
汝亦天之民	너도 역시 하늘의 백성이거늘

胡爲乎男不爲詩禮	어째서 남자는 시와 예를 못 배우고
女不爲組紃	여자는 옷 길쌈과 베짜기를 못 하나.
屠牛織柳自生理	소 잡고 고리 짜기로 생계를 꾸리고
擯不齒人誰其使	사람 축에 못 끼는 건 누구 때문인가.
君不聞東丹鐵騎躪東津	그대는 모르나 거란이 동북쪽 쳐왔던 일
又不聞假倭燈市行掠人	또 모르나 왜구 흉내로 관등연에 행패한 일.
楊水尺	양수척이여
苟亦天之民人之子	진실로 하늘의 백성이요 사람의 자식이라면
中藏怨毒固其理	속에 원한 품은 건 당연한 일.

양수척은 본래 부역을 하지 않았으나 고려 명종 때 삭주분도장군朔州分道將軍 이지영李至榮이 자신의 기생 자운선紫雲仙에게 그들을 주어 적籍에 올린 뒤 부역을 시켰다. 그뒤 최충헌이 자운선을 첩으로 삼고 양수척에게 부역을 시키고 공액을 심하게 징수하였다. 원한이 쌓인 양수척들은 거란 침입 때는 길 안내를 했고, 우禑왕의 관등연 때는 왜구로 가장하여 습격하였다. 이학규는 구체적 사건을 환기하고, 최충헌의 학정을 고발하였다. 심정상의 동정에 그치지 않고 역사현실을 단호하게 비판하였다. 정치성을 띠고 있다.

한시는 과거 역사를 반드시 비판의 대상으로 삼는 것만은 아니다. 훌륭한 과거 사실을 예찬함으로써 거꾸로 시인이 살고 있는 당대 현실의 문제를 간접적으로 비판하기도 한다. '훼손되지 않은 긍정적인 과거'를 제시하는 것만으로도 '훼손되고 부정적인 현실'을 비판하는 것이다.

❖❖❖

제갈공명 곧 제갈량(諸葛亮, 181~234)은 17세부터 27세까지 융중隆中이라는 곳에서 청경우독晴耕雨讀하면서 「양보음梁甫吟」이라는 고향 제齊 지방의 노래를 즐겨 불렀다. 춘추시대 제나라 도성의 남쪽 탕음 마을에는 용사였던 전개강田開彊, 고야자古冶子, 공손접公孫接의 묘가 나란히 있었다. 세 사람은 안자룟子의 계략에 걸려 모두 살해되어 거기 묻힌 것이다.

세 사람은 제나라의 경공景公을 섬겼으나 방약무인하였다. 재상 안자의 계책에 따라, 경공은 세 호걸을 모이게 하고는 복숭아 두 개를 내리면서 "자네들 가운데 공로가 있다고 생각하는 사람이 복숭아를 받아먹게나"라 하였다. 공손접과 전개강이 각각 하나씩 낚아챘다. 분노한 고야자는 "나는 주군을 따라 황하를 건널 때 강물로 뛰어들어 큰 거북을 잡아 죽여, 사람들이 모두 나를 두고 하백(황하의 신)이라고 칭송하였다"고 하면서, 복숭아를 달라고 을러대었다. 공손접과 전개강은 부끄럽게 여겨 각각 제 목을 칼로 찔러 죽었다. 고야자도 자기 행동을 부끄러이 여겨 자살하였다. 이에 경공은 그들을 후하게 장사지내었다고 한다.

步出齊城門	제나라 성문을 나서서
遙望蕩陰里	탕음의 마을을 멀리 바라본다.
里中有三墓	마을 안에 세 개 무덤이 있나니
累累正相似	뭉긋뭉긋 비슷도 하여라.
問是誰家墓	묻나니 이것이 누구 집 무덤인가
田彊古冶子	전강과 고야자 부덤이라나.
力能排南山	힘은 남산도 밀어젖힐 수 있고

210

又能絶地紀   지기地紀마저 끊을 수 있었다만
一朝被讒言   하루아침에 참언을 당하여
二桃殺三士   두 복숭아 때문에 세 사람이 죽었다.
誰能爲此謀   누가 이런 모략을 잘하였나
相國齊晏子   제나라 재상 안자가 그 사람.

제갈공명은 안자의 간계에 빠져 무참히 살해되었던 세 호걸의 슬픈 운명에 동정을 하였던 것일까? 아니면 세 호걸을 제거하고 나라의 안태 安泰를 도모한 안자의 지략에 동조하였던 것일까?

뒷날 많은 시인들이 「양보음」의 형식과 시상에 맞추어 화운시和韻詩를 지었다. 그들의 화운시에는 대개 구세적 열정과 좌절감이 동시에 배어 있다. 국가 사업을 위하여 지략을 다하려고 마음먹지만 포부를 이루지 못하고 비명에 간 영웅호걸의 처지에 동정하였던 것이리라.

역사적 현상은 아무리 사소하고 하찮은 일일지라도 일회성을 넘어서서 보편적 의미를 지닌다. 그 개별성은 개별성으로 끝나지 않는다. 한시의 시인들은 그 점을 잘 알았다. 그 지혜가 현대를 사는 우리에게는 너무 부족한 것이 아닐는지.

9. 민중 삶의 반영

❖ ❖ ❖

1862년(철종 13년) 임술민란이 일어났을 때 전라북도 무주의 농민들은 그곳에 거주하던 시인 강위(姜瑋, 1820~1884)에게 자신들의 사정을 글로 적어 조정에 올려달라고 하였다. 하지만 강위는 거절하고 "호랑이같이 포악한 관리들이 아무리 밉다 하여도, 당신들이 맨발로 강을 건너고 맨손으로 호랑이를 잡는 만용을 부린다면 그 결과는 가련하기 짝이 없을 것이다"라고 했다. 화가 난 농민들이 그의 집을 불태웠으므로, 강위는 황급히 서울로 피신하였다. 때마침 조정에서 농민들의 소요에 대처할 방안을 모색하고자 경향京鄕의 지식인들에게 삼정(三政, 환곡·공납·군역)의 폐해를 구할 방도를 널리 물었다. 강위는 백성들의 궁핍한 처지를 알려야 하겠다는 생각에서 두 수의 시를 지었다. 「주계에 민란이 일어나 소장을 적어달라 하였으나 응하지 않아 화를 빚었다. 생각나는 대로 적어서 속마음을 표시한다. 마침 삼정의 폐해를 구할 책문을 임금께서 내셨으니 초야의 성대한 일이 아닐 수 없다朱溪民擾 以求狀不應 媒禍 謾筆遣懷 時有三政救弊詢策 草野之盛擧」라는 시이다. 그 제2수는 이러하다.

一字平生不救飢　한평생 글 읽어도 주림을 구하지 못하더니
反媒奇擘到茅茨　도리어 초가집에까지 기이한 일을 빚었구나.
替渠溯願非無日　저 농민들 대신 하소연할 일이 하루가 급하니
曾見山翁奮筆時　산 늙은이가 붓 휘둘러 글 쓸 때는 바로 지금.

강위는 농민들의 처음 요구를 들어주지 않았다. 어쩌면 아직 혁명의 기운이 뚜렷하지 않았던 탓이었는지 모른다. 아니, 전근대 시기의 지식인들은 대체로 체제의 유지나 개선을 바랐으므로 민중운동을 바라보는 시각에 근본적으로 한계가 있었다.

1812년 4월에 홍경래의 난이 진압된 뒤 중인 계층의 문인 조수삼(趙秀三, 1762~1894)은 민중의 봉기를 소재로 5언 186운 1860자의 장편고시「서구도올西寇檮杌」을 지었다. 이 시도 인의仁義 정치를 구현하여 민란을 방지할 것을 풍간諷諫하였지, 농민운동을 지지하지는 않았다. 1812년 7월에 쓴 서문에서 조수삼은 홍경래 난의 경위를 이렇게 적었다. "근년 여러 해에 걸쳐 큰 흉년이 들어, 관아와 민간의 저축이 다 고갈하고 부자와 가난뱅이가 모두 곤란하여 지아비는 처를 팔고 노예는 주인을 약탈하며 아우가 형을 관가에 소송하고 아비와 자식이 집안에서 다투는 지경에 이르렀다. 이에 고을 정치를 맡은 사람이 부득이 세금을 독촉하고 형벌을 강화하지 않을 수 없었다. 그러자 홍경래와 우군칙은 바깥에서 오고 김이대와 최이륜은 안에서 호응하여 성을 점거하고

수개월간 버텨서 나라 안의 군사를 다 동원하고 백만금을 허비한 끝에야 겨우 섬멸할 수 있었다." 그리고 이렇게 덧붙였다. "나는 이 시를 지어 정주 인민을 경계하고 아울러 현감에게 고하여, 위에 있는 자는 선하지 못한 것을 가르치지 말며 아래 있는 자는 선하지 못한 것을 따르지 말도록 하고자 한다".

조수삼은 봉기군을 명화적(강도)으로 규정하였다. 일부 민중이 반란에 가담한 것은 배고픔을 해소하기 위해 일시적으로 투탁한 것이라고 보았다. 교화가 철저하지 못해서 민란이 일어났다고 보았고, 상품화폐경제가 발달하면서 풍속이 문란하게 되었다고 여겼을 뿐이다. 농민운동이 지닌 진보적 성격을 제대로 인식하지 못하였다. 다만 그는 송림동 전투 뒤 관군의 약탈에 대하여 "도적은 대빗, 관군은 참빗 같아, 거두고 빼앗길 터럭 하나 안 남겼다賊梳兵如箆, 蒐掠靡遺髮"라고 비판하였다. 또한 봉기군과 관군의 접전에서 희생된 애꿎은 인민들을 동정하였다.

조선의 실심실학을 열었던 양명학파인 강화학파의 지식인 이충익(李忠翊, 1744~1816)은 백성들의 고단한 삶에 대하여 "산 속 온갖 풀을 다 먹을 수 있되, 죽을 만들 뿐이고 곡식 한 톨 없구나山中百草皆宜食, 只是糝和一粒無"(「향촌의 일을 기록하다鄕村紀事」)라고 적었다. 그 자신도 당쟁으로 가문이 '식은 재'처럼 되어 "솔가루 섞어 죽을 만드니, 여러 번 삼키며 날마다 두 끼만 먹는屑松拌飯粥, 數咽日再食"(「솔가루를 끼니 삼아 먹다餐松」) 생활을 하여야 했다. 그는 자기 처지를 한탄하지 않고, 백성들을 도탄에 빠뜨린 현실정치를 비판하였다. 「백아골의 벼걷이白鵝谷穫稻」 7수 중 제4수를 보라.

先秋饑死耕田夫　가을도 오기 전 농부가 굶어 죽었으니
穫者爲誰婦與姑　가을걷이하는 자는 누구, 며느리와 시어미.

死身名在軍書裏　　몸 죽어도 이름은 군적에 남았기에

頭米還須送稅租　　첫 걷이 쌀을 세금으로 보내야 한다네.

  백골징포白骨徵布의 학정 때문에 부녀자들은 척박한 밭을 갈아 수확을 해서 망자의 군포 값을 바쳐야 하였다. 이충익은 이렇게 민중을 동정하였다. 하지만 사회구조를 바꾸려는 생각은 할 수 없었다.

  전근대 시기의 지식인들이 민중에 대하여 지녔던 관념에는 근본적으로 한계가 있었다. 민중의 역량이 아직 성장하지 않았거나 지식인과 민중의 연결 고리가 없었기 때문이다. 한계가 있는 것은 어쩌면 당연하다. 하지만 지식인들이 민중의 삶과 애환을 시 속에 반영한 것은 매우 의의가 있다. 나와 남이 동포라는 사실(민오동포民吾同胞)을 자각하고 민본사상을 담아냈기에 그렇다.

❖ ❖ ❖

  민중의 애환을 다룬 시의 기원은 『시경詩經』으로 거슬러올라간다. 『시경』의 여러 시편들은 현실을 잘 반영하였을 뿐 아니라 당시 사회의 모순도 신랄하게 비판하였다. 그 가운데 위풍魏風의 「석서碩鼠」는 민중의 낙토사상을 담아내었다. 탐학한 관리를 큰 쥐에 비유하여 풍자하는 우언寓言의 방식도 특이하다. 모두 3장으로 이루어져 있는데, 첫 장만 보면 이러하다.

碩鼠碩鼠　　큰 쥐야 큰 쥐야

無食我黍　　내 기장을 먹지 말아다오.

三歲貫女	삼 년을 너와 친하였거늘
莫我肯顧	나를 돌아보지도 않는구나.
逝將去女	이제 너를 떠나
適彼樂土	저 낙토로 가련다.
樂土樂土	낙토여 낙토여
爰得我所	거기서 내 살 곳을 찾으리라.

「석서」편 이후로, 탐학한 관리를 해충에 비유하여 풍자하는 우언시가 중국과 한국에서 많이 나왔다.

한시 작가들은 민중의 고단한 삶을 동정하고 사회를 비판하는 뜻을 담을 때 장편고시 형식을 자주 이용하였다.

두보杜甫는 사회와 정치에 대한 격렬한 관심, 인류의 불행을 가슴 아파하고 그 장래를 염려하는 우세憂世의 마음을 시에 담았다. 그렇기에 그의 시는 '침울비장沈鬱悲壯'하다. 장안에서의 실의와 궁핍, 안녹산의 난으로 인한 어려움 등 평탄치 못한 삶은 그로 하여금 사회의 부패한 구조와 민중의 비참한 현실을 응시하는 시선을 갖추게 하였다. '시사詩史'라고 불릴 만큼 당시의 역사적 상황을 잘 반영하는 시를 토해낸 것은 그 때문이다. 특히 「병거행兵車行」「여인행麗人行」및 「삼리삼별三吏三別」등, 율격이 자유로운 장편시는 사회의 문제를 직접 다루었다고 해서 '사회시社會詩'라고 일컬어진다. 「삼리삼별」은 「신안리新安吏」「동관리潼關吏」「석호리石壕吏」와 「신혼별新婚別」「무가별無家別」「수로별垂老別」의 6수를 말한다. 여기서는 5언의 장시 「신혼별」, 즉 「신혼의 이별」을 읽어보기로 한다. 신혼 초에 남편을 전선으로 떠나보내는 젊은 부인의 넋두리를 옮긴 듯한 화법이다. 759년에 지은 것이다.

兎絲附蓬麻　　새삼이 쑥대와 삼에 붙어 있어

引蔓故不長　　덩굴이 그 때문에 못 자라네.

嫁女與征夫　　전선에 나갈 사내에게 시집보냄은

不如棄路傍　　길가에 버림만 못하다오.

結髮爲妻子　　머리 묶어 부부가 되었으나

席不暖君床　　그대 침상에서 따스할 여가도 없었죠.

暮婚晨告別　　저녁에 혼인하고 새벽에 이별하니

無乃太忽忙　　왜 이다지 서둘러야 하죠.

君行雖不遠　　그대 갈 길이 멀진 않아서

守邊赴河陽　　변방 지키러 낙양 쪽으로 가지만

妾身未分明　　저의 처지는 아직 분명치 않으니

何以拜姑嫜　　어떻게 시부모를 뵙겠어요.

父母養我時　　부모님 나를 기르실 때

日夜令我藏　　잘되라 밤낮으로 기도하시고

生女有所歸　　딸 낳아 시집보내는 것을

雞狗亦得將　　닭과 개 짝 채우듯 당연히 여기셨죠.

君今往死地　　그렇거늘 죽을 땅으로 그대 떠나시니

沈痛迫中腸　　침통함이 오장육부에 치밀어요.

誓欲隨君去　　그대를 따라가겠다 맹세하지만

形勢反蒼黃　　형세는 되려 급박하기만 하네요.

勿爲新婚念　　신혼의 생각일랑 마시고

努力事戎行　　힘써 군무를 돌보세요.

婦人在軍中　　아낙네가 군중에 있으면

兵氣恐不揚　　사기가 오르지 못하겠죠.

自嗟貧家女　　한스러워요 가난한 집에 나서

久致羅襦裳　오랜만에 비단옷을 구하였거늘

羅襦不復施　그 옷을 다시는 걸치지 못하고

對君洗紅妝　그대 위한 화장도 지워야 한다니.

仰視百鳥飛　하늘의 새들을 올려다보면

大小必雙翔　큰 새도 작은 새도 쌍쌍이 날건만

人事多錯迕　세상사는 어긋나기만 하여

與君永相望　그대를 길이 그리워해야 하다니요.

　　새삼은 다른 나무에 기생해야 산다. 출정병사의 신부는 길가에 버려지는 것만 못하다. 그 두 관념이 논리적으로 이어지지 않는다. 곧 『시경』의 시에서 쓰이던 흥興의 방식이다. 젊은 아내는 가난한 집에 태어나 시집올 때 비단옷 한 벌을 가까스로 마련하였지만, 이제 그것도 걸칠 일이 없어졌다. 권력의 폭압 때문에 가난한 민중의 삶과 사랑은 찢기고 말았다. 그녀의 넋두리는 그 무력無力으로 강포한 권력에 맞섬으로써 권력의 강포함을 고발하고 있다.

　　같은 당나라 시인 원결(元結, 723~772)도 인민의 고통을 묘사한 여러 가편을 남겼다. 그는 안녹산의 반란이 일어나기 직전인 746년에 「민황閔荒의 시」를 지어, 당시의 정계를 수양제 시절에 빗대어서 경고하였다. 또 「계악부系樂府」 12수를 남겼는데, 763년 도주道州 부임지에서 지은 「용릉행舂陵行」이 가장 저명하다. 도주에서는 민호가 급속히 줄어들었고 관청의 세금 독촉에 감당 못 한 농민들이 도망하는 상황이었다. 원결은 그 시에서 "아침 찬은 풀뿌리, 저녁 밥은 나무껍질朝餐是草根, 暮食是樹皮"이라고, 초근목피草根木皮의 상황을 보고하였다. 두보도 그 침통한 시를 읽고 깊이 감동하였다고 한다.

　　중당 때의 시인 장적(張籍, 768?~830?)은 정치에 대한 비판과 백성의 고통을 악부체 시로 잘 표현하였다. 그의 악부체 시는 두보와 원진元稹의 풍격을 계승하였다. 7언의 형태가 많다. 「축성사築城詞」라는 시가 대표작이다. '성 쌓는 노래'인데, 성 쌓는 곳에서 사람들이 죽어나가는 광경을 묘사하였다.

築城處人齊把杵	성 쌓는 곳
千人萬人齊把杵	천 사람 만 사람이 함께 달구를 쥐고 판축版築하여
重重土堅試行錐	겹겹으로 흙이 굳었으나 송곳을 박아보고
軍吏執鞭催作遲	군리는 채찍 휘둘러 일 더디다고 재촉한다.
來時一年深磧裏	여기 와서 일 년, 깊은 모래벌판 속
盡著短衣渴無水	모두 짧은 옷 입고 목말라도 물이 없거늘,
力盡不得抛杵聲	힘이 다해도 달구 소리 못 멈추고
杵聲未盡人皆死	달구 소리 끝나지 않은 사이 죽어나간다.
家家養男當門戶	집집마다 사내 낳아 문호를 세우려 하였거늘
今日作君城下土	오늘은 군주의 성 아래 흙이 되고 말았구나.

원문의 '행추行錐'란 흙이 충분히 굳었는지 알아보기 위해 송곳을 찔러보는 일을 말한다. 집안을 지탱하여야 할 사내들이 성 쌓기에 동원되어, 달구 소리도 채 끝나기 전에 쓰러져 천자의 성 아래 흙으로 되고 만다!

정약용丁若鏞은 정치 사회의 문제를 다각도로 연구하였는데, 민본적 사상을 담은 사회시를 많이 남겼다. 유배지 강진에 있을 때 그는 "이제까지 흥이 나서 지은 시나 한가하게 읊조린 노래는 모두 정신을 쏟은 진정한 시가 아니다"라고 하였다. 시 정신이 치열하다. 그는 농민들을 궁핍으로 몰아넣는 삼정三政을 개선해야 한다고 주장하였다. 절규의 목소리로. 1803년에 지은 「애절양哀絶陽」은 그 목소리가 더욱 섬뜩하다. 백골과 갓 태어난 아이에게까지 군포를 부과하자 견디다 못한 갈밭 마을 농민이 절망 끝에 남근을 잘랐다. 정약용은 네 구마다 운자를 바꾼 선련체蟬聯體를 이용하여 그 애절한 사정을 고발하였다.

蘆田少婦哭聲長	갈밭의 젊은 아낙 곡하는 소리
哭向縣門號穹蒼	관아 앞에서 곡하여 하늘을 부르누나.
夫征不復尚可有	군대 간 남편 다시 못 오는 일은 있어도
自古未聞男絶陽	스스로 남근 잘랐단 말은 이제껏 못 들었네.
舅喪已縞兒未澡	시아비 상중이요, 갓난애는 태지胎脂 그대론데
三代名簽在軍保	삼대의 이름이 군보軍保에 오르다니.
薄言往愬虎守閽	가서 호소하려 하여도 문지기 무서워 못 하고
里正咆哮牛去皁	이장이 고함쳐대며 소 몰고 간 뒤에
磨刀入房血滿席	칼 들고 들어가더니 방에 피가 흥건하며
自恨生兒遭窘厄	자식 낳아 곤액 만났다 한탄하였단다.
蠶室宮刑豈有辜	궁형 받고 누에 방에 뒹군 이(사마천) 무슨 죄가 있었나
閩囝去勢良亦慽	민 땅에선 환관 시키려 거세한단 말 너무 슬퍼라.
生生之理天所予	낳고 낳는 이치를 하늘이 부여하여
乾道成男坤道女	하늘의 도는 아들 되고 땅의 도는 딸 되는 법.
騸馬豶豕猶云悲	말 돼지 거세하는 것도 슬프거늘
況乃生民思繼序	후손 이으려는 백성들의 경우야 어떠하랴.
豪家終歲奏管絃	부호 집에서는 한 해 내내 관현을 연주하고
粒米寸帛無所捐	쌀 한 톨 비단 한 치도 내지 않누나.
均吾赤子何厚薄	다 같은 적자(백성)이거늘 왜 이리 불공평한가
客窓重誦鳲鳩篇	객창에 기대어 「시구」편만 읊어댈 뿐.

『목민심서』에서도 정약용은 이 땅의 부모들이 아들딸 낳고 사는 이치를 원망하며 집집마다 탄식하고 울부짖고 있다고 적었다. 부호들은 쌀한 톨 베 한 치의 세금도 내지 않고 일 년 내내 관현을 연주하면서 즐기고 있거늘, 호소할 곳조차 없는 백성들만 부당한 세금 때문에 고통을 겪고 있었던 것이다. 정약용은 지식인으로서의 책임의식을 통감하면서 『시경』「시구鳲鳩」편을 외우는 것으로 불편한 심사를 달랠 수밖에 없었다. 「시구」편은 군주가 덕치德治를 실행하여 오래오래 사시기를 기원하는 노래이다.

정약용의 절규는 해배解配 뒤의 시에서는 표면에서 사라졌다. 그러나 간절한 애원이 평이한 언어 속에 담겨 있다. 「다시 시를 지어 가뭄을 근심하다再疊爲悶旱作」 시는 "극심한 더위로 인적 끊어지고, 해진 삿자리에 마른 뼈만 홀로 누웠다苦熱苦熱人跡絶, 破簟獨臥枯骨子"라는 넋두리로 시작하지만, 이내 민생을 생각하는 말로 바뀐다. "누워 생각하니모 잎새 말려버리면, 가을 들어 우리집엔 쌀 단지가 비겠지. 하늘이 한줄기 비를 내려준다면, 마른 잎 소생하고 더위도 씻어줄 텐데 (……)향불 살라 성심으로 기도하고, 일어나 바라보매 구름이 검은빛을 낸다.이번에도 비 아니면 민초들 목마를 텐데, 강 너머 장에 곡식 값 뛸까 걱정이군臥念新苗卷不舒, 秋來甔石空吾廬. 快雨一瀉天肯賜, 蘇枯滌熱兩有餘.(……) 虔心默禱爇名香, 起看雲堆潑墨光. 此雨若愆民必渴, 水南小市愁弓翔."

❖ ❖ ❖

한시에는 고단한 민중의 모습이 불쑥불쑥 나타난다. 환곡(還穀, 환자

還子)을 갚지 못해 길거리에 꿇어앉아 발괄하는 모습으로, 산업을 잃고 떠도는 유랑민의 모습으로, 날품을 파는 힘든 노역자의 모습으로.

조선 후기의 환곡 제도는 아전들의 농간 때문에 백성들을 괴롭히는 족쇄가 되었다. 순조 때 김려金鑢는 충청도 병천역屛川驛 강창江倉에서 공무를 보다가 노파의 발괄하는 모습을 보고는 다음과 같이 시를 지었다.

屛川驛婦鬢如霜　병천역에서 서리머리 노파가
手裏重重縛布囊　손에 베자루를 꼭 쥐고는,
跪乞成歡分餉日　성환의 관곡 푸는 날 무릎 꿇고 발괄한다
未收四斗趁期當　못 갚은 너 말은 기한 내에 꼭 갚겠다며.

『조선왕조실록』을 보면 유랑민에 대한 기록이 참 많다. 서울로 밀려 들어오는 유랑민을 막기 위해 한성부와 경기도 관아는 서울 바깥에 유랑민의 집단 거주지를 마련하기까지 하였다.

허균許筠이 조선 중기까지 창작된 칠언고시 가운데 걸작으로 손꼽았던 어무적魚無迹의 「유민탄流民嘆」은 바로 유랑민의 문제를 다룬 시이다. 어무적은 서얼 출신으로 김해의 관노였는데, 뒤에 면천免賤되어 연산군 때 율려습독관이라는 미관 말직을 지냈다. 그는 김해 수령이 과실나무에까지 세금을 매겨 백성들이 과실나무를 베어 없애는 것을 목격하고 「작매부斫梅賦」를 지어 수령의 가렴주구를 풍자하였다. 그뒤 수령의 해를 피해 도망하다가 어느 역사에서 죽었다. 「유민탄」은 악부가행체 시인데, 한 구의 글자 수를 3언, 5언, 7언으로 얽은데다가 운자를 여러 번 바꾸었다. 상성과 거성을 서로 통압通押하기도 하였다. 매우 자유로운 형식이다.

蒼生難　蒼生難	백성이 어렵다, 백성이 어렵다
年貧爾無食	흉년에 너희는 먹을 것이 없구나.
我有濟爾心	내게는 너희를 구하려는 마음 있지만
而無濟爾力	너희를 구할 힘이 없다니.
蒼生苦　蒼生苦	백성이 괴롭다, 백성이 괴롭다
天寒爾無衾	추위에 너희는 덮을 이불 없구나.
彼有濟爾力	저들에겐 너희 구할 힘이 있어도
而無濟爾心	너희 구할 마음이 없다니.
顧回小人腹	부디 소인배의 심보를 돌려
暫爲君子慮	잠시 군자의 사려를 해보라.
暫借君子耳	잠시 군자의 귀를 빌려
試聽小民語	소민(농민)의 말을 들어보거라.
小民有語君不知	소민이 할말 있어도 군주는 모르니
今世蒼生皆失所	지금 백성들 모두 산업을 잃었도다.
北闕雖下憂民詔	북궐(대궐)에서 백성 근심하는 조서 내려도
州縣傳看一虛紙	고을에서는 돌려보며 빈 종이로 여기네.
特遣京官問民瘼	서울 관리 특파하여 백성 고통 묻겠다고
馹騎日馳三百里	역마 주어 하루 삼백 리를 달리게 한다만
吾民無力出門限	우리 백성 힘이 없어 문밖을 못 나서니
何暇面陳心內事	어찌 만나뵙고 속내를 털어놓으랴.
縱使一郡一京官	한 고을에 한 관리씩 파견한다 해도
京官無耳民無口	서울 관리는 귀가 없고 백성은 입 없으니
不如喚起汲淮陽	급회양(급암) 같은 어진 이를 소생시켜
未死孑遺猶可救	죽지 못해 사는 백성을 구해야 하리.

왕명을 띠고 온 경관京官이라 해도 지방의 정치를 바로잡기 어렵다. 한나라 때 급회양汲淮陽 즉 급암汲黯처럼 훌륭한 정치가를 각 고을마다 두어야 할 판이다. 중앙 권력이 지방에까지 미치지 못하였던 사정을 짐작하게 한다.

이 시는 북송 때 황정견黃庭堅의 「유민탄」에 견줄 만하다. 황정견의 시는 홍수로 하북 땅 백성들이 유랑하게 된 참상을 묘사하고 신속한 구황책 시행을 촉구하였다. 이에 비해 어무적의 시는 흉년으로 백성들이 유랑하게 된 사실을 가슴 아파하고 조정의 관리가 지방의 사정을 제대로 파악해줄 것을 요청하였다.

조선 후기의 유랑민 가운데는 기예를 이용하여 구걸을 하는 사람도 나왔다. 강이천(姜彜天, 1769~1801)은 18세기 서울의 도시적인 분위기와 풍속을 칠언절구 106수의 연작시 「한경사漢京詞」로 묘사하였는데, 그 가운데 유랑예인으로 살아가는 부부의 모습을 그린 시가 있다.

夫妻少小轉離鄕　　젊은 부부가 고향 떠나 이리저리 떠돌며
學得歌彈訴怨傷　　노래와 악기 배워 애처롭게 하소하네.
偏索無多錢與米　　이리저리 구걸해도 돈과 쌀은 많지 않고
只贏街路日如墻　　거리에는 날마다 구경꾼만 몰리네.

순조 때의 문인 이학규李學逵는 사당패의 삶을 소재로 악부체 시 「걸사행乞士行」을 지었다. 걸사는 사당패의 우두머리인 거사居士를 말한다. 앞의 「역사의 해석」에서도 말하였듯이, 이학규는 양수척揚水尺의 사실을 시로 적을 만큼 천민들의 삶에 깊이 동정하였다. 「걸사행」의 다섯 단락 가운데 셋째 장면만 소개한다.

鼕鐺鼕鐺鼕鐺	동당 동당 동당
湖南退妓海西娼	호남 퇴기 해서 창기
一佛堂何爭我社堂汝社堂	같은 불당끼리 내 사당 네 사당을 무어 다투랴.
箇處人海人山傍	인산인해 이룬 곳이면 어디서고
暗地入手探裙裳	슬그머니 치마 속을 더듬는다.
汝是一錢首肯之女娘	너야 돈 한푼에 끄덕이는 계집이요
我又八路不闖之閑良	나도 사방 떠도는 건달이지.
朝金郎暮朴郎	아침엔 김서방 저녁엔 박서방
逐波而偃隨風狂	물결 따라 바람 따라 멋대로 놀면
一般布施茶酒湯	이 사람 저 사람 차와 술 준다네.

걸사가 퇴기에게 수작을 거는데, 주고받는 대화는 육담이다. 이 시에
는 여기저기 마음 내키는 대로 살아가는 떠돌이의 모습이 나와 있다. 그
떠돌이의 모습은 민중의 모습이면서 동시에 몰락 지식인의 처지를 상
징한다.

서울의 남쪽을 싸고 도는 한강을 경강京江이라고 한다. 경강의 한 부
분인 서강에는 관리에게 봉급으로 줄 곡물을 저장하는 광흥창廣興倉이
있었다. 거상들은 그 부근에서 별도로 배로 운수해온 미곡을 판매하였
다. 1759년(영조 35년) 경에 광흥창 봉사를 지낸 권헌(權攇, 1713~1770)
은 그곳 하역꾼들을 소재로 칠언고시 「고인행雇人行」을 지었다.

西江雇人健於牛	서강나루 일꾼들은 소보다 건장하여
兩肩礧峗如土阜	두 어깨 불끈 솟아 흙더미 같다.
每從販船巧射利	장삿배에서 이익을 교묘히 노려
巨商捐錢聽奔走	거상이 돈 뿌리면 일 맡아 분주하다.

清晨比肩集江門　이른 새벽 나란히 강 어귀로 나가 모여
較量轉輸立良久　하역량을 헤아리며 한참을 서 있다가
卓午南風不欺潮　정오에 남풍 불어 밀물이 틀림없으면
邂逅舴艦私傳受　큰 배 만나서 사사롭게 주고받는다.
終日負米得雇直　종일토록 볏짐 져서 품삯 받으니
筋力攻食恐在後　근력으로 밥벌이, 행여 뒤질세라.
長身僂行仰脅息　큰 키를 구부려 가다가 고개 들어 숨 몰아쉬고
大索擔頭常在手　동아줄과 등태를 손에 꼭 쥐고 있다.
行年六十不息肩　나이 육십에도 어깨를 쉬지 못해
背坏皮皺生塵垢　등은 갈라지고 살결은 쭈글쭈글 꾀죄죄.
終身勤苦得自給　한평생 노력하여 제 밥 벌면서
但恐任重老無有　늙어 일감 없을까만 염려하니,
鮮羹白飯無饑歲　생선찌개 쌀밥에 흉년을 몰라
男子供薪女篘酒　사내는 나무하고 아낙은 술 거른다.
道旁流丐何爲者　길거리 비렁뱅이는 무얼 하는가
但能乞飯指其口　입 구멍 때문에 구걸이 고작이라니.

어떤 아낙들은 땅에 떨어진 쌀을 훑어모아 시장에 팔았다. 또 어떤 이
들은 강상江商에게서 벼를 사다가 그것을 절구로 찧어 쌀을 서울 싸전
에 내다팔았다. 그러한 생활상이 조선 후기의 여러 고시에 나타나 있다.

❖ ❖ ❖

전근대 시기의 여성은 타자였다. 민중의 여성은 더하였다. 이 사실을

부정할 수는 없다. 특히 조선 후기의 민중 여성들은 밤새워 군포를 짜 바쳐야 하였기에 '피병부被兵婦'라고도 불릴 정도였다. 군대에 징집된 아낙이란 뜻이다. 게다가 시집살이의 학대까지 있었다.

경상도 선산에는 향랑香娘의 슬픈 이야기가 전한다. 향랑은 어려서 는 계모에게 학대받고 시집가서는 남편에게 버림받았다. 외삼촌이 개 가를 권하자 지주비砥柱碑 아래서 치마를 풀어 풀 베던 소녀에게 주며 죽음을 증언해달라고 하고 산유화곡을 소녀에게 가르쳐준 다음 강물에 투신하였다. 향랑의 일은 1702년(숙종 28년)에 실제 있었던 이야기라고 도 한다. 산유화곡은 백제 지방에서 망국의 한을 담은 농요農謠였는데, 그 가락이 영남의 향랑 고사와 결부된 것이리라. 이 이야기를 서사적으 로 윤색한 시들도 있다. 이안중李安中은 「향랑전香娘傳」이라는 소설을 짓고 거기에 민요풍의 「산유화山有花」 3장을 삽입해두었다. 1장은 갈 곳 없는 신세를 노래하고 2장과 3장은 떨어지는 복사꽃에 한스러운 처 지를 비유하였다.

山有花	산유화(산에 꽃이 있네)
我無家	나는 집이 없어라.
我無家	집이 없으니
不如花	꽃만도 못하구나.

山有花	산유화(산에 꽃이 있네)
李與桃花	오얏꽃과 복사꽃이여,
桃李雖相雜	복사나무와 오얏나무 섞여 있지만
桃樹不開李花	복사나무는 오얏꽃을 피우지 않는 법.

李白花	오얏꽃은 흰 꽃
桃紅花	복사나무는 붉은 꽃.
紅白自不同	붉은 꽃은 흰 꽃과 다르네
落亦桃花	떨어지는 것은 복사꽃.

함경도에는 일찍부터 광산이 개발되었는데, 조선 말에는 노천광이 폐광으로 되어 음산한 분위기를 띠는 곳도 있었다. 이건창(李建昌, 1852~1898)은 함흥의 민란을 수습하는 안핵사按覈使의 일을 보고 서울로 돌아오는 길에 영흥 금파촌에 들렀다가, 거기서 남정네에게 노리개가 되었다가 버림받고 길가에 뒹구는 여성을 보고 가슴 아파하였다. 「금파촌에 들러過金坡村」의 부분이다.

卽此金坡村	금파촌에 이르니
開鑛已十春	금광 연 지 십 년에
金盡坡亦平	금은 다하고 언덕이 평평해져
所得有沙塵	얻는 것은 그저 모래와 먼지.
何以樹無花	어째서 나무에 꽃이 없는가
其半摧爲薪	태반이 꺾여 땔감 되어서.
何以井無汲	어째서 물 길을 샘이 없는가
汲多泉遂堙	너무 길어 샘이 말라서라네.
況聞山谷間	더구나 듣자니 산골짝에는
骨骼委荊榛	덤불 사이에 백골이 버려져,
蓬顆失所庇	무덤이 헐벗은 채
雨立愁靑燐	비 맞고 서 있어 도깨비불이 근심스럽단다.
閭家好兒女	여염집 예쁜 처녀는

繡襦紅羅裙　단속곳 붉은 치마 찢기고,
衆豼棄之去　이놈 저놈 겁탈하곤 버리고 가
宛轉道傍呻　길가에 뒹굴며 신음을 한다.

하지만 민중의 여성은 목석이 아니다. 고단한 생활 속에 사랑의 정열
과 삶의 환희를 느끼기도 하였다. 그러한 정열을 시로 잘 표현해낸 사람
이 바로 이백李白이다. 이백은 행상의 처, 연밥 따는 여인의 삶을 소재
로 민중 여성의 애정을 아름다운 언어로 노래하였다. 일례로「장간행長
干行」이라는 시는 행상의 젊은 아내가 남편을 그리워하는 마음을 기막
히게 노래하였다. 장간은 지금의 남경 남부에 위치한 번화한 거리로,
양자강 하류 수운의 요지였다. 양자강 가의 활달하고 야성적인 젊은 여
성은 종종 '월녀越女' 혹은 '강남녀江南女'로 노래된다.「장간행」은 젊
은 아내의 독백으로 이루어져 있다.

　젊은 아내는 열네 살에 고향 친구의 신부가 되었고, 열다섯에는 부부
의 정을 알게 되었다. 그런데 열여섯 나이에 낭군이 사천성으로 장사하
러 갔으니, 양자강 상류에 있는 구당瞿塘 급류인 염예堆灩預堆에서 난파
를 할까봐 걱정한다. 이미 8월(양력 9월)이 되어 낙엽이 지기 시작하였
건만 쌍쌍이 나는 나비를 보고 스스로의 처지에 서러움을 느꼈다.

門前舊行跡　문앞 당신의 옛 발자국은
一一生綠笞　하나하나 이끼가 끼었어요.
笞深不能掃　잔뜩 덮은 이끼를 치우지 못한 사이
落葉秋風早　가을 바람에 잎이 떨어지네요.
八月胡蝶來　팔월에 나비 날아와
雙飛西園草　서쪽 동산에 쌍을 이룬 걸 보며

感此傷妾心	제 마음 상하여
坐愁紅顔老	붉은 뺨 시들까 근심하지요.
早晚下三巴	조만간 삼파를 내려오시거든
預將書報家	미리 글을 띄워 알려주세요.
相迎不道遠	길 멀다 않고 마중을 나가
直至長風沙	곧바로 장풍사로 가겠어요.

장풍사는 안휘성 지주池州 근처의 지명. 낭군이 온다는 소식을 들으면 사오십 킬로미터 거리라도 단숨에 마중 가겠다고, 젊은 아내는 넋두리한다.

이 시를 에즈라 파운드Ezra Pound는 'THE RIVER — MERCHANT'S WIFE : A LETTER' 라는 제목으로 번역하였다. 위에 인용한 부분만 보면 다음과 같다.

You dragged your feet when you went out.

By the gate now, the moss is grown, the different mosses,

Too deep to clear them away!

The leaves fall early this autumn, in wind.

The paired butterflies are already yellow with August

Over the grass in the West garden ;

They hurt me. I grow older.

If you are coming down through the narrows of the river Kiang.

Please let me know beforehand,

And I will come out to meet you.

As far as Cho-fu-sa.

이백은 양자강 유역의 활달한 여성을 시에서 자주 예찬하였다. 저 유명한 「채련곡采蓮曲」 즉 「연밥 따는 여인의 노래」도 그 가운데 하나다.

若耶溪傍采蓮女	약야계에서 연밥 따는 여인
笑隔荷花共人語	웃으며 연꽃 너머 도란도란 이야기 소리.
日照新妝水底明	고운 화장은 햇빛 받아 물 아래 환하고
風飄香袖空中擧	향기로운 소매는 바람에 건듯 공중으로 부푼다.
岸上誰家遊冶郎	기슭 위에 저분들은 어느 집 화류객인가
三三五五映垂楊	삼삼오오 수양버들 사이로 어른대다간
紫騮嘶入落花去	자줏빛 준마 히힝거리며 낙화 속으로 사라지니
見此踟躕空斷腸	그걸 보고 두근두근 애간장만 끊누나.

약야계는 절강성 소흥부紹興府의 남쪽에 있는 명승지이다. 서시西施가 민간의 여자였을 때 거기서 연밥을 따고 비단을 빨았다고 한다. 연蓮은 '사랑스럽다'는 뜻의 '연憐'과 발음이 같다. 감미로운 시어이다.

조선 후기에는 민중 여성의 감정을 노래한 시도 많이 나왔다. 최성대(崔成大, 1691~1761)는 여성 화자를 설정해서 여성 형상을 시 속에 그려내는 데 뛰어났다. 「고염잡곡古艶雜曲」의 두 수를 예로 든다.

鴉鬢兩金釵	까만 머리에 금비치개 둘
桃袖雙絲履	분홍 소매 옷에 비단신 한 켤레.
隨君拾草去	낭군과 풀 따러 가고 싶지만
暫恐娘母罵	어머니 꾸중이 두려워 잠깐 망설여요.

昨日濺裙去　어제는 치마에 이슬 적시며 나갔다가
冒闇歸暫遲　야음을 타려고 조금 늦게 돌아왔건만,
上堂執華燈　초롱불 들고 마루에 오르는데
郎遽已生疑　서방이 벌써 의심하는 눈치였죠.

앞의 시는 갈래머리 소녀가 어머니 몰래 연인과 들놀이를 가다가 어머니의 꾸지람을 걱정하는 모습을 그려 보였다. 뒤의 시의 '천군濺裙'은 순산 기원굿을 뜻한다고 한다. 시 속의 여성은 굿 구경 갔다고 야단맞을까봐 조마조마해하고 있다.

조선 정조 때 시인 이덕무李德懋는 한강 수로에 얽힌 애환을 오언절구 민요풍의 「강 노래江曲」에 담았다. 그 첫 수에는 황해 소금배 상인의 처가 화자로 등장한다.

滿船黃海鹽　황해 소금 가득 실은 배
明日忠州去　내일 아침 충주로 간다.
忠州多木綿　충주는 목화 많은 곳
妾已理機杼　전 벌써 베틀을 손봐뒀어요.

주판舟販 상인들은 황해에서 임진강, 벽란도를 거쳐 강화도 손돌목 앞으로 해서 경강으로 들어와서는 마포를 거쳐 양수리에서 남쪽으로 내려가 충주에 닿는다. 거기서 소금을 팔고 목면을 사서 다시 해주로 돌아갔다. 상인의 아내는 낭군이 배를 띄워 충주로 가는 날, 벌써 낭군이 돌아올 날을 기대하고 있다.

순조 연간에 김해에 유배되어 있던 이학규는 1819년에 그곳 풍물을 칠언절구의 죽지사체 연작시인 「금관기속시金官紀俗詩」 77수로 묘사하였다. 그 가운데 염정鹽丁의 타는 속을 이렇게 노래하였다.

鹵地熬鹽萬斛優　　염전에 구운 소금이 일만 섬은 되어도
一年强半上江舟　　한 해의 반은 배 위에서 보내다니
生來唯眯休相念　　으르렁거리고 흘기는 걸 딴마음 먹지 말게.
政怕齏渦一勺油　　한 숟갈 생선기름이 소금밭엔 무서워.

　염정은 소금만 만들어서는 먹고살 수 없기에 한 해의 절반은 강에서
고기를 잡는다. 그런데 소금밭에는 한 숟갈 정도의 생선기름만 넣어도
냄새가 나서 소금을 전부 버리지 않으면 안 된다. 만일 정을 떼인 여자
가 생선기름 한 숟갈만 소금밭에 넣는다면 소금을 공납할 수 없게 된다.
고깃배에 오른 염정은 소금밭에 마음이 가 있게 마련이다. 민중의 싱싱
한 애정을 거꾸로 짐작할 수 있게 한다.
　김해 근처에 죽도竹島와 불암佛巖이란 곳이 있다. 당시 불암 사람들
이 죽도 사람들을 천대하여 "불암 모기는 죽도 모기와는 혼인하지 않는
다"는 말이 있었다고 한다. 또 "죽도 모기들이 9월 9일 중양절에 왔다
갈 때에는 떡장수의 치마 속을 문다"는 말도 있었다. 뒤집어보면 그만
큼 죽도 사람들이 생활력이 강하고 활기에 넘쳤던 셈이다. 이학규는 이
두 속담을 이용하여 이런 시를 지었다.

竹島蚊兒陣似雲　　죽도 모기들이 구름처럼 몰려오니
較來多少佛巖群　　불암 모기떼와 견줄 만큼 많구나.
霜前利喙銛於刺　　서리 전에 주둥이를 작살처럼 찔러대기에
愁殺重陽餅嫗裙　　중양절 떡장수 치마 속이 걱정되는군.

❖ ❖ ❖

　지방 풍물을 노래하고 지방민의 애환에 공감하는 한시는 중국이나 일본, 우리나라에서 어느 때나 있었다. 우리나라에서는 조선 후기에 이르러 그러한 한시가 특히 많이 나왔다. 그 대부분은 목민관 혹은 유배객의 시선으로 '시를 채집해서 풍속을 관찰한다採詩觀風'는 효용론의 관점에서 이루어진 것이다. 풍속을 묘사하는 기속시紀俗詩인데, 풍요風謠라고 이름 지을 수 있다. 홍양호洪良浩의 「삭방풍요朔方風謠」「북새잡요北塞雜謠」(1778년, 함경도 북관 지역)와 정범조丁範祖의 「잡요雜謠」 6수(1769년, 경상도 양산), 「북요잡곡北謠雜曲」 전17수, 후11수(1771년, 함경도 갑산), 김려金鑢의 「황성이곡黃城俚曲」은 대표적인 예이다.

　홍양호는 정조의 등극 직후 홍국영과의 알력으로 경흥부사로 쫓겨났다가 삼 년 뒤 중앙으로 복귀하였다. 그는 경흥에 있을 때 그곳 풍물을 단형의 시와 장형의 시로 노래하는 데 열중하였다.

　길주에서는 길포吉布, 육진에서는 육진세포六鎭細布가 생산되었다. 육진세포는 바리나 대롱에 들어갈 정도의 적은 실꾸리만 있으면 한 필을 짤 수 있었다. '바리내포'라 불렀다고 한다.

三月藝麻七月穫	삼월에 삼 심고 칠월에 수확하여
五日繰絲十日濯	닷새 동안 실을 켜서 열흘을 씻는다.
織手弄杼作細布	능란하게 북을 놀려 세포를 짜니
薄如蟬翼小盈握	얇기는 매미 날개, 작기는 한 움큼.
可惜儘與南商充官債	남쪽 상인에게 주고 관가 빚에 충당하다니
身着襤裙不掩脚	몸에 걸친 베 치마는 정강이도 못 가리고.

회령에는 음력 12월마다 국경무역인 개시開市가 열렸다. 그런데 청나라와의 교역에서 북관민은 큰 손해를 입었다. 홍양호는 이렇게 애절한 시를 지었다.

牛兮善飼豆	소야 콩을 잘 먹인다만
來月將汝淸市赴	내달이면 너를 끌고 개시에 가야 한단다.
持與千斤大牛	천 근 되는 큰 소를 가져다주고
換來數匹短布	바꾸어오는 것은 짧은 베 서너 필.
非不知牛可惜	모르진 않는다 소가 아까운 줄을
布無用弱國之故	베가 쓸모없어도 약소국이기 때문.

「삭방풍요」 가운데 「슬해의 울음瑟海鳴」에서 홍양호는 북관의 거친 풍토와 북관 사람들의 불평을 성난 바다의 울음으로 상징하였다.

瑟海鳴	슬해가 운다
聲訇轟	콰르릉 우르릉.
千山振	일천 산들이 진동하고
百獸驚	온갖 짐승이 놀란다.
問何鳴	왜 우느냐 바다야
誰不平	무슨 불평 있느냐.
地軸翻	지축이 뒤집어지고
天醉醒	취한 하늘이 깰 정도.
三夜鳴	사흘 밤을 울고 나니
四海淸	사해가 맑아졌다.

성난 바다가 지축을 뒤흔들고 취한 하늘을 깨운다고 했고, 사흘 밤을 울고 나니 천하가 맑아졌다고 했다. 북관까지 군주의 은덕이 잘 미치도록 집정자를 각성시키겠다는 뜻을 담은 것이다.

종성鐘城은 '수심 고을'이란 뜻의 수주愁州라는 별명이 있다. 박제가朴齊家가 순조 원년에 옥사에 연좌되어 유배 가 있으면서 그 지방 풍속과 자신의 느낌을 「수주객사愁州客詞」 79수로 담아내었다.

종성의 토관土官들은 관령官令을 빙자하여 싼값에 초피貂皮를 사서 무산茂山에 가서 팔았다. 서울 사대부 집에 비싼 값으로 팔아넘겨 부를 쌓거나 뇌물로 발신하였던 것이다. 토관직은 평안도와 함경도의 부, 목, 도호부에 그 도의 출신을 따로 임명하는 정5품 이하의 벼슬이었다. 박제가는 토관의 횡포를 이렇게 보고하였다.

袴褶何翩翩   바짓가랑이 너풀너풀
官令茂山去   관령 띠고 무산으로 간다.
廉價得貂皮   헐값으로 초피 얻으니
知爾發身處   그대 출세 길을 알겠군.

홍경래의 난을 다룬 「서구도올」의 작가 조수삼趙秀三은 1822년(순조 22년) 3월부터 10월까지 관북을 여행하고 이듬해 신안新安, 곧 평안북도 정주에 있으면서 여행의 체험을 「북행백절北行百絶」로 표현하였다. 당나라 때 전기錢起라는 시인이 여행지에서 보고 들은 바와 느낀 바를 절구 1백 수로 지었던 것을 본받은 것이다.

회령의 아전들은 환곡 상환미를 가을에 받지 않고 일부러 다음해 여름에 거두면서 3할 혹은 5할의 이자를 받았다. 그것을 삼윤三閏이니 오윤五閏이니 하였다. '윤달 윤閏' 자를 이윤 윤潤자로 통해서 쓴 것이다.

餘分少無差　여분이 조금도 오차 없어야
四時方有信　사계절을 믿을 수 있거늘,
奈何糶糴中　어째서 환곡 장부에는
一歲三五閏　한 해에 세 번, 다섯 번 윤閏이 있나.

지방민의 삶에 깊은 관심을 가지고 풍물을 기록한 한시는 지방의 속신俗信과 민속예술을 연구하는 데 매우 중요한 자료가 된다.

숙종 때 오상렴(吳尙濂, 1680~1707)은 농촌의 민속과 풍물에 대한 관심을 시로 표현하였다. 동짓날 팥죽을 소재로 「끽두죽喫豆粥」을 지었고, 음력 7월 15일 무렵(주로 백중날)에 행하는 호미씻기를 소재로 「세서가洗鋤歌」를 지었다.

호남의 신지도는 귀양지로 알려질 만큼 궁벽한 섬이다. 하지만 그곳 주민들은 향사례를 행하여 공동체로서의 결속을 다졌다. 영조 연간에 신지도에 귀양 갔던 이광사(李匡師, 1705~1777)는 섬 사람들이 영화를 얻으려는 생각을 아예 끊고 상부상조하며 살아가는 모습을 보면서, 순박한 풍속에 감동하였다.

村村植侯桓　마을마다 과녁을 세워두고
農間盛莘習　농한기면 성대한 모임을 갖나니,
走書要隣社　글 띄워 이웃 사람들 청하여
指日爭升揖　날 받아선 다투어 예법을 차리고,
期至闢座位　기일 되면 자리 벌여
觀者足成邑　구경꾼이 마을을 이룬다.
進羞矜驕健　진수를 내어오면 청년들은 으스대고

忺忺孺孩翕　어린아이들은 그저 즐겁다.

盛服耦矢發　잘 차려입은 이들이 둘씩 화살을 쏘면

撾鼓聲動蟄　북소리 요란하여 웅크린 용이 놀랄 정도.

林曛藝告完　숲에 그림자 질 때 판이 끝나고

三魁傑然立　우승자 셋이 우뚝 서면,

前輩胥喚出　선배들이 서로 불러내어

塗面粉墨橐　얼굴에 얼룩덜룩 칠해주고는,

高竿揭畵紙　높은 장대에 그림 종이 걸고서

唱噪各家入　노래하며 떠들며 이 집 저 집 들어간다.

尊屬設喜讌　어른들은 경사 났다 잔치 벌이고

立券良田給　문권을 만들어 좋은 밭 떼어주며,

三日極遊衍　사흘을 실컷 놀아

倡優笙簫集　배우와 악사들 모두 모이는데,

隣社復治具　이웃 마을이 자리를 또 마련하면

往復相侑急　서로 가길 급한 일 돕듯 한다.

蓋緣京國邈　서울과는 멀리 떨어져

望絶科第及　과거는 아예 꿈도 못 꾸어,

窮陬自絶榮　벽촌이라 출세욕을 끊었기에

流風久相襲　이 풍습을 오래도록 전해왔구나.

厖俗莫聞笑　순박한 이 풍속을 비웃지 마오

我欲一世挹　세상을 대신해서 경례하리라.

신지도에서 향사례가 거행되었다는 사실은 달리 보고된 것이 없다. 그만큼 이 시는 풍속 연구에 귀중하다.

경상도 양산에는 영동이란 이름의 아전이 호랑이를 타고 관아에 나오곤 하였는데, 그가 죽어서 영험 있게 되었다고 한다. 정범조(丁範祖, 1723~1801)의 「잡요雜謠」에 나온다.

橫騎馴虎英童來　길들인 호랑이 걸터타고 영동이 오니
山木怒號山雪開　숲은 노하여 울부짖고 산에는 눈이 개네.
二月人家齊設祭　이월이면 인가에서 일제히 굿을 하여
鷄猪稻豆摠無災　닭, 돼지, 벼, 콩 모두 무사하다나.

한편 경상도 김해에서는 설날 아침 마을 사람들이 농악을 울리면서 집집을 도는 걸공乞供과 가면 쓴 사람이 훈장 흉내를 내어 사람들을 웃기는 가면극을 하였다. 어떻게 아는가? 이학규가 엮은 「금관기속시」의 다음 시 때문이다.

月正元日乞供晨　정월 초하루 걸공하는 아침
串鼓鼕鼕喚地神　북소리 둥둥 지신(땅 귀신)을 부른다.
何物惱人酸學究　이 시큼한 학구는 어떤 자라고 사람을 괴롭히나
就中能笑復能嗔　그러면서 웃기도 하고 호통도 치는군.

❖ ❖ ❖

중국이나 우리나라의 한시 작가는 민중의 고통을 덜어줄 방안을 끊임없이 생각하였으며, 그러한 의식을 바탕으로 민중의 삶을 소재로 삼아 시를 지었다. 물론 민중이 스스로 자신의 고통을 시로 표출하는 것과는 달랐다. 『시경』의 「석서」편이 그토록 단순한 언어로 그토록 짙은 비

판의식과 그토록 절실한 낙토사상을 담아낼 수 있었던 것은, 민중이 그것을 지었기 때문일 것이다. 「석서」를 모범으로 삼은 한시들은 주제 면에서는 유사하다 하더라도 시 정신의 강렬함은 그 시에 미칠 수 없었다. 지식인들은 사회의 현상을 보고하여 올바른 정치를 펴도록 유도하는 역할을 떠맡는 것으로 만족하여야 했다.

다만 이백의 시는 민중의 삶 속에서 건강한 열정을 읽어내었다. 그러한 때문인지, 근세의 중국문학가 곽말약(궈모뤄郭沫若, 1891~1978)은 두보보다 이백을 더 높게 평가하였다. 우리나라 한시는 이백의 그러한 시풍을 발전시키지 못하였다. 민중의 삶을 반영한 우리나라 한시들은 대체로 '위로부터의 시선'이나 '관찰자의 시선'을 지녔을 따름이다. 관찰자의 시선을 지닌 한시들은 때때로 작위적인 재단으로 흐르거나, 결국 승평을 미화하는 것으로 끝나기도 하였다.

하지만 한시의 작가들이 민중의 문제에 깊은 관심을 갖고 있었다는 사실은 그 자체만으로도 주목할 만하다. 현재의 시점에서 너무 가혹한 평가를 내리지 않는 것이 좋겠다. 한때 나는 한시의 세계를 조금 폄하했던 적이 있다. 역사의 냉엄한 현실을 제대로 알지 못했기 때문이었다.

10. 풍자의 양태

❖❖❖

1482년 음력 윤8월, 조선 조정은 한 편의 시 때문에 술렁였다. 성종이 즉위한 지 13년이 되던 해로, 그해 봄여름의 환절기에 성균관 직방直房 벽에 사장師長 즉 성균관 교수들을 비방하는 시가 나붙어 문제가 된 것이다. 이른바 벽서시壁書詩 사건으로, 말하자면 국립대학의 대자보 사건이었다.

성균관 직강直講 하형산河荊山은 그 시를 처음 발견하고, 시 가운데 '부모 곁을 떠나 멀리 와서 벼슬한다離親遠仕' '잔악한 행실의 사람殘行之人'이란 말이 자신을 비방한다고 여겨 시를 찢어버렸다. 하지만 그는 윤8월에 동부학당 훈도 이맹사李孟思에게 선비의 풍조를 개탄하면서 그 시의 일부를 외워 들려주었다. 이맹사는 성균관에 알리고 성균관은 예조에 보고하여, 사건이 커졌다. 평측 관계로 보아 제15구와 제16구가 없어진 것을 알 수 있다.

誰云芹館是賢關	누가 성균관을 어진 이들의 집합소라고 말하였나
陳腐庸流尸厥官	진부하고 용렬한 무리가 교수직을 꿰차고 공밥 먹는걸.
擧酒擬脣掀轉頰	술잔 들어 입술에 가져갔다가 뺨 높이로 쳐들고는
叱儒張口肆凶頑	선생들을 비난하며 있는 대로 욕설을 퍼부어본다.
洪同已逝林同在	'홍동'은 이미 죽고 '임동'이 살아 있고
李學纔歸趙學還	'이학'이 사직하자 '조학'이 돌아왔네.
老漢只應忙置産	늙은이는 재산 불리기에 여념이 없고
㒹餘端合早投閑	옴쟁이는 일찌감치 쉬는 게 좋을 텐데.
南生疏奏心應悸	'남생'이 상소하여 마음이 움찔했을 게고
李子詩章膽亦寒	'이자'의 시구에도 간담이 서늘하였으리.
衣綠方成何足算	녹의 끼고 노는 '방성'은 거론할 것도 없고
鷲梁宋籍不須看	무수리에 마음 팔린 '송적'은 쳐다볼 필요도 없지.
窮妹不恤顔何厚	가난한 누이 돌보지 않은 자, 낯짝도 두껍구나
將父未遑行亦殘	늙은 부모 돌볼 겨를도 없다니, 행실이 잔악하다.
(두 구가 없어졌음)	
陽爲正直陰懷詐	겉으론 정직한 척, 속에는 거짓 마음
外示寬柔內實奸	바깥으론 온유한 척, 안으로는 간악하다.
爲弔芹宮諸弟子	성균관 학생들을 위해 애도하나니
於何考德且承顔	이래서야 어디 시험 치러 군주를 뵈옵겠는가.

관련자들을 문책한 결과, 이 시에서 '홍동洪同'은 동지성균관사同知成均館事 홍경손洪敬孫을 말하고, '임동林同'은 동지성균관사 임수겸林守謙, '이학李學'은 학관學官 이병규李丙奎, '조학趙學'은 학관 조원경趙

元卿을 가리킨다는 사실이 밝혀졌다. '토여(兎餘, 옴쟁이)'는 성병에 걸려 부스럼이 많이 난 직강直講 김석원金錫元, '남생南生'은 사표師表가 될 인물이 없음을 논한 진사 남효온南孝溫을 가리켰다. 이자李子는 누구인지 모른다. 또한 '의록방성衣綠方成'은 『시경』 패풍邶風 「녹의綠衣」의 뜻을 취한 것으로, 첩을 끼고 놀던 사성司成 방강方綱을 가리킨다. '추량송적鶖梁宋籍'은 『시경』 소아小雅 「백화白華」의 뜻을 취한 것으로, 역시 첩을 끼고 있던 전적典籍 송원창宋元昌을 두고 한 말이다. '가난한 누이를 돌보지 않았다'는 것은 과부가 된 누이를 돌보지 않은 동지성균관사 유진兪鎭을, '늙은 부모를 돌볼 겨를이 없다'는 것은 전적典籍 황신손黃宸孫을 비난한 말이다.

이 벽서시는 당시 과거에서 부과되는 시 형식인 십운배율十韻排律의 형식으로 되어 있다. 십운배율은 '십운시' 혹은 '백자과百字科'라고 하며, 본래 오언배율이다. 성균관 유생들은 자신들이 늘 연습하던 시 형식을 이용하여, 성균관 교수 가운데 참된 사표가 없다고 풍자한 것이다. 성종은 유생들의 풍조를 개탄하면서도 선비 선발의 길을 막을 수 없다고 하여, 벽서시의 장본인을 색출하지 말도록 덮어두게 하였다.

이 벽서시는 한시가 풍자의 기능을 떠맡을 수 있음을 잘 말해준다.

한시는 자연과의 조화로운 상태를 드러내거나 온화한 마음을 표현하는 것이 많다. 또 대개 그런 시들이 널리 알려져 있다. 자신의 고단한 처지를 밝힌다고 하여도 남을 원망하는 뜻을 잘 드러내지 않는다. 그렇기 때문에 신랄한 어조를 띠기에는 부적합하다고 생각하는 사람도 있다. 대체적 경향은 그렇다고 하겠지만, 반드시 그런 것만은 아니다. 다만 한시의 풍자는 현대문학의 그것과는 양상이 다르다. 이번에는 한시가 구사해온 풍자의 기법에 대하여 알아보기로 한다.

✛ ✛ ✛

'풍자諷刺'라는 말은 『시경詩經』에 관한 해설인 이른바 「모시대서毛
詩大序」에서 기원한다. 「모시대서」를 보면 "시에는 육의六義가 있는데
그 하나를 풍風이라 한다. 상上의 위치에서 하下를 풍화風化하고 하의
위치에서 상을 풍자風刺한다. (……) 이를 말하는 자는 죄가 없으며 이
를 듣는 자는 훈계로 삼을 가치가 있다"라고 하였다. 여기에서 풍자라
는 말이 영어 satire의 번역어로 쓰인다. 하지만 『시경』과 그 전통을 이
은 한시에서 풍자라는 말은 현대문학에서 말하는 풍자의 개념과는 뜻
이 조금 다르다.

앞서 말했듯이, 『시경』의 여러 시편들은 시대상을 잘 반영하고 또 사
회의 모순을 비판하였다. 그 가운데 위풍魏風의 「석서碩鼠」는 탐학한
관리를 큰 쥐에 비유하는 우언寓言의 방식으로 풍자의 뜻을 드러내었
다. 『시경』의 풍자는 비꼬거나 비웃지 않는다. 사회의 모순을 비판하는
시인의 언어는 절규에 가깝다. 시인(『시경』 시편의 원래 작가)은 현실의
모순을 고발하지만 비판 대상을 비틀어 묘사해서 조롱하지는 않았다.
현대의 풍자와 달리, 시인에게는 '우월감'이 없었다.

한시에서 말하는 '풍자'는 악행이나 우행을 넌지시 지적하여 보고하
는 방식이었다. 정치 현실과 세상 풍조, 인간생활의 결함, 악폐, 불합리,
어리석음, 거짓 등을 다루기는 해도, 또 '기지 넘치는 비판'을 하기는
해도, '조소嘲笑'를 하지는 않았다. 현대문학에서 말하는 풍자satire와
달랐다.

현대의 우리가 말하는 '풍자'는 본래 서구 시의 한 양식 혹은 독립적
인 갈래 개념이었다. 18세기 이후 서양문학에서는 모든 갈래에 풍자적
인 태도나 어조, 또는 기교가 나타났다. 풍자소설이라든가 풍자문학이

라는 호칭이 그 한 예다. 특히 '생각하는 시' 의 비중이 '노래하는 시' 보다 커지면서, 시는 독자에게 타격을 주고 생각하게 하고 미지의 것을 발견하게 하는 요소를 담아야 하였기에, 풍자는 매우 중요한 요소로 부각되었다.

이에 비해 한시의 경우, 『시경』의 풍자 전통을 이은 후대의 풍유시諷諭詩 혹은 사회시에도 현대의 우리가 말하는 풍자satire의 요소는 그리 나타나지 않았다. 또한 풍유시의 '풍유諷諭' 는 현대문학에서 allegory란 말을 번역한 용어로 사용되지만, 그 함의는 현대문학의 '풍유=allegory' 와 다르다. 알레고리는 상징 유형symbolic mode의 하나로, 흔히 교훈적인 수사법으로 사용된다. 즉, 알레고리는 '확대된 은유extended metaphor' 로서 인물, 사건, 배경이 정신적, 정치적 혹은 심리적으로 맞서 있음을 암시한다. 그런데 한시에서 말하는 풍유는 '현실의 잘못을 넌지시 일깨워준다' 는 뜻이다. 인물, 사건, 배경에 대한 관계는 '풍자' 와 차이가 없다.

이를테면 두보杜甫는 부패한 사회구조와 민중의 비참한 현실에 대해 깊이 인식하고 '시사詩史' 라고 불리는 여러 작품을 창작하였다. '삼리三吏' 와 '삼별三別' 은 민중의 삶을 동정하여 그 고통을 있는 그대로 묘사한 뛰어난 작품들이다. 하지만 두보의 시에는 위정자들을 직접 비판의 대상으로 삼아 그 악행이나 우행을 '냉소' 하는, 그래서 시인이 우위를 점유하는 작품은 찾아보기 힘들다.

백낙천白樂天 즉 백거이白居易도 「신악부新樂府」를 지어 그 시를 풍유諷諭의 범주에 넣었다. 한적閑適이나 감상感傷의 부류와 구별한 것이다. 「신악부」도 민중의 고단한 삶을 묘사하였지, 위정자의 악행이나 우행을 비틀어 냉소하지는 않았다.

이렇게 한시의 '풍자' 는 개념이나 실제 구현 방식이 현대의 풍자와 다르다. 곧 한시의 풍자는 냉소를 중심 요소로 하지 않는다. 하지만, 현대의 풍자나 『시경』 및 풍유시·사회시의 풍자에는 공통된 요소가 있다. 그것은 낡은 사회의 모럴이나 조직에 대해 반발하고 공격하는 태도를 지닌다는 점이다. 즉 현대의 풍자나 마찬가지로 『시경』의 풍자적 시편과 풍유시·사회시에서도 시인은 우행이나 악행을 저지르는 대상을 '비판'한다. 한시의 풍자도 현대문학의 그것처럼 작품의 외부에 존재하는 대상을 풍자의 대상으로 삼고 대상의 교정과 개량을 목표로 삼는다. 대상의 파괴와 폐기를 의도하지 않는다. 황지우 시인이

> 나의 풍자는 절망으로부터 오고, 나의 절망은 열망으로부터 오고, 나의 열망은 욕망으로부터 오고, 나의 욕망은 生으로부터 온다. 이 生으로부터 理性에 이르는 가느다란 실핏줄이 내 詩의 家系다.
> ―「그들은 결혼한 지 7년이 되며」 중에서

라고 하였던 것처럼, 열망과 절망에서 우러나오는 풍자가 한시에도 있었다.

다만, 현대의 풍자와 달리 한시의 풍자는 대상을 우습게 만들어 독자의 조소와 냉소를 유발하는 예가 별로 없다. 한시의 시인은 풍자의 대상에 대해서 도덕적 우월성이나 지능, 판단력, 사상의 우월성을 지닌다고 자부하지 않는다. 한시의 시인은 대개 참담한 현실과 부정적 인물을 풍자하다가 그 끝에 한숨을 짓는다.

당시唐詩에는 전쟁의 비극을 고발하고 반전反戰의 사상을 담은 시들이 많다. 그러한 시들에서는 풍자의 정신이 하소연의 태도와 결합되어 있다. 당나라 시인 경위耿湋의 「길가 노인路傍老人」이란 시를 보라.

老人獨坐倚官樹	노인 홀로 관청 나무 곁에 앉아서는
欲語潸然淚便垂	말하려다간 줄줄 눈물을 떨구네.
陌上歸心無産業	"도성으로 돌아가려 해도 생계가 막막해요.
城邊戰骨有親知	성 가 전장의 해골에는 친지가 섞여 있다오.
餘生尙在艱難日	목숨만 겨우 붙어 고달프기만 한데
長路多逢輕薄兒	긴 길에서 만나는 건 경박한 청년들뿐이니,
綠水靑山雖似舊	녹수청산은 예전 같지만
如今貧後復何爲	곤궁한 처지에야 다시 어쩌겠소."

전쟁에서 친지를 잃은 노인은 생계가 막막하기만 하다. 더구나 길에서 마주치는 사람들이라고는 경박한 자들뿐, 자연은 옛날처럼 아름답지만 즐길 처지가 아니다. 하소연의 내용은 일견 평범하지만 기색이 처참하다.

한편 한시에는 세태를 풍자하는 시들이 많다.

이를테면 송나라의 서적(徐積, 자는 仲車)은 사적이 잘 알려지지 않은 시인이지만, 우리나라의 김정희金正喜는 그가 진관陳瓘이란 사람에게 부친 시「오강의 물을 마시지 말라. 진영중(진관)에게 부치는 시莫飮吳江水 寄陳瑩中詩」를 격찬하였다. "소아小雅의「항백巷伯」과 마찬가지로 참언譖言하는 사람을 풍자하면서 스스로의 마음을 올바로 다스렸다"는 것이다. 곧, 서적의 시는 오강에 시신이 던져졌던 오자서伍子胥의 일과 멱라수에 투신한 굴원屈原의 일을 환기시키면서 아첨꾼의 행태를 비판한 내용이다.

莫飮吳江水	오강의 물을 마시지 마라
胸中恐有波濤起	가슴속에 파도 일까 두렵구나.

莫食湘江魚	상강의 물고기를 먹지 마라
令人寃憤成悲呼	사람을 원통케 해 부르짖게 만들 테니.
湘江之竹可爲箭	상강 대나무는 화살을 만들 수 있고
吳江之水好淬劍	오강의 물은 칼을 벼리기 좋아.
箭射讒夫心	화살은 아첨꾼의 마음을 쏘고
劍研讒夫面	칼은 아첨꾼의 얼굴을 깎으리라.
讒夫心雖破	아첨꾼의 마음은 뚫어도
胸中膽猶大	가슴의 담은 오히려 크고,
讒夫面雖破	아첨꾼의 얼굴은 깎지만
口中舌猶在	입 안에는 혀가 남아 있으리니,
生能爲人患	살아선 사람들의 근심거리
死能爲鬼害	죽어선 귀신에게 해가 되리.
患兮害兮將奈何	근심과 피해를 어찌해야 하나
兩巵薄酒一長歌	막걸리 두 잔 들이켜고 긴 노래를 불러,
灑向風煙付水波	풍광 속에 맑은 기분으로 물결에 실어서
遣弔胥山共汨羅	서산과 멱라로 보내 조문하리라.

당시의 아첨꾼이 누구인지는 알 수 없다. 하지만 이 시는 아첨꾼이 어진 이를 해치는 세태를 매우 곡진하게 풍자하였다. 공격의 직접성을 버린 대신 시적 일반성을 획득한 것이다.

✤ ✤ ✤

서구에서 풍자예술은 그로테스크 풍자를 통해 사회의 부조리를 비꼬는 교훈적 구경거리였다. 프랑스의 샹플뢰리(Champfleury, 1821~1889)는 1865년에 쓴 『풍자예술의 역사』(정진국 옮김, 까치글방, 2001)에서 고대와 중세의 풍자에 관해 흥미있는 사실을 논하였다. 프랑스 아비뇽 박물관에 있는 로마 황제 마르쿠스 아우렐리우스를 표현한 청동의 카라칼라 입상을 두고는, "옹색한 키와 짧고 흰 다리는 동생을 죽이고 알렉산드리아 청소년들을 학살한 카라칼라에 대한 적나라한 야유이다. 과자는 그가 거둬들인 부당한 세금을 암시한다. 작가는 백성의 희생을 대가로 병사들에게 관용을 베풀었던 황제를 무참히 조롱하고 있는 것이다"라고 해설하였다. 현대에 이르러 패러디 수법의 풍자는 굳이 예를 들지 않아도 될 만큼 각종 예술 장르에 두루 이용된다.

하지만 한시에는 그로테스크한 풍자나 패러디 수법의 풍자가 없는 듯하다. 신랄한 풍자라 해도 오늘날의 관점에서 보면 점잖기만 하다.

아마도 우리 한시에서 가장 신랄한 풍자로는 한명회韓明澮의 압구정을 소재로 삼은 몇몇 시를 들 수 있을 것같다.

한명회는 세조의 찬탈을 주도한 모사가로, 성종 때까지도 권력을 내놓지 않으려고 버둥거려 세인의 비난을 샀다. 그런 그가 한강 남쪽에 정자를 짓고 '압구狎鷗'라 이름하였다. 압구는 세상의 욕심을 잊고 갈매기와 친하게 지낸다는 뜻이다. 국가정책을 바로잡은 공이 있다고 자부하여 스스로를 북송 때의 명재상 한기韓琦에게 견주고, 팔목할 일이라는 명성을 얻고자 사직하고 강호에서 늙겠다고 선언한 것이다. 그러나 벼슬에 연연하여 가지 못하였다. 임금이 그를 송별하는 시를 짓자 조정의 문사들이 다투어 차운하여 수백 편에 이르렀다. 그 가운데 판사 최경지崔敬止의 다음 시가 단연 으뜸이었다.

三接殷勤寵握優　　세 번이나 은총을 흠씬 입자

有亭無計得來遊	정자는 얽었어도 가서 놀 계획 없구나.
胸中政使機心靜	흉중에 욕심을 진정 가라앉힌다면
宦海前頭可狎鷗	벼슬살이 바다에서도 갈매기와 친하련만.

이 시는 빈정거림을 담고 있다. 신랄한 풍자이기는 하되, 현대의 그로테스크 풍자나 패러디 풍자와 비교한다면 아주 점잖다.

조선 전기 영남 사림의 거두였던 김종직(金宗直, 1431~1492)은 성종 때 풍기문란 사건으로 유명한 사방지舍方知 사건을 두고, 두 수의 풍자시를 지었다. 본래 사방지는 사노비였는데, 여장을 하고 사대부 집에 드나들며 하녀들과 통정하였다. 그러다가 과부가 된 이순지李純之의 딸과 통정하다가 발각이 되어 국문을 받게 되었다. 그자와 통정한 여승은 그의 양기가 아주 강하다고 증언하였고, 여의女醫도 진단 결과 정말 그렇다고 하였다. 이순지가 죽자 그 딸은 사방지를 다시 불러와 더욱 음행을 저질렀다. 그 일이 발각되어 사방지는 곤장을 맞고 신창현으로 귀양을 갔다. 김종직의 「사방지」 제2수는 이러하다.

男女何煩問座婆	남자인지 여자인지를 좌중의 부녀에게 물을 게 무언가
妖狐穴地敗人家	요사한 여우가 굴을 파서 남의 집을 망쳤도다.
街頭喧誦河間傳	길 머리에는 하간전河間傳을 떠들썩하게 외우고
閨裡悲歌楊白華	규방 속에선 양백화楊白華를 슬피 부르네.

유종원柳宗元의 「하간전河間傳」은 하간의 음탕한 부인을 소재로 한 글이다. 위魏나라 호태후胡太后는 명장 양화楊華와 간통했다가 그가 후환이 두려워 양梁나라로 달아나자, 양백화 노래를 지어 궁녀에게 부르게 하였다고 한다. 이 시는 그 두 고사를 끌어 썼다. 노골적인 언사를 피

한 것이다.

신광한(申光漢, 1484~1555)은 신숙주의 손자로, 조선 중종 때 문형文
衡을 담당하였다. 하지만 기묘사화와 신사무옥을 거치면서 벼슬을 빼
앗기고 십오 년간 여주驪州에 은거하였다. 그는 자신의 이모부이되 간
신으로 지탄받은 김안로(金安老, 1481~1537)가 한강에 보락당保樂堂을
짓고 시를 지어달라고 하였을 때 다음과 같이 의미심장한 시를 지었다.

聞說華堂結構新   듣자니 멋진 집을 새로 얽어
綠窓丹檻照湖濱   푸른 깁창과 단청 난간이 호수에 어우러졌다죠.
雲山亦入陶鈞手   구름 낀 산도 재상님 손에 들어갔고
月笛還宜錦繡人   달 아래 피리 소리도 고관에게 알맞겠지요.
進退有憂公保樂   진퇴에 근심 있으련만 공은 즐거움을 지켰고
行藏無意兒全眞   행장行藏에 뜻 없어 저는야 천진을 보전한다오.
風光點檢須閑熟   풍광을 점검하려면 노숙한 사람이 필요할 텐데
可使何人佐上賓   누구를 시켜 상빈上賓으로 모실 건가요.

김안로는 강산과 전토를 사들이고 자신의 즐거움만 지키겠다는 고약
한 심사였다. 신광한은 보락정에는 아예 가보지도 않았다. 그렇기에 마
지막 구에서 빈객으로 갈 생각이 없다는 뜻을 분명히 하였다. 유몽인(柳
夢寅, 1559~1623)은 이 시를 평해, "구마다 깊은 뜻이 들어 있어서, 천
년 이후 군자인 척하는 사람의 마음을 폭로하였다"고 말하였다.

이 시의 완곡한 진술은 아이러니에 가깝다. 아이러니는 서술 그 자체
에는 모순이 없지만 그 진술이 지시하는 대상(시니피앙)과 진술 자체가
지닌 의미(시니피에) 사이에 모순이 존재한다. 따라서 '표현된 것'과
'의미된 것'의 상충에서 시적 긴장을 느끼게 된다. 다만 이 시는 그러한

상충과 시적 긴장을 전적으로 의도하지는 않았다.

허균許筠은 우리 지성사에서 아웃사이더 문인의 전형으로 손꼽힌다. 그에게 임진왜란의 참상을 읊은 「노객부원老客婦怨」이라는 장편시가 있다. 이 시는 원주 보개산 주막의 늙은 노파가 신세 한탄하는 이야기로 되어 있다. 노파는 왜란 때 시어머니, 남편, 자식과 함께 서울에서 도망을 하다가 시어머니와 남편은 왜놈에게 찔려 죽고, 어린아이는 왜적에게 납치되어간 후 혼자만 살아남아 열두 해를 주막에서 고통스럽게 살아가고 있었다. 그런데 소문에 듣자니, 왜놈에게 끌려갔던 아이가 용케 살아남아 귀한 집의 노복이 되어 "장가들고 집을 마련하여 생계가 풍족하다"고 하였다. 그런데도 그 아들은 모친의 생사를 묻지 않는다는 것이다. 당시 이 시는 왜란 이후 어떤 사대부가 타향에서 걸식하는 모친을 돌보지 않음을 풍자한 것이라고 하여 물의를 빚었다. 만일 그렇다면 이 시는 풍자시인 셈이다. 다만 특정한 인물을 거론하여 냉소하지는 않았다. 은미隱微하게 풍자하는 방법을 이용하였다.

한시에 빈정거리는 어투가 전혀 없는 것은 아니다. 빈정거리는 어투의 풍자시를 잘 지은 조선 시인으로는 권필과 유몽인을 꼽을 수 있다. 권필權韠은 「충주석忠州石」이라는 장시에서, 덕행을 남기지 않은 사람을 위해서도 신도비를 세우려고 충주석을 마구 캐어가는 세태를 비판하였다. 그는 "충주 돌이 유리같이 아름다운데, 천 사람이 캐어 만 마리 소로 실어낸다忠州美石如琉璃, 千人劚出萬牛移"고 허두를 꺼낸 뒤, "마침내 충주 돌들을, 갈수록 줄여 남은 게 없게 만들리遂令忠州山上石, 日銷月刳無有"라는 말로 시를 맺었다.

유몽인은 우의적 기법에 뛰어났다. 그는 선조가 죽은 1608년에 도승지로 있다가, 인목대비가 선조의 유명遺命이라면서 영창대군의 보호를 부탁한 교서를 7대신에게 전한 것이 문제가 되어 파직되었다. 그는 「성칙행의 시에 차운하다次成則行韻」를 지어 사태의 추이를 우려하였다.

黃昏虛報美人期　황혼에 부질없이 미인의 기약을 알렸더니
寒入牛衣潑水時　추위가 쇠가죽 옷에 스며드는데 빗방울마저 흩뿌리네.
山外黑風供雪意　산 너머 검은 바람은 눈 뿌릴 기세거늘
棲禽何處可安枝　새는 어디서 편안한 가지를 찾을런가.

기구起句의 '미인'은 선조를 말하고 '황혼'은 선조의 죽음을 우의한
다. 승구承句의 '발수'는 대북파의 상소가 연이음을 말한 듯하다. 전구
轉句의 '흑풍' 곧 북풍은 대북파의 기세를 가리킨다. 이 시는 이렇듯 우
의적 언어를 이용해서, 고통스러운 처지를 한탄하고, 정국의 불투명함
을 우려하였다.

광해군 때 인목대비 폐위론이 일어나 그것에 반대하는 문신들을 심
문하는 추국청推鞫廳이 열렸을 때도 유몽인은 우의적인 시를 지었다.
1618년 4월, 유몽인은 친한 벗과 남산에서 꽃구경을 하면서 기녀에게
『시경』「백주柏舟」편을 노래하게 하며 취흥에 젖어 있었다. 그런데 옥사
를 처결하라는 전갈을 받고는 추국청에 들어가야 하였다. 그는 「남산
기슭에서 은개의 노래를 듣다가 그대로 추국청으로 가며南麓聽銀介歌辭
仍赴推鞫廳」라는 시를 지었다.

滿城花柳擁春遊　온 성의 꽃과 버들이 봄놀이 흥을 돋울 때
玉手停盃詠柏舟　옥 같은 손에 술잔 들고 「백주」편을 읊나니,
壯士忽持長劍起　장사가 문득 장검 들고 일어나
醉中當斫老奸頭　술김에 간사한 놈 머리를 찍을 기세.

「백주」편 운운한 것은 인목대비의 처지를 빗댄 것이고, '노간두老奸頭'는 대북파를 가리킴이 분명하다. 대북파가 탄핵하는 상소를 올리자, 유몽인은「백주」는 기녀가 읊은 노래를 말하고 '노간두'는 옥사를 고변한 자를 가리킨다고 변명하였다. 그러나 이 시화詩禍 직후에 유몽인은 벼슬을 버리고 말았다.

유몽인은 광해군의 조정에서 물러났지만 인조반정 뒤 자신의 뜻을 우의적으로 드러낸「늙은 과부 노래孀婦詞」(「보개산 절의 벽에 적다題寶蓋山寺璧」로도 알려져 있다) 때문에 처형을 당하게 된다.

한시의 풍자시는 유몽인의 경우처럼 우의의 기법을 사용하는 예가 많았다. 그 우언은 반드시 난해하지는 않았다. 악행과 우행을 비유하는 시어를 사용하여 풍자의 의도를 표면에 드러내두는 경우가 대부분이었다. 그렇기에 시인들은 때로 정적政敵들에게 그 우의를 간파당하여 시화詩禍를 겪고는 하였다.

한시는 풍자의 한 방식으로 민요조를 취하기도 하였다. 앞의 「양식의 선택」에서 예를 든 개성 사족 임창택林昌澤의 「주열무자朱悅無子」는 그 대표적인 예이다. 또한 정조 연간의 기술관료였던 홍양호洪良浩도 홍국영과의 알력으로 북방에 유배되어 있을 때, 민요조를 한시에 도입하여 「북새잡요北塞雜謠」 48편을 지어 시정時政을 풍자하였다.「북새잡요」의 「북방의 모기北方蚊」에서는 문벌층을 모기에 비유하였고,「삭풍朔風」에서는 북방민에 대한 차별을 문제삼았다. 후자의 시를 보라.

朔風日怒號	북녘 바람이 날마다 성내어 소리치네.
問爾怒何事	"그렇게 성낼 일이 무어 있느냐?"
我本無心吹	"내야 맘 없이 부는 것이지
寧有怒與喜	성낼 일 기꺼울 일 무어 있겠소.

在東句芒坼　　동녘에선 꽃눈 터뜨려주고

在南民慍解　　남녘에선 백성들 마음 풀어주는데

每到北方聲激烈　여기 북방에 오면 소리가 격렬한 것은

吾亦不知所以乃　그 무슨 까닭인지 나도 모르오."

중인 시인 장지완(張之琬, 1806~1858)은 신분상의 질곡 때문에 고통을 겪는 처지를 「한가하게 거처하면서 느낌이 있어서 종실 사람 자연에게 드린다閒居有感贈自然宗人」에서 이렇게 호소하였다.

良犬馬爲友　　좋은 개는 말과 벗이 되면

老忠猶可稱　　늙어도 충성스럽다 칭송받지만,

下與彘爲比　　아래로 돼지와 짝이 되면

共歸廚下蒸　　똑같이 부엌에서 삶긴다오.

중인의 처지를 자조하고 신분사회를 비판하는 풍자의 어조가 비교적 뚜렷하다.

❖❖❖

현상과 실재의 간격이 큰 풍자적 아이러니를 그로테스크의 기법이라고 한다. 그로테스크 기법은 일탈opposite deviation을 그림으로써 완전한 전형perfect type을 볼 수 있게 하고, 주제(곧 진리)와 반대되는 것을 제시함으로써 주제를 보여주는 방식이다. 이에 비해 한시는 오히려 이상적 과거의 완전한 모습을 보여줌으로써 일탈의 현실을 암암리에 풍자하는 수법을 즐겨 사용하였다. 그것이 바로 '옛것을 가지고 지금을 풍자한다以古刺今'는 방식이다. 이 '이고자금' 방식은 『시경』 소아小雅의 여러 시편에서 이미 구현되었다. 또 굴원屈原의 『이소離騷』도 그러한 수법을 사용하였다. 사마천司馬遷은 『사기史記』의 「굴원열전屈原列傳」에서 『이소』의 창작의도에 대해 다음과 같이 논하였다.

국풍國風은 미색을 좋아하면서도 음탕하지 않았고 소아小雅는 원망하고 비방하면서도 올바른 도리를 어지럽히지 않았다. 『이소』의 경우에는 그 둘을 겸하였다고 말할 수 있다. 위로는 제곡帝嚳을 일컫고 아래로는 제환공齊桓公을 말하며 중간에는 탕湯과 무武의 사적을 서술하여, 당시의 일을 풍자하였다以刺世事.

『이소』는 유가에서 말하는 이상 정치를 행한 제곡, 탕, 무, 제환공의 사적을 차례로 서술하였는데, 그것이 곧 당시의 일을 풍자하는 기능을 갖는다고 하였다. 즉 '이고자금'의 방법을 사용하였다는 것이다.

'이고자금' 방법은 한시의 전통에서 대단히 중요한 의미를 지닌다. 한시는 과거 사실을 칭송하더라도 단순히 과거의 회상이나 예찬으로 끝나지 않는다. 그 속에도 현재에 대한 풍유가 담겨 있다. 따라서 한시의 참 의미를 알려면 그 한시가 나온 역사적 환경을 고려하여 그 이면에 숨은 풍자의 뜻을 파악하여야 한다. 확대하면, 자연의 풍경을 노래한 한시도, 태평스럽고 조화로운 광경을 묘사함으로써 실은 반대의 일탈 현실을 '거꾸로' 풍자하는 경우가 매우 많다.

그로테스크한 예술grotesque art은 허위를 통해 진실을, 불완전을 통해 완전을 보게 한다. 그것은 현상과 실재 사이의 상충 정도에 따라, 풍자 쪽으로 기울어진 풍자적 아이러니satiric irony와 희극 쪽으로 기울어진 희극적 아이러니comic irony로 구분할 수 있다. 그러나 한시는 희극적 아이러니 혹은 아이러니적 역전ironic reversal 같은 것을 사용하지 않았다. 조화롭고 완전한 세계를 그려 보이는 것만으로도 풍자의 기능을 하였다.

거듭 말하지만, 한시의 풍자는 대상을 비틀어 조소하지 않는다. 올바른 시책을 펴지 못하는 목민관과 승냥이 같은 아전들을 비판하더라도 비틀어 조소하지 않고 엄중하게 항의하였다. 그것이 한시의 풍자 방식이다.

드문 예이지만 '냉소의 한시'로 김병연金炳淵, 곧 김삿갓의 한시를 꼽을 수 있다. 김병연은 선천宣川 부사였던 할아버지 익순益淳이 홍경래의 난 때 투항한 죄로 폐족을 당한 뒤, 강원도 영월에 숨어 살았다고 한다. 하지만 오늘날 전하는 김삿갓의 시는 과연 실존인물인 김병연이 모두 지은 것인지 의심스럽다. 익명의 무상적無償的 글쓰기를 한 작가들의 시가 모두 김병연의 작품으로 간주되어왔다고 보는 것이 옳다.

김삿갓의 한시는 풍자와 해학을 담고 있으며 희화적戱畵的이기까지 하여 한시의 파격으로 손꼽힌다. 잘 알려진 다음 시는 민중의 육담과 재담을 끌어들여 풍자문학의 새 장을 열었다.

二十樹下三十客　　스무나무 아래 앉은 서러운 나그네에게
四十村中五十食　　망할 놈의 마을에서 쉰밥을 주더라.
人間豈有七十事　　세상에 이런 일이 어찌 있는가
不如歸家三十食　　집에 돌아가 설은 밥 먹느니만 못하네.

하지만 김삿갓의 한시도 근대 이후의 풍자시와 비교하면 점잖은 편이다. 더구나 파격의 한시이기는 하여도 유언비어의 역할까지 떠맡지는 않았다.

　한시의 시인도 사회나 문명 속에 감추어져 있는 '맹점der blinde Fleck'을 찾아내는 시선을 지녔다. 따라서 한시의 기법 목록에는 현실의 그림자를 찾아내어 문학적으로 형상화하는 방식이 들어 있다. 다만 한시의 풍자는 '넌지시 풍자한다諷諭'라거나 '옛 모습을 그려 보임으로써 현실을 풍자한다以古刺今'거나 하는 방식이었다. 악행과 우행의 대상을 한껏 비틀어 냉소하거나 조소하지 않았다. 위에서 소개한 벽서시나 김삿갓 시의 풍자가 예외라면 예외라고 말할 수 있으나, 그것들도 그다지 공격적이지는 않다.

11. 구도 정신의 표출

✤ ✤ ✤

　몇 해 전 독문학자이자 시인인 김재혁 교수에게서 헤르만 헤세 Hermann Hesse의 시집을 하나 받았다. '인생의 노래'라는 제목인데, 그 속에 '일지선'이란 제목의 시가 눈에 띄었다. 원제는 'Der erhobene Finger'이니 '치켜든 손가락'이란 뜻이리라. 김 교수의 번역문을 원문과 함께 읽어보면 이렇다.

　　구지대사는, 사람들의 말에 따르면,
　　성품이 조용하고 온화하고 겸손하여
　　말과 학설을 내세우지 않았다고 한다.
　　말은 가상假象이라, 그는 양심을 걸고
　　어떠한 가상도 피하고 싶었기 때문이다.

많은 제자들과 승려들, 수련 승려들이

이 세상의 의미에 대해, 최고선에 대해

고상한 말을 늘어놓으며 멋진 생각들을

제시할 때에도, 그는 묵묵히 경계를 하며,

그 어떠한 과장된 말도 하지 않았다.

사람들이 의문을 들고 그를 찾아와,

보잘것없거나 진지한 질문을 던져도,

옛 글의 뜻이나 부처라는 이름에 대해,

깨달음에 대해, 세상의 시작과 종말에 대해

질문을 던져도, 그는 아무 말도 하지 않았다.

다만 살며시 손가락으로 하늘을 가리켰다.

그리고 이 손가락의 말없는 웅변의 가리킴은

점점 더 진지해지고 더 많은 훈계의 뜻을 담았다.

그 손짓은 말을 했고, 칭송하고, 벌을 주고,

사람들을 세상과 진리의 핵심으로 이끌었다.

나중에 이 손가락을 따르는 많은 제자들은 살며시

그 치켜듦의 의미를 이해하고 전율하며 깨달았다.

Meister Djü-dschi war, wie man uns berichtet,

von stiller, sanfter Art und so bescheiden,

Daß er auf Wort und Lehre ganz verzichtet,

Denn Wort ist Schein, und jeden Schein zu meiden

War er gewissenhaft bedacht.

Wo manche Schüler, Mönche und Novizen

Vom Sinn der Welt, vom höchsten Gut

In edler Rede und in Geistesblitzen

Gern sich ergingen, hielt er schweigend Wacht,

Vor jedem Überschwange auf der Hut.

Und wenn sie ihm mit ihren Fragen kamen,

Den eitlen wie den ernsten, nach dem Sinn

Der alten Schriften, nach den Buddha-Namen,

Nach der Erleuchtung, nach der Welt Beginn

Und Untergang, verblieb er schweigend,

Nur leise mit dem Finger aufwärts zeigend.

Und dieses Fingers stumm-beredtes Zeigen

Ward immer inniger und mahnender: es sprach,

Es lehrte, lobte, strafte, wies so eigen

Ins Herz der Welt und Wahrheit, daß hernach

So mancher Jünger dieses Fingers sachte

Hebung verstand, erbebte und erwachte.

구지대사Djü-dschi는 당나라의 구지화상俱胝和尙을 말한다. 어떠한 질문을 받더라도 그는 그저 손가락을 하나 세워 보였을 따름이었다. 죽음에 이르렀을 때 제자들에게, "나는 천룡화상天龍和尙의 가르침을 받아 일지두一指頭의 선禪을 체득하여 마음껏 사용하여왔으나, 결국 다 사용하지 못하고 말았다. 자네들도 체득하려고 생각하느냐?"라고 말하고는, 역시 손가락을 하나 곧추세워 보인 뒤 숨을 거두었다고 한다.

구지화상이 항주의 어느 절에 있을 때 일이다. 한 비구니가 석장을 짚고 와서 세 번 빙글빙글 돌면서 "말씀해보시오. 바르게 말하면 삿갓을 벗겠습니다"라고 세 번을 물었다. 화상은 아무 말도 하지 않았다. 비구니는 "한 말씀만 하시면 머물겠습니다"라고 하였다. 화상은 아무 대답도 하지 못하였고, 비구니는 그대로 가버렸다. 그러자 화상은 "내가 장부의 탈을 썼으나 장부의 기상이 없으니 다른 곳의 선지식을 찾아가야 하겠다"고 결심하였다. 그날 밤 산신이 나타나, 장차 육신보살이 와서 설법할 것이니 그대로 머물라고 하였다. 열흘이 지나 천룡화상이 왔는데, 구지화상의 말을 듣더니만 다만 한 손가락을 세워 보였다. 구지화상은 그 순간 깨달았으며, 이후로는 수도승들의 질문에 다만 손가락을 하나 치켜세웠다고 한다. 『오등회원五燈會元』에 나오는 이야기이다.

어떠한 질문에도 손가락 하나만 치켜든 것은 생명 전체를 내걸 한마디―句를 추구하여 침묵하는 행위이다. 그 침묵은 공空이요, 부처로부터 개시되어오는 절대적 경지이다. 당나라 때 타지打地 화상은 어떤 물음에도 지팡이로 땅을 두드렸을 따름이었다. 누군가 그 지팡이를 감추고는 "부처는 누구인가?"라고 묻자, 타지 화상은 그냥 입을 크게 벌린 채로 있었다고 한다. 선사들이 추구한 침묵은 영원으로 이어지는 침묵이었다. 저 구지대사의 '손가락 하나'는 일체의 가상假象을 버리고 영원으로 돌아가라는 신호가 아니었을까?

불교의 경우만 아니라, 도교의 경우도 유학의 경우도 영원한 것의 표상을 지니고 있었다. '하늘과 순수의 상상'은 서양인만의 전유물이 아니었다. 흔히 유학은 종교가 아니라고 하고, 유학을 공부한 높은 학자들은 죽음에 대하여 달관하였다고 생각하기 쉽다. 그러나 그렇지 않다. 아니, 그러한 생각은 유학자들을 목석木石이나 괴물로 여기는 잘못된 생각이다. 자신의 학문이 이 세상에 무언가 가치 있는 결과를 가져오기를 염원하였기에, 유학자들은 더욱 죽음의 절박함을 알았다. 스스로 영원한 것의 표상에 도달하려 애쓰지만 거기에 도달하지 못하는 번민이 학인學人들을 가만 놓아두지 않았다. 그것이 여러 가지 양상으로 시에 반영되었다.

❖ ❖ ❖

세간의 모순을 통감하였던 김시습金時習은 민중 속으로 들어가 흑백 시비를 가리지 않고 불법을 전하였던 원효의 삶에 크게 공감하였다. 29세 때인 1463년의 봄과 여름, 용장사 부근에 거처하면서 분황사에 있던 화쟁대사비和諍大師碑를 보고「무쟁비無諍碑」라는 시를 지었다. 화쟁 대사는 곧 원효이다. 원효가 불기(不羈, 아무 속박도 받지 않음)의 삶을 살았듯이, 김시습도 불기의 삶을 살았다.

君不見新羅異僧元旭氏	그대는 못 보았나 신라 이승 원욱元旭 씨가
剔髮行道新羅市	머리 깎고 신라 저자에서 도를 행한 것을.
入唐學法返桑梓	당에 가서 교리 배우려다 고국으로 돌아와
混同緇白行閭里	승속僧俗을 넘나들며 민간에 다니면서
街童巷婦得容易	거리 아동과 아녀자도 쉽게 깨우치니
指云誰家誰氏子	그를 두고 아무개 집 아무개라 가리킬 정도.
然而密行大無常	그러나 큰 무상無常의 도를 가만히 행하여
騎牛演法解宗旨	소 타고 법을 펴서 종지宗旨를 풀이하니
諸經疏抄盈巾箱	불경의 소초疏抄가 상자에 가득해
後人見之爭仰企	후인들이 보고서 다투어 따랐다.
追封國師名無諍	국사로 뒤늦게 무쟁이라 시호 내려
勒彼貞珉頗稱美	굳은 돌에 새겨 자못 칭송하였다.
碣上金屑光燐燐	비갈 위 금가루는 광채가 찬란하고

法畫好辭亦可喜	불화와 사辭도 역시 좋아라.
我曹亦是善幻徒	우리도 환어幻語 잘하는 무리라서
其於幻語商略矣	환어에 대하여는 대략 아는 편.
但我好古負手讀	다만 나는 옛 도를 좋아해 뒷짐 지고 읽을 뿐
吁嗟不見西來士	아아 서쪽서 오신 분(부처)을 보지는 못하누나.

고려 숙종은 원효와 의상에게 국사國師의 호를 추봉하면서 그 둘을
동방의 성인이라고 하였다. 칠십 년 뒤 명종 때에는 최유청(崔惟淸,
1095~1174)이 쓴 화쟁국사비가 분황사에 세워졌다. 『삼국유사』에는
원효의 전기가 '원효불기元曉不羈'라는 제목으로 실려 있다. 원효는 소
를 타고 거리를 다니면서 빨래하는 여인에게 말을 걸고 냇가에서 고기
를 잡아먹었으며, 사복의 어머니를 장사지내주었다. 그런가 하면 분황
사에서 『화엄경소』를 쓰고 황룡사에서는 사자후를 토하였다. 설총을
낳은 이후로는 속인의 의복으로 바꾸어 입고 스스로 소성거사小姓居士
라고 칭하였다. 그리고 큰 박을 가지고 광대처럼 놀고, 〈무애가〉를 부르
고 무애 춤을 추면서 교화하였다. 『화엄경』의 사상을 부연하여 "일체에
걸림이 없는 사람은 단번에 생사를 벗어난다—切無㝵人, 一道出生死"고
하였으니, 철저한 자유가 중생심衆生心에 내재해 있다고 본 것이다.

김시습은 원효의 자유인으로서의 삶에 공감하여 「무쟁비」라는 시를
지었다. 넷째 구에 나오는 '혼동치백混同緇白'이란 말은 원효가 승속僧俗
을 넘나들었다는 뜻이다. '치緇'는 승도僧徒, '백白'은 속인을 가리킨다.

그런데 김시습은 불법의 이치를 글로 터득할 수는 있지만 불교의 진
리를 진정으로 체득하지 못함을 한탄하였다. 불법을 논하지만 참된 진
리에는 도달하지 못하였다는 안타까움(혹은 불교적 진리와 자신과의 거
리 확인)은 가슴이 저려오는 고통을 수반한다.

김시습은 58세 되던 1492년부터 충청도 홍산鴻山의 무량사에서 만년을 보냈다. 59세 되던 1493년(성종 24년) 봄날, 선방禪房의 병석에 누워 있던 그는 「무량사에 병들어 누워無量寺臥病」라는 시를 지어 구도의 한계를 자각한 심경을 그대로 드러내었다.

春雨浪浪三二月   봄비 흩뿌리는 이삼월
扶持暴病起禪房   선방에 병든 몸을 일으켜 앉는다.
向生欲問西來意.   달마가 서쪽에서 온 까닭을 묻고 싶다만
却恐他僧作擧揚   다른 중들이 거양한다 부산 떨까 두려워라.

김시습은 자기 자신에게 지나치게 엄격하여, 때로는 자학적이기까지 하였다. 정신의 긴장은 그의 몸을 쉽게 지치게 하여 결국 의식의 파탄을 일으켰다. 유언시라 해도 좋을 이 시에서조차 그는 자기 위안을 거부하였다.

❖❖❖

명말의 문인 원굉도袁宏道는 「난정기蘭亭記」라는 글에서, 속되고 용렬한 인사들이 죽음을 두려워하지 않는다고 너스레 떨며 본래성을 추구하지 않는 행태를 혹독하게 비판하였다.

고금의 문사들은 광경光景을 사랑하여, 생사生死의 문제를 미상불 느껴 탄식하지 않는 이가 없으므로, 높은 곳에 오르거나 물가에 임하여 능곡陵谷이 오래가지 않음을 슬퍼하고, 꽃이 핀 아침과 달이 뜬 저녁에 이

슬과 번개가 쉬 사라지는 것을 서글퍼한다. 비록 마음이 유쾌하고 뜻이 흡족한 시기에도 늘 큰 슬픔을 가슴속에 묻어둔 듯하여, 세간의 공명과 부귀도 모두 그 서글프고 불평스런 기운을 해소할 수가 없다. 그래서 뜻이 낮은 사람은 국얼(麴糱, 술)에서 제 뜻을 마음대로 펼치거나 노래와 기예를 즐겨 뜻을 있는 대로 다하고, 뜻이 높은 사람은 문장이나 가성歌聲에 가탁하여 불후하기를 추구한다. 혹은 신선의 비승飛昇하는 술법과 불교의 좌화坐化하는 술법에 마음을 다한다. 그 일은 같지 않지만, 삶을 탐하고 죽음을 두려워하는 마음은 똑같다. 유독 용렬한 자와 속된 자는 권세와 이익에서 쾌락을 찾아, 눈앞에 죽음이 있음을 믿지 않으며, 썩은 유학자는 도리道理에 금고禁錮되어서 역시 "죽음은 죽음일 따름이니, 무어 두려워할 것이 있는가!"라고 말한다. 그런 자들은 사람됨이 모두 극히 용렬하여, 말할 것조차 없다. 무릇 몽장(蒙莊, 장자)은 달사達士이지만 산을 숨긴다藏山는 말로 비유하였고, 니보(尼父, 공자)는 성인이지만 흘러가는 물逝水을 보시고 탄식을 일으켰다. 죽음이 만일 두려워할 만한 것이 아니라면 성현도 어찌 도를 듣는 일聞道을 귀하게 여겼겠는가?

삶을 무화無化시키는 죽음은 삶 속에 들어 있다. 그것은 언뜻언뜻 여러 가지 모습으로 삶의 앞쪽으로 나온다. 우선은 '타인의 죽음'으로 나타난다. 때로는 감기나 복통이나 눈 따가움과 같은 작은 신호로 나타나기도 하고, 물기를 묻혀도 뽀송뽀송해지지 않는 얼굴에 주름으로 각인되어 나타나기도 한다. 그러나 더욱 무서운 사실은 그것이 게으름과 일상성이라는 형태로 나를 안에서부터 갉아먹고 있으며, 그런데도 뚜렷이 의식되지 않는다는 점이다.

벤저민 프랭클린은 이런 말을 했다고 한다. "어떤 사람들은 스물다섯 살에 이미 죽어버리는데 장례식은 일흔다섯 살에 치른다Some people die at 25 and aren't buried until 75."

북송 때 참다운 선禪을 제시하고자 했던 대혜종고(大慧宗杲, 1089~1163)는 사대부들이 '발밑 일단一段의 대사인연大事因緣'을 지나치게 소홀히 하여 인생을 낭비하고 있음을 경고하였다.

지금 사대부들 가운데는 세간 명리에 마음을 빼앗겨 발밑의 대사인연을 왕왕 소홀히 하고는, 날이 가고 달이 가도록 깨닫지 못하고 서로 몰려 다니다가 세밑結交頭에 이르러서야 손발이 바빠 어쩔 줄 몰라하는 무리가 있다. 만일 저 한 조각의 전지田地가 낙착하는 곳을 분명히 깨달은 사람이라면 생사변환으로도 그의 실오라기 하나 바꾸지를 못한다. 만일 아직 그것을 알지 못한다면 모름지기 회광반조回光返照하여야 한다. 매일 침상에서 내려와 세수하면 곧바로 세간과 수작하여 혹은 좋아하고 혹은 미워하며 이러쿵저러쿵한다면, 그 참된 도리가 어느 곳으로부터 오랴.

생사의 문제가 중대하다는 엄연한 사실을 환기하는 순간, 일상에 안주하고 부귀영달을 달가워하던 마음은 돌연히 타파되고 만다. 섣달 그믐(즉 임종의 날)이 가까웠다는 사실을 깨닫는 순간, 나는 어디로부터 온 것일까, 나는 어느 곳으로 가는 것일까, 하는 근본 물음에 부딪히게 되는 것이다. 그렇기에 유학자들도 또한 '삶과 죽음은 역시 크나큰 문제로다'라고 말하였던 것이다.

❖ ❖ ❖

내가 몸담고 있는 세계가 결함缺陷의 상태임을 깨닫고 삶과 죽음의 문제가 중대하다는 사실을 자각하는 것이 곧 구도의 정신이다. 북송과 남송의 도학가들은 구도의 정신을 시로 표출하였다. 조선시대의 경우 16세기 중엽에 이르러 도학가의 시가 많이 나왔다.

　도학은 보통 주자학을 말하는데, 혹은 성리학, 이학, 신유학으로도 일컬어진다. 도학을 추구한 인물들은 관료로 진출하기도 하였지만 대개 산림에 은거하여 '처사'의 삶을 살았다. 산림은 '새 짐승과 무리를 이루는鳥獸同群' 공간이 아니라, '일상의 도리를 힘써 실천하는勉日用' 향촌사회와 연결되어 있었다. 도학가는 시에서 생명의 원두源頭를 응시하려는 학문의 과정을 묘사하고, 그 체득의 순간을 자연스레 드러내었다. 현실세계의 본래 모습은 이발理發의 조화상이고 인간의 심성도 본래 순선한 상태라 보고, 경건한 삶 속에서 천리를 체득하고 '영혼과 영혼의 만남'을 희구하였다. 하지만 속세간의 속성은 이理의 생생生生 사실을 체득하는 것을 방해하기 일쑤였다. 그렇기에 도학자들은 정치 현실과 동떨어져 처사로서 살아가는 길을 더 선호하였다.

　이언적(李彦迪, 1491~1553)은 독낙당獨樂堂에 물러나 있으면서 「관심觀心」과 「존양存養」이란 시를 지어 인간 본성을 회복하려는 의지를 담았다. 「관심」에서는, 등잔불의 밝은 부분으로부터 그 밝음의 진원인 불꽃을 증명할 수 있듯이 인간이 누구나 밝게 아는 양심으로부터 순선한 본성을 인식해들어갈 수 있다고 말하였다.

空山中夜整冠襟　　한밤 빈 산에 의관을 바로 하니
一點靑燈一片心　　한 점 푸른 등이 바로 한 조각 마음.
本體已從明處驗　　본체를 밝은 부분에서부터 징험했으니
眞源更向靜中尋　　진원을 다시 정靜에서 찾으리라.

깨달음은 새벽이 오기 전에 마음이 외물과 접하지 않아 야기夜氣가 내부에 충만하였을 때에 경험할 수 있다. 그렇기에 다시 정靜에서 진원을 찾으려는 공부는 새벽이 오기 전에 하는 것이다.

서경덕(徐敬德, 1489~1546)은 유동하는 자연 속에서 마음의 청진함을 지키고자 하였다. 「무제無題」 시에서 그는, 사욕을 잊고 사물과 내가 어우러질 때 마음의 평화를 얻을 수 있다고 하였다.

眼垂簾箔耳關門   눈앞에 발을 치고 귀엔 문 닫았거늘
松籟溪聲亦做喧   솔숲 소리 시내 울음 여전히 시끄럽다.
到得忘吾能物物   나를 잊고 물物을 물物로 대하매
靈臺隨處自淸溫   영대(마음)는 어디고 저절로 맑고 따스해라.

조식曹植은 61세 때 덕산에 서실을 짓고 산천재山天齋라 이름하였다. 그 명칭은 『주역』 대축괘大畜卦의 "강건하고 독실하게 수양해서 안으로 덕을 쌓아 밖으로 빛을 드러내서 날마다 그 덕을 새롭게 한다剛健, 篤實, 輝光, 日新其德"라는 말에서 따온 것이다. 현실세계는 선과 악이 서로 물어뜯고 뒤집어엎는 난투장이다. 선의 일단을 붙잡기 위해서는 고투하지 않을 수 없다. 그런데 조식은 세상을 울릴 학문이나 사업을 하려 하지 않고 오로지 내면의 본래성을 다잡았다. 「덕산 계정의 기둥에 쓰다題德山溪亭柱」 시에서는 스스로를 두류산이라고 자부하였다.

請看千石鍾   천 석들이 종을 보시게
非大扣無聲   크지 않으면 두드려도 소리 없지만.
爭似頭流山   어찌 두류산이
天鳴猶不鳴   하늘이 울어도 울지 않음만하랴!

조식은 부동의 경지를 추구하였다. 현실의 복잡다단한 사실들이 본래성의 피막에 상처를 남기지 않도록 주의하였다. 하늘이 울어도 울지 않는 두류산과 같고자 하였다.

그와 동갑내기 이황李滉은 조식에게서 '노장老莊의 기미'를 읽어내고 소우주(마음)를 그대로 대우주(우주 자연)와 일치시켜보는 작풍을 비판하였다.

이황은 인욕의 구덩이에 빠지지 않고 마음을 느긋하게 지녀 덕에 푹젖음으로써優游涵泳 사물의 본질이 열리는 이자도(理自到, 만물의 이치가 저절로 개시됨)의 상태를 맞이하려고 하였다.

그는 늦봄에 핀 매화를 자주 노래하였다. 일찍 핀 매화가 혹한에 저항하는 지사, 열사의 풍모를 상징한다면, 늦봄의 매화는 '혹한'의 현실을 언급하려는 의식마저 사라진 항상불변한 정신세계를 상징한다. 늦봄의 매화가 도리화 시절에 '별스런 봄別樣春'을 이루듯이, 자기 자신도 태평세대라고 할 수 있는 당시의 세상과는 동떨어져 또다른 삶의 양식을 취한다고 했다. 훼손된 현실을 언급하여 스스로의 청진 세계를 자부하고 자족하는 뜻이 아예 없다. 67세 때 지은 「다시 도산의 매화를 찾아再訪陶山梅」의 제2수를 보라.

南國移根荷故人　남국에서 뿌리를 옮겨온 것은 벗님의 덕분.
溪山烟雨占淸眞　계산溪山 아지랑이 속에 청진淸眞을 독점했군.
何妨桃李同時節　도리화와 시절을 같이한대서 무어 해로우랴.
玉骨氷魂別樣春　옥골에 빙혼이 별스런 봄인 것을.

매화가 상징하는 청진의 세계는 속세간과 구별되는 세계이다. 하지만 그 속의 시인은 속세간의 무가치를 고발하려는 난폭한 뜻이 아예 없다.

65세 되던 해에 지은 「도산십이곡陶山十二曲」에도 그런 유순한 심정이 잘 나타나 있다. 후6곡後六曲 중 제4곡에서는

당시當時에 녀던 길홀 몃 히를 브려두고
어듸 가 든니다가 이제사 도라온고
이제나 도라오나니 년듸 모숨 마로리

라고 하였다. 속세간이 훼손되었기에 은둔하는 것이 아니라 '당시에 녀던 길', 즉 본분으로 취해왔던 길을 나아갈 따름이라고 하였다. 이황은 '어리석다愚'고 비판을 받더라도 자신의 공부를 천분으로 알고 계속하겠다고 하였다.

이황에게 자연은 '도의를 즐기고 심성을 양성하는' 공간이다. 자연은 도체道體 곧 이理의 활발발한 모습이 가장 잘 드러나는 곳이기 때문이다. 「도산잡영陶山雜詠」18절구 가운데 「너럭바위盤陀石」는 천리天理가 인욕에 가려져 있기만 하지 않고 결국 온전히 발현될 것이라는 희망의 사유를 담았다.

黃濁滔滔便隱形　　탁한 물이 콸콸 흐르면 얼굴 숨겼다가
安流帖帖始分明　　물이 편안히 흐를 때 비로소 나타나네.
可憐如許奔衝裏　　어여쁘다 저렇게 거센 물결 속에서도
千古盤陀不轉傾　　너럭바위는 구르거나 기우는 법 없나니.

그러나 이황은 정치적 현실 공간에서도 천리가 개시되리라고는 확신하지 못하였다. 그는 도산에 솔, 대, 국화, 매화, 연꽃의 오절군五節君을

가꾸면서 맑은 향기와 정결淨潔을 사랑하였다. 그런데 매화는 거듭 추위에 상하더니, 그가 사망하게 되는 1570년의 10월에는 아예 한 그루만 남고 모두 죽어버렸다. 「도산의 매화가 겨울 추위에 상하여 탄식하다. 김언우에게 주면서 아울러 김신중(돈서)에게도 보여준다陶山梅爲冬寒所傷歎 贈金彦遇兼愼仲惇敍」라는 시에서 이황은 비통한 심경을 토로하였다. 각 구마다 '매화'를 불러, 별스럽고 심각하다.

與君賞梅曾有諾	그대들과 매화 구경키로 약조하였으나
及到梅香我負約	매화 시절 되자 약속을 저버렸소만,
心期獨在山中梅	마음의 기약은 오직 산중 매화에 있었기에
溪夢夜夜探梅萼	계산溪山의 꿈은 밤마다 매화를 찾았다오.
昨日梅社共君來	어제 매사梅社에 함께 가보았으나
梅興索漠令人哀	매화 흥취 삭막하여 슬프게 합디다.
八梅風煙但空枝	여덟 매화의 멋지던 풍치가 빈 가지뿐이고
一梅數萼猶未開	한 그루 서너 망울은 채 열리지 않았기에.
杖藜吟梅遶百匝	지팡이 짚고 매화 읊으며 일백 번 돌았나니
冥頑胡爲我梅厄	겨울 신은 어째서 내 매화에게 재액을 주시는가.
不比君家梅得暖	그대 집 매화가 따스한 것과 달라
梅社風多寒更虐	매사梅社는 바람 많고 추위 더욱 가혹합니다.
我欲牋天籲梅冤	나는 하늘에 글 올려 매화의 원한을 호소하고
我欲作辭招梅魂	나는 글 지어 매화 위해 초혼을 하리니,
梅冤悄結天所憐	매화 원한 깊이 맺혀 하늘이 가여워해서
梅魂歸來我所溫	매화 혼 돌아온다면 내가 따뜻이 대하리라.
向來桃李妬梅白	예로부터 도리화는 매화의 결백함을 질투하여
奢華競笑梅孤潔	화사함 자랑하고 매화의 고결함을 비웃어왔소.

但使吾梅本根在	다만 나의 매화에게 뿌리가 남아 있다면
一閟英華梅豈缺	한 번 꽃을 못 피운다 해도 매화에게 어찌 흠이 되겠소.
何況一梅之發可動人	매화 한 송이만 피어도 마음을 움직일 터
梅乎肯與千紅百紫爭一春	매화여 어찌 뭇 꽃들과 한 봄을 다투리오.
我願朝朝走訪一梅君	나는 매군梅君 하나를 아침마다 찾으리라
西京之末只有吳門梅子眞	서한 말 오 땅의 매자진(梅子眞,梅福)처럼.

이 시는 어진 이의 시련을 매화의 처지에 비유하여 탄식한 것이 아니다. 한 그루 남은 매화는 리理를 만나지 못한 고독하고 위태로운 영혼을 상징한다. 이황은 도체道體를 참으로 깨닫지 못할 수 있다는 두려움을 토로한 것이다.

이황은 자신을 '처사處士'로 규정하고 또 후대에 이해받기 위해, 자기가 죽은 뒤 무덤 앞에 세울 지석誌石의 명銘을 1570년 12월에 스스로 지었다. 명銘은 산문으로 취급하지만 운문처럼 압운을 하는 것이 보통이다. 그는 그 「자명自銘」에서 "근심 속에 즐거움이 있고, 즐거움 속에 근심이 있는 법. 우주의 기를 타고 우주의 기로 화하여 돌아가나니, 다시 무엇을 구하랴憂中有樂, 樂中有憂. 乘化歸盡, 復何求兮"라고 달관의 자세를 피로하였다. 도연명陶淵明이 「귀거래사」에서 "우주의 기를 타고 우주의 기로 화하여 돌아가리니, 천명을 즐길 것이지 무슨 의심이 있으랴聊乘化以歸盡, 樂夫天命復奚疑"라고 하였던 뜻을 이은 것이다. 그런데 도연명은 「스스로를 제사지내는 글自祭文」에서 "도원생이 여관을 떠나 영원히 본댁으로 돌아가려 한다陶子將辭逆旅之館, 永歸於本宅"고 하면서도, 그 최후에 "사람의 삶이란 진실로 어려운 법이니, 죽음을 어이할 것인가, 아아 슬프구나人生實難, 死如之何, 嗚呼哀哉!"라 하여 죽음 이후에 대해 불안해하였다. 이에 비해 이황은 죽음의 두려움을 결코 말하지 않았다. 평소 근원적인 생명이 저절로 나에게로 와서 개시되고 자신과 일체가 됨을 체험하였기에 '섣달 그믐'의 절박한 순간에도 마음의 평정을 유지할 수 있었던 것일까?

❖ ❖ ❖

조선 후기의 대학자 정약용丁若鏞은 스스로 묘지명을 지어 부단히 자신의 본래성을 추구하는 정신태도를 드러내었다. 그는 무덤에 묻을 묘지명과 문집에 실을 묘지명을 따로따로 작성하였다. 문집에 실을 장편의 묘지명에 붙인 명銘의 일부를 보면 이러하다.

爾曰予知	너는 말하지, 나는
書四經六	사서四書와 육경六經을 안다고.
考厥攸行	하지만 행한 바를 살펴보면
能不愧忸	어찌 부끄럽지 않으랴.
爾則延譽	너는 명예를 바라겠지만
而罔贊揚	찬양할 것 하나 없다.
盍以身證	어이 몸으로 증명하여
以顯以章	덕을 드러내지 않는가.
斂爾紛紜	네 번다함을 거두고
戢爾猖狂	네 광기狂氣를 없애어
俛焉昭事	힘써 하늘을 섬긴다면
乃終有慶	마침내 경사 있으리라.

자찬自撰의 이 묘지명에서 정약용은 "네 번다함을 거두고 네 광기狂氣
를 없애어 힘써 하늘을 섬긴다면 마침내 경사 있으리라"고 다짐하였다.
　유학에서는 '스스로에게서 모든 원인을 찾는다反求諸己'는 반성철학
을 대단히 중시한다. 공자는 '허물이 있으면 고치는 것을 꺼리지 말라
過則勿憚改'고 가르쳤고, 제자 가운데 증자曾子는 '매일 거듭거듭 스스
로를 반성하였다吾日三省吾身'고 말하였다. 그렇지만 한시에서는 시인
이 스스로의 잘못을 인정하더라도 그것은 대개 자신의 불우함을 한탄
하는 심사에서 그러하였다. 삶의 변화를 각오할 만큼 고백告白을 통해
스스로를 뉘우친 예가 많지 않다.
　하지만 정약용은 유배에서 풀려난 뒤에 지은 4언시 「가는 세월徂年」
에서 스스로를 철저하게 반성하는 의식을 드러내었다. 이 시의 소서小
序에는 "'가는 해'란 늙음을 애석히 여김이다. 허물과 후회가 깊이 쌓이
기만 하고 선으로 옮아갈 날은 남아 있지 않기에, 근심스레 스스로 애도
하고 벗에게 불쌍히 여겨주길 바라는 바이다徂年, 惜衰暮也. 尤悔積衷, 遷
改無日, 慹然自悼, 冀友相憐"라고 하였다. 모두 3장이고, 장마다 12구로
되어 있다. 그 첫 장을 보면 이러하다.

駸駸徂年	내달려가는 세월이여
欻焉旣暮	홀연 해가 저물어,
氷雪凌凌	눈과 얼음 켜로 쌓여
阻玆平路	평지를 막았구나.
總角有聞	총각 때는 이름 있더니
白首无譽	흰머리에도 명예 없어라.
夕而造愆	저녁에도 잘못 저지르니

朝焉已悟	아침에 어찌 깨달았으랴.
悟而不改	깨닫고도 고치지 않음은
如塗塗附	진흙에다 진흙 더함이라.
念彼良士	저 어진 선비를 생각하노라
怛焉往愬	가서 진정으로 하소하리.

『시경』 소아小雅 「각궁角弓」편에 "원숭이에게 나무에 올라가는 것을 가르치지 말라, 진흙에다 진흙을 더하는 셈이니毋敎猱升木, 如塗塗附"라는 말이 있다. 원숭이에게 나무를 올라가라고 가르칠 필요가 없는 것처럼, 착하지 못한 사람에게는 착하지 못하다고 가르칠 것도 없다. 왜냐하면 가르친다는 것은 더러운 진흙에다가 다시 진흙을 바르는 것과 같기 때문이란 것이다. 정약용은 그 구절을 인용하여 스스로의 불선不善을 뉘우쳤다. 늘마에 지난날을 막연하게 후회한 것이 아니다. 나라에 죄를 얻었던 사실을 뉘우친 것도 아니다. 그 뉘우침은 깊은 내면 속에서 우러나온 것이었다. 아마도 그것은 종교적 차원의 뉘우침이었을 듯하다.

❖ ❖ ❖

삶과 죽음의 의미를 생각하고 자신의 본래성을 추구하려는 파토스가 없다면 우리의 지식이란 것은 아무 의미가 없다. 옛사람들은 그 사실을 자각하였다. 유가 사상가 가운데는 존재의 문제를 진지하게 생각하고 삶 속에 스며들어 있는 죽음을 생각한 사람들이 많다. 그들은 각기 다른 방식으로 참 삶을 살아가기 위해 노력하였고, 그 사색의 정신을 시에 담았다.

하지만 우리는 대부분 천리와 진리를 느낄 공간과 시간을 갖지 못한 채, 그저 지친 몸을 조금 쉬게 할 여유를 찾고 있을 따름이다. 아름다운 광경을 언뜻 보기도 하지만 배고픔과 추위에 지친 끝이라 특별히 기뻐할 시간도 없다. 잠깐만이라도 담박한 경지를 얻는다면 그것으로 족하지 않을지.

다시 동파東坡.

소식은 48세 되던 1080년에 가족들을 이끌고 황주에 내려가 유배생활을 시작하였다. 그는 차라리 고단한 말의 안장을 푼 기분이라고 하여 정신의 안정을 기뻐하였다. 「유배되어 임고정에 거처하게 되어遷居臨皋亭」라는 시에 그런 기분이 잘 나타나 있다.

我生天地間	나의 삶이란
一蟻寄大磨	천지라는 거대한 맷돌에 붙은 한 마리 개미.
區區欲右行	억지로 오른쪽으로 돌려 해도
不救風輪左	세상은 좌로 돈다.
雖云走仁義	올바른 길을 걸으려 하니
未免違寒餓	춥고 배고픔을 면하지 못하네.
劍米有危炊	밥 한술 먹는 것도 쉽지 않고
鍼氈無穩坐	앉은 자리는 늘 가시방석.
豈無佳山水	어찌 아름다운 산수가 없으랴
借眼風雨過	비바람 지나길 기다리련다.
歸田不待老	젊어서 전원으로 돌아가겠다고
勇決凡幾個	결심하는 사람이 몇이런가.
幸茲廢棄餘	다행히 나는 버려져 있기에
疲馬解鞍馱	고단한 말의 안장을 푼 기분.

全家占江驛	온 식구가 강가 역을 차지하니
絶境天爲破	절경을 하늘이 열어주었네.
飢貧相乘除	춥고 배고픔이 상쇄하니
未見可弔賀	슬퍼해야 할지 기뻐해야 할지.
澹然無憂樂	담담하게 근심도 기쁨도 잊었기에
苦語不成些	괴로운 말이 나오질 않누나.

큰 깨달음을 얻지는 못한다고 하여도, 일상에서 우리는 이러한 안온
한 정신태도를 지향해야 하지 않을까? '탈가脫駕', 멍에를 벗어던지고
쉬고 싶은 생각이 간절하다만, 우리에게는 너무 영일寧日이 없다.

12. 격조格調와 신운神韻, 그리고 성령性靈

❖❖❖

"만약 내가 당신보다 더 멀리 보았다면 이는 거인의 어깨 위에 섰기에 가능했던 일일 것입니다." 아이작 뉴턴Isaac Newton은 로버트 혹Robert Hooke에게 보낸 1675년 2월 5일자 편지에서 이런 말을 하였다. '거인의 어깨 위에 서다Standing on the shoulder of giants', 이 말은 인류의 지적 진보가 온고지신溫故知新에 의하여 이루어진다는 사실을 명료하게 표현한 것이리라.

비단 과학과 같은 지적 영역에서만 그런 것은 아닐 것이다. 예술의 영역에서도, 특히 시의 분야에서도, 기법과 주제뿐만 아니라 예술 정신(시정신)은 과거의 위대한 전통을 기반으로 삼아 새로운 경지를 열어왔다.

하지만 과거의 시인들은 창작의 붓을 잡는 순간 너무도 위대한 전범典範들이 자기 앞에 서 있는 것을 보고 중압감을 느꼈다. 그러한 전범들

을 어떻게 배워서 자기의 작품을 만들어낼 것인가 하는 고민을, 누구나
하지 않을 수 없었다.

고려 중엽의 시인인 정지상(鄭知常, ?~1135)에게 「친구를 전송하며
送友人」라는 유명한 절구가 있다.

雨歇長堤草色多　　비 그친 긴 강둑에 풀빛 짙은 때
送君南浦動悲歌　　그대를 보내는 남포에 슬픈 노래 울려나네.
大同江水何時盡　　대동강 물이 어느 때 다하랴
別淚年年添綠波　　이별의 눈물이 해마다 푸른 물결에 더하거늘.

이 시는 서경(평양)의 대동강을 배경으로 이별의 정서를 담아낸 만고
의 절창이다. 『파한집破閑集』의 기록을 보면 이 시는 정지상이 아주 젊
었을 때 지은 시이다. 전송의 상대는 벗이지 여성이 아니다.

그런데 봄에 얼음이 풀려 강물이 푸른 날에 남포에서 친구를 전송한
다는 시상은 남조시대 양나라 강엄江淹의 「별부別賦」에서 "봄 풀 파랗고
봄 강물에 푸른 파도 이는데, 그대를 남포에서 보내니 이 슬픔을 어이하
리春草碧色, 春水綠波. 送君南浦, 傷如之何"라는 구절에서 따왔다. 또 이별
의 눈물이 푸른 물결에 더한다는 표현은 두보杜甫의 「상시 벼슬 고 아
무개에게 바치는 시奉寄高常侍」에서 "하늘 가 봄빛은 저녁을 재촉하고,
이별의 눈물은 멀리 비단 물결에 더하네天涯春色催遲暮, 別淚遙添錦水波"
라는 구절에서 왔다.

그렇다면 이 시는 짜깁기에 불과한가? 그렇지 않다.

강엄과 두보가 노래한 이별의 강은 거칠게 흘러가는 망망한 물이기
에, 그 이별은 재회할 길 없는 죽음과도 같다. 하지만 대동강물은 다르
다. 정지상이 '비 그친 긴 강둑'이라 표현한 대동강변은 생각할수록 애

잔한 이별의 공간이다. 이 시는 강엄과 두보의 시에서 착상을 얻되 시적 이미지를 변용하여 우리의 이별 정경을 그려냈다.

곧, 정지상의 이 시는 미학적 전통을 토대로 하여 독창적 시세계를 열었다고 평가할 수 있지 않을까?

그런데 대체 시 창작에서 독창성이란 무엇인가?

이 문제와 관련하여 한시의 창작이론은 격조格調와 신운神韻이란 개념을 만들어내었다. 하나 더 첨가한다면 성령性靈이란 개념도 있다. 이 가운데 격조와 신운은 서로 맞서는 개념으로 이해된다.

격조는 사전적으로는 '내용과 구성의 조화로 이루어지는 예술적 품위'를 뜻한다. 하지만 한시의 창작이론에서는 약간 뜻이 다르다. 격조를 중시하는 시인은 최고의 전범을 '법法'으로 고정하여두고 그 전범을 모방하는 데 힘쓴다. 이 때의 '법'이란 이백과 두보와 같은 성당盛唐의 시인이 이룩한 미학적 특성을 말한다. 즉 최상승最上乘의 체격體格과 성조聲調, 다시 말해 양식적 특성과 음률적 요소를 가리킨다. 그런데 이렇게 특정한 전범을 법으로 삼을 때 그것은 원리주의로 흐를 우려가 있다.

이에 비하여 신운은 작가마다 터득한 창작 원리를 말한다. 신운을 중시하는 시인은 언어 밖의 활법活法을 중시한다. 더 나아가 말로는 표현할 수 없는 깨달음의 경지悟境 자체, 혹은 신비적 분위기를 중시하였다. 이 결과 원래의 의도와는 달리 오히려 작위적인 방향으로 나갈 우려가 있다.

격조나 신운과 같은 창작 원리의 문제를 제기하게 만든 장본인은 남송 때의 문학비평가 엄우(嚴羽, 1197?~1253?)이다. 그는 스스로 창랑포객滄浪逋客이라 호를 하였으니, 현세간을 탈출하려는 의식이 강하였던 것 같다. 『창랑시화滄浪詩話』에서 그는 시에 관한 이론을 시변詩辨, 시체詩體, 시법詩法, 시평詩評, 고증考證의 다섯 부분으로 나누어 논하였다. 그는 송나라 시가 이치를 말하는 것에 반발해서인지 시 자체의 형식과 예술성을 중요시하였으며, 그러기 위해서 시를 선禪에 비유하여 논하였다.

엄우는 시도 선과 마찬가지로 오묘한 깨달음妙悟이 제일 중요하다고 주장하였다. '직지인심直指人心'과 '견성성불見性成佛'이란 말에 잘 나타나듯 선종은 즉각적인 깨달음을 중시한다. 시도 그런 깨달음이 중요하다는 것이다. 엄우는 이렇게 말하였다. "선을 하는 바른 길은 오직 오묘한 깨달음에 있고, 시를 짓는 바른 길도 역시 오묘한 깨달음에 있다. (……) 깨달음이야말로 가장 잘나가는 것이요 곧 본색이다禪道惟在妙悟, 詩道亦在妙悟. (……) 惟悟乃爲當行, 乃爲本色."

그런데 엄우는 '오묘한 깨달음'이라는 기준을 원리적으로 적용하여 이백이나 두보 등의 성당 시를 한·위·진의 시와 함께 제1의第一義로 치고, 중당의 시는 제2의, 만당의 시는 성문벽지과聲聞辟支果에 떨어진다고 비난하였다. 설리說理의 경향으로 흐른 송나라 시풍은 속류라고 해서 아예 논외로 삼았다.

이렇게 엄우가 성당을 법法으로 삼아야 한다고 주장한 이후, 그 관점을 어떠한 각도에서 보완하거나 수정하느냐에 따라 명나라 중엽 복고파의 격조설格調說, 명나라 말기 공안파公安派의 성령설性靈說, 청나라 초기 왕사진王士禛의 신운설神韻說이 나오게 되었다.

시 형식을 지키면서 감정과 생각을 충분히 표현할 수 있으려면 연습과 훈련이 필요하다. 따라서 격조 곧 법을 중시해야 한다는 이론이 나오는 것은 당연하다. 하지만 격조에 구애되면 참다운 감정과 생각의 표현이 불가능하므로 격조를 넘어 신운으로 나아가야 할 것이다. 그러나 깨달음을 지나치게 강조하다보면 몽환의 세계로 빠져들 우려가 있다.

우리 한시사에서도 매시기마다 그와 유사한 반성이 있었다. 여기서는 주로 중국의 시론과 그것을 수용한 우리 한시론을 중심으로 격조와 신운, 그리고 성령의 문제를 살펴보기로 한다.

❖❖❖

명나라 시인들은 당송의 위대한 거인 앞에서 스스로의 왜소함을 자각하지 않을 수 없었다. 명말 청초의 지성 고염무(顧炎武, 1613~1682)는 『일지록日知錄』이란 수필집에서 "명나라 때 저술된 책들은 표절 아닌 것이 없다"라고 말하였는데, 시 창작에도 그런 면이 있었다. 앞 시대가 남긴 문학 유산이 풍성하여, 후대의 시인들은 그것을 극복하기 어려웠다. 그렇기에 명나라 문인들은 대각체臺閣體와 다릉시파茶陵詩派를 거쳐 전후칠자(前後七子, 복고파), 당송파唐宋派, 공안파公安派, 경릉파竟陵派에 이르기까지 각 유파별로 독특한 문학이념을 내세우고 전통을 극복하기 위해 애를 써야 하였다.

우선 명대 초기에는 정부의 공식문서를 담당하는 일에 종사하면서 문학활동을 하였던 인물들이 국가사업을 꾸미는 데 치중한 시문학을 발달시켰다. 그러다가 명대 중엽에는 그것에 대한 반동으로 이몽양李夢陽, 하경명何景明 등 전칠자前七子, 그리고 이반룡李攀龍과 왕세정王世貞 등 후칠자後七子가 복고주의 문학 유파(전후칠자)를 성립시켰다. 그런데 그들의 복고가 모방으로 떨어지고 말았으므로, 명나라 말기에는 원굉도袁宏道 형제가 개성의 표현을 중시하는 성령설을 주장하였다. 하지만 그들의 시가 청신淸新을 지나치게 중시하다가 비속한 데로 빠지자, 그 반발로 종성鍾惺이나 담원춘譚元春 같은 사람이 음산한 분위기를 중시하는 경릉체竟陵體를 만들어내었다.

복고파의 전후칠자는 대부분 중견 관료들이면서 순수문학을 추구하였다. 그들은 '격동하는 정신'을 지니고, 간이, 솔직, 강렬함의 미를 추구하였다. 그 유파의 문학은 조선에 수용되어 소외된 서얼층이나 중인, 몰락 양반들로 하여금 정통 문인들이 주장해온 재도론(載道論, 문학은 도를 싣는 수단이어야 한다는 논리)과 대립하는 문학 중심의 문학, 혹은 내면의 윤리의식을 중시하는 절제의 문학을 낳게 하였다. 일본에서는 고학파古學派 복고파의 의고擬古 방법을 경학 연구에 응용하여 옛 텍스트를 철저히 공부하는 방법을 수립하였다.

복고파의 선구를 이루었던 다릉파 문인 이동양(李東陽, 1477~1516)은 영사악부詠史樂府 양식을 개척하여 「의고악부擬古樂府」를 창작하였다. 이것이 조선에 영향을 끼쳐서 조선 후기에는 우리 역사를 노래한 많은 해동악부海東樂府와 지방사를 소재로 한 영사악부 작품들이 출현하였다. 일본에서는 라이 산요(賴山陽, 1780~1832)가 「일본악부日本樂府」를 지었다.

복고파는 성당의 시를 최상승最上乘으로 존중하고, 나아가 한위漢魏, 악부도 모방하였다. 조선에서 임진란과 병자란 사이에 복고파가 풍미하고 성당시풍과 악부시가 인기 있었던 것은 그들의 실험 정신이 선호되었기 때문이다. 허난설헌의 시가 탄생한 것은 그러한 시대적 배경과 관련이 있다. 유성룡(柳成龍, 1542~1607)은 『난설헌집蘭雪軒集』에 발문을 적어 이렇게 평하였다. "말을 세우고 뜻을 편 것이 마치 허공의 꽃과 물 위의 달빛처럼 해맑고 영롱하기 그지없다. 맑게 울리는 소리는 형옥과 황옥이 서로 부딪치는 것 같고, 우뚝한 모습은 숭산과 화산이 빼어남을 다투는 듯하다. 가을날의 부용이 물 위에 솟은 듯, 봄날의 구름이 허공에 아련한 듯하다. 뛰어난 것은 한위의 시를 넘어서고, 그 나머지 것도 성당의 법도에 딱 들어맞는다." 유성룡은 복고파 문학을 기준으로 삼아 이렇게 말한 것이다.

하지만 복고파는 성당의 시와 유사한 것을 제1의, 만당의 시와 비슷한 것을 제2의라고 규정하면서 시 정신보다 시 형식이나 표현의 유사성을 중시하고 말았다. 더구나 격조를 중시한다면서 격조를 담고 있다고 여기는 시구를 그대로 따서 쓰는 잘못을 범하였다. 예를 들어 이반룡의 시는 성운과 풍격을 중시하였지만 시 전편의 귀취를 알 수가 없고, '백운추색白雲秋色' '대강석양大江夕陽' '산하일월山河日月' 등 상투적 표현을 많이 썼다.

조선의 시는 이 복고파를 '새로운' 유파로 수용하였다. 복고파의 '모방'을 비판하였지만, 그 나름의 문학적 성취에서 깊은 감명을 받았다. 16세기의 문호 신흠(申欽, 1566~1628)은 광해군 때 춘천에 유배되어 있으면서 쓴 수필집 『구정록求正錄』에서 이렇게 말하였다.

사람 마음이 같지 않은 것은 얼굴이 다양한 것과 같다. 시문은 마음에서부터 발하는 것이니, 어찌 같을 수 있겠는가? 그렇거늘 금세의 사람들은 당唐의 시문에 대하여 어째서 한漢이 아니냐고 따지고, 송宋의 시문에 대하여는 어째서 당唐이 아니냐고 따진다. 그리고 어쩌다 한마디라도 옛것에 가까운 것이 있으면 즉각 그것을 표하여두고 "나의 글은 한漢의 문체다" "나의 시는 당唐의 것과 같다"고 말한다. 참으로 우활하다. 이것을 산수에 비유해보자. 산에 오악五嶽이 있어서 형질이 각기 다르고 강물에 구하九河가 있어서 근원이 각기 다르지만, 그 험준하게 높이 솟음은 마찬가지고 부딪치며 넘실댐은 같아서, 모두 산이고 강인 점에서 벗어나지 않는다. 다만 산을 이루려다 구릉으로 그치고 강물을 이루려다 도랑이나 개울에 그치는 것은 수준이 낮은 것일 따름이다. 그러니 만일 그 결코 같을 수 없는 형질을 하나로 돌려 개괄한다면 조화造化에 병통이 있게 된다.

왕세정과 이반룡은 스스로 한漢을 능가하고 당唐을 뛰어넘었다고 하지만, 내가 보기에 그것은 다만 명明의 시요 명明의 글일 뿐이다. 하물며 다른 사람의 경우야 더 말해 무엇 하랴? 왕세정이 어떤 사람에게 준 서신에 보면 "명明의 시는 정말로 당시唐詩에 미치지 못한다" 운운하였는데, 이것이야말로 단안斷案이라 하겠다. 그런데 왕세정이나 이반룡의 수준에도 미치지 못하는 자들마저 입으로 당이니 송이니 하고 다투는데, 막상 그들이 내어놓은 작품이란 겉으로는 눈, 달, 바람, 꽃을 점철하여 색깔을 내었어도, 격조가 시들하고 기상이 지쳐 있기만 하니, 무관(務觀, 陸游)이나 다산(茶山, 曾幾)에게 견주려 해도 되지를 않는다. 우스울 따름이다.

신흠은 복고파의 모방을 비판하였지만 논리의 궁극에서는 명 문학이 지닌 형질과 근원을 인정하였다. 명의 복고파는 모방과 창조라는 근본 문제를 문학실천의 장에서 환기하도록 함으로써 조선 한시문의 자율성을 각성시키는 예상치 않은 공헌을 하였다.

복고파는 '문장은 진한秦漢 것을 모범으로 삼아야 하고, 시는 성당盛唐 것을 모범으로 삼아야 한다文必秦漢, 詩必盛唐'고 주장하였다. 중국 시문의 모방으로부터 출발하지 않을 수 없었던 조선의 문학가들은 복고파의 주장을, 스스로의 문학세계에 일정한 가치를 부여하는 근거로 전용하였다. 그 모방의 논리를 참조해서 '옛것을 본받는 일法古'을 인정하고 거기서 한걸음 더 나아가 '새로운 것을 창조해내는 일創新'을 주장할 수 있었던 것이다.

✣ ✣ ✣

청나라 초기의 왕사진(王士禛, 王士禎으로도 표기, 1634~1711)은 당시 선집인『신운집神韻集』(28세 때 편하였으나 전하지 않음)과『당현삼매집 唐賢三昧集』(55세)을 편찬하여, 시와 선禪의 일치를 최고로 내세웠다. 근체시의 맑고 고운 묘사 속에 무한한 정서를 감도는 점을 높이 쳤으며, 성당의 시 창작에 구현된 '투철透徹'의 '오悟'를 시 창작 방법으로 삼아 야 한다고 주장하였다. 그것을 신운설이라고 한다. 그는 그 설을『어양 시화漁洋詩話』나『대경당시화帶經堂詩話』같은 비평서에서 거듭 주장하 였다.

왕사진은 왕유王維, 배적裴迪, 이백李白, 상건常建, 맹호연孟浩然, 유 신허劉愼虛 등의 일부 오언시가 묘제妙諦와 미언微言을 담고 있는 것을 두고 선적 경지라고 간주했다. 또 고계高啓, 조능시曹能始, 이태허李太 虛, 정맹양程孟陽 등의 몇몇 율시에도 천연의 신운이 있다고 평가하였 다. 그는 물상에 얽매이지 않는 평정한 심리상태를 신운이라 여기고, 시의 외계적 범위가 아득하고 물상의 인상이 아련하며, 가을, 밤, 저녁 의 시간을 노래하여 맑고 심원한 맛을 중시하였다.

신운설은 마치 현대예술의 인상파 예술론과 유사한 면이 있다. 기존 의 형식을 부정하고 즉각적인 인상을 중시한다는 점에서 그렇다. 그러 나 인상파 예술론과는 다르다. 신운설은 인상의 표출을 위해 오히려 고 전의 표현을 차용하고 그것을 몽환적으로 재구성한다.

본래 한시는 정情과 경景을 교직하지만 자칫 정과 경이 분리되고 경 물 묘사의 언어가 지시적 기능denotative function을 부담하는 예가 적 지 않다. 내 생각에, 신운이란 그러한 경향을 극복하고 시어의 함축적 기능connotative function을 극단적으로 추구하면서 외물에 속박되지 않는 평정한 마음 상태를 추구한 것을 의미한다.

왕사진은 객관사물의 인식을 뛰어넘어 초월적이고 오묘한 '흥회興會'를 추구하였기에, 시에서 상상적인 시공간을 감각적으로 선명하게 제시하였다. 그의 신운설은 정情과 경景의 분리를 구제할 유력한 방안일 수 있었다. 그렇기에 18세기 말의 조선 문인들은 왕사진의 신운설에 주목하였다. 이서구(李書九, 1754~1825)가 시적 묘오를 중시한 것은 대표적인 예이다.

또 남공철(南公轍, 1760~1840)도 왕사진의 시를 읽고 난 뒤, "먹 갈고 붓 잡아 한두 구절을 모방하려 했으나, 비유하자면 백 길 깊이의 우물에서 보통의 두레박으로 물을 길으려는 것과 같았다. 읽으면 읽을수록 따를 수가 없기에 숨차서 바라볼 수가 없다"라고 토로하였다. 18세기 말의 조선 문인들은 명대 복고파의 '모방' 중시에 염증을 느끼고 문학을 경국(經國, 국가를 경영함)의 이념에 종속시키는 것에 권태를 느끼던 참이었다. 그런 문인들에게 신운설은 대단히 참신한 선언으로 여겨졌다. 남공철은 이렇게 말하였다.

글을 짓는 것은 모방을 싫어하며 깊이 심취함을 귀하게 여깁니다. 고금의 대가들에게서 취하여 거기에 푹 젖어 체득하여두면, 한 사람의 고인古人이나 하나의 명편名篇도 가슴속에 담아둔 적이 없지만 종이를 잡고 글을 쓸 때 손길 닿는 대로 고법古法에 맞아 절로 아무개 아무 편의 흔적이 없게 될 것입니다. 모방이란 마치 사람이 향기를 좋아하여 그저 온몸에 향낭香囊을 차는 것과 같습니다. 이에 비해 푹 젖어 체득함이란, 마치 사람이 하루 종일 향수 가게에 머물러 있으면, 옷과 띠에 향기 나는 물건을 하나도 걸치지 않았는데도 온몸에 향기가 배는 것과 같습니다.

그러나 왕사진의 신운설은 현실로부터의 도피라는 정신태도와 밀접한 관련이 있었다. 조선 후기의 사대부 문인들이나 민간의 시인들은 우환의식을 완전히 벗어버릴 수 없었기에 그러한 태도를 승인할 수 없었다. 조선의 대시인 신위(申緯, 1769~1845)가 신운설을 수용하면서도 왕사진과는 달리 두보의 시에 주목하고 실사實事를 강조한 것은 그 때문이다. 그는 "신운의 기준만으로 당시를 다 논할 수는 없다. 실사를 모르고서 어찌 진실을 알랴. 왕유, 위응물, 한유, 두보 그 어느 누구도 폐기해서는 안 된다. 모두 궤철軌轍을 같이하여 문호를 연 사람들이다"라고 하였다.

왕사진의 '신운'은 결국 작위적 애상哀傷으로 흐르고 말았다. 왕사진이 신운설의 이론을 적용하여 지은 「추류秋柳」 4수는 그 대표적인 예이다. 왕사진은 그 시의 서문에서 이렇게 말하였다.

지난날 강남의 왕자(굴원을 가리키는 듯)는 낙엽에 느껴 슬픔을 일으키고 금성의 사마(동진의 환온桓溫)는 버드나무 긴 가지를 붙잡고 눈물을 떨구었다. 나는 본디 한 많은 사람으로서 성격이 툭하면 감개하고는 한다. 그래서 감정을 버드나무에 부치는 것이 『시경』 소아小雅 「출거出車」편에 나오는 말몰이 병사와 같다. 슬픈 가을에 가탁하여 상념을 흘려내고 상수 언저리의 상부인을 멀리 바라본다.

「추류」의 첫 수를 소개하면 이렇다.

秋來何處最銷魂   가을날 어디가 가장 애간장을 끊는가
殘照西風白下門   금릉성 백하문 근처, 낙조 비치는 곳.
他日差池春燕影   지난날엔 봄 제비 그림자 들쑥날쑥하더니

祇今憔悴晚煙痕　지금은 쓸쓸하구나 저녁 안개 속에.

愁生陌上黃驄曲　죽은 애마 위해 당태종이 지은 맥상황총곡은 수심을 일
　　　　　　　　으키고

夢遠江南烏夜村　강남 오야촌에 태어난 하황후의 일은 아득한 옛일.

莫聽臨風三弄笛　환이桓伊가 왕휘지王徽之 위해 바람결에 세 번 불었다는
　　　　　　　　피리 곡조는 차마 듣지 못하겠네.

玉關哀怨總難論　옥문관 병사들이 이 곡 듣고 슬퍼할 마음은 도무지 표현
　　　　　　　　키 어려워라.

　이 시는 이렇게 애상의 정경을 거듭 상상하였다. 그 정경은 결코 실경
實景이 아니다. 실경은 중요하지 않고 애상의 정조만 중요하였다.

　정약용丁若鏞은 왕사진의 '신운'이 작위적 애상으로 흐르고 만 점을
비판하였다. 만년에 쓴 「노인에게 유쾌한 일老人一快事」이라는 연작시
가운데 한 수에서 "나는 한유韓愈의 「산석山石」 시구를 사모하나니, 어
린 계집 비웃음 살까 두렵다만, 억지 슬픔 꾸며내어 애간장 부러 끊을
수야 없지我慕山石句, 恐受女郎嗤. 焉能飾悽惋, 辛苦斷腸爲"라고 하였다.
'여랑女郎'은 원나라 원호문(元好問, 1190~1257)의 「논시절구論詩絶
句」 제24수에서 끌어온 표현이다. 원호문은, 북송 시인 진관(秦觀,
1049~1100)이 "정 많은 작약은 봄날 눈물을 머금었고, 무기력한 장미
는 저녁나절 가지를 누이고 있네有情芍藥含春淚, 無力薔薇臥晚枝"(「봄날
春日」)라고 한 표현과 한유의 「산석山石」을 비교하여 "비로소 진관의 시
가 계집애 시임을 알겠네始知渠是女郎詩"라고 논한 바 있다. 여기서는
왕사진을 빗댄 말이다.

　조선 후기 문인들은 구세의 의지를 버리지 않았기에, 신운의 창작 방
법을 참고는 하여도 그 시 정신을 수용할 수는 없었던 것이다.

❖❖❖

앞에서 격조와 신운의 이론에 중점을 두어 말하였으나, 시 이론에서 또하나 중요한 것이 성령설이다. 이것은 청나라 때 원매(袁枚, 1716~1797)가 주장한 것인데, 그 연원을 따져보면 명나라 말기 공안파 문학가들이 주장한 개성 중시의 이론과 통해 있다.

공안파의 중심 인물이 원굉도이다. 시에서 그는 '홀로 성령을 펼쳐낼 것獨抒性靈'을 주장하였다. 개성을 중시한 것이다. 그는 인간의 주체성과 개성을 중시한 양명좌파의 철학에서 영향을 받아, 우주의 운동에서 '변變'을 중시하고 문학에서도 혁신을 시도하였다. 원굉도는 당시唐詩가 당시일 수 있었던 것은 그것이 이전 것을 모방하지 않았기 때문이고 송시宋詩가 송시일 수 있었던 것도 당시를 모방하지 않고 나름대로 시풍을 개척했기 때문이라고 하였다. 개인의 창조가 그러하듯 시대의 창조도 '기운'에 부합하여 '변화'하게 마련이라고 보았다. 모범의 격조를 상대적으로 평가하고 각 시대와 각 시인의 문학적 가치를 상대화시켜 인정한 것이다.

또한 원굉도는 "본성이 안주하는 바는 억지로 어떻게 할 수가 없다. 본성에 따라서 행하는 것이야말로 참된 주체이다性之所安, 殆不可强, 率性而行, 是謂眞人"(「장유우의 잠명 뒤에 간단히 적다識張幼于箴銘後」)라고, 각각의 개성을 따르는 '참된 주체眞人'를 추구하였다. "사물은 참된 것이 귀하다. 참될 것 같으면 나의 얼굴은 그대의 얼굴과 같지 않다. 하물며 옛사람의 얼굴과 같겠는가!" "세상의 도리가 변하므로 문학도 그에 따라 변하게 마련이다. 지금 문학이 반드시 옛 문학을 모방할 필요가 없음은 형세상 필연적이다." 그는 자기 시가 "마음에 떠오르는 대로 내뱉고 입에서 나오는 대로 이야기하는信心而出, 信口而談" 희필戱筆에 불과

할 따름이라고 하면서, '자기의 흉중에서 유출함從自己胸中流出'을 시 창작의 원리로서 강조하였다.

원굉도의 시 창작론은 조선 후기의 시가 진실과 정감을 담는 방향으로 나아갈 때 참고가 되었다. 이를테면 이용휴(李用休, 1708~1782)는 개성을 중시하는 사상에 기반을 두고 문학에서 참眞을 강조하였다. 그래서 여항문인 이언진李彦瑱의 문집에 서문을 써주면서 '나로부터 견해를 세운다從己起見'는 진실정감의 문학론을 내세웠다. 여항문학의 개성적 시세계를 적극적으로 인정한 것이다.

한편, 청나라의 원매는 시학에서 개인의 창조 능력과 식견, 체험을 강조하였다. 건륭시대 때 심덕잠沈德潛이 격조설을 주장하여 궁정시인으로 성공한 데 비하여, 원매는 재야시인으로 있으면서 인간의 성性의 영묘靈妙한 힘, 성정性情의 자유로운 유로流露를 주장하였다. 그는 풍류 생활에서 시의 소재를 얻었고 재원才媛들을 제자로 모아들이는 등 당시의 윤리관에서 벗어나는 행동을 하였다. 『속시품續詩品』「상식尙識」에서 그는, "배움은 활과 같고 재주는 화살촉과 같다. 식견으로 이끌어나가야 비로소 과녁을 맞힐 수 있다學如弓弩, 才如箭鏃, 識以領之, 方能中鵠"라고 하였다. 탄력이 강한 활에 날카로운 촉을 단 화살을 재어 힘 센 궁사가 활을 힘껏 당겨야 멀리 있는 과녁을 맞힐 수 있다. 마찬가지로, 선천적으로 타고난 재주와 후천적으로 얻은 식견이 있어야만 최고의 시를 낳을 수 있다고 본 것이다. 개인의 창조적 역량과 경험을 중시한 점은 원굉도의 성령설과 맥을 같이한다. 원매는 『수원시화隨園詩話』에서 "시란 사람의 감정을 드러내는 것이므로, 시를 짓는 데 나라는 존재가 없을 수 없다"라고 하였다.

❖❖❖

시는 별도의 재주가 있어야 한다고 논한 것은 엄우였다. 시를 짓기 위해서는 견식(시 공부)보다도 시적 깨달음이 필요함을 주장한 것도 그였다. 그러나 그는 결코 전범을 무시하지도 시 공부를 배격하지도 않았다. 그렇거늘 후대의 어떤 사람들은 그의 시 이론을 잘못 이해하여 대가의 시를 모방하거나 별도의 깨달음을 찾아나서거나 시적 분위기를 억지로 꾸며내었다. 한쪽 면만 편협하게 강조한 결과였다.

하지만 시는 역시 '옛것을 본받음法古'과 '새것을 만들어냄創新'을 통일해야 할 것이다.

박지원朴趾源은 서유본(徐有本, 1762~1822)이란 사람에게 보낸 장편의 시 「좌소산인(서유본)에게 주다贈左蘇山人」에서 바로 법고法古와 창신創新의 변증법적 통일을 주장하였다. 또한 앞서 거론한 이용휴도, 시인의 개성을 중시하면서도 미학적 전통을 함께 중시하였다. 이용휴는 "시품은 각각 다르다. 그러면서도 각각 좋은 시이다詩品不同, 皆爲好詩"라고 하여 각각의 시가 지닌 미적 특질을 평심으로 대하였다. 그러면서도 옛것을 격률로 삼는다는 뜻의 격고格古를 함께 중시하였다.

시인은 무엇보다도 자기 자신을 믿어야 할 것이다. 『임제록臨濟錄』을 보면, 임제선사는 각자 자기 자신을 믿으라고 외쳤다. "그대, 내 앞에서 법문을 듣고 있는 그대, 우리들이 조상처럼 섬기는 부처와 조금도 다름이 없건만 자기를 믿지 못하고 밖으로만 향하다니, 아서라." 수행자 자신이 추구하는 것은 마음 밖의 다른 것이 아니라 마음 자리의 법心地法이라고 한 것이다. 엄우가 시적 깨달음에서 중시한 것은 바로 마음 자리의 법을 중시하는 태도가 아니었던가?

임제선사는 불법佛法을 밖에서 구하려는 이들을 두고, 아무거나 닥치는 대로 먹어치우는 염소나 양에 비유하였다. "그대들은 부산하게 제방을 쏘다니며 무얼 구한다고 발바닥이 판자마냥 판판해지도록 다니느냐? 구할 부처도 없고, 일컬을 도도 없고, 얻을 부처도 없다."

그러나 자기 안에 무엇이 있다고 자만해서도 안 된다.

대덕들이여! 내가 밖에 법이 없다고 말하자, 공부하는 이들이 그 말귀를 알아듣지 못하고 안으로 알음알이를 내어 벽을 보고 앉아서 위 잇몸에 혀를 찰싹 붙이고 꼼짝 않고 담담히 앉아 있다. 그러고는 이것이 조사 문중의 불법이라고 여긴다. 정말 잘못이다.

자기 속으로 들어가 고정되면 그것은 도리어 수행인을 달아매는 말뚝이 되고 만다. 임제선사는 고함쳤다. "허공에 말뚝을 박지 말라"라고.

도를 배우는 이들이여! 법다운 견해를 터득하려면 남에게 끌려가지 않기만 하면 된다. 안에서나 밖에서나 마주치는 대로 죽여라. 부처를 만나면 부처를 죽이고, 조사祖師를 만나면 조사를 죽이고, 나한을 만나면 나한을 죽이고, 부모를 만나면 부모를 죽이고, 친척 권속을 만나면 친척 권속을 죽여라. 그래야만 비로소 해탈하여 사물에 구애되지 않고 투철히 벗어나 자유자재해진다.

이와 마찬가지로, 시에서 깨달음을 중시할 때 그 어떤 외부적인 권위도 인정하지 않을 것이다. 임제선사의 표현을 빌리자면 '경박스럽게 장로들에게 인가를 받아서 나는 선을 알고 도를 안다고 나불거릴' 필요가 없다.

하지만 자기의 앞에 위대한 거인, 위대한 전통이 있음을 자각하고 그

것을 방편 삼아 새로운 세계를 열어 보여야 한다. 엄우의 『창랑시화』는
이 점을 말하고자 하였으리라. 그러나 그의 언설은 교조적, 훈계적 색
채를 띠는 바람에 왜곡되고 말았던 것이다.

미국의 게리 스나이더Gary Snyder라는 시인에게 『시경』의 「벌단伐
檀」편에서 착상을 얻어 전통의 연속과 창조의 문제를 노래한 시가 있
다. 『도끼자루들Axe Handles』이라는 시집에 들어 있는 「도끼자루들Axe
Handles」이라는 시이다. 자선집 『No Nature無性』(강옥구 옮김, 한민사,
1999)에도 수록되어 있다.

One afternoon the last week in April
Showing Kai how to throw a hatchet
One-half turn and it sticks in a stump.
He recalls the hatchet-head
Without a handle, in the shop
And go gets it, and wants it for his own.
A broken-off axe handle behind the door
Is long enough for a hatchet,
We cut it to length and take it
With the hatchet head
And working hatchet, to the wood block.
There I begin to shape the old handle
With the hatchet, and the phrase
First learned from Ezra Pound
Rings in my ears!
"When making an axe handle

the pattern is not far off."

And I say this to Kai

"Look: We' ll shape the handle

By checking the handle

Of the axe we cut with—"

And he sees. And I hear it again:

It's in Lu Ji's Wên Fu, fourth century

A.D. "Essay on Literature"— in the

Preface: "In making the handle

Of an axe

By cutting wood with an axe

The model is indeed near at hand."

My teacher Shih-hsiang Chen

Translated that and taught it years ago

And I see: Pound was an axe,

Chen was an axe, I am an axe

And my son a handle, soon

To be shaping again, model

And tool, craft of culture,

How we go on.

어느 사월의 마지막 주 오후

손도끼를 반원으로 돌려

나무 그루터기에 꽂는 법을 카이에게 보여주었다.

그는 작업장에 있는

손자루 없는 도끼 머리를 기억하고

그것으로 자기 도끼를 만들고 싶어했다.

문 뒤에 폐품 도끼 자루가 있는데

그 길이가 안성맞춤이어서

그것을 알맞게 잘라

도끼 머리와

쓸 만한 손도끼와 함께 그루터기로 가져갔다.

그곳에서 그 낡은 자루를

손도끼를 따라서 모형을 뜨는데, 에즈라 파운드에게서

처음으로 배운 구절 하나가

내 귀를 울린다!

"도끼 자루를 만들고 있을 때는

그 모형이 멀리 있지 않다."

그래서 카이에게 이렇게 말한다.

"잘 봐 : 우리가 자르고 있는

도끼의 자루를 살펴보면서

이 자루의 모형을 뜰 것이다―"

카이가 그것을 본다. 그 구절을 다시 듣는다.

그 말은 4세기 루지陸機의 「웬푸文賦」 안에 있는

"문학에 대한 수필"의 서문에 있다. "도끼의

자루를 만들 때

도끼로 나무를 자르면

진실로 그 모형이 가까운 곳에 있다."

나의 스승인 첸 슈상이

그것을 번역하여 오래 전에 우리에게 가르쳐주었다.

이제 나는 본다 : 파운드가 도끼였고,

첸도 도끼였고 나도 도끼고

내 아들이 자루이고, 오래지 않아

그가 다시 모양을 다듬을 것이고, 모형과

연장, 문화의 기능

그렇게 우리는 계속한다.

　문화의 수준이 진보하는 것은 기존의 성과와 전통의 가치를 긍정할 때 가능한 일이다. 중세의 지식인 베르나도스의 말을 상기할 필요가 있다. "우리들은 거인의 어깨 위에 선 난장이와 같다. 그렇기에 거인들보다도 더 많은 것을, 더 먼 것을 볼 수가 있다. 하지만 그것은, 우리들의 눈이 그들보다도 날카롭고 키가 그들보다 크기 때문이 아니다. 그들이 우리를 들어올려, 거인의 높이에까지 끌어올렸기 때문이다." 이 글의 첫머리에 인용하였던 아이작 뉴턴의 '거인의 어깨 위에 서다'라는 말은 실은 여기서 차용해온 것이다.

　한시의 작가들은 법法으로 삼아야 할 여러 대가들의 어깨 위에 서서 비로소 보다 많은 것을 보고 보다 먼 것을 보려고 시도할 수 있었다. 물론, 한시의 미학적 수준이 시대와 더불어 반드시 진보하였다고는 말할 수 없지만 말이다.

13. 창작인가 모방인가

✤ ✤ ✤

위대한 시인의 시세계는 전통의 틀에 제한되면서도 그 나름의 독창성을 지니게 마련이다. 역사에 족적을 남긴 위대한 인물들의 '광기 어린' 행위가 그러하듯이.

김시습金時習은 가치가 전도된 현실을 그대로 좌시할 수가 없어서 머리 깎고 중 옷을 걸치고 방랑길에 올랐는데, 수염만은 그대로 두었다고 한다. 유학자들은 그것을 두고, 김시습이 비록 승려의 행색으로 떠돌았지만 신체발부를 중시하는 유학자로서의 가치관을 분명히 밝힌 것이며, 따라서 그는 겉으로만 승려의 행색이었지 정신세계는 유학자의 본질을 그대로 지녔다고 해석하였다. 하지만 승려가 머리를 깎고도 수염은 기르는 것은 실은 원나라 때의 풍속이었던 듯하다. 김시습이 수염을 기른 것은 원나라 말 천연天淵이란 승려가 수염을 길렀다는 고사와 유사하다는 지적이 진작에 있었다. 그런데 평안도 성천成川 법흥산法弘山의 법흥사法興寺에 조선 후기까지 남아 있었던 인도 승려 지공指空, 고려 왕사 나옹 혜근惠勤, 무학존자無學尊者의 화상을 보면 모두 체발은 하되 수염은 그대로였다고 한다. 김시습이 출가할 때 '수염은 그대로 두었던' 것은 고려 말 이래의 유풍이었을 가능성이 높다. 그렇다면 그의 그러한 행색은 아무 의미가 없단 말인가. 그렇지 않다. 당시 승단의 어느 누구도 취하지 않은 행색을 취함으로써 그는 세상으로부터 스스로를 소외시켰고, 그럼으로써 현실의 질곡으로부터 벗어나 자유인으로서 살아갈 수 있었다.

앞에서 한시 창작 이론 가운데 가장 정돈된 체계를 갖추었던 격조설格調說, 신운설神韻說, 성령설性靈說에 대하여 살펴보면서, 그것들이 실은 '시 창작에서의 독창성' 문제를 탐색한 끝에 제기된 것이었다고 말한 바 있다. 격조를 중시하는 시인은 시적인 완성도를 높이기 위해 최고의 전범을 학습하지만 결국 그 전범을 모방하는 데 치중하게 되었다. 신운을 높이 치는 작가는 스스로 터득한 시의 창작 원리를 강조하다가 깨달음의 신비적 경험을 중시하는 데로 흐르고 말았다. 의도는 좋았으나 결과가 잘못이었다고 할지 모르겠다.

한시는 참신한 소재의 선택과 묘사, 주제 설정, 형식의 실험을 중시한다. 하지만 당나라 때 한시가 개화하고 북송때 흐드러진 뒤로, 시인들은 거장들의 시세계와 시 정신을 넘어서는 것이 아주 어렵게 되고 말았다. 더구나 한시는 소재 선정, 묘사 방법, 주제 설정, 형식 구성의 모든 면에서 '유형화된 목록'을 참조하는 관습이 있었다. 매화를 노래하면 지조와 고결함을 노래한다든가, 여행지에서 시를 쓰면 고독감을 토로한다든가, 술을 마시면서 시를 지을 때는 세속으로부터의 일탈과 망년지우忘年之友를 기꺼워한다든가 하는 식으로.

한시는 기법의 면에서 수많은 전범이 있다. 남송 말년의 시론가 엄우
嚴羽는 이미 『창랑시화滄浪詩話』에서 중국시의 유파를 오십여 개로 나
누었다. 그뒤로 원, 명, 청의 시파가 더 분화하였다. 그래서 시론가마다
갖가지 시파 분류의 방식을 제시해왔다.

후대로 갈수록 '창조'는 더욱 어려워질 수밖에 없었다. 후대의 시는
종전의 기법과 주제를 이용하고, 앞 시대 시인의 어느 시 어느 구절을
따왔거나 어느 구절을 바꾸어 쓴 것이 아주 많다. '나의 시吾詩'를 만들
려 하였던 시인들은 민간의 비속한 노랫말을 시 속에 끌어들이거나 구
법을 까다롭게 하기도 하였다. 명나라 말의 원굉도袁宏道는 시어를 모
두 자기로부터 만들어내려고 각고刻苦하였는데, 그 결과 이루어진 시어
와 시구는 비속하거나 난해한 예가 많다.

벌써 당나라 때 시인들조차도 시 짓기의 어려움을 토로하였다.

吟安數箇字　　읊조려 서너 개 적당한 글자를 찾으려고
撚斷幾莖髭　　수염을 몇 개나 비벼대어 끊었던가?

吟成五字句　　다섯 자 글귀를 만들려고
用破一生心　　일생의 마음을 다 부수었다.

兩句三年得　　두 글귀를 세 해 만에 얻고는
一吟雙淚流　　한 번 읊으면서 두 줄기 눈물을 흘리노라.

欲識吟詩苦　　시 읊기 괴로움을 알려 한다면
秋霜若在心　　서리가 마음에 걸려 있다고 상상하라.

등등. 한국 한시의 경우는 사정이 더욱 나빴다. 중국의 전범이 있었고 우리나라 한시의 전범이 또 있었기 때문에 새 경지를 열기가 무척 어려웠다. 시에 대한 갖가지 담론을 적어둔 '시화' 들은 표절이냐 환골탈태냐를 두고 적지 않은 논의를 펼쳤다. 고려 중엽의 『파한집破閑集』 『보한집補閑集』과 같이 시화詩話를 담고 있는 수필집에서부터, 조선 성종 때 서거정(徐居正, 1420~1488)이 처음으로 '시화' 란 이름을 사용한 『동인시화東人詩話』나, 조선 후기에 홍만종(洪萬宗, 1643~1725)이 '시평' 이란 제목을 붙인 『소화시평小華詩評』에 이르기까지 모두 그렇다. 표절이라면 창작물로 인정할 수 없지만 환골탈태라면 창작성을 인정할 수 있다는 식의 논리도 있다. 무엇이 표절이고 무엇이 환골탈태인지 그 기준이 아리송하기만 하다.

❖ ❖ ❖

한시에서 표절의 문제가 대두된 것은 특히 시어의 전용과 관련해서였다. 즉 고인의 묵은 말陳言을 자기 시 속에 넣어 "신령스런 단약丹藥 한 톨로 쇠에 점을 찍어 금으로 만드는 방식靈丹一粒, 點綴成金" (북송 때 황정견黃庭堅의 말)과 관련되어 있다. 그 방식 자체를 부정할 것인지 인정할 것인지, 그 방식으로 과연 금을 만들어내었다고 어떻게 평가할 것인지 하는 문제가 늘 쟁점이었다. 그 방식을 긍정하면 '환골탈태換骨奪胎' '환골법換骨法' '점화點化' 라고 부른다. 부정적으로 말할 때는 '도습踏襲' 이나 '표절剽竊' 이라고 한다. '도습' 은 그래도 가치중립적이지만 '표절' 은 매우 부정적이다. 더 부정적인 말은 '남의 무덤을 도굴하는 수법發塚手' 이다.

한시의 작가나 비평가들은 대개 '환골탈태'를 높이 쳤다. 서거정은
『동인시화』에서 "시는 도습을 꺼린다"라고 도습을 비판하였지만, 같은
책의 다른 곳에서는 환골법의 묘함을 높이 쳤다. 그 자신의 시에도 환골
법의 예가 상당히 발견된다.

본래 중국의 원, 명, 청 시대 문인들이나 우리나라의 고려 말, 조선시
대 문인들은 당시唐詩만 최고 전범으로 볼 것인가 송시宋詩도 그 가치를
인정할 것인가 하는 문제로 많은 논란을 벌였다. 그리고 자신들의 시에
이른바 당시풍, 송시풍의 특성을 반영시켰다. 그런데 그 경우, 당시나
혹은 송시에서 어구를 '도습'하였다. 그 도습을 환골탈태로 평가해야
할까, 표절로 매도해야 할까?

조선 중엽에 서얼 출신으로서 당시풍을 추구하였던 시인이 이달李達
인데, 그의 시어에도 도습이 없지 않았다.

즉, 이달보다 조금 뒤의 비평가 양경우(梁慶遇, 1568~?)는 이달의 악
부체 시「새하곡塞下曲」3수를 표절이라고 비판했다. 이 3수는 학사 최
경창(崔慶昌, 1539~1583)이 평마부사로 함경도에 부임할 때 지어준 것
이라고 한다. 그 첫 수는 이러하다.

都尉分軍夜斫營　도위가 분대 거느려 밤에 적진을 습격하니
漢家金鼓動邊城　한나라 군대의 쇠와 북 소리 변방 성에 요동치네.
朝來更聽降胡說　항복한 오랑캐에게 아침에 들으니
西下陰山有伏兵　서쪽 산 너머에 복병이 있다 하는군.

양경우는 이 시가 당나라 우곡于鵠의 시「출새出塞」3수 중 제3수에
나오는

度水逢胡說　물을 건너 오랑캐 만나 들으니

沙陰有伏兵　모래톱 너머에 복병이 있다 하는군.

에서 표절하였다고 보았다. 그것도 옛 시인의 구절을 완전히 베껴서 몇
자만 더하여 일시의 사람들을 놀라게 하려 했으니, 공취(公取, 공공연하
게 취해온 것)나 절취(竊取, 몰래 취해와서 표절인지 잘 알 수 없게 한 것)의
수준이 아니라 아예 남의 무덤을 도굴하는 솜씨發塚手라고 하였다.

　양경우는 이달의 시에 대해서는 표절 여부를 매섭게 논하였지만, 유
사한 문제점을 안고 있는 다른 사람의 시에 대해서는 표절의 혐의를 벗
겨주려고 애썼다. 즉 그는 정사룡(鄭士龍, 1491~1570)의 「후대에 밤중
에 앉아서後臺夜坐」 제2수 가운데 둘째 연頷聯이 중국 시인의 시구를 따
왔으되 매우 교묘하다고 평하였다. 후대後臺는 결성結城 곧 나주에 있
던 대臺인데, 정사룡의 시는 시판에 적혀 결성의 동상헌東上軒 벽에 걸
려 있었다고 한다. 문제의 시는 이러하다.

煙沙浩浩望無邊　안개 낀 모래톱이 넓게 깔려 끝없이 드넓고
千仞臺臨不測淵　수천 길 후대가 깊이 모를 못에 임하였네.
山木俱鳴風乍起　바람이 언뜻 일어나 산의 나무들 울어대고
江聲忽厲月孤懸　달이 외로이 걸린 때 강물 소리 홀연 매섭구나.
平生牢落知誰藉　일평생 고단한 나를 누가 위로해주랴
投老迍邅只自憐　늘그막에 어정거리는 가련한 내 신세.
擬着宮袍放舟去　황제 내린 도포 걸치고 배를 타고 떠나서
騎鯨人遠問高天　고래 타고 하늘로 오른 이백을 닮을거나.

칠언율시로, 함련과 경련의 대對가 교묘하다. 그런데 함련의 안짝('山

304

木俱鳴風'乍起')은 송나라 진여의陳與義의 「밤비夜雨」라는 시 가운데 제 4구 "밤비 내리자 나뭇잎 모두 울고木葉俱鳴夜雨來"에서 따왔다. 바깥짝 ('江聲忽厲月孤懸')은 오융吳融의 「속내를 적다書懷」라는 시 가운데 제3구 "여울물 소리 홀연 높구나, 어느 곳에 비가 오나灘響忽高何處雨"에서 따 왔다고 한다. 그래서 표절이라는 비난이 있었다. 하지만, 양경우는 "주 물을 해내듯 녹여내어 아무 흠 없이 완전하다陶鑄之圓全無欠"고 찬탄하 였다.

정사룡의 시에서 "바람이 언뜻 일어나 산의 나무들 울어대고"는 분명 히 진여의의 시로부터 빌려왔다고 하겠지만, "달이 외로이 걸린 때 강 물 소리 홀연 매섭구나"라는 표현은 과연 오융의 시구에서 가져왔다고 할 수 있을까? 참으로 애매하다. 더구나 '달이 홀로 걸렸다月孤懸'라는 표현은 '물소리가 갑자기 커지는 것'과 아무런 상관이 없다. 하지만 양 경우는 그 둘이 관계가 깊다고 변호하였다.

그렇다면 우리는 다음에 거론되는 시구들을 '환골탈태'라고 부를 것 인가 '표절'이라고 부를 것인가?

서거정은 『동인시화』에서 '도습하는 병폐'를 벗어나지 못한 예로 이 런 시구들을 들었다. 즉, 고려 말 홍자번(洪子藩, 1237~1306)의 「중국에 조회하러 가는 상마연朝天上馬」에서 "부끄럽네 숲 아래서 경전 돌리며 읽던 손으로, 석양 가리며 중국 서울로 향하다니愧將林下轉經手, 遮却斜 陽向帝京"라고 한 구절, 한종유(韓宗愈, 1287~1354)의 「한양 촌장漢陽村 庄」에서 "은나라 솥에 국 끓이던 손으로, 되려 낚싯대 잡고 저녁 모래밭 으로 내려가네却將殷鼎調羹手, 還把漁竿下晚沙"라고 한 구절, 그리고 권 근(權近, 1352~1409)의 「양촌에 이르러到陽村」에서 "임금님 조칙을 윤 색하던 손으로, 산촌의 보리술 잔을 기울일 수 있다네直將潤色絲綸手, 能 倒山村麥酒盃"라고 한 구절이 모두 당나라 두목(杜牧, 803~852)의 「도중에 지은 절구 한 수途中一絶」에서 "서글프구나. 강호에서 낚시하던 손으로, 지는 해를 가리면서 장안으로 향하다니惆悵江湖釣竿手, 却遮西日向長安"라고 한 구절을 베껴온 것이라고 하였다. 심지어 고려 말 이숭인(李崇仁, 1349~1392)의 「여강 누대에서 약재 김구용에게 시를 주고 떠나다驪江樓留別金若齋」의 "어찌하여 낚시하던 손으로, 채찍질하면서 서울로 향하는가如何釣竿手, 策馬向都京"라는 구절도 두목의 그 구절을 베껴왔다고 보았다.

또 이규보李奎報의 「신유년 오월에 집에 들어앉아 아무 일 없어 고요히 지내는 중에 두자미(두보)의 '성도초당' 시의 운자를 이용하여 짓다辛酉五月端居無事 和子美成都草堂詩韻」 3수 가운데 제1수에

披襟快得風來北　옷깃 풀매 북쪽에서 바람 불어와 시원하구나.
隱几從敎日向西　팔걸이에 기대, 해야 서쪽으로 지든 말든.

이라는 구절이 있다. 서거정은 그 글자 사용이 송나라 한구韓駒의 「밤에 영릉에 묵다夜泊寧陵」에 들어 있는

朝辭杞國風微北　아침에 기국을 떠나매 바람은 북쪽에서 살랑 불고
夜泊寧陵月正南　밤에 영릉에 머무니 달은 바로 남쪽에 있도다.

라는 구절과 우연히 일치한다고도 할 수 있고 그것을 점화해온 것이라고도 할 수 있다고 하였다. 여기에 이르면 표절인지 점화인지 판단하기 정말 어렵다.

시인 가운데는 '도습'을 하되 시어를 조금만 바꾸어놓고 스스로의 시라고 만족해하는 경우도 있었다.

전원파 시인이자 선禪을 시에 접목시킨 시인으로서 매우 저명한 왕유王維는 이가우李嘉祐의 시구 "논에 백로 날아가고, 여름 나무에 꾀꼬리 지저귀네水田飛白鷺, 夏木轉黃鸞"에 각각 '막막漠漠'과 '음음陰陰' 두 글자씩만 더하여 자신의 시구로 삼은 일이 있다. 그런데 비평가들은 왕유의 시구가 이가우의 시를 점화하여 백 배나 더 정채롭다고 칭송하였다.

　　이익(李瀷, 1681~1763)도 『성호사설星湖僿說』에서, 도연명陶淵明의 「사시四時」라는 시("春水滿四澤, 夏雲多奇峰. 秋月揚明輝, 冬嶺秀孤松")의 기구와 승구 가운데 한 번은 명사를 바꾸고 한 번은 수식어와 동사를 바꾸어, "봄철 녹음은 사방 들에 가득하고, 여름철 나무에는 기이한 꽃 많구나春陰滿四野, 夏樹多奇花"와 "흐르는 물은 돌아와 못을 이루고, 비 갠 구름 머물러 봉우리를 이루었다流水歸成澤, 晴雲逗作峰"라는 두 연구聯句를 만들고는 흡족해하였다.

　　그런데 같은 도습이라고 하여도 본래의 뜻을 뒤집는 방법은 번안법飜案法이라 하여 별격으로 평가하였다. 곧, 번안법이란 같은 소재를 두고 시상을 뒤집거나 비슷한 시어를 반대의 내용으로 사용하는 것을 말한다. 예를 들어 한시에서 어부漁父를 소재로 할 때는 대개 어부의 한가로운 멋을 취하는 것이 보통이다. 어부를 소재로 그림들도 한가로운 멋을 추구한 것이다. 하지만 고려 중엽의 김극기金克己는 「어옹漁翁」이란 시에서 어부도 위험을 겪는다고 말하여, 세상 어디고 편안한 곳이 없다는 위기의식을 드러내었다.

天翁尚不貰漁翁　　하느님은 오히려 어옹에게 너그럽지 않아
故遣江湖少順風　　일부러 강호에 순풍을 적게 보내네.
人世嶮巇君莫笑　　인간 세상 험하다고 그대는 웃지 마소
自家還在急流中　　제 스스로 도리어 급류 속에 있는 것을.

번안법은 아니지만, 고인의 시와는 다른 각도에서 시상을 전개하고 주제사상을 담아내는 방식이 있다. 이것은 아예 창작이라고 보아야 할 것이다. 조선 초기의 문인 성간(成侃, 1427~1456)은 「어부漁父」에서

數疊靑山數曲煙	겹겹 푸른 산, 안개 낀 골짜기,
紅塵不到白鷗邊	속세 티끌 이르지 않고 흰 갈매기 사는 곳.
漁翁不是無心者	고기잡이 늙은이는 욕심 없지 않아서
管領西江月一船	한 배 가득 서강의 달을 차지하였군.

어부가 서강의 달을 차지하려는 욕심을 지녔다고 하였다. 산수 자연에 욕심을 둔다는 것은 세속에 욕심을 두지 않는다는 뜻이다. 결국 이 시는 통념을 뒤집어 어부의 청한한 삶을 부각시킨 것이다.

옛 시에서 제재를 취하되 새로운 주제사상을 담은 대표적인 예로는 김시습이 〈여망(呂望, 태공망)이 위천에서 낚시하는 그림渭川釣魚圖〉에 썼다고 하는 시를 들 수 있다. 김시습의 문집에는 「낚시하던 두 늙은이를 비웃는다嘲二釣叟」 가운데 첫째 수로 실려 있다. 그런데 그 시는 당나라 시인 온정균(溫庭筠, 812~870?)이 위수渭水에서 쓴 다음의 시를 번안한 것이라고 한다.

呂公榮達子陵歸	여공은 영달하고 엄광嚴光은 귀거래했지
萬古煙波遶釣磯	만고에 내 낀 물결은 낚시바위를 감도누나.
橋上一通名利客	다리 위로 명리객 한 번 지나간 뒤
至今江鳥背人飛	지금도 물새들은 사람을 등지고 나네.

한편 김시습의 시는 이러하다.

風雨蕭蕭拂釣磯	비바람이 스산하게 낚시바위 스칠 때
渭川魚鳥識忘機	위천에서 물고기 새와 함께 욕심 잊었더니
如何老作鷹揚將	어인 일로 늘그막에 응양 장군 되어서
空使夷齊餓採薇	속절없이 백이 숙제가 고사리 캐게 하였나.

위수 가에 은둔하던 여망이 무왕武王의 사부가 되어 은나라 멸망에 협찬한 사실을 비판하면서, 정난(靖難, 수양대군이 김종서 등을 죽인 정변인 계유정난) 공신들을 응양鷹揚 장군에 견주고 자기를 백이 숙제에 비유한 것이다. 온정균은 여망이 명리를 쫓은 것을 나무라는 데 그쳤지만, 김시습의 시는 세상을 교도矯導하는 뜻이 더욱 깊다. 정조正祖가 김시습의 이 시를 절의의 시로 언급한 것은 우연이 아니다.

앞에서 언급하였듯이 고려 중엽의 정지상鄭知常이 지은 「친구를 전송하며送友人」는 중국 양나라 강엄江淹의 「별부別賦」에서 얼음이 풀린 남포에서 친구를 전송한다는 시상을 따왔고, 두보杜甫의 「상시 벼슬 고아무개에게 바치는 시奉寄高常侍」에서 이별의 눈물이 푸른 물결에 더한다는 표현을 따왔다. 하지만 정지상은 대동강변을 '비 그친 긴 강둑'이라고 묘사하여 애잔한 이별의 공간을 절묘하게 그려내었다.

정지상의 이 송별시나 김시습의 저 영사시에서처럼, 시어나 구절을 옛 시에서 따오되 새로운 시적 이미지와 주제사상을 담아낸다면 그것은 '창작'으로서 높이 평가할 수 있을 것이다.

조선 후기의 김석주(金錫胄, 1634~1684)가 해운대 바다의 파도가 저절로 일어났다가 눈빛같이 부서지는 것을 보고 읊었다는 다음 절구는 얼마나 신선한가!

聞道海觀音	듣자니 바다에 관음보살이
高拱蓮花座	팔짱 끼고 연화좌에 앉아 있다나.
況有白玉童	게다가 옥동자 있어
擎出雙雙朶	연꽃을 쌍으로 받들고 나오다니.

하지만 시론가에 의하면 이 시도 송나라 초의 양억(楊億, 974~1020)
이 백부용白芙蓉을 노래한 「백련白蓮」 시를 모방하였다고 한다. 다만,
전혀 흔적 없이 가져와 환골탈태의 법을 얻었다는 것이다. 양억의 다음
시를 보라.

昨夜三更裏	어젯밤 삼경
姮娥墮玉簪	항아가 떨어뜨린 옥비녀,
馮夷不敢受	풍이가 차지하지 못하고
捧出碧波心	푸른 물 위로 받들어올렸네.

원문의 '타墮'는 '추墜' '풍이馮夷'는 '해신海神'으로 된 텍스트도 있다.

❖ ❖ ❖

서양의 예술도 그러하다지만, 동양 예술에서는 특히 거장들의 창작
방법과 예술정신을 모방하는 것을 주요한 공부 방법으로 여겨왔다. 예
술뿐이겠는가, 지적 세계에서도 그러하였다. 공자는 '술이부작述而不
作', 즉 '옛 성인들의 사상을 그대로 따라 부연할 뿐이고 새로 만들지는

않는다'고 밝혀서, '만들어낸다'는 것의 가치를 축소시킨 바 있다. 새로 만들어냄을 부정하는 인식은 유학의 사상계에만 한정된 것이 아니다. 도교나 불교의 사상종교 영역에서도, 예술의 영역에서도 지배적이었다. 하지만 새로 만들어냄을 부정하면서도 늘 새로운 세계를 개척할 것이 요청되었다. 당시唐詩의 제1인자라는 이백李白도 한위漢魏 시대의 건강한 시를 모범으로 삼아 그 시 정신으로 복귀할 것을 표방하였다. 다른 시인이야 어떠했겠는가?

동양 예술 가운데 특히 서화書畵의 세계는 모방을 예술 수업의 하나로 중시하여왔다.

2001년 7월에 예술의 전당에서 '명·청 근대기의 진작·위작 대비전'이라는 타이틀로 서화書畵의 '명작과 가짜 명작'을 전시한 적이 있다. 미술평론가 채홍기씨가 그 도록의 해제에서 '서화의 수업 방식'으로 '모摹' '임臨' '방倣' '조造'의 네 가지를 해설한 것이 있다.

모摹는 모사模寫라고도 하는데, 투명한 종이를 원화 위에 대고 윤곽선을 그린 뒤 묵법과 채색으로 세부를 묘사해가는 베끼기 수법이다. 이 방법은 손실되기 쉬운 작품을 복본으로 만들어 보관하는 목적으로 이용되었다.

임臨은 특정 작가의 구체적 작품과 대비해보면서 구도 형태, 세부묘사뿐만 아니라 원작의 정신성과 감정까지 담아낼 수 있도록 수련하는 것이다. 서화의 가장 일반적인 방법으로 활용된다.

방倣은 구체적 작품을 베끼는 것이 아니라 법法으로 삼는 작가나 화파의 특색을 빌려 자신의 작품을 그려나가는 방법이다. 문인화의 수업 방식이자 문인화의 한 형식이었다. 방본倣本은 고전의 뜻을 찾고자 하는 과정에서 자신의 시대적 풍습과 자신의 사상, 개성적 특색이 결합될 여지가 있다.

조造는 원작자의 개성을 살리듯이 조작하는 것이다. 수업 방식이라기 보다 악의적인 위조를 말한다. 명나라 중기 이후 서화가 상업적으로 거래되면서 대대적으로 발생하였다.

한시의 수업과 제작에서 서화의 네 가지 수업 방식('조'를 제외하면 세 가지)에 견주어볼 때, 모방은 특히 임臨, 방倣과 상응한다고 할 수 있다.

좋은 시들을 많이 읽어야 좋은 시가 나온다. 현대시의 수업도 그러하다. 신경림 시인이 텔레비전의 어떤 프로그램에 나와 좋아하는 시를 암송하는 것을 본 적이 있다. 옛 시인들도 꼭 그러하였다.

청나라 때 원매袁枚는 개성과 감정을 중시한 시론가였지만, 그도 『속시품續詩品』에서는 '박습(博習, 널리 학습함)'을 매우 강조하였다.

조선 숙종 때의 김득신金得臣은 『종남총지終南叢志』에 조선조의 뛰어난 문인들이 글을 많이 읽었다는 예화를 적었다. 김수온金守溫은 글을 읽으면 아예 바깥을 내다보지 않았는데, 뜰에 내려와 낙엽을 보고서야 가을이 된 것을 알았다. 성현成俔은 낮에는 읽고 밤이면 외우며 잠시도 손에서 책을 놓지 않아 뒷간에 가서 돌아오는 걸 잊은 때도 있었다. 시만 읽은 것이 아니라 문장도 그렇게 읽고 외워댄 것이다. 노수신(盧守愼, 1515~1590)은 두시(杜詩, 두보의 시)를 2천 번이나 읽었고, 이안눌(李安訥, 1571~1637)은 두시를 수천 번이나 읽었다. 김득신 자신은 어떤가? 자신은 다른 사람보다 우둔한지라, 『사기』와 『한서』는 물론, 한유와 유종원 문집을 손수 베껴가며 1만여 번 읽었다고 하였다. 산문을 학습하려고 『사기』의 「백이전伯夷傳」을 1억 1만 3천 번을 읽고 서재 이름을 억만재億萬齋라고 바꾸기까지 하였던 그다.

이렇게 전범을 읽고 외워댔기 때문에 옛 문인들의 시문에는 자연히 전범이 된 시문의 어구나 표현법이 고스란히 녹아들이 있었디. 특히 한시에서는 불가피하게 도습의 요소가 증대할 수밖에 없다. 두시를 수천 번 읽은 노수신과 이안눌의 시에 두보의 시어나 시적 발상이 많이 나타나는 것은 어쩌면 당연하다고 하겠다. 다만 그 경우 '임'으로 그치는가 '방'으로 나아가는가 하는 것이 문제가 될 것이다. 그렇기에 고려 중엽의 문인 이규보는 실은 옛 시를 본받고 싶어도 제대로 본받기가 쉽지 않다는 말을 하였다.

　무릇 고인의 체體를 본받는 자는 먼저 그 시를 익숙하게 읽은 뒤에야 본받아 일정한 경지에 이르러갈 수 있다. 그렇지 않으면 훔치는 일도 오히려 어려울 것이다. 도적에 비유하자면, 먼저 부잣집을 엿보고 염탐하여 문과 방문과 담과 울타리에 익숙해진 뒤에야 그 집에 잘 들어가서 남의 것을 빼앗아 자기 소유로 만들어도 남이 알지 못하게 할 것이다. 그렇지 않으면 자루를 더듬고 상자를 열어보는 중에 반드시 붙잡히게 마련이다.

　이규보는 자신은 옛 전범을 제대로 모방할 수 없기 때문에 할 수 없이 '신의新意'를 낸다고 하였다. '신의'란 새로운 말, 새로운 시상을 뜻한다. 그는 신의를 내는 일을 모방보다 결코 우위에 두지 않았다. 제대로 된 모방을 할 수 없어서 '할 수 없이' 신의를 낸다고 하였다. 물론 겸사謙辭이다. 하지만 그 역시 참된 모방 속에서 새로운 세계를 여는 일을 창작의 본령이라고 여겼던 것이다.

　모방과 창작의 문제는 실은 시어나 표현의 유사성 혹은 독창성을 두고 말할 것이 아니다. 시 정신과 이미지 구조의 모방성과 독창성을 두고 말해야 할 것이다. 이른바 한위漢魏의 강건한 시풍이라든가, 이백의 호방한 시풍이라든가, 두보의 침울한 시풍이라든가, 강서시파의 주지적 시풍이라든가 하는 것을 그 이후의 시인이 체득하여 스스로의 시세계를 열었는가 그렇지 못한가, 이 점을 문제의 중심에 놓아야 할 것이다.

이를테면 우리나라 한시에서 김시습의 담박한 시풍은 한위 고시와 도연명의 시풍에서 영향을 받았지만 그것과는 다른 독특한 시 정신을 드러내었다. 이황李滉의 관조자연觀照自然의 시는 주희朱熹의 사색적 산수시를 공부한 바탕 위에 나왔지만 주희의 시와는 별도의 정신자세를 담아내었다. 정약용의 사회시는 두보의 삼리三吏, 삼별三別 같은 사회시의 전통을 이었지만 두보의 시와는 다른 시세계를 열었다.

한국이나 일본에서 한때, 중국 명나라 중엽에 활동한 전후칠자前後七子의 복고주의 시문학이 유행하였지만, 중국과는 각기 다른 시 정신이 배태되었다. 이에 대하여는 이미 말한 바 있다. 곧, 17, 18세기 조선과 18세기의 일본에서 일어난 복고주의는 중국의 그것과는 역사적 의미가 달랐다. 조선 후기의 서얼층이나 중인, 몰락 양반은 정통 문인들이 주장해온 재도론載道論의 관념과 대립하여 '모방'을 통해 문학의 여러 형식을 실험하고 새로운 시 정신을 담아내었다. 일본의 경우에는 고문사파古文辭派가 의고擬古의 창작 방법을 경학經學 연구 방법에 전용하였다. 이것은 하나의 예에 불과하다. 같은 모방의 기법이라도 시인의 존재 양식이나 그가 속한 정신 풍토의 차이에 따라 그 문학실천은 역사적 의의를 달리하는 법이다.

❖ ❖ ❖

한시는 몇몇 시인이나 유파에 의하여 각각 그 기법의 최고봉을 이루어왔다. 그 각각의 시인이나 유파가 특유한 형식으로 체현해낸 예술적 완성도는 뒷사람이 아무리 해도 도달할 수 없을 것이다. 비록 그러하다 해도, 한시가 전혀 진보하지 않았다고는 말할 수 없다. 한시는 사회생활이나 그밖의 의식 형태로부터 영향을 받으면서 늘 새로운 세계를 모색해왔다. 각 유파가 최고 경지를 이루었던 시기의 한시는 학습의 귀감이 되었지만, 후대의 시인들은 그것을 맹목적으로 추수하는 것만으로는 새로운 시세계를 열지 못하였다. 또한 최고 경지를 이룩한 각각의 시들은 서로 계승과 변이의 관계에 있었다. 섭섭葉燮이 『원시原詩』에서 말하였듯이, 삼백 편(즉『시경』)을 읽지 않고는 한위 시의 공교로움을 알지 못하고, 한위 시를 읽지 않고는 육조 시의 공교로움을 알지 못하며, 육조 시를 읽지 않고는 당시의 공교로움을 알지 못하고, 당시를 읽지 않고는 송시와 원시의 공교로움을 알지 못한다. 한시의 진정한 대가들은 과거의 전범들이 각각 최고의 높이를 이루면서 동시에 서로 발전의 관계에 있었다는 사실을 잘 알았다. 그렇기에 그들은 여러 전범들을 두루 모방함으로써 새로운 시세계를 열었다.

두보는 「장난삼아 여섯 절구를 이루다戱爲六絕」 가운데 여섯째에서, 갈수록 스승을 많이 두는 것이야말로 올바른 작시 태도라고 말하였다.

未及前賢更勿疑	선배에게 미치지 못한다고 의심하지 마라
遞相祖述復先誰	차례로 조술하면 되나니, 누구를 우선하랴.
別裁僞體親風雅	거짓 양식 베어버리고 시의 본질에 친숙하면 되리라
轉益多師是汝師	갈수록 스승을 많이 둠이 바로 스승 삼는 방법이로다.

두보는 또 『문선文選』을 중시하여 육조시의 수사를 높이 평가하고 건안 시의 풍골風骨로 돌아갈 것을 주장하였다. 이 시에서는 선배들 시의 장점을 두루 배우라고 하였다. 단, 껍데기에 불과한 거짓 양식僞體은 버리고 참된 시 정신으로 복귀하라고 권하였다.

한시는 여러 시 양식과 시풍을 모방하는 것을 수업과정으로 삼아왔다. 대가들은 선배에게 미치지 못함을 한스러워하지 않고, 진정한 모방 속에 진정한 창조의 길이 있다는 사실을 똑똑히 알고 있었다.

거장의 기법을 제대로 배운 화가만이 자신의 미학을 수립할 수 있고, 대가의 글씨를 익힌 서법가書法家만이 자신의 글씨를 내놓을 수 있듯이, 한시의 작가들도 모방을 가장 중요한 수업 방식으로 삼았다. 그렇기에, 심지어 거장의 시에 화운(和韻, 앞선 작품의 운자를 그대로 사용하면서 그 시 정신을 체득하여 자신의 시적 이미지와 주제사상을 담아내는 일)하는 일도 마다하지 않았던 것이다.

박지원이 「좌소산인(서유본)에게 주다贈左蘇山人」에서 법고法古와 창신創新의 두 방향을 변증법적으로 통일하여야 한다고 말한 것은 한시 창작, 나아가 예술 일반에 두루 적용될 수 있는 제1강령이다.

문득 스티븐 킹Stephen King의 소설 『비밀의 창Secret Window』에서 광기의 주인공이 자신이 전에 쓴 소설을 표절한다는 이야기를 읽은 기억이 난다. 주인공은 자신의 분열상인 낯선 남자로부터 그의 소설이 다른 사람의 작품을 표절한 것이 아니냐고 집요하게 추궁당한다. 사실 자기의 작품을 이용한다 해도 표절인지 아닌지 고민해야 마땅하다. 하물며 남의 시문을 표절한다는 것은 예술 창작의 세계에서는 있어서 안 될 일이리라.

14. 작가의 위상

❖❖❖

한시는 전통문화의 세계에서 예술작품으로 존재하고 인지되어왔다. 여기서 예술이란 무엇인가 하는 문제로까지 파고들 생각은 추호도 없다. 예술의 본질을 정의하려는 시도는 순환론의 오류에 빠지고 말지 모른다. 예술이란 심미적 대상이 되는 창작물이라고 정의해두자. 그리고 한시가 예술로서 창작되고 향유된 맥락을 문제 삼기로 하자.

전근대 시기의 예술계는 현대사회에서와 달리, 자본의 논리에 의하여 구조화되어 있지 않았다. 그렇지만 그 시기의 예술계도 정치사회적으로 형성되어 있었다. 마찬가지로 한시도 예술 양식을 향유하는 집단 속에서 예술로서 창작되고 유통되었다.

그렇다면 한시를 창작하였던 한시의 작가들은 누구인가? 그들은 어떤 사회문화적 지위를 차지였는가? 한시의 작가들에게서 오늘날의 작가들과 같은 치열한 작가의식을 발견할 수 있는가? 한시의 독자로서 우리는 이러한 물음에 대하여 생각해볼 필요가 있다. 한시도 시인에 의해 창작되었으므로, 그 시세계를 살피기 위해서는 작가의 위상을 충분히 고려해야만 한다.

다만, 한시 작가의 위상에 대하여 말할 때는 그 사회문화적 지위만 따질 것이 아니라, 한시의 작가가 어떠한 창작 조건 속에 있었는지 함께 살펴보아야 한다. 서양의 어느 문학이론가는 한시에서 '개성의 목소리'가 잘 들리지 않는다고 지적한 바 있다. 이것은 물론 오해에서 비롯된 것이다. 하지만 한시가 창작되고 향유되는 맥락의 특성 내지는 한시 작가의 독특한 창작 방법으로 볼 때 그러한 발설도 일면 타당한 점이 있기 때문이다.

⟡ ⟡ ⟡

한시 작가들이 과연 자신을 작가로서 뚜렷이 의식하였을까? 쉽게 대답하기는 어렵다. 왜냐하면, 한시의 작가는 별다른 층으로 독립하여 있었던 것이 아니기 때문이다. 위로는 제왕에서부터 아래로는 하급 관료나 은둔자, 승려, 기녀에 이르기까지 교양을 갖춘 사람이라면 누구나 한시 작가일 수 있었다. 한시 수업은 교양의 일부였다. 따라서 한시의 작가에게서는 현대문학에서와 같은 작가의식을 찾아보기 어렵다는 주장도 있을 수 있다. 더구나 한시를 짓는 사람들은 대부분 자신의 한시 창작을 여기餘技나 말예末藝라고 폄하하는 말을 내뱉고는 하였다. 사실 그들은 연회나 작은 모임에서 즉흥시를 짓거나, 심심풀이 방편으로 시를 지어낸 일도 있었다.

『창랑시화滄浪詩話』를 저술한 엄우嚴羽는 시에는 별도의 재능別才이 있어야 한다고 말하고, 심지어 이백李白이나 두보杜甫 같은 이들도 참 시인이 아니라고 하였다. 그들의 시가 대부분 궁정의 연회나 남과의 수작酬酌에서 나왔기 때문이었다. 이것은 극단적인 관점이라고 하겠다.

한시는 실용적 이유에서 창작되는 일이 많았다. 왕조의 번영을 분식하는 관각문학도 있고, 외국인과 친분을 쌓고 외교적 실리를 찾으려고 하는 과정에서 나온 이른바 외교 교린문학도 있었다.

개성 출신의 조선 문인 차천로(車天輅, 1556~1615)는 하룻밤 사이에 백여 편을 지어 시집 한 권을 이룰 정도였다. 스스로, "종이를 만리장성에 붙여놓고 나로 하여금 붓을 들어 써내려가게 한다면 만리장성은 끝이 나도 나의 시는 끝이 없을 것이다"라고 자부하였다. 정말 '우주의 간기間氣' 였다. 어떤 때는 병풍 속에서 벌거벗고 날뛰면서 시를 지어 병풍 밖으로 던져, 잠깐 사이에 병풍 높이만큼 종이가 쌓였다고 한다. 일본에 갔을 때는 두어 칸 넓이의 흰 모기장 안에서 하루 저녁에 각 체의 시를 휘둘러 써서 모기장 안에 종이가 가득하게 되었으며, 왜인이 치워놓으면 조금 뒤에 다시 그득하게 만들어, 세 차례나 치운 뒤에야 그만두었다고 전한다. 남용익(南龍翼, 1628~1692)은 『호곡만필壺谷漫筆』에서 "이튿날 다시 보면 말이 되지 않는 것이 많았다"고 지적하였다. 차천로가 그렇게 마구 써대어 흠집 많은 시를 남긴 것은 한시 제작을 넓은 의미의 외교적 행사, 문명의 수준을 장식하는 도구로 여겼기 때문이었다.

하지만 한시가 이렇게 장식적인 기능만 지녔던 것은 아니다.

오히려, 동아시아에서 한시는 정서와 사상을 가장 응축적으로 드러내는 예술 형태로서 널리 이용되었다. 적어도 한시의 대가라고 할 이백과 두보의 예를 보면, 일찍부터 창작의 의미를 반성하고 스스로를 작가로서 의식하였다는 사실을 알 수가 있다.

이백은 강인한 시풍을 회복시키려 하였고, 그 의지를 시로 언표하고 자신의 시로 실천하였다. 두보는 48세 되던 759년 7월부터 10월까지 진주秦州 곧 지금의 감숙성 천수현天水縣에 몸을 맡긴 삼 개월 동안, 인생 자체를 정면으로 바라보면서 시인으로서의 위치를 뚜렷하게 자각하였다.

김시습은 중년에 수락산에 거처할 때 시승詩僧으로 자처하였다. 정약용과 이학규는 유배 시절 『시경』 시편의 원 작가들처럼 사회현실을 풍자하는 풍인風人이고자 하였다.

전근대 시기의 중국과 일본, 우리나라의 지식인들은 동시에 한시 작가이기도 하였다. 교양인이기는 하되 신분적 제약을 받았던 시인들도 스스로를 작가로서 뚜렷이 의식하였다.

고려 말의 정치가이자 학자였던 이제현(李齊賢, 1287~1367)의 「황토점黃土店」이란 시를 보면, 작가의 충정을 대단히 충실하게 드러내고 있다. 비록 비유어의 사용이 전통의 구속에서 벗어나지 못하였지만, 단순히 여기餘技로 지은 작품은 아니다.

寸腸氷炭亂交加	창자 속에 얼음과 숯이 뒤섞이듯 하여
一望燕山九起嗟	연산(연경 부근)을 보고는 아홉 번 탄식하노라.
誰謂鱣鯨困螻蟻	누가 고래가 개미에게 욕볼 거라 여겼겠나
可憐饑虱訴蝦蟆	주린 벼룩이 두꺼비를 참소하다니.
才微杜漸顏宜赭	미리 막는 재주 없기에 얼굴 붉어지고
責重扶顚髮已華	나라를 붙들 책임 무거운데 머리칼은 벌써 희다니.
萬古金縢遺冊在	생각나네, '금등' 속에 주공의 유언이 남아
未容群叔誤周家	관숙과 채숙이 주나라를 그르치지 못했던 일이.

1320년 고려 충선왕이 원나라 환관인 백안독고사伯顏禿古思의 참소를 입었으나 스스로 해명하지 못하여 서번西蕃으로 귀양을 갔다. 이제현은 원나라 황토점에서 소식을 듣고는 울분을 참지 못하여 세 편의 칠언율시를 지었다. 위의 시가 그 하나이다. 당시 34세. 이제현은 참소를 막지 못한 것을 부끄러워하면서 자신의 책임이 막중함을 다시금 깊이 깨달았다. 그렇기에 조선 초의 비평가 서거정徐居正은 이제현의 시가 '분격憤激하는 충성忠誠'을 지녀 두보 시와 같다고 하였다. 그만큼 이 시는 시의식이 치열하다.

　이러한 한시를 어찌 '여기'나 '말예'라고 폄하하랴?

　중당의 시인 이하李賀는 심장을 도려내는 듯한 고통을 겪으면서 시어를 토해내어 '고음苦吟'이란 말이 있게 하였다. 이상은李商隱이 지은 「이장길소전李長吉小傳」을 소개하기로 한다.

　이장길은 홀쭉하고 야위었으며, 눈썹이 길고 손가락과 손톱이 길었다. 능히 고음苦吟하고 빨리 써내어서, 제일 먼저 한유韓愈의 지우知遇를 입었다. 함께 교유한 이들 가운데 왕삼원, 양경지, 권거, 최식 등이 가장 친밀하여, 매일 아침으로 낮으로 여러 공들과 함께 노닐되, 결코 제題를 얻은 뒤에 시를 짓는 법이 없었으며, 다른 사람의 생각에 억지로 끌어다붙이거나 형식이나 시간을 제한하는 것을 일삼지 않았다. 늘 어린 해노(奚奴, 종)를 뒤따르게 하여 노새를 타고는, 낡고 해진 비단주머니를 해노의 등에 지워 다니다가 시를 짓게 되면 즉시 주머니 속에 던져넣었다. 저녁이 되어 돌아오면 태부인(모친)이 여종을 시켜 주머니를 가져와 꺼내게 하였는데, 적어넣은 시가 많은 것을 보고는 "우리 아이가 심장을 토해내어야 그만두겠구나!"라고 하였다. 등불 심지를 돋우고 식사하면서, 이장길은 여종에게 글을 가져오게 해서 먹을 갈고 종이를 잇대어 보완하여 다시 주머니에 던져넣었다. 크게 취하였거나 상중이 아니면 대개 이와 같았으며, 너무 지나쳐도 결코 반성하지 않았다.

이와 비슷한 치열한 창작의식을 김시습金時習의 예에서 찾아볼 수 있다. 김시습의 시는 내면의 생각과 정서를 있는 그대로 드러내는 표현의 문학이었다. 그는 「장난삼아 짓다戲爲」라는 시에서 이렇게 말하였다.

文章於道未爲尊	문장은 도에서 높이 칠 것 못 되지만
三百餘篇學孔門	시 삼백을 공문孔門의 제자들은 배웠도다.
商也起予能杜口	"자하가 날 일으켜주었다"엔 말문 막히지만
大塊假我可無言	대자연이 내게 문장을 빌려주니 어이 말이 없으랴.
風煙藹藹揮肝膽	성대한 풍광이 간담詩心을 휘저어
珠玉琅琅入吐吞	주옥 같은 글귀를 낭랑하게 뱉어내네.
千首輕侯應有分	천수시(이백)가 만호후를 가벼이 여길 만하이
狂歌醉墨自瀾飜	미친 노래, 취한 붓이 절로 넘실대는걸.

두보는 "문장은 한낱 작은 기예이니, 도에 대하여 높이 칠 수 없지文章一小技, 於道未爲尊"(「화양 유소부에게 주다貽華陽柳少府」)라 하였다. 이 시의 첫구는 그 말을 끌어왔다. 하지만 김시습은 시를 지을 때 창작 욕구가 솟아서 천연으로 이룸天成을 더 중시하였다. 그래서 이백이 "대지가 나에게 문장을 빌려주었다大塊假我以文章"(「봄밤에 도리원에서 연회를 하여 지은 글春夜宴桃李園序」)라고 하였던 말에 공감하였다.

김시습의 시는 "호탕해서 밀물인 듯 썰물인 듯, 연기인 듯 구름인 듯하고, 바람을 내몰고 비를 호령하며, 노하여 꾸짖고 기뻐 웃는 것이 모두 다 시어로 되었다." 이자(李耔, 1480~1533)의 말이다. 그만큼 김시습의 시는 뭉친 가슴을 발산하여 장난하는 듯 희롱하는 듯 억양抑揚하고 여닫아서, 변화를 측량할 수가 없다. 곧, 그의 시는 치열한 작가정신에서 나온 것이었다.

❖❖❖

한시는 예술 창작과 향유 집단, 제도권의 장려와 그 반발 속에서 구체적 내용을 부여받아왔다. 그렇기에 한시를 이해하려면 작가와 생성 공간에 주목해야 한다.

당시唐詩의 예술세계는, 이민족과의 교류가 빈번해지고 이국풍을 추구하게 되었다는 문화적 배경, 귀족사회의 분위기가 지속되면서도 서민이 대두한 사회 역사적 배경 속에서 성립하였다. 특히 당시가 정형定型을 이룰 수 있었던 것은, 귀족의 사교 자리에서 한시가 창작되고 군주가 적극 장려하였기 때문이었다. 그런데 또다른 면에서는, 상인 계급이 귀족사회를 실질적으로 붕괴시키면서 서민의 활기가 예술과 문화 전반에 넘쳐난 것이 주요한 요인이었다고 한다.

당시뿐만 아니다. 송, 원, 명, 청의 한시는 각기 그 시대의 역사적 환경 속에서 독특하게 개화하였다. 그 가운데 시대정신을 잘 반영하는 여러 시인의 시가, 중국뿐만 아니라 우리나라와 일본, 월남 등 공동어문학권에서 카논canon의 구실을 하였다. 오늘날 보기에, 선진시대부터 명말에 이르기까지 주요한 작가의 시풍만을 손꼽는다 하여도, 그 수는 이십여 개에 달한다.

우선 선진 시기에 굴원屈原은 『이소離騷』를 지어 소체騷體를 창시하였다. 시구의 중간에 '혜兮' 자를 사용하고 시인의 감정을 있는 그대로 표출하는 낭만적 시풍이 이것이다. 한나라 헌제 건안 연간에는 조조曹操, 조비曹丕, 조식曹植 부자 및 그들의 후원을 받던 왕찬王粲 등 '건안칠자建安七子'들이 강건한 풍격의 건안체建安體를 낳았다. 그뒤 위진남북조 때는 상당히 많은 유파가 나왔다. 위나라 죽림칠현의 정시체正始體, 진晉나라 좌사左思, 반악潘岳 등의 태강체太康體, 동진 말, 유송 초를 살았던 도연명陶淵明의 시풍인 도체陶體, 남조 송나라 사영운謝靈運, 포조鮑照, 안연지顔淵之 등이 형식미에 주의를 기울인 원가체元嘉體, 제 · 양 때 시인이 대우對偶에 공을 들인 제량체齊梁體, 남조 양나라 간문제(簡文帝, 蕭網)가 궁정생활을 소재로 삼아 퇴폐적 사상과 감정을 토로한 궁체宮體가 그것들이다.

다음은 당시唐詩의 시대이다. 명나라 때 고병(高棅, 1350~1423)은 『당시품휘唐詩品彙』에서 당시를 초당, 성당, 중당, 만당의 네 시기로 나누었다. 그 각 시기마다 높은 성취를 이룩한 작가들이 속출하였다.

초당은 고조 무덕武德 연간부터 현종 개원開元 초까지를 말한다. 7세기 초에서 8세기 초까지 백 년간이다. 우선 왕발王勃, 양형楊炯, 노조린盧照隣, 낙빈왕駱賓王이 오언율시를 실험하고 칠언가행의 화려한 시체를 발전시켰다. 이른바 초당사걸체初唐四傑다. 다음으로 심전기沈佺期, 송지문宋之問은 응제시應製詩를 많이 지었다. 태평세월을 꾸며 시어가 화려할 뿐 내용상으로는 특별한 것이 없지만, 율시의 정형을 완성한 공이 있다. 심송체沈宋體라고 부른다. 다시 진자앙은 한위漢魏의 굳건한 풍격을 따라 이른바 진자앙체陳子昻體를 성립시켰다. 수사를 중시했던 제량의 시풍을 극복하였다고 일컬어진다.

당나라는 8세기 중엽 안사安史 난을 겪으면서 쇠퇴하였다. 현종 개원 초기부터 대종代宗 대력大曆 원년까지를 성당 시기라고 한다. 서기 713년부터 766년까지의 오십 년간이다. 이때 왕유王維와 맹호연孟浩然은 전원생활을 묘사하는 데 능하여 왕맹체王孟體를 이루었다. 왕유는 각 체의 시에 모두 능하였고, 맹호연은 오언에 능했다. 저광희儲光羲도 그들과 가까웠고, 중당의 위응물韋應物, 유종원柳宗元도 이 유파에 넣을 수 있다. 이 무렵 고적高適과 잠삼岑參은 변새의 풍상을 시 속에 담았다. 칠언의 가행歌行을 잘 지었으며, 감정이 분방하였다. 그들의 시체를 고잠체高岑體라고 한다. 왕창령王昌齡도 시풍이 비슷하다. 한편 이백은 낭만주의 수법으로 사물을 묘사하는 데 뛰어나 태백체太白體를 낳았다. 또한 두보는 사회의 죄악과 인민의 고통을 경험하고 그 체험을 시에 담아, 침통하고 돈좌頓挫의 기법이 뛰어난 소릉체少陵體를 각인시켰다. 두보의 뒤를 이어 원결元結은 사회현실을 시에 반영하면서 소박한 시풍의 오언고시를 잘 지어 원차산체元次山體를 낳았다.

당나라 대종 대력 때부터 문종文宗 태화太和까지 칠십 년간을 중당이라고 한다. 이 시기에는 노륜盧綸 등 십재자十才子가, 비록 유약한 면이 없지 않지만, 풍격이 높은 율시를 지었다. 원화元和 연간에 백거이白居易와 원진元稹은 민간의 고통을 반영하고 서사적 시 양식인 신악부新樂府를 창조하였다. 그들의 시를 원백체元白體 혹은 장경체長慶體라 부른다. 또한, 생경한 글자와 험운險韻을 사용한 한유韓愈, 사회 현상을 반영하면서도 청신한 시를 지은 장적張籍과 왕건王建, 환상적이고 낭만적이며 때로는 차가우면서 요염한 악부체 시를 잘 지은 이하李賀 등도 각각 자신의 이름이 붙은 시체를 문학사에 새겨두었다.

만당은 문종 개성開成 연간부터 소선제昭宣帝 천우天祐 연간까지 칠십 년간을 말한다. 이 시기에는 이상은李商隱이 새로운 시격을 열었다. 곧 이의산체李義山體는 대우가 교묘하고 영사詠史와 서정에 뛰어났다. 다만 전고를 지나치게 사용하여 난삽하였다.

다음은 송시宋詩이다.

송나라 때는 사詞가 더 발달하였지만, 시에서도 소식蘇軾과 같은 대가들이 나왔다. 송시는 의론을 펴고 산문의 구법을 사용하였으며, 꺼끌꺼끌하고佶屈聱牙 비튼 구를 즐겨 썼다. 북송 초에 양억楊億, 유윤劉筠, 전유연錢惟演 등은 궁벽한 전고를 사용하고 음절과 표현의 화려함을 추구하였다. 서곤체西崑體라고 한다. 그뒤 소식은 도연명 시의 담백하고 그윽함, 이백 시의 분방함, 두보 시의 깊고 우울함, 백거이 시의 명쾌함, 한유 시의 험준함과 산문 구법을 겸하였다. 소식의 문하에서 나온 황정견黃庭堅 등 이른바 강서시파江西詩派는 생경하고 난삽한 표현을 즐겨 이용하고 평측을 고의로 어그러뜨린 요구拗句를 즐겨 썼다. 한편, 남송의 시인 육유陸游는 중년 이후 호방한 시를 즐겨 짓더니, 만년에 전원생활에 귀의해서 담담하고 고요한 시풍의 이른바 육방옹체陸放翁體를 열었다. 양만리楊萬理는 시에 구어口語를 도입하고 유머러스한 풍취와 생동감을 추구하여 비속미를 추구하였다.

금나라 때는 원호문元好問이 순박하고 자연스러운 시풍을 개척하였고, 원나라 때는 양유정(楊維楨, 1296~1370)이 고악부를 모방하되 기괴하면서도 미려하고 억양 돈좌 장단의 구법에 유의하였다. 앞의 것을 원유산체元遺山體라 하고, 뒤의 것을 철애체鐵崖體라고 한다.

명대에 들어와서는 이동양李東陽이 진부한 대각체臺閣體를 비판하고 성당의 시풍을 높이 쳐서 전아典雅한 시풍인 서애체西涯體를 낳았다. 그 뒤 홍치弘治 · 정덕正德 연간에 이몽양李夢陽, 하경명何景明, 변공邊貢, 서정경徐禎卿, 강해康海, 왕구사王九思, 왕정상王廷相 등 '전칠자前七子'는 복고에 힘써, 고체시에서는 한위를 모방하고 근체시에서는 성당을 본받았다. 홍정체弘正體라고 한다. 다시 가정嘉靖 연간에 이반룡李攀龍, 왕세정王世貞, 사신謝榛, 종신宗臣, 양유예梁有譽, 서중행徐中行, 오국륜吳國倫 등 '후칠자後七子'는 '전칠자'의 문학이론을 계승하여 의고풍을 중시하였다. 가정체嘉靖體라고 한다. 명나라 말기에 이르러 호북성 공안 사람인 원종도袁宗道와 그 아우 굉도宏道, 중도中道는 '홀로 성령을 펌'을 표방하고, 백거이와 소식을 존중하여 공안체公安體를 성립시켰다. 그뒤 경릉 사람 종성鍾惺과 담원춘譚元春은 중당의 맹교, 가도 일파의 처고냉벽凄苦冷僻한 풍격을 모방하면서 지나치게 정교한 시체인 경릉체竟陵體를 성립시켰다.

중국 시가사에서 이렇게 여러 대가들이 독특한 시풍을 성립시킨 것은 각 시인들이 치열한 창작 의식을 지니고 형식과 풍격을 실험한 결과였다. 사실 한국 한시는 동아시아 문화권에 공통으로 모범이 될 만한 시풍을 형성시키지는 못하였다. 하지만 우리나라에서도 매 시기마다 위대한 작가가 나와 민족적 정서와 사상을 적절히 표출하였다.

❖ ❖ ❖

한시 작가였던 지식인들은 기본적으로 정치에 깊은 관심을 가지고, 직접, 간접으로 참여하였다. 사회에 대한 책무의식은 시 정신의 저층을 이룬다. 여기서는 오가와 다마키小川環樹가 『당시개설』(졸역, 이회문화사, 1998)에서 두보와 이백을 비교하여 설명한 말을 옮겨두기로 한다.

두보는 여러 가지 점에서 이백과 대립한다. 그는 장편의 고시에서도 뛰어난 기량을 보였지만, 율시의 한정된 글자 수 속에다 다른 사람이 거의 시도할 수 없었던 그런 내용을 짜넣은 세심정치細心精緻한 스타일이 정말로 놀랄 만하다. 그의 시는 어두움에 싸여 있기는 하지만, 그 어두움은 애수라고 하는 그런 말로는 제대로 표현할 수 없다. 그 비애는 날카로움을 지니고 있다. 이백이 높은 목소리로 노래하였던 청춘의 찬가가 광대한 민중 전체에게 환희를 가져다주었다고 한다면, 두보의 침울한 저음은 민중의 고통을 표현한 것이었다고 말할 수 있다. 정치에 참여하는 일은 중국에서는 지식인의 도덕적 책무였다. 이백도 두보도 이 책임을 통감하였으면서도 그 의지를 실현할 수 없었다는 점에서는 꼭 같다. 그러므로 정치의 담당자에 대한 비판과 비난은, 두 사람 다 그것을 시로 풀지 않을 수 없었다. 하지만 이 방면에서 두보는 이백을 훨씬 능가하였다. 그뿐만 아니다. 같은 시대의 어느 누구도 두보만큼 심각하게 그 고통(그것은 개인적인 것에 그치지 않고 사회 전체의 것이기도 하다)으로 가득 찬 현실을 들추어 끄집어낸 사람이 없었다.

앞의 「기흥과 비유」에서 말하였듯이 한유는 시풍이 기험奇險하고 호방豪放하다. 「산석山石」은 대표적인 예로 거론된다. 그는 고문古文 운동을 일으켜 산문 문체를 변혁시켰다. 그가 고문운동에 성공할 수 있었던 것은 정치적 지위에 힘입어서였다. 「산석」은 박쥐가 날아다니는 황혼의 산사山寺에 이르렀다가 다음날 돌아온 일을 서술하였다. 그런데 이 시는 당쟁에 골몰하는 동료들에 대한 경고를 담고 있다. 지도자로서의 자각을 드러낸 것이다.

山石犖确行徑微　　산 바위는 울묵줄묵하고 길은 좁은데
黃昏到寺蝙蝠飛　　황혼에 절에 이르니 박쥐들 날아다닌다.
昇堂坐階新雨足　　본당에 올라 섬돌에 앉으니 새 비 흡족하고
芭蕉葉大支子肥　　파초 잎이 넓은데 치자梔子 열매 탐스럽네.
僧言古壁佛畫好　　스님은 낡은 벽의 불화가 훌륭하다며
以火來照所見稀　　불을 가져와 비추는데 참으로 희한하다.

鋪牀拂席置羹飯	상 놓고 자리 펴고 국과 밥 놓았는데
疎糲亦足飽我饑	궂은 밥이어도 시장기 채우기는 족하네.
夜深靜臥百蟲絶	밤 깊어 조용히 누우니 온갖 벌레 잠잠하고
淸月出嶺光入扉	맑은 달은 산을 넘어 사립으로 들어온다.
天明獨去無道路	날 밝아 홀로 떠나니 길이 다 있지 않아
出入高下窮煙霏	들락날락 오르락내리락 안개 구름 헤쳐가네.
山紅澗碧紛爛漫	붉은 산 짙은 개울물 난만하게 엉키었고
時見松櫪皆十圍	가끔 보는 소나무 참나무는 모두 열 아름 남짓.
當流赤足蹋澗石	물길 만나 발 벗고 개울 돌을 밟으니
水聲激激風吹衣	물소리 콸콸대고 바람은 웃옷을 스치누나.
人生如此自可樂	인생은 이와 같이 스스로 즐길 만하거늘
豈必局束爲人鞿	하필 웅크리고 남에게 재갈을 받으랴.
嗟哉吾黨二三子	슬프다, 우리 무리 두세 사람들
安得至老不更歸	어이하여 늙도록 돌아가지 않는가.

"인생은 이와 같이 스스로 즐길 만하거늘, 하필 웅크리고 남에게 재갈을 받으랴"고 말하는 자존自存의 의식이 자연과 인생을 바라보는 남다른 시선을 낳았음을 알 수 있다. 나는 내 방식대로 수레를 몰겠다는 '범아치구範我馳驅'의 정신이다.

그런데 한시는 정치에 참여할 것이 기대되는 상층 지식인만의 전유물은 아니었다. 중국도 그랬지만 우리나라나 일본도 그랬다.

조선 후기에는 중인과 서얼, 여성 작가들이 사대부 문학과는 또 다른 양태의 문학을 성립시켰다. 그 가운데 기능적인 직무와 말단 행정실무를 맡은 중인과 서리들은 개별적으로 혹은 집단적으로 독특한 시세계를 과시하기에 이르렀다. 이 여항인들은 자신들만의 시를 모아『육가잡영六家雜詠』(1660년),『해동유주海東遺珠』(1712년),『소대풍요昭代風謠』(1737년),『풍요속선風謠續選』(1797년),『풍요삼선風謠三選』(1857년) 등을 지속적으로 간행하였다. '풍요사선風謠四選'을 간행해야 할 1917년에는 한국 한시의 총집인『대동시선大東詩選』을 간행하면서, 여항시인들의 시도 그 속에 당당히 배열하였다.

초기의 여항시인이라고 할 김효일金孝─은 금루관禁漏官을 지낸 인물인데,『육가잡영』에 41수의 시가 실려 있다. 그의「만음漫吟」이란 시를 보면 냉소적 시선이 두드러진다.

樂在貧還好	즐거움 있기에 가난해도 좋고
閑多病亦宜	한가로움 많기에 병들어도 괜찮군.
燒香春雨細	향불을 태울 때 봄비 가늘게 내리고
覓句曉鍾遲	시구 찾노라니 새벽 종소리 더디누나.
巷僻苔封逕	외진 마을에 이끼는 길을 덮었고
窓虛竹補籬	빈 창 곁에는 대나무로 울타리를 기웠다.
笑他名利客	우습구나 부귀 좇는 무리들
終歲任驅馳	한 해가 다하도록 분주하기만 하다니.

「풍자의 양태」에서 예로 들었듯이, 조선 후기의 중인 장지완張之琬은 신분사회의 질곡 속에서 고통을 겪는 처지를「한가하게 거처하면서 느낌이 있어서 종실 사람 자연에게 드린다閑居有感贈自然宗人」에서 개의 신세에 비유하였다.

良犬馬爲友	좋은 개는 말과 벗이 되면

老忠猶可稱	늙어도 충성스럽다 칭송받지만,
下與彘爲比	아래로 돼지와 짝이 되면
共歸廚下蒸	똑같이 부엌에서 삶긴다오.

한시의 작가는 남성만이 아니다. 당나라 때 설도(薛濤, 762?~834)라는 여성은 「춘망春望」 4수를 통해 봄날의 여성적 애상성을 절묘하게 토로하였다. 20세기 중엽의 시인 김억金億이 번역하였고, 그것이 우리 가곡으로 애창되어왔다.

風花日將老	꽃잎은 하염없이 바람에 지고
佳期猶渺渺	만날 날은 아득타 기약이 없네.
不結同心人	무어라 맘과 맘은 맺지 못하고
空結同心草	한갓되이 풀잎만 맺으려는고.

여성의 한시라고 감정의 토로에 치우친 것만은 아니다. 여성 시인도 인간 주체의 문제를 고민하였다. 조선시대 여성들은 어쩌면 성리학적 질서의 최대 피해자였다. 하지만 여성들은 대개 지배질서의 관습 밖으로 튀어나갈 수 없었다. 기호 서인의 가문에서 태어난 임윤지당(任允摯堂, 1721~1793)과 강정일당(姜靜一堂, 1772~1832)의 경우는 아예 정통 성리학의 사상을 시문 속에 담았다. 그런데 윤지당은 "나는 비록 부인이지만, 하늘에서 받은 성품은 애당초 남녀가 차이가 없다"라고 하고, 정일당은 "부인들이라도 큰 실천과 업적이 있으면 가히 성인의 경지에 이를 수 있다"라고 하였다. 이 선언은 매우 주목할 만하다. 성리학의 논리를 궁극에까지 밀고 나간 자리에서 그러한 선언이 가능하였다. 그것은 이미 속류 성리학의 범위를 넘어선 것이다. 선구적 지식인 이익李瀷

조차도, "독서와 강의는 장부의 일이다. 부인은 여름 겨울로, 아침저녁으로 가족을 공양하고 제사와 손님을 받들어야 하거늘 어느 결에 책을 대하여 읽고 낭송할 수 있는가. 고금의 역사에 통하고 예의를 논하는 부인들이 몸으로 실천하지 못하고 폐해가 무궁하였던 예가 많았다" 라고 말하였다. 이런 발언을 고려한다면, 여성 지식인들의 독서와 작시는 기성 체제에 대한 반발이었다고 말할 수 있겠다. 정일당의 「뜰의 풀을 뽑으며除庭草」는 그렇기에 새삼 그 뜻이 숭고하다.

小鋤理荒穢   작은 호미로 우거진 잡초 뽑는데
快雨灑塵埃   시원스런 소나기가 먼지를 적시네.
縱愧濂翁意   염계 선생의 뜻에 부끄럽지만
山茅舊逕開   산집 앞에 옛 길을 다시 낸다오.

북송의 학자 염계廉溪 주돈이周敦頤는 자연을 그대로 느끼기 위하여 뜰의 풀을 베지 않고 두었다. 그런데 정일당은 그 뜻에 부끄럽지만 산오두막 앞에 옛 길을 다시 연다고 하였다. 뜰에 삼경三逕을 열었던 옛 은자隱者와 같은 삶을 살겠다는 말이다.

한편, 일본의 고대, 중세에는 귀족이나 학자들 말고도 승려들이 문화적으로 크게 활약하고 한시도 많이 지었다. 승려들의 활약은 우리나라보다 훨씬 컸다.

가마쿠라鎌倉, 무로마치室町 시대에 무인 정권이 성립하였을 때, 한문학의 주요 담당자는 교토 고잔五山의 승려였다. 학승學僧들은 한유의 문장, 두보의 시, 주자학을 함께 학습하였으며, 한시도 지었다. 이 시기에 한문과 한시를 자유롭게 지을 수 있는 남성 귀족 작가들이 없지 않았으나, 그들은 대개 와분和文과 와카和歌에 더 깊은 관심을 보였다.

일본의 한시 작가는 조선의 한시 작가와는 신분 및 소양이 달랐다. 지방 학교의 학두學頭를 지낸 하야시 가쿠료林鶴梁의 예를 보자. 그는 검술을 배워 17, 8세 즈음 협객의 무리에 들어가 활동하다가, 24세 때 「항우본기項羽本紀」를 읽고 감동하여 학문으로 전향하였다고 한다. 페리 호가 들어와 개항을 요구하자 제일 먼저 항구 봉쇄를 주장하고 「전론戰論」을 지을 만큼 강한剛悍하였다. 협객 기질과 문인 기질이 절묘하게 결합된 인물이었다.

에도江戸 시대에 일본에서는 주자학, 고의학, 양명학, 국학의 여러 사조가 한꺼번에 발달하고 한문학도 개화하였다. 또 각 번藩을 중심으로 지역별로 유파가 형성되어 에도와 교토의 문단과 서로 영향을 주고받았다. 하지만 에도의 지식인들은 신유일치神儒一致의 사상을 지녔기 때문에 한문학에서 자연히 신도神道나 천황 숭배의 사상을 드러내었다.

에도 바쿠후幕府 말기에는 존황양이尊皇攘夷, 존황개국尊皇開國, 도막운동倒幕運動에 이르기까지 이른바 '지사志士'들이 한시를 많이 창작하였다. 그 무렵 사숙私塾과 시사詩社가 발달하였으며 신문과 잡지도 한시란을 개설하였다. 이 시기의 한시에서는 존황의 주제가 중심을 이루었다.

조선의 한시는 후기로 올수록 다양한 양태로 분화되었다. 일본의 근세에는 존황 사상이 한시의 중심 주제로 되었다. 그만큼 두 나라의 한시 작가가 차지하는 역사적 위상이 서로 달랐다.

❖ ❖ ❖

　한시의 작가는 세계를 끊임없이 관찰하고 스스로의 위상을 반성하였다. 창작주체는 한시를 예술 양식으로서 적극 활용하였다.

　조선 후기의 한시 작가 및 비평가들은 창작주체의 창의적 측면과 관련하여 '천기天機'의 개념을 꾸준히 거론하였다. 그 개념 속에는 작가의식과 예술적 창의성에 관한 시대의 통념, 계층별 문학관이 반영되어 있다.

　한시의 작가는 권력의 들러리로 만족하지 않았다. 제왕이라고 하더라도 한시 작가로서는 인간적인 고뇌를 솔직하게 담아내거나 무상감을 이겨낼 웅장한 의지를 담아내었다. 많은 한시 작가들이 자기 소외의 감정과 그것을 극복하려는 의지, 자연과의 친화를 동경하는 의식을 시로 담아내었다. 정치적 좌절 속에서 스스로의 위치를 자각하기도 하고, 자기 소외를 통해 보다 가치 있는 세계를 구축하려고도 하였다. 한시에서 창작주체의 위상, 실존적 반성태도에 대한 논의는 최근에야 관심을 끌기 시작하였다. 한동안 등한시되었던 도학자-처사들의 구도적 시들도 현존재의 자기 반성이라는 측면에서 새롭게 해석하여야 할 것이다.

15. 한국 한시의 가능성

✤ ✤ ✤

2005년 9월 초, 잔서가 기승을 부리던 날, 나는 일본 도쿄에서 개최된 일본한문학 국제대회에 한국측 대표로 참석하였다. 나는 「한국 한학과 일본 한학의 역사적 접점」이란 논문을 발표하여, 조선시대 이후 근대에 이르기까지 한국 한학과 일본 한학의 관계를 여섯 가지 국면으로 나누어 개괄하였다. 근래에 일본 및 중국의 한학 연구는 한국을 배제한 채 일본과 중국의 직접 교류 사실만 부각시키려는 경향이 있다. 나는 그 사실에 대해 우려를 표시하고 앞으로 동아시아에서 한학을 연구할 방향에 대해서도 내 자신의 견해를 토로하였다. 그 발표 때 나는 마침 손에 들고 있던 우리 부채를 펼쳐, 거기 씌어 있는 우리 한시를 한 수 소개하였다. 우리나라 한학의 우수성이라고 할까, 독자성이라고 할까, 그 점에 대해 언급하기 위해서였다.

그 부채는 내가 무척 존경하는 선생님께서 붓으로 서경덕徐敬德의 「비 온 뒤에 산을 바라보다雨後看山」 시를 적어주셨던 것이었다. 말씀은 하지 않으셨지만 그 시에 담긴 정신세계를 닮으라고 그러신 듯하다. 내가 부채를 펼치자 강당에 모인 학자들과 일반 청중들이 일순간 조용해졌다. 일본식 부채를 가볍게 부치던 사람들의 손이 멈추었다. 일본식 부채는 대개 검게 옻칠한 살에 화려한 무늬의 종이나 비단을 바르고 화려한 수실을 드리운 것이다. 한지를 바른 우리의 댓살 부채에 비교할 때 크기가 반밖에 되지 않고 지나치게 호사스럽다. 흰 한지에 먹으로 한시를 적은 내 부채가 신기한지, 발표 뒤 간담회 때나 식사 때도 부채를 보여달라는 일본인이나 외국 학자들이 많았다. 식사를 할 때에는 일본의 한학자와 한국 한시에 대해 이야기를 나누었다. 몇몇 분들은 우리 한시의 격조와 정신세계를 알 것 같다면서 감탄하였다. 과연, 서경덕의 시를 보라, 우리 한시의 맛이 배어나오지 않는가.

睡起虛樓忽上簾　누대에서 일어나 문득 발을 걷으매
雨餘山色十分添　비 그친 뒤 산 빛이 너무도 싱싱하다.
看來難下丹靑手　아무리 훌륭한 화가라도 그려내기 어려우리
雲卷高岑露碧尖　구름 걷히자 드러나는 푸르고 뾰족한 봉우리.

평성 '염鹽' 운을 사용한 칠언절구인데, 마지막 구의 '드러날 노露'자가 정말 묘하다. 그 글자가 시안詩眼이다. 구름이 걷힌 뒤 푸르고 뾰족한 모습을 드러내는 산봉우리는 곧 나에게 개시開示되어오는 진리체를 상징한다. 시인이 담박하면서도 청신한 정신세계를 지녔기에 이토록 맑은 풍경을 묘사한 것인데, 그 정신의 활동이 역동적이기에 정물靜物인 산이 '드러나는' 모습을 포착할 수 있었다. 산과 마주하여 산을 닮

는 것, 그것은 곧 본래성을 찾아나서는 의식의 고양과정을 반영한다.

이렇게 서경덕은 비 온 뒤의 풍광을 묘사하더라도 그 묘사 속에 정신의 세계를 담아내었다. 이러한 시 창작의 양태는 우리나라 한시에서는 비단 도학자였던 서경덕의 경우에 국한한 것이 아니었다. 우리나라 한시들은 약동하는 정신세계를 반영하고 있다. 기교에만 흐른 시가 없는 것은 아니지만, 현존재에 대한 반성과 현실 구원의 의지를 담은 한시들이 주류를 이룬다. 나는 큰 선생님들에게서 이렇게 들었고, 또 그 말씀이 옳다고 생각하고 있다.

『맹자』「공손추公孫丑·상」에 보면, 공손추가 맹자에게 이렇게 묻는다. "제가 들으니, 공자의 제자 자하, 자유, 자장은 모두 성인의 몸을 지녔고有聖人之一體, 염유, 민자건, 안연은 몸체를 갖추되 미미하였다具體而微고 합니다. 선생님은 어떤 쪽에 해당하시는지요?" 위대한 인물, 위대한 모범이 있으면 그 추종자는 대개 그 인물이나 모범을 반복하기는 어렵다. 그 인물이나 모범의 부분적 요소를 지니거나 또는 전체를 축소시켜 갖추게 마련이리라.

한국 한시는 한문의 어법에 맞게 한자를 이용하여 지은 시로, 중국의 시 양식을 수용하여 이루어졌다. 그렇기 때문에 중국시를 기준으로 삼는다면, 한국 한시는 중국시의 부분적 요소를 갖추었거나 그 전체를 축소한 것이라고 생각하기 쉽다.

하지만 그러한 논리는 반드시 옳다고 할 수 없다. 한국 한시는 중국시의 부분적 요소를 갖추거나 전체를 축소해서 지닌 것이 아니라, 한국 한시 특유의 체질을 갖추었기 때문이다.

그렇다면 한국 한시는 대체 어떤 특징을 지니는가? 한국 한시는 중국 문학의 아류가 아니라 독자적인 문학인가? 이 질문은 지난 반세기 동안

국문학 내에서 한국 한시를 다룰 때 제기되어왔던 물음이다.

중국이나 일본 쪽의 학자들로부터 한국 한문학이 지닌 특수한 성격이 무엇인가 질문을 받으면 일순간 답변에 궁함을 느끼게 된다. 하지만 나는 문학, 국문학, 한문학, 한국 한시와 같은 개념들을 역사적인 개념으로 파악해서, 그것의 역사적 전개 자체가 지닌 차별성이 곧 우리 문학, 우리 한시의 독특한 성격이라고 대답하고는 한다.

얼마 전에 일본 학자가 와서, 우리나라 통신사 일행이 일본에서 남긴 미공개의 한시들을 연구하려고 하였더니, 이해하기 어려운 부분이 많았다고 하였다. 한시는 한문이라는 보편적 언어로 씌어 있고, 한시 형식도 동아시아에서 두루 공유되어온 것인데 어째서 일본 학자들이 통신사 일행의 한시를 이해하기 어려웠을까? 의아해할 만하다. 그러다가, 내가 『일본한문학사』(소명출판, 2000)를 번역하면서 느꼈던 이질감을 떠올렸다. 일본의 한시도 보편적인 한문 어법을 따르고 있는 것은 분명하다. 그럼에도 불구하고, 일본의 한시는 일본적인 풍토를 반영하고 있어서 외국인인 나로서는 그것을 즉각 이해하기 어려웠다. 사실 통신사 일행의 한시는 한국의 문화적 전통과 역사 환경 속에서 독특한 속성을 갖추었다. 그렇기에 일본 학자들은 이질감을 느끼지 않을 수 없으리라.

한국 한시의 작가들은 매 시기마다 우리 민족의 사상과 감정을 진실하게 표현하기 위해 갖가지 모색을 하였다. 기법과 주제의 면에서 전통의 구속을 받고, 또 때로는 중국문학 사조의 영향력을 받은 것은 사실이다. 그렇기에 조선 후기에 이르기까지 그러한 모색을 충분히 실현시키지 못하였다. 그러나 18세기 후반에 이르러 작가들은 한국 한시의 민족적 특성을 부각시키기에 이르렀다.

❀ ❀ ❀

전체적으로 볼 때 한국의 한시는 풍토의 지배를 받고 중국에서 발달한 특정 시풍의 틀에 갇혀 활달하지 못한 면이 있다. 그렇기에 광해군 때의 문학가 허균許筠은 조선에 태어난 것을 슬퍼하였고, 정조 연간의 북학파 시인들은 '압록강 동쪽의 소리'를 내지 않겠다고 중국의 시를 철저히 공부하였다.

우리나라 시는 풍격과 상상력이 활달하지 못하다는 일종의 '자기 폄하'는 매 시대마다 있어왔다. 그렇기에 중국을 여행하고 돌아온 사람의 시나 국내의 여러 지역을 여행한 사람의 시에 기氣가 넘쳐난다고 높이 치는 경향이 있었다. 생육신의 한 사람인 김시습金時習의 경우도, 그의 시가 평가받은 것은 절의의 정신 때문이 아니라 그가 국내의 여러 지역을 두루 여행하여 기격氣格이 높다는 이유에서였다. 1542년(중종 11년) 7월의 어전 회의에서 어득강魚得江은 시문에 뛰어난 젊은 문신들을 선발하여 관동, 영남, 호남, 호서, 서해, 관서, 삭방朔方을 차례로 탐방하게 해서 기氣를 배양하도록 해야 한다고 주장하였다. 당나라의 장열(張說, 667~730)이 악주岳州 수령으로 있으면서 강산에 노닐어 시상이 크게 향상하고, 한나라 사마천司馬遷이 우혈禹穴과 형형衡, 상湘 땅을 탐방한 뒤로 글이 웅장하고 심원해진 사실을 예로 들었다.

또한 조선에서는 욕망慾望을 금기시하였으므로, 시의 소재와 주제가 상당히 제한되었다. 조선 후기 이덕무(李德懋, 1741~1793)는 서얼 출신이었기에 불운하였지만 갖가지 문학비평과 문화비평을 남긴 불세출의 문헌학자이다. 그렇거늘 그도 욕망의 무절제를 우려하여, 젊은 시절 『이목구심서耳目口心書』에서 다음과 같이 말했다.

경박한 천부賤夫가 의관을 갖추고 위엄을 차리는 사람을 보고 미워해 조소하기를, "저것은 모두 가식이다. 속에는 욕심이 가득하면서 억지로 조심하니 이익이 될 것 없다. 우리처럼 솔직하여 옷을 벗고 싶으면 벗고, 맨발을 벗고 싶으면 벗으며, 노래하고 웃고 성내고 꾸짖는 것을 마음 내키는 대로 하고 식색食色과 화리貨利를 내가 좋아하는 대로 따르는 것만 못하다"라고 말한다. 그러나 나는 이렇게 생각한다. 가령 어떤 두 사람이 밥을 마주하면 먹고 싶은 마음은 마찬가지인데, 한 사람은 공경한 태도로 사양하면서 먹고, 한 사람은 방자한 태도로 마구 훔쳐먹는다고 할 때, 먹는 것은 비록 같지만 착하고 착하지 못한 것은 판이하다. 그런 유풍은 욕망을 참 본성으로 여기는 중국의 이탁오(李卓吾, 李贄), 안산농(顔山農, 顔鈞), 하심은(何心隱, 何汝元)과, 남녀가 마음대로 음란하게 구는 것을 하늘이 명하는 바로 간주하고서 '나는 마땅히 하늘을 따르리라'고 한 우리나라의 허균에 이르러 그 폐단이 극심하였다.

욕망의 무절제를 염려하는 논리는 때때로 창작에서 검열 장치로서 기능하였다. 그것이 조선 한시를 궁색하게 만든 면이 있다.

특히 도학가들은 욕망을 부정하였다. 물론 그들 가운데 일부는 자연 속의 이법을 확신하고 이법이 개시開示되기를 기대하였기에, 자연의 생명력을 노래하는 높은 수준의 시들을 만들어내었다. 이황李滉의 산수시나 매화시는 그 대표적인 예이다. 하지만 대부분의 한시 작가들은 자칫 상식적 논리를 담은 시어, 고정된 관념의 시어를 습관처럼 내뱉는 경우가 적지 않았다. 그것을 부인할 수는 없다.

또한 한국의 시인들은 중국 시의 특정한 양식이나 시격詩格을 모범으로 삼아 그것을 법法으로 고정시키는 일이 적지 않았다. 그 때문에 한국 한시는 내면의 정서와 사상을 분방하게 펼쳐 보이지 못한 예들이 많았다.

조선 중기의 시인 김창흡金昌翕은 조선 시인이 지나치게 중국 시의 법法에 구애된다고 지적하였다.

우리나라는 시를 지어온 연원이 짧아서 헌장(憲章, 귀감이 될 만한 모범)을 논할 만한 것이 없으면서 그저 기휘(忌諱, 꺼려서 피함)하는 것만 어수선하게 많고, 또 옛것을 답습하는 일에 젖어왔다. 이 두 가지가 실로 삼백 년간 고질로 되었다. 그나마 선조宣祖 이전에는 훌륭하든 못하든 작가가 자기의 참모습을 표현하였다. 하지만 임진왜란 이후에는 차츰 갈고 꾸미고 하는 세련미만 추구하여, 시간이 흘러갈수록 기휘의 항목은 더욱 엄밀해지고 답습의 습관은 더욱 심해져서, 옛 시를 법으로 삼는 것이 아니라 끝내 그 법에 구애받게 되었다. 그래서 어느 물건을 지칭할 때는 반드시 휘부(彙部, 類書)를 따라서 하고 일의 요점을 기술할 때는 내력이 있는 말을 써야 해서, 신중하게 투식套式에 맞추어서 감히 한 발짝도 그것에서 벗어나지 못한다. 그러다가 끝내, 살아 움직여야 할 진기眞機를 움직이지 못하도록 묶어두니, 어찌 중류中流를 끊고 격식을 벗어나서 높이 오르는 자가 있겠는가? 요컨대 백 사람의 격格이 모두 같은 꼴이다. 한 사람의 작품을 경내境內의 사람들이 뇌동雷同해서 정치精緻하게 하여 천편일률千篇一律이라 구별할 수가 없다. 아아, "시로 그 사람의 득실을 살펴볼 수가 있다"고 하였거늘, 어찌 그것을 기대하겠는가? 나는 우리나라 시가 법에 구애되는 것을 병통으로 여긴다.

김창흡은 내면의 정서와 사상을 있는 그대로 드러내는 시를 짓기 위하여 갖가지 양식을 실험하였다. 하지만 그 자신도 결국 위진 시대의 악부나 고시, 당나라 때의 율시에서 모범을 찾고 그 양식성을 모방하였다는 비난을 면하지 못하였다.

❖ ❖ ❖

한국 한시는 중국시의 틀을 벗어나 독자성을 확보해야 한다는 과제를 숙명처럼 안고 있었다.

그렇다고 한국 한시가 모두 중국시의 틀 속에 안주한 것은 결코 아니다. 조선 후기의 일부 지식인-문인들은 '조선시' 라든가 '조선풍' 이라든가 하는 개념을 사용하여 '조선시'의 독자성을 추구하는 논리를 제출하기 시작하였다. 그러한 모색이 역사적 운동으로 모습을 드러낸 것이다.

이를테면 이익李瀷은 조선의 속어를 시어로 응용할 수 있다고 말하여, 비록 소극적인 형태로이지만 조선적 문학의 존재 방식을 되물었다. 그뒤 박제가(朴齊家, 1750~1805)는 "문장의 도는 심기心機와 지혜를 열고 견문을 넓히는 데 있지, 자기가 배운 시대에 속박되어서는 안 된다"라고 하여, 작품 창작에서 작가의 절실한 체험과 개성적 탐구를 중시하였다.

이러한 자성과 병행하여 조선인의 구체적인 삶을 조선적 감각으로 표현하려는 문학이 대두하였다. 해동악부체(海東樂府體, 연작영사악부시체)가 영조, 정조 연간에 이르러 우리의 역사를 적극적으로 시 속에 담는 양식으로 확립된 것은 그 일례이다. 이학규는 연작영사악부시체를 이용해서 지방의 역사를 소개를 한 「영남악부」를 지었다.

박지원朴趾源은 이덕무李德懋의 문학을 일정하게 평가하면서, 그의 시문이 조선인의 삶과 역사를 소재로 삼아 '조선지풍朝鮮之風'을 지녔다고 평가하였다. 물론 서얼 출신 문인들의 사회적 가치를 부분적으로 인정하는 논리에서 나온 말이다. 하지만 그 논리의 궁극에서는 조선문학에 담긴 '조선풍'의 가치를 적극적으로 인정하지 않을 수 없다.

정약용丁若鏞은 중국의 시풍이 바뀌는 것을 시운에 따른 필연적인 것으로 이해하여, 조선의 시풍은 조선의 시운에 따른 것이라고 보았다. 그래서 자신은 중국 문단의 변화에 괘념하지 않고 '조선시'를 짓겠다고 하였다. 즉, 만년인 1832년에 지은 「노인의 유쾌한 일, 여섯 수. 향산체를 본받아 짓다老人一快事六首 效香山體」의 제5수에서 그러한 '선언'을 하였다. 향산체를 본받는다는 것은 백거이白居易의 「산에 한 사람 있네 丘中有一士」와 같이 첫 구를 제목으로 삼아 연작으로 짓는 방식을 본뜬다는 말이다.

老人一快事	늙은 내게 한 가지 즐거운 일은
縱筆寫狂詞	붓 가는 대로 내키는 말 쏟는 것.
競病不必拘	경競이나 병病 글자 같은 험운險韻으로 지으려 신경 쓰지 않고
推敲不必遲	고치고 다듬느라 미적거리지 않지.
興到卽運意	흥 나면 곧바로 뜻을 움직이고
意到卽寫之	뜻이 되면 곧바로 쏟아낸다.
我是朝鮮人	나는야 조선 사람
甘作朝鮮詩	조선시 즐겨 지으리.
卿當用卿法	그대는 그대 방식 쓰면 되지
迂哉議者誰	어리석네 이러쿵저러쿵 말 많은 자 누구냐.
區區格與律	번거로운 격률을
遠人何得知	이방인이 어찌 알랴.
凌凌李攀龍	쌀쌀맞은 이반룡李攀龍은
嘲我爲東夷	우리를 오랑캐라고 비꼬았지.

袁尤槌雪樓　원굉도袁宏道와 우동尤侗이 설루(雪樓, 이반룡)를 쳐도
海內無異辭　중국 땅에 아무도 군말 없었던 것은
背有挾彈子　탄알 끼고 노리는 자 뒤에 있어
奚暇枯蟬窺　마른 매미 엿볼 겨를 채 없었던 것.
我慕山石句　나는 한유韓愈의 「산석山石」 시구를 사모하나니,
恐受女郎嗤　어린 계집(왕사진王士禛을 빗댐) 비웃음 살까 두렵다만,
焉能飾悽惝　억지 슬픔 꾸며내어
辛苦斷腸爲　애간장 부러 끊을 수야 없지.
梨橘各殊味　배와 귤은 맛이 다른 법
嗜好唯其宜　기호는 각각 입맛에 따를 뿐.

　명나라 이반룡李攀龍은 시에서 격률을 중시하여, 성당의 시를 모범으로 삼아야 한다고 하였다. 하지만 그의 뒤로 원굉도 형제와 우동尤侗이 나와 성정性情을 중시하였다. 다시 청나라 초의 왕사진王士禛은 신운을 강조하여, 실제 경물이나 사실의 묘사보다도 몽환적 장면을 설정하고 애상의 감정을 강조하였다. 이렇게 중국의 문단은 매 시기마다 새로운 유파가 나와서 앞의 유파를 거꾸러뜨리는 형국이었다. 이에 따라 많은 조선 시인들도 그 각 유파를 배우기 위해 급급하였던 것이다.
　그런데 정약용은 배와 귤은 맛이 다르며 기호는 입맛따라 다르다 하였다. 특정 시파를 우위에 두지 않고, 스스로의 시를 짓겠다는 말이다. 그의 '조선시'는 조선시 아닌 것의 부정이다. 그 개념은 부정의 부정으로서만 정의될 수 있지, 구체적 실체가 있는 것은 아니다. 하지만, 이 선언에는 조선 문단의 독자성을 주장하는 신념이 들어 있다.
　정약용과 함께 숙란시사竹欄詩社라는 동인 활동을 하였던 유지범(尹持範, 尹奎範, 1752~1846)은 자신의 시집에 서문을 스스로 적어, 조선 시

단에 대하여 자부하였다.

시란 기수氣數가 시키는 것이니, 현재의 시가 옛 시에 뒤지고 작은 나라의 시가 큰 나라의 시에 뒤지는 것이 아니다. 우리 조선은 사백 년 동안 정치가 안정되어, 윗분이 배양하고 고무하여왔다. 이에 최립崔岦, 차식車軾, 박은朴誾, 권필權韠의 무리가 차례로 이어 나왔다. 지금 시대에 이르러는 번쩍번쩍하여 볼 만하다. 어떤 이는 웅혼하다고 이름나고 어떤 이는 표일飄逸하다고 소문났으며, 어떤 이는 중국을 내려다보고 우리 외진 땅에서 문채를 떨쳐, 우쭐대고 어험거리며 일세를 소요하고 있다. 즉 번암(樊巖, 蔡濟恭), 간옹(艮翁, 李獻慶), 해좌(海左, 丁範祖), 진택(震澤, 申光河) 등 여러 분들이 그들이다.

윤지범은 같은 남인의 당색에 속하는 채제공, 이헌경, 정범조, 신광하를 조선 문단의 대가라고 거론하였다. 하지만 그 논평의 배후에는 역시 조선 문단의 독자성을 자부하는 심리가 깔려 있다. 그것은 곧 정약용이 '조선시 선언'을 하였던 심리와 일치한다. 윤지범은 윗글에 이어 또 이렇게 말하였다.

시란 남에게서 배울 수 있는 것이 아니다. 도리어 하늘로부터 받은 자질天姿 여하에 달려 있을 뿐이다. 세상에서 당이니 송이니 명이니 이백이니 두보니 도연명이니 위응물이니 하는 시풍을 떠드는 것은 다 남의 것을 베껴먹고 똑같이 본뜨는 것에 불과하니, 그것이 어떻게 참된 당, 송, 명, 이백, 두보, 도연명, 위응물의 시일 수 있겠는가?

'나의 시를 즐긴다'는 의식이 잘 나타나 있다. '나의 시'는 때때로 속

되다고 비난받을 수 있다. 하지만 그러한 비난에 좌우되지 않겠다는 의
지가 결연하다.

그렇다면 조선 후기의 지식인–문인들은 어떠한 방식으로 '조선풍'
을 시에서 구현하였을까? 그들이 그 개념의 함의를 명시한 적은 없다.
다만 그들은 공통적으로 조선적인 사고와 감각에 맞는 한시를 창작하
려고 하였다. 특히 내용상 외세에 대한 저항의식의 표출, 국경의식의
고양, 민족 역사에 대한 관심 표명, 자국 언어 및 국문 문학에 대한 관심
표명, 독자적인 문명의식, 민족 정서의 재발견과 소외된 민족 성원에
대한 재인식, 국토 산하의 재발견 등을 적극적 주제로 삼게 되었다.

조선 후기에는 특히 민요적 취향을 담은 한시들이 많이 나왔다. 심지
어 민요나 시조를 한역하여 한 편의 한시를 이루기도 하였다. 신위申緯
가 주로 시조를 한역하여 「소악부小樂府」 40수를 엮은 것은 그 대표적인
예이다. 여기서는 아전 출신으로서 박지원에게 시를 배운 유한집兪漢緝
이 〈오동동 타령〉을 한역한 「오동추야梧桐秋夜」를 소개하기로 한다. 〈오
동동 타령〉은 본디 교방敎坊의 곡인데, 가사에 "오동추야 달 밝은 때 나
는 다정도 하여라"라고 하였다. 남녀의 그리움을 노래한 장상사長相思
곡의 부류에 속하는데, 그것이 19세기 초에 성행하였다. 거리의 아동이
나 하인들이라도 입만 열면 이 노래를 불렀다고 한다. 유한집의 번역시
는 4장으로 이루어져 있다. '오동추야 달 밝은 때梧桐秋夜月明時'를 각
각 제1구, 제2구, 제3구, 제4구에 후렴조로 삽입하였고, 각 장의 마지막
구를 다음 장의 첫머리에 잇는 연쇄법連鎖法을 사용하였다.

梧桐秋夜月明時　　오동추야 달 밝은 때
繡鳳窓前浴鴨池　　봉황 수놓은 창 앞은 오리 헤엄치는 연못일세.
儂手敎歡新院調　　손수 교방 새 노래를 가르치며 즐기나니

靈山葉葉道相思　　영산 잎새마다 상사병을 말하누나.

葉葉靈山亂更悲　　영산 잎새 풀풀 나니 서글프고 서글퍼라
梧桐秋夜月明時　　오동추야 달 밝은 때.
多情故作無端恨　　다정도 병인 양하여 무단히 한스러우니
嚼損佳人邱口脂　　미인은 봉긋한 입으로 손가락을 물어뜯네.

邱口香脂花瓷盒　　봉긋한 입 기름진 손가락으로 청자 합을 여나니
一回開子一回盒　　한번은 합盒을 열고 한번은 자子를 열고.
梧桐秋夜月明時　　오동추야 달 밝은 때
彈盡淚殊藍袖濕　　옥 같은 눈물을 흩뿌리매 남색 소매 젖누나.

紅藍袖上碧螺危　　홍남색 소매에 머리꼭지 높건만
不逞情郎更歡誰　　바람둥이 낭군은 또 누구와 즐기시나.
他日相思無限處　　언젠가 한없이 님 그리워할 곳은
梧桐秋夜月明時　　오동추야 달 밝은 때.

조선 후기에 이르러 한시가 민요적 정서를 적극 도입하게 된 것은 그
만큼 민족주의적 특성이 강화되었음을 말해준다.

한국 한시의 특성은 시 형식의 실험에서도 찾아볼 수 있다. 우선 진취
적인 문인들은 근체시 중심의 시 창작을 비판하였다. 이익은 종래의 문
인들이 칠언율시에서 함련과 경련의 대구를 맞추고 평측을 고르는 데
힘쓰다보니 시 맛을 잃고 말았다고 하였다. 그러면서 『시경』의 4언시
형식을 모범으로 보았고, 율시를 지을 때도 절구를 먼저 익힌 다음에 율
시를 지어야만 시 맛을 낼 수 있다고 하였다.

홍양호洪良浩는 장편고시의 가치를 재인식하였다. 서명응(徐命膺, 1716~1787)도 율시보다는 고시에 먼저 힘쓸 것을 주장하였다. 정약용은 아예 청나라 왕사진의 고시론과는 달리 독자적인 '칠언고시 평측론'을 제시하였고, 그 형식에 맞추어 시를 지었다.

또한 조선 후기에는 악부樂府 양식을 즐겨 도입하였다. 그 가운데 일부의 영사악부詠史樂府는 우리의 역사, 풍속 등에서 소재를 구하여 해동악부체를 성립시켰다. 이익은 「해동악부」 119수를 지어 문학을 역사와 결합시켰다.

한편 어떤 문인들은 민요와 시조의 가치를 재인식해서 민요와 시조를 한시로 번역해내었다. 박지원은 "방언을 도입하고 민요를 노래하면, 자연히 문채가 이루어져 진기眞機를 발현할 수 있다"고 하였다. 이학규李學逵는 유배지 김해에서 아전의 처가 지은 「답월사踏月詞」라는 민요를 한시로 번역하고, 메나리곡山有花曲을 「앙가 다섯 장秧歌五章」으로 한역하였다. 염조艶調의 민요를 한시에 도입한 것이다.

또한 지방의 문화와 생활이 지닌 가치를 재발견하면서 기속시紀俗詩와 기속악부紀俗樂府를 짓는 일도 많아졌다. 신광수申光洙의 「관서악부關西樂府」, 김려金鑢의 「황성이곡黃城俚曲」, 정약용의 「탐진촌요耽津村謠」, 이학규의 「금관죽지사金官竹枝詞」 등이 그 대표적인 예이다. 의식의 면에서 기층민에 접근하였던 지식인들은 서민의 의식과 정서를 한시에 끌어들였다.

그런데 악부는 민족의 정신과 서민의 미의식을 수용하였지만, 실제로는 근체시보다도 엄격한 압운(주로 협운叶韻)과 구법, 편법을 익혀야 하므로 대가들이 아니면 짓지 못하였다. 따라서 악부는 광범한 작가, 독자층을 형성할 수는 없었다.

이에 비하여 과거 시험에서 부과되는 시 양식인 과시科詩는 비록 정통문학의 범주로부터 벗어나 있었지만, 일반 생활에서도 광범한 작가층을 형성하였다. 신광수의 장편 과문 가운데「황금옥에서 석숭 집안 옛 낭군을 맞아들이다黃金屋迎石家故郎」1백 운은 '패관잡기의 익살스러운 말'을 이용한 것이어서 독특한 체를 이루었다는 평가를 받았다. 더구나 과시는 몰락 사인들 사이에서 자신의 지적 욕구나 문학적 재능을 표현하고 불우한 심사를 싣는 양식으로서 널리 애용되었다. 이 과시는 조선 특유의 시 양식이라고 말할 수 있다.

❖ ❖ ❖

조선 한시가 중국 한시에 대하여 갖는 관계는 일본 한시가 중국 한시에 대하여 갖는 관계와 유사하다.

물론 일본의 경우는 전체적으로 볼 때 순수한 한문학보다도 가나かな 문학이 더 발달하였다. 문장에서도 '화한혼합체和漢混合體'가 주류였고, '고문'에 기초한 세련된 한문은 그리 발달하지 않았다. 711년에 완성된『고사기古史記』는 대표적인 예이다. 또 한시의 낭영朗詠이 유행한데 비하여 한시의 창작력은 그리 높지 않았다. 한문과 한시를 자유롭게 지을 수 있는 남성 작가들이라 하더라도 와분和文과 와카和歌에도 손을 대어 와분에 한어漢語를 혼입시킨 문체를 형성하였다.

그렇지만 일본도 역시 독자적인 한시 문학을 발달시켜왔다.

우선 나라奈良 헤이안平安 시대에는 신라와 마찬가지로 당나라에 유학생과 승려를 파견하였다. 그 가운데 승려 구카이(空海, 774~835)는 당나라에서 중국 시학의 자료를 모아 가지고 와서『문경비부론文鏡秘府論』을 엮었다. 그뒤 역대의 천황들은 한문학을 장려하였으며, 사가嵯峨

천황은 그 자신이 일류 한시 작가였다. 『능운집凌雲集』『문화수려집文華秀麗集』『경국집經國集』이 칙찬되고, 한시의 낭영朗詠이 유행하면서 『화한낭영집和漢朗詠集』 2권(1013년) 등이 편찬되었다. 헤이안 시대에는 스가와라노 미치자네菅原道眞, 오에노 오톤도大江音人 등 한문학의 명가가 나타났다. 가나문학에도 중국문학의 영향이 농후하였다.

가마쿠라鎌倉, 무로마치室町 시대에는 고잔五山의 승려가 한문학의 중심 담당자가 되었다. 학승學僧 가운데는 뛰어난 한문학 작품을 남긴 사람이 적지 않다. 또 한유의 문장, 두보의 시, 주자학도 학승들이 연찬하였다. 이것은 우리나라나 중국과는 사정이 다르다.

에도江戸 시대에 이르면 주자학, 고의학, 양명학, 국학의 여러 사조가 한꺼번에 발달하였고, 한문학도 개화하였다. 각 번藩을 중심으로 지역별로 유파가 형성되고 그것이 에도와 교토의 문단과 서로 영향을 주고받았다. 겐로쿠元祿 연간에는 '순수'를 숭상하는 기운을 타고 오규 소라이(荻生徂徠, 1666~1728)가 겐엔파蘐園派를 형성하였다. 그의 문하에서 경학가뿐만 아니라 시문가도 많이 나왔다. 또 그 시기에는 그들에 반대하는 유파도 발달했다. 에도 시대의 지식인들은 신유일치神儒一致의 사상을 지녔기 때문에 한문학의 주제사상도 자연히 신도神道나 천황 숭배의 사상과 습합하였다.

에도 바쿠후幕府 말기에는 이른바 '지사志士'들이 활약하였는데, 그들은 대부분 한학가였다. 따라서 메이지 시대에 이르러 일본의 한시와 한문은 정점에 도달하였다. 사숙私塾과 시사詩社가 발달하였으며 신문, 잡지에도 한시란이 개설되었다.

이러한 역사적인 전개는 일본 특유의 한시 문학을 낳았다. 한자와 한문을 공동어로 사용하였던 문학권에 속하면서 일본이 그들 나름의 문학세계를 형성하였던 것은 우리나라의 경우와 마찬가지이다.

에도 시기의 지식인들은 막스 베버가 말한 이른바 '정치적으로 이용할 수 있는 비특권계층' 가운데 '인문주의적 교양을 몸에 지닌 문인'이었다. 그들은 대개 막부의 정치문서 편찬관으로 일하였으므로, 존황의식을 지니되 막부의 지위를 인정하였다. 따라서 그 존재 방식은 조선조의 지식인들이 대체로 정권 담당층이었던 것과는 상당히 달랐다. 조선 지식인들은 올바른 이념을 상정하고 그 이념에 순절하려는 의식이 강하였다.

일본에서는 한시에 일본적 습성이 들어간 '와후和風'를 낮게 평가해 왔다. 조선 후기에 '압록강 동쪽의 소리를 짓지 않으려' 하였던 풍조와 유사하다. 하지만 '와후'는 '조선풍'이나 마찬가지로 각각 일본 한시와 조선 한시에 독자성을 부여한 중요한 요소로서 평가할 만한 여지가 있다.

아닌게 아니라 최근 일본 학자들은 일본 한시의 가능성을 와후和風에서 찾아야 한다고 조심스럽게 말하고 있다. 2005년 9월 초에 도쿄에서 개최된 일본한문학 국제대회에서 일본의 노학자 이시카와 다다히사石川忠久는 와슈和習를 평가할 것이 못 되지만 와후는 독자적인 미학을 형성한 것으로서 긍정해야 한다는 주장을 하였다. 그렇다면 와후는 우리의 조선풍(조선시)에 대비될 수 있다.

그런데 그 노학자는 일본 한시의 최고 전성기를 1722년(일본 연호 안에이安永의 시작)부터 1844년(일본 연호 덴포天保의 마지막) 사이로 설정하였다. 이 시기도 대개 조선시의 전성기와 겹친다. 그리고 그분은 일본의 최고 한시로 라이 산요賴山陽의 「아마쿠사나다에 정박하다泊天草洋」를 꼽았다.

雲耶山耶吳耶越　구름인가 산인가, 오 땅인가 월 땅인가

水天髣髴靑一髮　물과 하늘이 흡사하여 한 올의 푸른 머리카락 같다.
萬里泊舟天草洋　만 리 멀리 와서 아마쿠사나다에 배를 정박하니
煙橫篷窓日漸沒　안개는 봉창에 비끼고 해는 차츰 저물어간다.
瞥見大魚躍波間　별안간 큰 물고기가 물결 사이에 용약함이 보이고
太白當船明似月　태백성은 배에 임하여 명월과 같아라.

　둘째 구는 소동파의 영향이 보인다. 하지만 중국의 한시가 바다를 노래하지 않는 데 비하여 이 시는 일본의 바다를 노래하였다는 점, 중국의 한시에는 6구의 시가 그다지 나타나지 않지만 이 시는 6구의 형식으로 되어 있다는 점, 이 두 가지 때문에 이 시는 일본의 최고 한시라고 평가하였다.
　어느 시가 일본에서 혹은 우리나라에서 최상승인지 하는 데 대해서는 학자마다 독자마다 이견이 있을 수 있다. 하지만 일본에서도 우리나라와 마찬가지로 한시의 독자적인 시풍을 형성하였으리라는 것은 수긍할 수 있다.

❖❖❖

　처음으로 돌아가자. 한국 한시는 중국문학의 아류가 아니다. 한국 한시는 중국시의 부분적 요소를 갖추거나 전체를 축소해서 지닌 것이 아니다. 한국 한시의 특징은 그 역사적 전개 자체에 깃들어 있다. 역사적 전개의 차별성이 곧 중국 고전시, 한국 한시, 일본 한시의 독특한 성격을 만들어내었다. 따라서 역사적 전개의 실상을 온전히 서술하여야만 한국 한시의 가능성을 잘 예시하게 될 것이다. 불행하게도 그러한 작업

은 아직 제대로 이루어지지 않았다.

더구나 한국 한시의 특성을 부각시키기 위해서는 공동어문학권 내의 공통성에 대해 깊이 이해할 필요가 있다. "한국 한시는 공동어문학권 내에서 어떤 보편성을 지녔던가?" 이 물음은 곧, "한국 한시는 공동어문학권 내에서 어떤 독특한 특성을 지녔던가?" 하는 물음과 상즉相卽하여 있다.

이 책에서 나는 중국 한시와 한국 한시를 생각나는 대로 예시하고 가끔 일본 한시를 거론하였다. 한시는 간결한 언어로 사상과 감정을 담아내는 참으로 매력적인 문학 양식이다. 하지만 한시의 세계를 올바로 파악하기 위해서는 한문 문언의 어법과 한시 형식을 잘 알아야 하고, 작가의 삶과 정신세계를 이해하여야 한다. 더 나아가 역사적 전개 양상을 파악해야 한국 한시의 특성을 말할 수 있다.

이덕무는 『청비록淸脾錄』이라는 시문평론집에서, 조선조 시문학의 대가로 김뉴(金紐, 1420~?)와 김종직金宗直을 꼽는 한편, 고려 후기 이제현李齊賢을 이천 년 이래 명가名家로 꼽았다. 이덕무는 이제현이 화려하고 우아해서 우리나라의 침체된 습관을 시원스럽게 탈피하였다고 하였다. 하지만 그가 이제현의 한시를 높게 평가한 것은 그 시적 재능만 보고 그런 것은 아니다. 이제현은 원 지배하의 고려에서 국가 사직과 백성을 위해 남다른 공적을 세웠으며 조선조 학문도통의 연원을 열었던 인물이다. 그의 한시에는 삶의 궤적과 내면의식이 우러나와 있다. 또 이제현은 충선왕의 만권당에서 중국 학자들과 교유하였고 서촉이나 강남으로 향을 봉헌하러 간다든가 서번으로 귀양 간 충선왕을 찾아 만리 길을 여행한다든가 하면서 많은 시를 남겼다. 바로 이 모든 점이 어우러져 이제현이라는 명가를 낳았다고 이덕무는 논하였다.

이덕무가 이제현의 시를 한국 한시의 최고로 평가한 것에 대하여는 이의를 제기할 수 있다. 실제로 어떤 이는 이제현의 시를 두고, "노련하고 건강하지만 화려하지 못하다"라고 비판하였다. 하지만 이덕무의 평론 방식은 한시를 이해하는 데 매우 중요한 원칙을 제시하였다. 곧, 한시를 살필 때는 한시 자체의 형식미만 운위해서는 안 되며, 그 작가의 삶과 연결시켜 시세계의 전모를 살펴야 한다는 원칙이다. 그것이 바로 한시의 역사적 특성에 주목해온 전통적 비평 방법이다. 그런데 이 방법은 현대의 우리가 한시를 감상할 때에도 가장 유효한 방법이 아닐까?

그러나 우리는 수많은 한시 작품을 일일이 다 그런 방법으로 감상할 만한 여유가 없다. 다만 한시 감상에서 되도록 그런 방법을 이용한다면 지적인 긴장과 미학적인 쾌감을 더 잘 경험할 수 있을 것이다. 그리고 그러한 경험은 바로 지금 우리가 생활세계와 자연 환경을 바라보고 그것을 시적으로 파악하고자 할 때 유력한 참조준거가 되리라.

참고문헌

1. 한국 한시 관련

정양완, 『조선조 후기 한시 연구』, 성신여자대학교출판부, 1983.

김갑기, 『나·려 한시선(부 : 삼한시귀감)』, 이우출판사, 1983.

송준호, 『유득공의 시문학 연구』, 태학사, 1985.

장효현, 『서유영 문학의 연구』, 아세아문화사, 1988.

안병학, 『삼당시 연구』, 고려대 박사논문, 1988.

김달진 역해, 『한국한시』 3책, 민음사, 1989.

이병주 외, 『한국의 한문학』 1~4, 민음사, 1991.

임형택 편역, 『이조시대 서사시』 상·하, 창작과비평사, 1992.

홍만종 저, 안대회 역주, 『소화시평』, 국학자료원, 1993.

여운필, 『이색의 시문학 연구』, 태학사, 1995.

정민, 『한시미학산책』, 솔, 1996.

신호열·임형택 역, 『백호전집』, 창작과비평사, 1997.

김성언, 『남효온의 삶과 시』, 태학사, 1997.

윤호진, 『한시와 사계의 화목』, 교학사, 1997.

송재소, 『다산시연구』, 창작과비평사, 1998.

허경진 편, 『허난설헌 시선 ─ 한국의 한시 10』, 평민사, 1996.

남은경, 「동명 정두경 문학의 연구」, 이화여대 박사논문, 1998.

정요일·박성규·이연세, 『고전비평용어연구』, 태학사, 1998.

송준호, 『한국명가한시선』, 문헌과해석사, 1999.

김상홍, 『한국 한시의 향기』, 박이정, 1999.

정민, 『목릉 문단과 석주권필』, 태학사, 1999.

윤재민, 『조선후기 중인층 한문학의 연구』, 고려대학교 민족문화연구원, 1999.

안대회, 『18세기 한국의 한시사 연구』, 소명출판, 1999.

진재교, 『이계 홍양호 문학연구』, 성균관대학교 대동문화연구원, 1999.

강명관, 『조선시대 문학예술의 생성공간』, 소명출판, 1999.

박혜숙 편역,『부령을 그리며』(김려,「사유악부」번역), 돌베개, 2000.

강혜선,『청천강을 밤에 건너며 — 백헌 이경석 시선』, 태학사, 2000.

민병수,『한국한시대표작평설』, 태학사, 2000.

안대회,『조선후기 시화사』, 소명출판, 2000.

이종묵,『해동강서시파연구』, 태학사, 2001.

민병수 외,『사찰, 누정 그리고 한시』, 태학사, 2001.

진재교,『이조후기 한시의 사회상』, 소명출판, 2001.

이창희 역,『역주 청구풍아』, 도서출판 다운샘, 2002.

박성규 편역,『김극기한시선』, 도서출판 다운샘, 2003.

이혜순,『고려전기 한문학사』, 이화여자대학교출판부, 2004.

김진경,『고전작가의 풍모와 문학』, 경희대학교출판부, 2004.

송재소,『한국문학의 사상적 지평』, 돌베개, 2005.

2. 중국 한시(부 : 일본 한시)

이병한,『(증보) 한시비평의 체례 연구』, 통문관, 1985.

오태석,『중국문학의 인식과 지평』, 도서출판 역락, 2001.

류성준,『중국 시화의 시론』, 푸른사상, 2003.

중국시인총서 당전편 12책, 문이재, 2002.

중국시인총서 당대편 24책, 문이재, 2002.

중국시인총서 송대편 4책, 문이재, 2002.

중국시인총서 금원명청대편 7책, 문이재, 2003~2004.

이종진 외,『중국시와 시인 : 송대편』, 역락, 2004.

이장우 교수 정년퇴임기념사업회,『중국명시감상』, 명문당, 2005.

심병손 저, 이장우 역,『한유시 이야기』, 대한교과서주식회사, 1988.

黃永武,『중국시학中國詩學』思想篇·考據篇·設計篇·鑑賞篇, 巨流圖書公司, 1977.

王力 저, 홍우흠 편역,『한시운율론』, 영남대학교출판부, 1983.

劉若愚(James J. Y. Liu) 저, 이장우 역,『중국의 시학』, 동화출판공사, 1984.

錢鍾書 저, 이홍진 역,『송시선주宋詩選註』, 형설출판사, 1989.

吳戰壘 저, 유병례 역,『중국시학의 이해』, 대학사, 2003.

夏承燾,『당송사인연보唐宋詞人年譜』, 上海古典文學出版社, 1955, 上海古籍出版社,

1979.

王叔岷 찬,『종영시품전증고鍾嶸詩品箋證考』, 中國文哲專刊 1, 臺北 : 中央硏究院 中國 文哲硏究所, 1992.

마스다 기요히데增田淸秀,『악부의 역사적 연구樂府の歷史的硏究』, 創文社, 1975.

스즈키 슈지鈴木修次,『한위시의 연구漢魏詩の硏究』, 大修館書店, 1967.

이시카와 다다히사石川忠久,『시경詩經』3책, 新釋漢文大系 110~112, 明治書院, 1997~2000.

우치다 센노스케內田泉之助 외 역,『문선文選』7책, 新釋漢文大系 14, 15, 79~83, 93, 明治書院, 1963~2001.

시미즈 시게루淸水茂,『중국시문논수中國詩文論藪』, 創文社, 1989.

고젠 히로시興膳宏,『난세를 사는 시인들亂世を生きる詩人たち : 六朝詩人論』, 硏文出版, 2001.

사원연구회詞源硏究會 편,『송대의 사론宋代の詞論』, 中國書店, 2004.

한문대계漢文大系 22책, 富山房, 1908~1909 발행, 1972 증보, 1984 증보 2쇄.

한시대계漢詩大系 24책, 集英社, 1964~1968.

중국시인선집中國詩人選集 14책, 岩波書店, 1957~1959.

중국시인선집中國詩人選集 2집 14책, 岩波書店, 1962~1963.

중국의 명시 감상中國の名詩鑑賞 10책, 明治書院, 1975~1993.

David Palumbo-Liu, *The Poetics of Appropriation ; The Literary Theory and Practice of Huang Tingjian*, Stanford, California : Stanford University Press, 1993.

이노구치 아츠시猪口篤志,『일본한시日本漢詩』2책, 新釋漢文大系 45~46, 明治書院, 1972.

사화집일본한시詞華集日本漢詩 9책 11권, 汲古書院, 1983~1984.

3. 필자의 관련 논저

심경호,『한시로 엮은 한국사기행』, 범우사, 1994.

───,『강화학파의 문학과 사상(3)』, 한국학중앙연구원, 1995.

───,『茶山과 春川』, 강원대학교출판부, 1996.

───,『조선시대 한문학과 시경론』, 일지사, 1999.

──, 『한국한시의 이해』, 태학사, 2000.

──, 『국문학연구와 문헌학』, 태학사, 2002.

──, 『한학연구입문』, 이회문화사, 2003.

──, 『김시습 평전』, 돌베개, 2003.

──, 『한시기행』, 이가서, 2005.

── 외, 『신편 원교 이광사 문집』, 시간의 물레, 2005.

──, 「조선후기 시사와 동호인 집단의 문화활동」, 『민족문화연구』 31, 고려대학교 민족문화연구원, 1998. 12, 99~254쪽.

──, 「谷雲을 중심으로 한 隱遁詩와 自然觀」, 『東亞細亞 隱者들의 美意識과 谷雲九曲 : 隱遁者들의 詩와 自然觀을 中心으로 Aesthetic consciousness of East Asian Hermits and Kok-un: on their View of Poetry and Nature」, 1999. 8, 85~102쪽.

──, 「『조선문학사』의 한문학 부문 서술에 관하여", 『민족문학사연구』 2001년 제18호, 기획 : 이가원 추모논문, 민족문학사학회, 2001. 6. 94~127쪽 ; 열상고전연구회 편, 『연민 이가원 선생의 생애와 학문』, 보고사, 2005.

──, 「16세기 도학가의 세계관과 미학」, 『국문학연구』 제7호, 국문학회, 2002. 5, 29~86쪽.

──, 「근대 이전의 한시 학습 방식에 대하여 : 聯句·古風 제작과 抄集·選集의 이용」, 『語文研究』 115, 한국어문교육연구회, 2002. 9, 235~257쪽.

──, 「단재 신채호의 한시」, 『국학연구』 창간호, 한국국학진흥원, 2002. 12, 117~151쪽.

──, 「한문고전과 한문학에서의 수사학에 대하여」, 『수사학』 3집, 한국수사학회, 2005. 9, 137~175쪽.

──, 「점필재와 그 문인의 한시」, 『점필재 김종직 선생 추모 학술회의 자료집』, 밀양문화원, 2005. 6, 71~113쪽.

── 역, 『唐詩 읽기』, 요시카와 고지로 저, 창작과비평사, 1998.

── 역, 『당시개설』, 오가와 다마키 저, 이회문화사, 1998.

── 외 역, 『일본한문학사』, 이구치 아츠시 저, 소명출판, 2000.

── 역, 『금오신화』, 김시습 저, 홍익출판사, 2000.

── 편역, 『선생, 세상의 그물을 조심하시오』, 이옥 저, 태학사, 2001.

── 외 역, 『역주 원중랑집』 1~10, 원굉도 저, 소명출판, 2004.

── 역, 『중국 고전시, 계보의 시학』, 가와이 고죠 저, 이회문화사, 2005.

정양완·심경호, 『강화학파의 문학과 사상 4』, 한국학중앙연구원, 1999.

김형효·심경호·정순우·최진덕·손문호, 『退溪의 사상과 그 현대적 의미』, 한국사상가 대계 4, 한국학중앙연구원, 1997.

김형효·심경호·장승구·최진덕·배병삼, 『茶山의 사상과 그 현대적 의미』, 한국사상가 대계 5, 한국학중앙연구원, 1998.

이종은·심경호·윤주필·정민·박영호·이기현, 『한국문학에 나타난 한국인의 자연관 연구』, 『한국학논집』 제32집 별책, 한양대학교 한국학연구소, 1998, 7~244쪽.

4. 『현대시』 게재 목록

「나도 한시를 지을 수 있을까? : 옛날 사람들의 한시 공부법과 오늘날의 한시 작법」, 2001년 4월호, 45~57쪽.

「한시와 산수자연」, 2001년 11월호, 185~208쪽.

「한시와 역사」, 2002년 1월호, 190~213쪽

「민중적 삶과 애환의 반영」, 2002년 2월호, 207~218쪽.

「민중의 삶과 애환의 반영 2」, 2002년 3월호, 218~239쪽.

「구도 정신의 표출」, 2002년 6월호, 217~239쪽.

「격조格調와 신운神韻」, 2002년 7월호, 162~179쪽.

「창작인가 모방인가」, 2002년 8월호, 184~201쪽.

「정情과 경景의 교직交織」, 2002년 9월호, 171~187쪽.

「양식과 시 정신」, 2002년 10월호, 188~209쪽.

「풍자의 양태」, 2002년 11월호, 225~242쪽.

「언지言志와 연정緣情」, 2002년 12월호, 185~205쪽.

「기흥起興과 비유比喩」, 2003년 1월호, 224~243쪽.

「작가의 위상」, 2003년 2월호, 170~186쪽.

「한국한시의 가능성」, 2003년 4월호, 159~175쪽.

인용 한시와 출전

1. 나도 한시를 지을 수 있을까?

소식蘇軾, 「봄밤春夜」, 『소식시집蘇軾詩集』 권49, 北京 : 中華書局, 1982.

왕지환王之渙, 「관작루에 올라登鸛鵲樓」, 『전당시全唐詩』 권253, 北京 : 中華書局, 1960(1), 1985(3).

2. 한시와 산수 자연

한산寒山, '천운만수간千雲萬水間', 이리야 요시타카入矢義高 주, 『한산寒山』, 중국시인 선집 5, 岩波書店, 1958 ; 김재두 평역, 『한산자시집寒山子詩集』, 경서원, 2005.

도잠陶潛, 「음주飮酒」 제5수, 『도정절전집주陶靖節全集注』 권3, 世界書局, 1956 ; 李長之 저, 마쓰에다 시게오松枝茂夫 외 역, 『도연명陶淵明』, 筑摩叢書 72, 筑摩書房, 1966.

왕유王維, 「종남산 별장終南別業」(옛 제목 '入山寄城中故人'), 『왕우승집전주王右丞集箋注』 권3, 上海古籍出版社, 1984.

맹호연孟浩然, 「건덕강에 묵다宿建德江」, 『맹호연집孟浩然集』 권4 오언절구五言絶句, 四部叢刊 정편 33, 臺北 : 商務印書館, 1981 영인.

이백李白, 「산중에서 은둔자와 대작하며山中與幽人對酌」, 『이태백전집李太白全集』 권23, 中國古典文學基本叢書, 北京 : 中華書局, 1977.

소식蘇軾, 「배에서 한밤에 일어나舟中夜起」, 『소식시집蘇軾詩集』 권18, 北京 : 中華書局, 1982.

─────, 「서림사 벽에 쓰다題西林壁」, 『소식시집蘇軾詩集』 권23, 北京 : 中華書局, 1982.

구양수歐陽脩, 「먼 산遠山」, 『구양문충공집歐陽文忠公集』 거사집居士集 권10, 四部叢刊 정편 44, 臺北 : 商務印書館, 1981 영인 ; 呂雪菊 點校, 『구양수전집歐陽修全集』, 長春 : 時代文藝出版社, 2001.

주희朱熹, 「취하여 축융봉을 내려가다醉下祝融峰」, 『회암선생주문공집晦庵先生朱文公

集』권5, 四部叢刊 정편 52, 臺北 : 商務印書館, 1981 영인.

성혼成渾, 「시냇가의 봄날溪上春日」, 『우계집牛溪集』권1, 한국문집총간 43, 민족문화추
진회, 1989.

이황李滉, 「산 속 사계절의 노래山居四時」 중 「여름·밤夏四吟·夜」, 『퇴계집退溪集』권4,
한국문집총간 29, 민족문화추진회, 1989.

────, 「도산의 늦봄에 즉흥으로 읊다陶山暮春偶吟」, 『퇴계집退溪集』권5, 한국문집
총간 29, 민족문화추진회, 1989.

왕지환王之渙, 「관작루에 올라登鸛鵲樓」, 『전당시全唐詩』권253, 北京 : 中華書局,
1960(1), 1985(3).

김시습金時習, 석주만조石州慢調 「한송정寒松亭」, 『매월당집梅月堂集』권13 관동일록
關東日錄, 한국문집총간 13, 민족문화추진회, 1988.

정사룡鄭士龍, 「대탄大灘」, 『호음잡고湖陰雜稿』권1 북상록北上錄, 한국문집총간 25,
민족문화추진회, 1988.

정철鄭澈, 「식영정제영息影亭題影」 '창계백석蒼溪白石', 『송강집松江集』원집 권1, 한국
문집총간 46, 민족문화추진회, 1989.

홍양호洪良浩, 「마천령磨天嶺」, 『이계홍양호전서耳溪洪良浩全書』Ⅰ, 권5, 민족문화사,
1982 영인.

임숙영任叔英, 「비로봉에 올라登毗盧峰」, 『소암집疎菴集』권1, 한국문집총간 83, 민족문
화추진회, 1992.

김정金淨, 「총석정에 쓰다題叢石亭」 4수, 『충암집冲庵集』권3, 한국문집총간 23, 민족문
화추진회, 1988.

박지원朴趾源, 「총석정에서 해돋이를 보고叢石亭觀日出」, 『연암집燕巖集』권4 영대정잡
영映帶亭雜詠, 한국문집총간 252, 민족문화추진회, 2000.

두보杜甫, 「등고登高」, 仇兆鰲 주, 『두시상주杜詩詳註』권20, 北京 : 中華書局, 1979.

정희량鄭希良, 「압록강의 봄 풍경을 바라보며鴨江春望」, 『허암유집虛庵遺集』권2, 한국
문집총간 18, 민족문화추진회, 1988.

김극기金克己, 「영명사永明寺」, 『신증동국여지승람新增東國輿地勝覽』권51, 平安道 平
壤府 佛宇 '永明寺'條.

김시습金時習, 「외나무다리獨木橋」, 『매월당집梅月堂集』권13 관동일록關東日錄, 한국
문집총간 13, 민족문화추진회, 1988.

────, 「소양정에 올라登昭陽亭」 3수 중 제1수, 『매월당집梅月堂集』권13 관동

일록關東日錄, 한국문집총간 13, 민족문화추진회, 1988.

김시습金時習, 「어느 곳이 가을 깊어 좋은가何處秋深好」 3수 중 제2수, 『속동문선續東文選』 권6 오언율시五言律詩.

권필權韠, 「그윽한 살이에 우줄우줄 흥이 나서幽居漫興」 제1수, 제2수, 제4수, 『석주집石洲集』 권7, 한국문집총간 75, 민족문화추진회, 1991.

김창흡金昌翕, 「갈역잡영葛驛雜詠」 제1수, 『삼연집三淵集』 권14, 한국문집총간 165, 민족문화추진회, 1996.

정약용丁若鏞, 만강홍조滿江紅調 「어부漁父」, 『여유당전서與猶堂全書』 I, 제1집 권5, 한국문집총간 281, 민족문화추진회, 2002.

박은朴誾, 「복령사福靈寺」, 『읍취헌유고挹翠軒遺稿』 권3, 한국문집총간 21, 민족문화추진회, 1988.

이행李荇, 「중열(박은)이 영통사 벽에 쓴 시에 차운하여次仲說靈通寺壁上韻」 권4 천마록天磨錄, 『용재집容齋集』 권3, 한국문집총간 20, 민족문화추진회, 1988.

백광훈白光勳, 「망포정팔경望浦亭八景」 중 「삼차송월三叉松月」, 『옥봉집玉峰集』 上, 한국문집총간 47, 민족문화추진회, 1989.

이규보李奎報, 「박연에 쓰다題朴淵」, 『동국이상국집東國李相國集』 권14, 한국문집총간 1, 민족문화추진회, 1990.

양사언楊士彦, 「발연의 반석에 쓰다題鉢淵磐石上」, 『봉래시집蓬萊詩集』 권1, 한국문집총간 36, 민족문화추진회, 1989.

3. 경景과 정情의 교직

옹도雍陶, 「성 서쪽으로 친구의 별장을 방문하다城西訪友人別墅」, 주필周弼, 『전주삼체시箋註三體詩』, 漢文大系 2, 東京 : 富山房, 1926.

왕유王維, 「산거즉사山居卽事」, 『왕우승집전주王右丞集箋注』 권7, 上海古籍出版社, 1984.

이백李白, 「족숙 형부시랑 엽과 중서사인 가지를 모시고 동정에 노닐다陪族叔刑部侍郎曄及中書賈舍人至游洞庭」 5수 중 제1수, 『이태백전집李太白全集』 권20, 中國古典文學基本叢書, 北京 : 中華書局, 1977.

정두경鄭斗卿, 「마천령에 올라登磨天嶺」, 『동명집東溟集』 권1, 한국문집총간 100, 민족문화추진회, 1992.

권필權韠, 「그윽한 살이에 우줄우줄 흥이 나서幽居漫興」 제2수, 『석주집石洲集』 권7, 한
국문집총간 75, 민족문화추진회, 1991.

김창흡金昌翕, 「갈역잡영葛驛雜詠」 제128수, 『삼연집三淵集』 권14, 한국문집총간 165,
민족문화추진회, 1996.

조희룡趙熙龍, 「임자도荏子島」, 『조희룡전집趙熙龍全集』 권4, 한길아트, 1999.

두보杜甫, 「악양루에 올라登岳陽樓」, 仇兆鰲 주, 『두시상주杜詩詳註』 권22, 北京 : 中華
書局, 1979.

──────, 「배로 기주로 내려가다가 성 외곽에 묵다. 비가 축축히 내려 기슭으로 올라가
지 못하고, 왕십이 판관과 이별하다船下夔州 郭宿 雨濕不得上岸 別王十二判官」, 仇兆
鰲 주, 『두시상주杜詩詳註』, 北京 : 中華書局, 1979.

김시습金時習, 「소양정에 올라登昭陽亭」 3수 중 제1수, 『매월당집梅月堂集』 권13 관동
일록關東日錄, 한국문집총간 13, 민족문화추진회, 1988.

소식蘇軾, 「정혜원 동쪽에 더부살이하는데 잡꽃이 산에 가득하였고, 해당 한 그루가 있
으나 토착인들은 귀한 줄을 몰랐다寓居定惠院之東 雜花滿山 有海棠一株 土人不知貴
也」, 『소식시집蘇軾詩集』 권20, 北京 : 中華書局, 1982.

──────, 「조보지가 소장한 문여가의 대 그림에 쓴 세 수書晁補之所藏與可畫竹三首」,
『소식시집蘇軾詩集』 권29, 北京 : 中華書局, 1982.

──────, 「달밤에 손님과 함께 살구꽃 아래 술을 마시며月夜與客飲杏花下」, 『소식시집
蘇軾詩集』 권18, 北京 : 中華書局, 1982.

이백李白, 「달 아래 홀로 술잔을 따르며月下獨酌」 4수 중 제1수, 『이태백전집李太白全
集』 권22, 中國古典文學基本叢書, 北京 : 中華書局, 1977.

4. 기흥起興과 비유比喩

두보杜甫, 「수수水愁」, 仇兆鰲 주, 『두시상주杜詩詳註』 권18, 北京 : 中華書局, 1979.

『시경詩經』 국풍國風 「관저關雎」.

『시경詩經』 국풍國風 패풍邶風 「간혜簡兮」.

두보杜甫, 「광부狂夫」, 仇兆鰲 주, 『두시상주杜詩詳註』 권9, 北京 : 中華書局, 1979.

──────, 「야로野老」, 仇兆鰲 주, 『두시상주杜詩詳註』 권9, 北京 : 中華書局, 1979.

──────, 「추흥秋興」 8수 중 제1수, 仇兆鰲 주, 『두시상주杜詩詳註』 권17, 北京 : 中華
書局, 1979.

─────,「거룻배를 나아가며進艇」, 仇兆鰲 주,『두시상주杜詩詳註』권10, 北京：中華
　　　書局, 1979.

이백李白,「선주의 사조 누대에서 교서 숙운을 전별하다宣州謝朓樓餞別校書叔雲」,『이태
　　　백전집李太白全集』권18, 中國古典文學基本叢書, 北京：中華書局, 1977.

─────,「월나라 여자의 노래越女詞」5수 중 제1수,『이태백전집李太白全集』권24, 中
　　　國古典文學基本叢書, 北京：中華書局, 1977.

최국보崔國輔,「장락소년행長樂少年行」,『전당시全唐詩』권119, 北京 ：中華書局,
　　　1960(1), 1985(3).

두보杜甫,「진주잡시秦州雜詩」20수 중 제2수 및 제4수, 仇兆鰲 주,『두시상주杜詩詳註』
　　　권7, 北京：中華書局, 1979.

소식蘇軾,「배에서 한밤에 일어나舟中夜起」,『소식시집蘇軾詩集』권18, 北京：中華書局,
　　　1982.

이하李賀,「대제곡大堤曲」,『이하가시편李賀歌詩編』권1, 四部叢刊 정편 35, 臺北：商務
　　　印書館, 1981 영인 ; 陳弘治,『이장길가시교석李長吉歌詩校釋』, 臺北 ：文律出版社,
　　　1979.

─────,「남산 밭의 노래南山田中行」,『이하가시편李賀歌詩編』권2, 四部叢刊 정편
　　　35, 臺北：商務印書館, 1981 영인 ; 陳弘治,『이장길가시교석李長吉歌詩校釋』, 臺北：
　　　文律出版社, 1979.

유한집兪漢緝,「사회寫懷」제4수, 필자 소장 필사본『취초유선생시집翠苕兪先生詩集』.

소식蘇軾,「취성당설聚星堂雪」,『소식시집蘇軾詩集』권34, 北京：中華書局, 1982.

황정견黃庭堅,「절구絶句」,『산곡시집주山谷詩集註』, 臺北：藝文印書館, 1965 영인.

이황李滉,「도산의 매화가 겨울 추위에 상하여 탄식하다. 김언우에게 주면서 아울러 김
　　　신중(돈서)에게도 보여준다陶山梅爲冬寒所傷歎 贈金彦遇兼慎仲惇敍」,『퇴계집退溪
　　　集』속내집續內集 권5, 한국문집총간 29, 민족문화추진회, 1989.

정두경鄭斗卿,「회포를 적다述懷」,『동명집東溟集』권7, 한국문집총간 100, 민족문화추
　　　진회, 1992.

김시습金時習,「미려尾閭」,『매월당집梅月堂集』권10 유관동록遊關東錄, 한국문집총간
　　　13, 민족문화추진회, 1988.

유득공柳得恭,「청천강을 건너면서 임은수의 시에 차운하다渡淸川江 次任恩叟韻」,『영
　　　재집泠齋集』, 한국문집총간 260, 민족문화추진회, 2000 ; 박지원朴趾源,『열하일기熱
　　　河日記』,『연암집燕巖集』수록, 한국문집총간 252, 민족문화추진회, 2000.

5. 언지言志와 연정緣情

이백李白, 「봄날 취했다가 일어나 뜻을 말하다春日醉起言志」, 『이태백전집李太白全集』
　　권23, 中國古典文學基本叢書, 北京：中華書局, 1977.

―――――, 「고풍古風」 59수 중 제1수, 『이태백전집李太白全集』 권2, 中國古典文學基本叢
　　書, 北京：中華書局, 1977.

완적阮籍, 「영회詠懷」 85수 중 제1수, 소명태자昭明太子 찬, 『문선文選』 권23(17수 수
　　록), 臺北：藝文印書館, 1983 영인.

고염무顧炎武, 「정위精衛」, 『고정림시전석顧亭林詩箋釋』 권1(1648~1649년작), 中國古
　　典文學基本叢書, 北京：中華書局, 1998.

신채호申采浩, 「백두산 도중白頭山途中」 제2수, 『신채호전집申采浩全集』 하, 형설출판
　　사, 1979.

―――――, 「계해년(1922년) 시월 초이틀癸亥十月初二日」, 『신채호전집申采浩全集』
　　하, 형설출판사, 1979.

―――――, 「역사를 읽고讀史」, 『신채호전집申采浩全集』 하, 형설출판사, 1979.

―――――, 「분함을 적음書憤」, 『신채호전집申采浩全集』 하, 형설출판사, 1979.

―――――, 「회포를 적다述懷」 2수 중 제1수, 『신채호전집申采浩全集』 하, 형설출판
　　사, 1979.

호치민胡志明, 「『천가시』를 보고 느낌이 있어看千家詩有感」, 김상일 편역, 『옥중에 자유
　　인 머물다』, 사람생각, 2000.

왕발王勃, 「산중山中」, 『왕자안집王子安集』 권3 오언절구五言絶句, 四部叢刊 정편 31,
　　臺北：상무인서관商務印書館, 1981 영인.

유정지劉廷芝, 「흰머리를 슬퍼하는 늙은이를 대신하여代悲白頭翁」, 『전당시全唐詩』 권
　　82, 北京：中華書局, 1960(1), 1985(3).

원굉도袁宏道, 「화조일에 즉흥적으로 짓다花朝卽事」, 심경호 외 역, 『역주 원중랑집』 10
　　책, 소명출판, 2004.

조비曹丕, 「선재행善哉行」, 『문선文選』 권27, 위문제 악부 2수魏文帝樂府二首, 臺北：藝
　　文印書館, 1983 영인 ; 부아서傅亞庶 주석, 『삼조시문전집역주三曹詩文全集譯注』, 長
　　春：吉林文史出版社, 1997.

고시古詩, '生年不滿百, 常懷千歲憂', 소명태자昭明太子 찬, 『문선文選』 권29, 고시십구
　　수古詩十九首, 臺北：藝文印書館, 1983 영인.

이상은李商隱, 「금슬錦瑟」, 劉學鍇·余恕誠 저, 『이상은시가집해李商隱詩歌集解』 제3책,
北京 : 中華書局, 1988.

────────, 「무제無題」, 劉學鍇·余恕誠 저, 『이상은시가집해李商隱詩歌集解』 제4책,
北京 : 中華書局, 1988.

김시습金時習, 만강홍조滿江紅調 사詞, 「만복사저포기萬福寺樗蒲記」, 『금오신화金鰲新
話』, 심경호 역, 『금오신화』, 홍익출판사, 2000.

허난설헌許蘭雪軒, 「강남곡江南曲」, 허경진 편, 『허난설헌 시선許蘭雪軒 詩選 ─ 韓國의
漢詩 10』, 평민사, 1996.

김려金鑢, 「사유악부思牖樂府」, 『담정유고藫庭遺藁』 권5, 한국문집총간 289, 민족문화
추진회, 2002.

이옥李鈺, 『이언俚諺』, 실시학사 역주, 『이옥전집』, 소명출판, 2001.

최대립崔大立, 「바람 속의 꽃風中花」, 정남수·최기남 등, 『육가잡영六歌雜詠』, 임형택
편, 이조후기여항문학총서 8, 여강출판사, 1991.

이봉환李鳳煥, 「남쪽을 유람하면서 생각나는 대로 적다南遊雜述」 2수 중 제2수, 『우념재
시문초雨念齋詩文鈔』 권1, 서울대 규장각 소장본.

스가와라노 미치자네菅原道眞, 「가을밤秋夜」, 심경호 외 역, 『일본한문학사』, 소명출판,
2000.

6. 영물詠物의 방법

유우석劉禹錫, 「백응白鷹」, 『전당시全唐詩』 권253, 北京 : 中華書局, 1960(1), 1985(3) ;
四部叢刊, 『유몽득문집劉夢得文集』에 미수록.

민사평閔思平, 「모란시牧丹」 19수 중 제13수, 『급암시집及菴詩集』, 한국문집총간 3, 민
족문화추진회, 1988.

황정견黃庭堅, 「연아演雅」, 『예장황선생문집豫章黃先生文集』 권4, 四部叢刊 정편 49, 臺
北 : 상무인서관商務印書館, 1981 영인 ; 『산곡시집주山谷詩集註』, 臺北 : 藝文印書
館, 1965 영인.

이학규李學逵, 「으름燕覆子」, 『낙하생집洛下生集』 책16, 한국문집총간 290, 민족문화추
진회, 2002.

────────, 「산새山鳥」, 『낙하생집洛下生集』 책11, 한국문집총간 290, 민족문화추진
회, 2002.

──────,「등불 앞 국화 그림자를 서술하다賦得燈前菊花影」,『낙하생집洛下生集』
　책16, 한국문집총간 290, 민족문화추진회, 2002.

이의부李義府,「까마귀를 노래함詠烏」,『전당시全唐詩』권35, 北京 ： 中華書局,
　1960(1), 1985(3).

조조曹操,「단가행短歌行」,『문선文選』권27, 위무제 악부 2수魏武帝樂府二首, 臺北 ：藝
　文印書館, 1983 영인 ; 부아서傅亞庶 주석,『삼조시문전집역주三曹詩文全集譯注』, 長
　春：吉林文史出版社, 1997.

매요신梅堯臣,「금언 사수禽言四首」제4수「알락대가리竹鷄」,『완릉선생집宛陵先生集』
　권4, 四部叢刊 43, 臺北：商務印書館, 1981 영인.

김시습金時習,「영사금언咏四禽言」,『매월당집梅月堂集』권10 유관동록遊關東錄, 한국
　문집총간 13, 민족문화추진회, 1988.

『시경詩經』소남召南「표유매摽有梅」.

육개陸凱,「범울종(즉 범엽范曄)에게 준 시贈范蔚宗」,『어정패문재영물시선御定佩文齋
　詠物詩選』권297 매화류梅花類, 文淵閣四庫全書 集部 總集類.

임포林逋,「산 동산의 작은 매화山園小梅」2수 중 제1수,『임화정선생시집林和靖先生詩
　集』권2, 四部叢刊 39, 臺北：상무인서관商務印書館, 1981 영인 ; 심유정沈幼征 교주
　校注,『임화정시집林和靖詩集』, 浙江：浙江古籍出版社, 1986.

육유陸游,「매화 절구梅花絶句」,『간곡정선육방옹시집澗谷精選陸放翁詩集』전집 권9,
　四部叢刊 59, 臺北：商務印書館, 1981 영인 ;『검남시고교주劍南詩稿校注』권50, 6수
　중 제3수, 上海古籍出版社, 1985.

고적高適,「인일(정월 칠일)에 두이 습유(두보)에게 부치다人日寄杜二拾遺」,『전당시全
　唐詩』권213, 北京：中華書局, 1960(1), 1985(3).

무원형武元衡,「회수를 건너며渡淮」,『전당시全唐詩』권317, 北京：中華書局, 1960(1),
　1985(3).

이백李白,「장간행長干行」,『이태백전집李太白全集』권23, 中國古典文學基本叢書, 北京
　：中華書局, 1977.

정술성鄭述誠,「화림원 조매華林園早梅」,『전당시全唐詩』권782, 北京 ： 中華書局,
　1960(1), 1985(3).

육희성陸希聲,「매화오梅花塢」,『전당시全唐詩』권689, 北京 ： 中華書局, 1960(1),
　1985(3).

주희朱熹,「염노교. 부안도가 주희진의 매화 사에 화답한 운자를 사용하다念奴嬌用傅安道

調和朱希眞梅詞韻」,『어찬주자전서御纂朱子全書』권66, 文淵閣四庫全書 子部 儒家類.

장도흡張道治,「매매梅」 36수, 방회方回 선평, 李慶甲 集評校點,『영규율수휘평瀛奎律髓彙評』 권20(16수), 권21(20수), 上海古籍出版社, 1983.

굴원屈原,『이소離騷』,『초사보주楚辭補注』, 四部叢刊 정편 30, 臺北 : 商務印書館, 1981 영인.

대숙륜戴叔倫,「주방의 죽음을 곡하다哭朱放」,『전당시全唐詩』 권273, 北京 : 中華書局, 1960(1), 1985(3).

한무제漢武帝,「추풍사秋風辭」, 소명태자昭明太子 찬,『문선文選』 권45, 臺北 : 藝文印書館, 1983 영인.

도잠陶潛,「중구일에 한가하게 있으면서九日閒居」,『도정절전집주陶靖節全集注』 권3, 世界書局, 1956 ; 李長之 저, 松枝茂夫 외 역,『도연명陶淵明』, 筑摩叢書 72, 筑摩書房, 1966.

도잠陶潛,「음주飮酒」 20수 중 제5수,『도정절전집주陶靖節全集注』 권3, 世界書局, 1956 ; 李長之 저, 松枝茂夫 외 역,『도연명陶淵明』, 筑摩叢書 72, 筑摩書房, 1966.

정사초鄭思肖,「화국畵菊」,『오계집梧溪集』 권1,「송나라 태학 정상사의 묵란에 쓰다題宋太學鄭上舍墨蘭」, 文淵閣四庫全書 集部 別集類.

두보杜甫,「추흥팔수秋興八首」 제1수, 仇兆鰲 주,『두시상주杜詩詳註』 권17, 北京 : 中華書局, 1979.

소식蘇軾,「오잠 승려 녹균헌於潛僧綠筠軒」,『소식시집蘇軾詩集』 권13, 北京 : 中華書局, 1982.

왕유王維,「망천집輞川集」 20수 중「죽리관竹里館」,『왕우승집전주王右丞集箋注』 권13, 上海古籍出版社, 1984.

두보杜甫,「배적의 '촉주의 동정에 올라 손님을 전송하다가 일찍 핀 매화를 보고는 그리워하여 보낸다' 라는 시에 화운한 시和裴迪 登蜀州東亭 送客 逢早梅 相憶見寄」, 仇兆鰲 주,『두시상주杜詩詳註』 권9, 北京 : 中華書局, 1979.

우세남虞世南,「매미蟬」,『전당시全唐詩』 권36, 北京 : 中華書局, 1960(1), 1985(3).

낙빈왕駱賓王,「감옥에서 매미를 노래하다在獄詠蟬」,『전당시全唐詩』 권78, 北京 : 中華書局, 1960(1), 1985(3).

두보杜甫,「진주잡시秦州雜詩」 제4수, 仇兆鰲 주,『두시상주杜詩詳註』 권7, 北京 : 中華書局, 1979.

이상은李商隱,「매미蟬」, 劉學鍇 · 余恕誠 저,『이상은시가집해李商隱詩歌集解』 제3책,

368

北京：中華書局, 1988.

이학규李學逵, 「매미蟬」, 『낙하생집洛下生集』 책3, 한국문집총간 290, 민족문화추진회, 2002.

왕유王維, 「망천에서 한가하게 거처하면서 배적 수재에게 준다輞川閑居 贈裴秀才迪」, 『왕우승집전주王右丞集箋注』 권3, 上海古籍出版社, 1984.

7. 양식의 선택

두보杜甫, 「절구絶句」 2수 중 제2수, 仇兆鰲 주, 『두시상주杜詩詳註』 권13, 北京：中華書局, 1979.

조식曺植, 「우연히 읊다偶吟」, 『남명집南冥集』 권1, 한국문집총간 31, 민족문화추진회, 1989.

정철鄭澈, 「통군정統軍亭」, 『송강집松江集』 원집 권1, 한국문집총간 46, 민족문화추진회, 1989.

――――. 「산사의 밤에 읊다山寺夜吟」, 『송강집松江集』 속집 권1, 한국문집총간 46, 민족문화추진회, 1989.

이백李白, 「산중에서 은둔자와 대작하며山中與幽人對酌」, 『이태백전집李太白全集』 권23, 中國古典文學基本叢書, 北京：中華書局, 1977.

정철鄭澈, 「전선을 타고 방답포로 내려가며乘戰船下防踏浦」, 『송강집松江集』 원집 권1, 한국문집총간 46, 민족문화추진회, 1989.

한유韓愈, 「홍구에서過鴻溝」, 屈守元 · 常思春 주편, 『한유전집교주韓愈全集校注』 권10, 成都：四川大學出版社, 1996.

정약용丁若鏞, 「기성잡시鬐城雜詩」 27수 중 제8수, 『여유당전서與猶堂全書』 I, 제1집 권4, 한국문집총간 281, 민족문화추진회, 2002.

맹호연孟浩然, 「친구의 별장에 들르다過故人莊」, 游信利, 『맹호연집전주孟浩然集箋注』 권4, 臺北：學生書局, 1979 영인.

유장경劉長卿, 「여간객사餘干旅舍」, 『유수주시집劉隨州詩集』 권2, 四部叢刊 정편 32, 臺北：商務印書館, 1981 영인.

왕유王維, 「향적사에 들러過香積寺」, 『왕우승집전주王右丞集箋注』 권7, 上海古籍出版社, 1984.

두보杜甫, 「수수愁」, 仇兆鰲 주, 『두시상주杜詩詳註』 권18, 北京：中華書局, 1979.

한유韓愈, 「산석山石」, 屈守元·常思春 주편, 『한유전집교주韓愈全集校注』 권3, 成都 : 四川大學出版社, 1996.

권필權韠, 「회포를 적다述懷」, 『석주집石洲集』 권7, 한국문집총간 75, 민족문화추진회, 1991.

이백李白, 「원별리遠別離」, 『이태백전집李太白全集』 권3 악부樂府, 中國古典文學基本叢書, 北京 : 中華書局, 1977.

원굉도袁宏道, 「백동아白銅兒」, 심경호 외 역, 『역주 원중랑집』 책1 권2, 소명출판, 2004.

임창택林昌澤, 「해동악부海東樂府」 중 「주열무자朱悅無子」, 『숭악집崧岳集』 권1, 한국문집총간 202, 민족문화추진회, 1998.

두보杜甫, 「건원 연간에 동곡현에 부쳐 살면서 지은 노래 일곱 수乾元中寓居同谷縣作歌七首」, 仇兆鰲 주, 『두시상주杜詩詳註』 권8, 北京 : 中華書局, 1979.

이학규李學逵, 「해동악부海東樂府」 56편 '영호루暎湖樓', 『낙하생집洛下生集』 책17, 한국문집총간 290, 민족문화추진회, 2002.

──────, 「영남악부嶺南樂府」 68편 '철문어鐵文魚', 『낙하생집洛下生集』 책67, 한국문집총간 290, 민족문화추진회, 2002.

이학규李學逵, 「해동악부海東樂府」 56편 '아아마阿也麻', 『낙하생집洛下生集』 책17, 한국문집총간 290, 민족문화추진회, 2002.

이하李賀, 「소소소가蘇小小歌」, 『이하가시편李賀歌詩編』 권1, 四部叢刊 정편 35, 臺北 : 商務印書館, 1981 영인 ; 陳弘治, 『이장길가시교석李長吉歌詩校釋』, 臺北 : 文律出版社, 1979.

정약용丁若鏞, 「전간기사田間紀事」, 『여유당전서與猶堂全書』 I, 제1집, 한국문집총간 281, 민족문화추진회, 2002.

──────, 만강홍조滿江紅調 「어부漁父」, 『여유당전서與猶堂全書』 I, 제1집 권5, 한국문집총간 281, 민족문화추진회, 2002.

──────, 수조가두조水調歌頭調 「고향 생각思鄕」, 『여유당전서與猶堂全書』 I, 제1집 권5, 한국문집총간 281, 민족문화추진회, 2002.

8. 역사의 해석

두목杜牧, 「적벽赤壁」, 『번천문집樊川文集』 권4, 四部叢刊 정편 37, 臺北 : 商務印書館, 1981 영인.

이상은李商隱, 「요지瑤池」, 劉學鍇·余恕誠 저, 『이상은시가집해李商隱詩歌集解』 제3책, 北京 : 中華書局, 1988.

김구金坵, 「철주를 지나며過鐵州」, 『지포집止浦集』 권4, 한국문집총간 2, 민족문화추진회, 1988.

육귀몽陸龜蒙, 「범려范蠡」, 『보리선생문집甫里先生文集』 권12, 四部叢刊 정편 37, 臺北 : 商務印書館, 1981 영인.

화악華岳, 「한나라 역사를 읽다가 기신과 한신의 열전을 펴보고讀漢史閱紀信韓信傳」, 정민정程敏政 편, 『영사절구詠史絶句』, 고려대 신암문고 소장 필사본목판본의 필사.

이상은李商隱, 「가생賈生」, 劉學鍇·余恕誠 저, 『이상은시가집해李商隱詩歌集解』 제3책, 北京 : 中華書局, 1988.

신광한申光漢, 「영사詠史」 65수 중 「항우項羽」, 『기재집企齋集』 별집 권1, 한국문집총간 22, 민족문화추진회, 1988.

김시습金時習, 「역사를 보고 느낌이 있어觀史有感」, 『매월당집梅月堂集』 권1, 한국문집총간 13, 민족문화추진회, 1988.

──────, 「옛일을 서술한다述古」 10수 중 제9수, 『매월당집梅月堂集』 권1, 한국문집총간 13, 민족문화추진회, 1988.

──────, 「백이 숙제夷齊」 3수 중 제1수, 『매월당집梅月堂集』 권2, 한국문집총간 13, 민족문화추진회, 1988.

──────, 「문산을 애도한다哀文山」 3수 중 제2수, 『매월당집梅月堂集』, 한국문집총간 13, 민족문화추진회, 1988.

홍양호洪良浩, 「임명대첩가臨溟大捷歌」, 『이계홍양호전서耳溪洪良浩全書』, 민족문화사, 1982 영인.

정약용丁若鏞, 「우수주. 두보의 '성도부'에 화운함牛首州和成都府」, 『여유당전서與猶堂全書』 권7, 한국문집총간 281, 민족문화추진회, 2002.

김정희金正喜, 「숙신노가肅愼砮歌」, 『완당전집阮堂全集』, 한국문집총간 301, 민족문화추진회, 2003.

심광세沈光世, 「해동악부海東樂府」 44수 중 「수진방壽盡坊」, 『휴옹집休翁集』 권3, 한국문집총간 84, 민족문화추진회, 1988.

임창택林昌澤, 「해동악부海東樂府」 중 「곽처사郭處士」, 『숭악집崧岳集』 권1, 한국문집
총간 202, 민족문화추진회, 1998.

안정복安鼎福, 「우리나라 역사를 보고 느낀 바가 있어서 악부체를 본떠서 다섯 편을 짓
는다觀東史有感效樂府體五章」 중 「천성행泉成行」, 『순암집順菴集』 권1, 한국문집총
간 229, 민족문화추진회, 1999.

이학규李學逵, 「해동악부海東樂府」 56편 중 「양수척楊水尺」, 『낙하생집洛下生集』 책17,
한국문집총간 290, 민족문화추진회, 2002.

제갈량諸葛亮, 「양보음梁父吟」, 곽무천郭茂倩, 『악부시집樂府詩集』 권41 상화가사相和
歌辭 16, 北京：中華書局, 1979.

9. 민중 삶의 반영

강위姜瑋, 「주계에 민란이 일어나 소장을 적어달라 하였으나 응하지 않아 화를 빚었다.
생각나는 대로 적어서 속마음을 표시한다. 마침 삼정의 폐해를 구할 책문을 임금께서
내셨으니 초야의 성대한 일이 아닐 수 없다朱溪民擾 以求狀不應媒禍 謾筆遣懷 時有
三政救弊詢策 草野之盛擧」 3수 중 제2수, 『고환당수초古歡堂收艸』 시고詩稿 권4, 한
국문집총간 318, 민족문화추진회.

조수삼趙秀三, 「서구도올西寇檮杌」, 『추재집秋齋集』, 한국문집총간 271, 민족문화추진
회, 2001.

이충익李忠翊, 「향촌의 일을 기록하다鄕村紀事」, 『초원유고椒園遺稿』 책1, 한국문집총
간 255, 민족문화추진회, 2000.

─────, 「솔가루를 끼니 삼아 먹다餐松」, 『초원유고椒園遺稿』 책1, 한국문집총간
255, 민족문화추진회, 2000.

─────, 「백아골의 벼걷이白鵝谷穫稻」 7수 중 제4수, 『초원유고椒園遺稿』 책1, 한
국문집총간 255, 민족문화추진회, 2000.

『시경詩經』 국풍國風 위풍魏風 「석서碩鼠」.

두보杜甫, 「신혼별新婚別」, 仇兆鰲 주, 『두시상주杜詩詳註』 권7, 北京：中華書局, 1979.

원결元結, 「계악부系樂府」 12수 중 「용릉행舂陵行」, 『전당시全唐詩』 권240, 北京：中華
書局, 1960(1), 1985(3).

장적張籍, 「축성사築城詞」, 『장사업집張司業集』 권1, 四部叢刊 정편 35, 臺北：商務印書

館, 1981 영인.

정약용丁若鏞, 「애절양哀絶陽」, 『여유당전서與猶堂全書』I, 제1집 권4, 한국문집총간 281, 민족문화추진회, 2002.

──────, 「다시 시를 지어 가뭄을 근심하다再疊爲悶旱作」, 『여유당전서與猶堂全 書』I, 제1집 권6, 한국문집총간 281, 민족문화추진회, 2002.

김려金鑢, 「황성이곡黃城俚曲」 '屛川驛婦鬖如霜, 手裏重重縛布囊', 『담정유고藫庭遺藁』 권2, 한국문집총간 289, 민족문화추진회, 2002.

어무적魚無迹, 「유민탄流民嘆」, 허균許筠, 『국조시산國朝詩刪』, 한국한시선집 1, 아세아 문화사, 1980 영인.

강이천姜彝天, 「한경사漢京詞」 106수 '夫婦少小轉離鄕, 學得歌彈訴怨傷', 『중암고重菴 稿』, 서울대 규장각.

이학규李學逵, 「걸사행乞士行」, 『낙하생집洛下生集』 책18, 한국문집총간 290, 민족문화 추진회, 2002.

권헌權攇, 「고인행雇人行」, 『진명집震溟集』, 민창문화사, 1994.

이안중李安中, 「향랑전香娘傳」 중 「산유화山有花」 3장, 『해총海叢』, 한국야담자료집성 23, 정명기 편, 계명문화사, 1992.

이건창李建昌, 「금파촌에 들러過金坡村」, 『명미당집明美堂集』 권5, 아세아문화사, 1978.

이백李白, 「장간행長干行」 2수 중 제1수, 『이태백전집李太白全集』 권3, 中國古典文學基 本叢書, 北京 : 中華書局, 1977.

──────, 「채련곡采蓮曲」, 『이태백전집李太白全集』 권3, 中國古典文學基本叢書, 北京 : 中華書局, 1977.

최성대崔成大, 「고염잡곡古艶雜曲」, 『두기시집杜機詩集』, 국립중앙도서관 일산문고 소 장 1741년 간행 목판본.

이덕무李德懋, 「강 노래江曲」 제1수, 『청장관전서靑莊館全書』, 한국문집총간 257, 민족 문화추진회, 2000.

이학규李學逵, 「금관기속시金官紀俗詩」 77수 '鹵地熬鹽萬斛優, 一年强半上江舟', 『낙하 생집洛下生集』 책13, 한국문집총간 290, 민족문화추진회, 2002.

──────, 「금관기속시金官紀俗詩」 77수 '竹島蚊兒陣似雲, 較來多少佛巖群', 『낙하 생집洛下生集』 책13, 한국문집총간 290, 민족문화추진회, 2002.

홍양호洪良浩, 「북새잡요北塞雜謠」 중 「육진세포六鎭細布」, 『이계홍양호전서耳溪洪良

浩全書』I, 권1, 민족문화사, 1982 영인.

─────, 「북새잡요北塞雜謠」 중 「우혜牛兮」, 『이계홍양호전서耳溪洪良浩全書』I, 권1, 민족문화사, 1982 영인.

─────, 「삭방풍요朔方風謠」 중 「슬해의 울음瑟海鳴」, 『이계홍양호전서耳溪洪良浩全書』I, 권1, 민족문화사, 1982 영인.

박제가朴齊家, 「수주객사愁州客詞」 79수 '袴褶何翩翩, 官令茂山去', 『정유각집貞蕤閣集』 제5집, 한국문집총간 261, 민족문화추진회, 2001.

조수삼趙秀三, 「북행백절北行百絶」 '餘分少無差, 四時方有信', 『추재집秋齋集』 권3, 한국 문집총간 271, 민족문화추진회, 2001.

이광사李匡師, 「기속紀俗」, 『원교집圓嶠集』 권3, 한국문집총간 221, 민족문화추진회, 1999 ; 심경호 외, 『신편 원교이광사 문집』, 시간의물레, 2005.

정범조丁範祖, 「잡요雜謠」, 『해좌집海左集』 권3, 한국문집총간 239, 민족문화취진회, 1999.

이학규李學逵, 「금관기속시金官紀俗詩」 '月正元日乞供晨, 串鼓鼕鼕喚地神', 『낙하생집 洛下生集』 책13, 한국문집총간 290, 민족문화추진회, 2002.

10. 풍자의 양태

미상, 「벽서시壁書詩」, 『성종실록』 권145, 성종 13년 윤8월 20일 병술 기록, 국사편찬위 원회 편, 『조선왕조실록』, 탐구당, 1968.

경위耿湋, 「길가 노인路傍老人」, 『전당시全唐詩』 권269, 增訂本, 北京 : 中華書局, 1999.

서적徐積, 「오강의 물을 마시지 말라. 진영중(진관)에게 부치는 시莫飮吳江水 寄陳瑩中 詩」, 김정희金正喜, 『완당전집阮堂全集』, 한국문집총간 301, 민족문화추진회, 2003.

최경지崔敬止, 「압구정狎鷗亭」, 『신증동국여지승람新增東國輿地勝覽』 권6, 경기도 광주 목.

김종직金宗直, 「사방지舍方知」 2수 중 제2수, 『점필재집佔畢齋集』 권3, 한국문집총간 12, 민족문화추진회, 1988.

신광한申光漢, 「보락당保樂堂」, 『기재집企齋集』 별집 권5, 한국문집총간 22, 민족문화추 진회, 1988.

허균許筠, 「노객부원老客婦怨」, 『성소부부고惺所覆瓿藁』 권1 풍악기행楓嶽紀行, 한국문 집총간 74, 민족문화추진회, 1988.

권필權韠, 「충주석忠州石」, 『석주집石洲集』 권2, 한국문집총간 75, 민족문화추진회, 1988.

유몽인柳夢寅, 「성칙행의 시에 차운하다次成則行韻」, 『어우집於于集』 권1, 한국문집총간 63, 민족문화추진회, 1988.

————, 「남산 기슭에서 은개의 노래를 듣다가 그대로 추국청으로 가며南麓聽銀介歌辭 仍赴推鞫廳」, 『어우집於于集』 권2, 한국문집총간 63, 민족문화추진회, 1988.

홍양호洪良浩, 「북새잡요北塞雜謠」 중 「삭풍朔風」, 『이계홍양호전서耳溪洪良浩全書』 I, 권1, 민족문화사, 1982 영인.

장지완張之琬, 「한가하게 거처하면서 느낌이 있어서 종실 사람 자연에게 드린다閑居有感贈自然宗人」, 22수 중 제22수, 『침우당집枕雨堂集』 권1, 임형택 편, 이조후기여항문학총서 5, 여강출판사, 1986.

김병연(金炳淵, 김삿갓), '二十樹下三十客, 四十村中五十食', 이응수 편주, 『김립시집金笠詩集』, 학예사, 1939 ; 김일호 편, 『김립시집金笠詩集』, 진문사, 1956.

11. 구도 정신의 표출

김시습金時習, 「무쟁비無諍碑」, 『매월당집梅月堂集』 권12 유금오록遊金鰲錄, 한국문집총간 13, 민족문화추진회, 1988.

————, 「무량사에 병들어 누워無量寺臥病」, 『매월당집梅月堂集』 권7 질병疾病, 한국문집총간 13, 민족문화추진회, 1988.

이언적李彦迪, 「산림에 거처하면서 열다섯 가지를 읊음林居十五詠」 중 「관심觀心」, 『회재집晦齋集』 권2, 한국문집총간 24, 민족문화추진회, 1988.

서경덕徐敬德, 「무제無題」 2수 중 제1수, 『화담집花潭集』 권1, 한국문집총간 24, 민족문화추진회, 1988.

조식曺植, 「덕산 계정의 기둥에 쓰다題德山溪亭柱」, 『남명집南冥集』 권1, 한국문집총간 31, 민족문화추진회, 1989.

이황李滉, 「다시 도산의 매화를 찾아再訪陶山梅」 10수 중 제2수, 『퇴계집退溪集』 권4, 한국문집총간 29, 민족문화추진회, 1989.

————, 「도산십이곡陶山十二曲」 후6곡 중 제4곡, 『퇴계집退溪集』, 한국문집총간 29, 민족문화추진회, 1989.

————, 「도산잡영陶山雜詠」 18수 중 「너럭바위盤陀石」, 『퇴계집退溪集』 권3, 한국문

집총간 29, 민족문화추진회, 1989.

─────,「도산의 매화가 겨울 추위에 상하여 탄식하다. 김언우에게 주면서 아울러 김 신중(돈서)에게도 보여준다陶山梅爲冬寒所傷歎 贈金彥遇兼愼仲惇敍」,『퇴계집退溪 集』속내집續內集 권5, 한국문집총간 29, 민족문화추진회, 1989.

─────,「자명自銘」,『퇴계집退溪集』, 퇴계선생연보 권3 부록, 한국문집총간 31, 민족 문화추진회, 1989.

정약용丁若鏞,「자찬묘지명自撰墓誌銘」集中本,『여유당전서與猶堂全書』I, 제1집 권16, 한국문집총간 281, 민족문화추진회, 2002.

─────,「가는 세월徂年」,『여유당전서與猶堂全書』I, 제1집 권7 귀전시초歸田詩草, 한 국문집총간 281, 민족문화추진회, 2002.

소식蘇軾,「유배되어 임고정에 거처하게 되어遷居臨皋亭」,『소식시집蘇軾詩集』권20, 北 京：中華書局, 1982.

12. 격조格調와 신운神韻, 그리고 성령性靈

정지상鄭知常,「친구를 전송하며送友人」,『파한집破閑集』;『삼한시귀감三韓詩龜鑑』.

왕사진(王士禛, 王士禎),「추류秋柳」4수 중 제1수,『어양정화록집석漁洋精華錄集釋』권 1, 中國古典文學叢書, 上海古籍出版社, 1999.

정약용丁若鏞,「노인의 유쾌한 일, 여섯 수. 향산체를 본받아 짓다老人一快事六首 效香 山體」제5수,『여유당전서與猶堂全書』I, 제1집 권6 송파수작松坡酬酢, 한국문집총간 281, 민족문화추진회, 2002.

노연양盧延讓,「고음苦吟」,『전당시全唐詩』권715, 北京：中華書局, 1960(1), 1985(3).

방간方干,「전당현 노명부에게 주다貽錢塘縣路明府」,『전당시全唐詩』권648, 北京：中 華書局, 1960(1), 1985(3).

가도賈島,「제시후題詩後」,『전당시全唐詩』, 권574, 北京：中華書局, 1960(1), 1985(3).

미상, '欲識吟詩苦, 秋霜若在心'. 단, 명나라 유적鎦績의『비설록霏雪錄』하권에 다음과 같은 말이 있다. "唐人作詩, 盡一生心力爲之, 故能名世傳後. 如吟安一箇字, 撚斷數莖 鬚, 如句向夜深得, 心從天外歸, 如盡日覓不得, 有時還自來, 如兩句三年得, 一吟雙淚流, 如欲識吟詩苦, 秋霜若在心 如吟成五字句, 用破一生心, 如纔吟五字句, 又白幾莖鬚 如蟾 蜍影裹淸吟苦, 蟋蟀聲中白髮生, 如爲人性僻耽佳句 語不驚人死不休, 如詩思入冥搜, 如 搜天斡地覓詩情, 如夜吟曉不休, 苦吟鬼神愁, 如何不自閒心, 與身爲仇之 類是也. 惟知

者, 可以語, 此今人以鹵莽滅裂之心, 率爾出言便欲過人, 恐無此理."

박지원朴趾源, 「좌소산인(서유본)에게 주다贈左蘇山人」, 『연암집燕巖集』 권4, 한국문집
총간 252, 민족문화추진회, 2000.

13. 창작인가 모방인가

이달李達, 「새하곡塞下曲」 3수 중 제1수, 양경우梁慶遇, 『제호집霽湖集』 권9 시화詩話,
한국문집총간 73, 민족문화추진회, 1988.

우곡于鵠, 「출새出塞」 3수 중 제3수, 『전당시全唐詩』 권310, 北京 : 中華書局, 1960(1),
1985(3).

정사룡鄭士龍, 「후대에 밤중에 앉아서後臺夜坐」, 『호음잡고湖陰雜稿』 권3 의춘잡록宜春
雜錄, 한국문집총간 25, 민족문화추진회, 1988.

이규보李奎報, 「신유년 오월에 집에 들어앉아 아무 일 없어 고요히 지내는 중에 두자미
(두보)의 '성도초당' 시의 운자를 이용하여 짓다辛酉五月端居無事 和子美成都草堂詩
韻」 3수 중 제1수, 서거정徐居正 외, 『동문선東文選』 권14 칠언율시七言律詩.

김극기金克己, 「어옹漁翁」, 『동문선東文選』 권19 칠언절구七言絶句 ; 『보한집補閑集』 ;
박성규 역, 『김극기 한시선』, 다운샘, 2003.

성간成侃, 「어부漁父」 6수 중 제5수, 『진일유고眞逸遺稿』 권2, 한국문집총간 12, 1988.

김시습金時習, 「낚시하던 두 늙은이를 비웃는다嘲二釣叟」 2수 중 제1수, 『매월당집梅月
堂集』 권2 영사詠史, 한국문집총간 13, 민족문화추진회, 1988.

김석주金錫胄, 「해운대에 올라 큰 바다를 부감하니 사방에 끝이라고는 전혀 없이 너르면
서 넘실대어 일만 리가 모두 한결같이 푸르렀다. 마침 작은 파도가 홀로 넘실대어 흰
눈빛이 어지럽게 흩뿌리니 정말로 기이한 경관이었다. 그래서 시험 삼아 두 수의 절구
를 지어 그 형상을 비유하였다. 하지만 끝내 나의 졸렬한 언어로는 능히 묘사할 수가
없었다登海雲臺 俯臨滄溟 四無涯際 浩浩漫漫 一碧萬里 時有微波獨涌 雪色亂灑 儘奇
觀也 試爲二絶 以喩其狀 然終亦非拙語所能描寫也」 2수 중 제2수, 『식암유고息庵遺稿』
권5, 한국문집총간 145, 민족문화추진회 1995.

양억楊億, 「백련白蓮」, 『어정패문재광군방보御定佩文齋廣群芳譜』 권31 화보花譜 하화
荷花 3, 文淵閣四庫全書 子部 總錄類 草木禽魚之屬.

두보杜甫, 「장난삼아 여섯 절구를 이루다戲爲六絶」, 제6수, 仇兆鰲 주, 『두시상주杜詩詳
註』 권11, 北京 : 中華書局, 1979.

14. 작가의 위상

이제현李齊賢, 「황토점黃土店」, 『익재난고益齋亂稿』 권2, 한국문집총간 2, 민족문화추진 회, 1988.

김시습金時習, 「장난삼아 짓다戲爲」, 『매월당집梅月堂集』 권4, 한국문집총간 13, 민족문 화추진회, 1988.

한유韓愈, 「산석山石」, 屈守元 · 常思春 주편, 『한유전집교주韓愈全集校注』 권3, 成都 : 四川大學出版社, 1996.

김효일, 「만음漫吟」, 『육가잡영六家雜詠』, 임형택 편, 이조후기여항문학총서 8, 여강출 판사, 1991.

장지완張之琬, 「한가하게 거처하면서 느낌이 있어서 종실 사람 자연에게 드린다閒居有 感贈自然宗人」 22수 중 제22수, 『침우당집枕雨堂集』 권1, 임형택 편, 이조후기여항문 학총서 5, 여강출판사, 1986.

설도薛濤, 「춘망春望」, 『전당시全唐詩』 권803, 北京 : 中華書局, 1960(1), 1985(3).

강정일당姜靜一堂, 「뜰의 풀을 뽑으며除庭草」, 『정일당문집靜一堂文集』, 한국역대문집 총서 2900, 한국문집편찬위원회 편, 경인문화사, 1999.

15. 한국 한시의 가능성

서경덕徐敬德, 「비 온 뒤에 산을 바라보다雨後看山」, 『화담집花潭集』 권1, 한국문집총간 24, 민족문화추진회, 1988.

유한집兪漢緝, 「오동추야梧桐秋夜」, 필자 소장 필사본 『취초유선생시집翠苕兪先生詩 集』.

라이 산요賴山陽, 「아마쿠사다나에 정박하다泊天草洋」, 『간사잔, 라이 산요 시집菅茶山 賴山陽詩集』, 미즈다水田紀久 외 교주, 신일본고전문학대계新日本古典文學大系, 東京 : 岩波書店, 1996.

찾아보기

382

심경호 沈慶昊

1955년 충북 음성에서 태어나 서울대 국문과와 동대학원을 졸업한 뒤, 일본 교토 대학 문학연구과 박사과정(중국어학중국문학 전공)을 수료하고 박사학위를 취득했다. 한국학중앙연구원(한국정신문화연구원) 조교수, 강원대 국문과 조교수를 거쳐 현재 고려대 한문학과 명예교수로 있다.

저서로『다산과 춘천』『한문산문의 미학』『조선시대 한문학과 시경론』『한국한시의 이해』『한문산문의 내면풍경』『국문학연구와 문헌학』『김시습 평전』『한학연구입문』『한시기행』『간찰』『한학 입문』『산문기행』『자기 책 몰래 고치는 사람』『내면기행』『나는 어떤 사람인가』『책, 그 무시무시한 주술』『한시의 서정과 시인의 마음』『여행과 동아시아 고전문학』『오늘의 고전』『국왕의 선물』(전2권)『참요, 시대의 징후를 노래하다』『한국 한문기초학사』(전3권)『심경호 교수의 동양 고전 강의:논어』(전3권)『한시의 성좌』『김삿갓 한시』『안평』『옛 그림과 시문』『한국의 석비문과 비지문』등이 있고, 역서로『주역철학사』『인간 사마천』『당시 읽기』『불교와 유교』『금오신화』『중국의 자전문학』『역주 원중랑집』(전10권)『한자 백 가지 이야기』『중국 고전시, 계보의 시학』『일본서기의 비밀』『한자학』『문자강화1』『당시개설』『서포만필』(전2권)『삼봉집』『동아시아 한문학 연구의 방법과 실천』『도성행락』등이 있다.

문학동네 교양선

한시의 세계

ⓒ 심경호 2006

1판 1쇄 │ 2006년 2월 28일
1판 7쇄 │ 2021년 10월 27일

지은이 심경호
책임편집 조연주 이상술
마케팅 정민호 이숙재 우상욱 정경주 | 홍보 김희숙 함유지 김현지 이소정 이미희
제작 강신은 김동욱 임현식 | 제작처 상지사

펴낸곳 (주)문학동네 | 펴낸이 염현숙
출판등록 1993년 10월 22일 제406-2003-000045호
주소 10881 경기도 파주시 회동길 210
전자우편 editor@munhak.com | 대표전화 031)955-8888 | 팩스 031)955-8855
문의전화 031) 955-3578(마케팅) 031) 955-8864(편집)
문학동네카페 http://cafe.naver.com/mhdn

ISBN 89-546-0113-8 03810

www.munhak.com